Memorias de una soltera mexicana

El príncipe azul es un cuento de hadas

Memorias de una soltera mexicana

El príncipe azul es un cuento de hadas

Ana Bolena Meléndez

FERR ND
stories

© 2017, Ana Bolena Meléndez

www.AlasdeOrquidea.com

SocialMedia: @AlasdeOrquidea

Foto de portada: Ana Bolena Meléndez y Andrés Henao

Foto de contraportada y diseño: Andrés Henao

1ª edición. Agosto 2017

Memorias de una Soltera Mexicana.

El príncipe azul es un cuento de hadas.

ISBN: 978-0-9992856-0-2

Impreso en Estados Unidos / *Printed in United States*

Publisher: **Ferrand Stories**

www.ferrandstories.com

hola@alasdeorquidea.com

En el año 2008 —el 3 de noviembre para ser exacta— publiqué la que sería mi primera columna de crónicas urbanas, en la sección de Comunidad del Periódico Excélsior de México.

Mi plan secreto era escribir durante un tiempo sobre temas de la ciudad y de comunidad, para luego, poco a poco, comenzar a meter mis temas de amor y sexo. Pero todo fue más rápido de lo que pensaba pues el "Conejo", editor en aquel entonces, se entusiasmó con mi idea y dio luz verde a que los viernes fueran de: Tacones. Por eso, ¡gracias, Cone!

En menos de tres meses, Tacones se apoderó de casi toda la semana. Así nació Cirilandia, repleta de Cirilas y Cirilos, lectores que abonaban mi inspiración con sus historias, sus inquietudes, sus cuestionamientos y sus opiniones. Así que gracias a ellos, mis Cirilas y Cirilos, mi amor para ustedes y honor a sus historias.

Tacones representa una etapa de mi vida en la que diseccioné por completo el amor en todas sus formas, tratando algún día de entenderlo, durante más de 1,500 columnas dedicadas a él, a esto y lo otro, a aquello y esto más. Esa fue la inspiración detrás de **Memorias de una Soltera Mexicana**, una historia de ficción, basada en mi querida Ciudad de México, armada a punta de historias de todos los que confluimos en mi etapa de columnista: amigas, lectores, personas que pasaban por la vida y dejaban historias que valía la pena contar.

Mi amor infinito a mis padres por leer y releer, pero sobre todo por creer y recrear en mí, en mis historias, en mis ideas.

Amor incondicional a mi "Pollo" por ser tan cool y cocrear conmigo realidades paralelas en las que la pasamos bomba. Amo imaginar a tu lado y doy gracias por eso. Tamolla.

A mi amada Mayath, por existir, gracias, gracias, gracias.

A María, por todo lo vivido, por los veintes, por cada uno de los "Código Tacón Roto" y por el camino siempre optimista hacia el amor de nuestras vidas.

A Susi y Andrés, por jugar con nosotros a crear la portada de libro más cool de Cirilandia.

Y a mi Cirila interna: GRACIAS TOTALES (con venia y todo).

Caminé semidesnuda por un bosque frío, de neblina clara, que no me dejaba ver más allá de mis pechos, apenas cubiertos por un velo transparente. Pude escuchar a lo lejos unas herraduras galopantes. El sonido viajaba en el espacio pero se acercaba de prisa. De pronto, lo sentí detrás de mí, solo un instante, hasta que se hizo imperceptible. Cuando me di vuelta intentando perseguir su espectro, ahí estaba: era un hombre de pelo oscuro, ojos verdes y una boca que solo provocaba mordisquear; tenía las manos grandes, con las venas marcadas, una espalda ancha, y piernas de gladiador.

Si decir ni una sola palabra se acercó a mí. Me tomó del cuello y llevó mi rostro tan cerca del suyo que pude sentir su aliento. Olía a agua tibia. Bajó mi vestido con un ágil movimiento y me liberó del velo que apenas cubría mi desnudez. Llevó su boca hasta la mía y fundió sus labios en ella. Su lengua se abrió paso entre mi lengua con desesperación.

Caímos en una cama de hojas secas, como tejidas en seda. Sus manos jugaron con mis pechos, apretando mis pezones y fortificando mis sentidos. Con una mano agarró las mías y me las puso detrás de la cabeza. Me quería rendida ante él, ante su cálida lengua que se encontraba reconociendo mis pechos, engarzándose en mis pezones levantados, desesperados por más de su saliva. Llenó sus manos con mis pechos y continuó su camino hacia el sur de mi cuerpo, que palpitaba de deseo. Apartó mis muslos como una flor que le abría el paso al más dulce néctar de mis entrañas. Sentí su respiración unirse al ritmo de las pulsaciones de mi vientre. Bebió de mí.

Mis gemidos se confundieron con las herraduras de un centenar de caballos que galopaban buscando la liberación de sus más bajos instintos. El galope subió por mi vientre y se confundió entre mi pecho que buscaba las manos de mi caballero valiente. Su fuerte cuerpo escaló el mío, permitiéndome ver sus músculos de acero, su hombría de piedra, levantada ante mí con deseosa necesidad de poseerme. Tomó mis caderas entre sus manos y, de un solo movimiento, nos fundimos en un mismo quejido de placer.

Los caballos galoparon más fuerte dentro de mi vientre. Su ritmo era cadente, provocaba que mis caderas se movieran al vaivén de un placer esperado. Sentí calor recorrerme desde los dedos de mis pies hasta mi cabeza. Este calorcito tibio se detenía en cada punto álgido de mi cuerpo, despertando mi sexo hasta querer explotar y conjugándose con mis pechos que se entregaban a sus manos ansiosas; por mi boca salió como un gran gemido liberador lava ardiente que desintegraba mi cuerpo. Ese placer doloroso que me abstraía del bosque, que silenciaba el galope y desvanecía sus manos aferradas a mis pechos, a mi trasero, a mis caderas. La neblina se disipó.

Abrí los ojos. Estaba en mi cama, sola, jadeante, ungida de mi propia humedad...

La princesa que alguna vez creyó en los cuentos de hadas

Érase una vez una princesa llamada Julieta que soñaba con que un príncipe azul la rescatara del castillo encantado en el que vivía. Todas las noches miraba la luna y esperaba ansiosa el retumbar de las herraduras de un corcel blanco corriendo por el puente levadizo, anunciando la llegada del amor eterno. Pero la luna parecía no escuchar sus plegarias. Mientras una horda de caballeros valientes desfilaba por su balcón, entonando canciones y prometiéndole fidelidad por siempre, la princesa Julieta no sentía atracción por ninguno. Un día, cuando el sol brillaba como nunca antes, el resplandor de un príncipe de ojos color turquesa, como el del mar Caribe, se acercó hasta su balcón, recitó un poema y le dejó una rosa. La princesa no pudo resistir sus encantos y bajó hasta sus brazos para fundirse en un profundo beso, con el que confirmó que el amor había llegado a su vida y que nada ni nadie podría evitarlo. Huyeron juntos en el caballo blanco que galopaba al son del viento. Se casaron, tuvieron cien hijitos y vivieron felices para siempre.

Sí, esa soy yo: Julieta Luna, la que creía en cuentos de hadas, en el amor para siempre y en el único príncipe azul que por designio divino me pertenecía, con ese que construiría una casa repleta de hijitos que crecerían y nos darían nietos (bostezo).

No me pasó como a esas princesas suertudas que son rescatadas por un príncipe de las garras del dragón. Mi cuento tomó un rumbo diferente. Hace algunos años me separé de quien pensaba estaba enamorada, ya sin estarlo. ¿El amor? Se me perdió en el camino. A él también. Nos repetimos un recíproco *no soy yo, eres tú* y decidimos regresar a la casilla de solteros para intentar *rehacer nuestras vidas*, como nos aconsejaban por lado y lado.

Mi historia comienza cuando me enamoré del que juré sería el amor de mi vida, mi príncipe azul: Alejandro Blanco. Fuimos

11

novios por más de dos años, luego decidimos irnos a vivir juntos, comprar un departamento para jugar a la familia feliz y prometernos que así sería por el resto de la vida. Al principio todo era maravilloso, no necesitábamos más que el uno al otro. Todo era amor sobre pétalos de rosas hasta que mi mejor amiga, Kenia, anunció que se casaba. Ahí fue donde la puerca torció el rabo, y comenzaron los problemas.

En una boda de esas multimillonarias, su marido, Henri Murrai, un alemán con quien Kenia había pasado las duras y las maduras, le juró amor eterno junto a su pequeña hija Marisol y frente a decenas de fotógrafos de las revistas de sociales más *hot* del país. Yo, obvio, quería eso para mí. Menos lo de haber tenido la hija antes de casarse, de cualquier forma, eso de tener hijos no es para mí. Fue allí, en plena iglesia, cuando se me ocurrió apretar la mano de Alejandro, justo cuando Kenia caminaba hacia el altar, representando a la princesa de cuento con la que todas las de mi generación soñamos desde la más tierna infancia. Lo miré con los ojos hundidos en lágrimas y le dije:

—¿Te imaginas que tú y yo hiciéramos lo mismo?

Si hubiéramos sido los protagonistas de una película de Hollywood la marcha nupcial se habría detenido y le habría dado paso al ruido de la aguja rayando un disco de acetato, y un gran "¡¿*queeeeeee*?!" habría retumbado hasta en los montes Himalaya. Pero como estábamos en la vida real solo me soltó la mano, con mucha incomodidad, y sonrió con hipocresía, sin pensar siquiera que la vena que le brotaba en la frente estaba a punto de explotar. Ahí supe que lo nuestro nunca tendría un final feliz.

Sin embargo, la boda fue solo la gota que derramó el vaso, (o que reventó la vena, como lo quiera uno ver).

Meses atrás, justo en el ajetreo de los preparativos para el festejo del año, comíamos en casa como una pareja común y corriente. Entonces, el tema del matrimonio se posó sobre la mesa cual elefante blanco. Alejandro lo evadió en una faena digna de dos orejas y rabo y hasta ahí me llegó la ilusión de hablar de dar el gran paso con el que era, hasta ese momento, el amor de mi vida. Fue por eso que, mientras Kenny caminaba de blanco y se daba el momento justo de echar lágrima con riel de rímel, me pareció perfecto cosquillear las fibras de compromiso de Alejo.

Después del aguacero de realidad quise tomarme un rato a solas en el bar. Estaba cansada de que todos nos vieran con ojos de "los que siguen", sabiendo que eso jamás iba a pasar.

—Un martini de lichi —le dije al *bartender* mientras sumergía mi cabeza en las palmas de mis manos.

Estaba harta, no tenía por qué estarle mendigando compromiso a un hombre que según esto me amaba.

—¿Estás segura de que te ama? —saltó mi Cirilita interna.

Me tomo un segundo para hacer la debida presentación: Cirilita es mi diosa interna. Es esa mujer microscópica, pero de potente voz, que vive en las cavernas de toda conciencia femenina. Es osada, sincera y un tanto huraña. Tiene cambios de humor continuos y una creciente discapacidad para quedarse callada justo en los momentos en que menos quiero escucharla. Esa es Cirila, la que a cada segundo de mi vida me opina al oído sobre todo lo que me sucede. Pero qué le vamos a hacer: todo lo que respecta a mí es de su intensa incumbencia.

Le respondí a Cirila. Estaba segura de que Alejo no me amaba. ¿Me quería? Sí. ¿Me adoraba? También pero amor, lo que se dice amor, no.

—¡¿Por qué el amor es tan complicado?! —me pregunté con rabia.

Y no demoró Cirila en contestar.

—Porque lo que tenemos con Alejo ya no es amor.

Volteé los ojos. ¡Méndiga, Cirila! Siempre tenía razón. Así, mientras me debatía en un diálogo interno con la intensa de Cirila, pedí otro martini.

—Tomas rápido —dijo una voz que no era la de Cirila, sino la de un atractivo hombre de ojos color aceituna y pelo negro un tanto despeinado.

Cirilita comenzó a batir sus pestañas.

—¡*McYummi*! —exclamó coqueta, pero no duró mucho su flirteo pues el reflejo de su anillo de casado nos dejó ciegas.

13

—Es la única manera de sobrevivir una boda, tomando —le dije con mi postura #45628 de cínica empedernida.

—¿O sea que eres soltera? —preguntó más convencido que cuestionador.

—Soy...

No supe qué decir. ¿Soltera? ¡Pero si llevaba más de dos años viviendo con Alejo! Tampoco era casada, y al paso que iba no lo sería. ¿Qué tenía que contestar?

—Soy Julieta Luna, tengo 29 años, estoy a uno de que me deje el tren y soy la concubina de un infeliz que no tiene los huevos para comprometerse conmigo (¡aplausos!) —imaginé responder.

Pero no lo hice, me negué a vivir en esa incertidumbre en la que ni siquiera sabía a qué casilla pertenecía. Por eso, sin terminar mi frase y con Cirila en llamas, decidí dejar al atractivo y familiar hombre de ojos verdes –y casado– con la palabra en la boca. Me bebí de fondo blanco mi recién servido martini y avancé a pasos grandes hasta donde se encontraba el troglodita de Alejo, en busca de una respuesta. Justo cuando llegué como pantera hasta el grupo de personas en donde Alejo se encontraba, un pobre desatinado se le ocurrió hacerse el chistosito:

—Ahora sí llegó la doña que nos va a sacar de la duda que don Alejandro no se atreve a responder.

De inmediato, Alejandro dejó ver su incomodidad ante lo que sabíamos sería una pregunta fuera de lugar.

—¿Ustedes para cuando? —terminó el sujeto su cuestionamiento.

El tiempo se detuvo por un segundo. Alejandro bajó la mirada y me dejó ver una mueca de clara molestia. En cámara lenta vi a las personas alrededor acorralarnos a punta de esa pinche necesidad por meterse en la vida de quienes ni siquiera les importa, como si disfrutaran de la incomodidad que produce hablar en público de un compromiso inexistente. El silencio de Alejandro me hacía ver como la apestadita con la que nunca se iba a casar. Me sentí humillada.

Las miradas se centraron en mí con evidente lástima. Mi diosa interna enfureció. Por eso, heridas en nuestro más frágil orgullo,

14

contesté en voz alta y expulsé por mi boca sus palabras retumbantes:

—¡Nunca! Alejandro y yo nunca nos vamos a casar.

Entonces ardió Troya. Bueno, no Troya pero sí Acapulco. Los gritos se oían por todo el hotel. Salimos de la fiesta antes de lo planeado e intentamos hablar del tema pero terminamos a nada de que yo le aventara un florero (él dice que se lo quise aventar pero como no me acuerdo, entonces no cuenta). Alejandro no entendía cuál era mi necesidad por un anillo de compromiso, y yo no comprendía cuál era su afán por huir de él. Al fin ya vivíamos juntos, ¿no? ¿Cuál era la diferencia?

—¡Exacto! —dijo él—. Para qué necesitas un papel si así estamos de maravilla.

—¿De maravilla? —pregunté—. ¿Te parece estar de maravilla cuando llevamos más de un mes sin hacer el amor?

Entonces, vestido de luces, caminando sobre plaza llena, me clavó la estocada final.

—¿Y para eso te quieres casar, para mejorar esto? ¡Lo nuestro ya no tiene arreglo!

Quedamos en silencio. Después de todo, en las peleas se dicen cosas que no deseas decir, muchas veces que ni sientes pero, en esa ocasión, Alejo tenía razón: yo intentaba salvar una relación abatida por la aburrición de años y años juntos, con una fiesta en la que me disfrazara de princesa y los dos fingiéramos ante el mundo tener el amor ideal.

Esa noche ya no hablamos más.

Cuando regresamos a México, con lágrimas en los ojos y prometiéndonos ser amigos hasta el final del universo, decidimos terminar. La idea de ser yo la siguiente en caminar hacia el altar resultó mandando nuestra relación a la inevitable separación.

De princesa con zapatillas a plebeya con tacones

¿Y si nunca llega ese príncipe azul tan anhelado? ¿Qué pasa si todo lo que nos han prometido desde los tiempos de la Cenicienta es pura mentira? ¿De tanto besar sapos sin que se conviertan en príncipes, estaremos destinadas a convertirnos en ranas no merecedoras del amor verdadero? Tendemos a idealizar a cuanto hombre se estaciona en nuestras vidas, porque siempre estamos deseando, en silencio, encontrar a ese príncipe azul que, según nuestras madres y amigas, nos merecemos, pero perdemos toda objetividad por esa prisa absurda de atar nuestra vida a alguien.

Cambié mi nido de amor por un departamento de soltera. Algo que pudiera pagar con la porquería de sueldo que devengaba, realizando un trabajo que no tenía nada que ver con lo que siempre soñé hacer cuando decidí inscribirme a la carrera de psicología en la UNAM.

Hacía poco tiempo vivía en un hermoso *loft* y dormía acompañada. Ahora mi cama era un colchón en el piso de un departamento viejo en la colonia Condesa. Mi refri era una hielera de playa y mi sala, dos almohadones gigantes que compré en una liquidación de ropa de cama en el *Costco*. Me quería morir de la depresión. Mi única pieza de arte era una fotografía vieja de mi padre y yo cuando tenía cinco años.

Alejo seguía disfrutando de su vida normal mientras yo salí con una mano atrás y una adelante, sin nada que me perteneciera del bellísimo departamento que su mamita nos montó. Bien me lo decía mi madre: *¡no te vayas a vivir con él hasta que no se casen! ¡Deja de ponerte en charola de plata!* Pero yo no la escuché. Yo tenía que ser la mujer progresista que no necesitaba un papel para tener una relación de verdad. Ahora ni papel, ni departamento, ni nada. Ni siquiera mi trabajo me gustaba. Necesitaba hacer algo por mí, algo que me devolviera la fe, algo que me hiciera sentir en el lugar adecuado y no como si todas las decisiones que había tomado en los últimos años hubieran sido erradas.

Me detuve a analizar lo que deseaba de verdad, aunque entre aquel torbellino de confusiones y dolor no pudiera dejar de mentirme a mí misma. Por momentos creía que aún amaba a Alejandro y que prefería estar a su lado aunque él no quisiera comprometerse del todo, total, cada quien ama a su manera; él es un hombre libre y quién era yo para cortar sus alas. Era bueno, amable, decente, cariñoso –de vez en cuando– y mis amigos, que eran como mi familia, lo querían. La suya, por su parte, me veía como su única opción para tener nietos –pobres incautos–. Casi cinco años de antigüedad me daban el divino derecho de un compromiso implícito.

Ahí estaba mi mente miedosa, jugando con mis juicios, con mis sensaciones y con mi voluntad. Lloré un poco más y de la nada me visitó una rabia incontenible que desechó todos esos demonios que me convertían en un manojo de vulnerabilidades. Recordé sus palabras retumbantes en la memoria que ya se desvanecían en susurros: *¿y para eso te quieres casar, para mejorar esto? ¡Lo nuestro ya no tiene arreglo!* Alejo tenía razón, lo nuestro se había convertido en una pantalla que guardábamos para alargar el doloroso momento de aceptar que ya no éramos lo que algún día fuimos, o creímos ser. Tenía que tomar mi vida por las riendas, tenía que tener el control sobre mis decisiones y mis procederes. No más depender de que el hombre que estuviera conmigo me solucionara todo. Mi estabilidad era mi responsabilidad.

Ese día abrí una botella de tequila y la metí en mi hielera de playa, la arrastré hasta la sala y me recosté en la pared con mi computadora vieja en las rodillas y mis audífonos en las orejas. Pensé en todas esas mujeres que en ese mismo momento estarían llorando la partida del gran amor que les habría prometido el cielo y las estrellas, dejándoles solo una botella de tequila y una hielera de *Unicel* para ahogar sus penas.

Eso me pasaba por haberme dejado llenar la cabeza de cucarachas, por creer que el verdadero amor existe y que para todas hay un príncipe azul. Para todas menos para mí. *¿Cómo se* *llamaba aquel McYummi que se me acercó en la barra en la boda de Kenny?* El tequila comenzaba a nublar mis recuerdos.

—¡Pero cómo te vas a acordar!, ¡tonta!, si lo dejaste con la palabra en la boca para irte a meter a la boca del lobo! —me recordó mi Cirilita interna un tanto mareada por el alcohol.

Ni siquiera sabía su nombre, pero igual de qué servía: estaba casado. Era uno de los pocos buenos hombres que lucían, sin vergüenza, su deslumbrante anillo de casado. ¡Suertuda su mujer! Guapo y simpático. Eso pasa con los príncipes azules: ¡todos están casados!

—O desaparecidos, como tu papá, el que tú mamá pensó que era su príncipe azul —alegó Cirila con un tono sarcástico que me rompía la paciencia.

—¡Mi papá no está desaparecido!, Cirila, y no me toques ese vals ahorita que no tengo muy buen humor —respondí, dejándola tan callada que escuché grillos en mi conciencia.

Tomé un trago más de pico botella y, después de casi una cajetilla de cigarrillos, llegó la inspiración. Quería hacer algo que me conectara de alguna manera con esas mujeres que pasaban por lo mismo que yo. Deseaba descubrir la cura a la bendita necesidad de la droga de diseño más antigua del planeta: el príncipe azul. Y con ese ímpetu por comprender el intríngulis del amor quise volver a ser la mujer que ya no recordaba si algún día fui: una mujer independiente, con el corazón entero y las entrañas de acero. Una mujer que no necesitara un anillo de *Tiffany* para ser feliz. Una hembra que portara orgullosa su soltería y escondiera su vulnerabilidad en las tapas de sus tacones.

Abrí el navegador en mi *Mac* vieja y busqué alguna página en donde pudiera crear un blog. Abriría mi propio consultorio virtual, desmentiría la teoría de que las mujeres tenemos que encontrar a un hombre para ser felices y tenerlo todo, porque justo es esa desgraciada espera la que nos hace miserables. ¿¡Y qué si no llega un amor, o, peor aún, nos deja!? ¿Por ello estaremos destinadas a la amargura perpetua? ¡No, señor!

Cerré los ojos e imaginé a mi Cirila elevándose cual diosa en pedestal griego. La luz de la iluminación le hacía irradiar un aura celestial, como la Simone de Beauvoir de la época virtual. Con mi vocación y mis letras abriría los ojos de las mujeres y les inspiraría para que, con los tacones y las faldas bien puestas, mantuvieran en alto la cabeza cada que tacharan la casilla de solteras, y lo hicieran con tanto orgullo como la tachan las casadas.

Así, con Cirilita poseída por la filósofa francesa, oprimí el botón de crear blog y le di vida a:

www.memoriasdeunasolteramexicana.com

Los fantasmas del castillo embrujado

Quiero que alguien me responda cuántas veces un hombre ha perseguido —en la vida real— a una mujer en el aeropuerto esperando que no se vaya y, a cambio, se case con él. Cuántas veces ha salido corriendo detrás de su amor bajo la lluvia, tomándola en sus brazos y besándola —bajo la lluvia, repito— con desenfrenada pasión. La realidad es que hemos sobreestimado al romanticismo en aras de lograr mejores dramas de ficción. Después de todo, y aunque te persigan hasta el fin del mundo, las maripositas en el estómago desaparecen, las flores se acaban, el festejo de meses se olvida y el sexo disminuye; en algunos casos se eclipsa con migrañas crónicas. Bien dijo Shakespeare que el juramento de un enamorado no tiene más fuerza que la palabra de un mozo de cervecería. Uno y otro no sirven sino para confirmar o certificar cuentas falsas.

Desperté gracias a que olvidé quitar la alarma del día anterior. Seguía un poco mareada gracias a la ingesta de alcohol con la que, según yo, ahogaría el recuerdo de Alejo. ¡Error! El recuerdo seguía vigente y ahora tenía una cruda marca diablo, derrumbe de moral, y un dolor de cabeza que amenazó con hacérmela explotar cuando sonó el teléfono. Contesté lo más rápido que pude.

—¿Bueno?

Del otro lado mi querida amiga Kenia, con su voz aguda, me torturaba como karma comprado en efectivo.

—¡Amiga! Anoche te estuve llamando como loca, ¿por qué no me contestabas? No me vuelvas a hacer eso, Juliette (mencionado por Kenia suena a Yuliet), ¿qué no ves que me preocupo?

Kenny continuaba sermoneándome por algo sin sentido mientras yo pensaba: *¿qué no fue una de las tantas razones por las que me vine de Querétaro? ¿Para que mi mamá no me anduviera fregando?* Pero

¿qué se le va a hacer? Kenia desde que nació era madre. Soñaba con el día de su boda para así poder ponerse panzona y desplegar esas redes maternas que enrollaba en su estómago justo al lado de donde se formaría un cordón umbilical. Ella lo hizo un tanto al revés: primero fue madre y luego se vistió de princesa. Igual, a estas alturas, el orden ya no afecta el resultado. Kenia era la madre de todo el mundo, comenzando por Marisol, su pequeña hija, la misma que me confesaba desde muy pequeña que, a veces, su mamita la aturdía. *Es que habla mucho y muy fuerte* decía cuando apenas dejaba la media lengua atrás. Henri, su marido, quedó huérfano de madre desde muy chico y valoraba las constantes preocupaciones de su mujer. Un claro caso del roto que conoce a su descocido. Todo convertía a Kenia en una mamá: mamá con su hija, mamá con su esposo, mamá con sus amigos, y futura mamá de Jade, quien llegaría al DF en pocos días. Ese fue el motivo de esa llamada. Jade Nilson (Didi, como la llamaba Kenia) es prima directa, por parte de su madre, bastante más chica que ella y sobre quien Kenny entretejió sus prematuros sueños de ser mamá.

Esa noche Kenny tendría una cena con una prima de Henri que estaba de visita en el DF. Por eso me comprometí, como buena amiga, a irle a ayudar mientras preparaba la comida. Sin embargo, estaba decidida a no dejar mis nuevas metas como promesas de borrachera despechada. Daría el primer paso hacia mi feliz independencia: sacaría del banco los ahorros que guardé durante mis años de vida al lado de Alejo, y me los gastaría en convertir mi nuevo departamento en un lugar decente.

Me lavé los dientes mientras el agua de la ducha se calentaba. Entonces no pude evitar mirarme desnuda al espejo, observarme de arriba hasta abajo y preguntarme si yo también necesitaría una manita de gato, a lo mejor cortarme el pelo o pintarlo de algún color brillante, algo que me alejara de mi look soy–prima–de–un–zombi. *La belleza es aún más difícil de explicar que la felicidad* dijo algún día Simone de Beauvoir, y es que, a lo mejor sin felicidad, la belleza es imposible de irradiar.

Para esos casos en los que necesitaba una compañera de creatividad femenina, nada como llamar a Edu, Eduardo, mi amigo desde hace algunos años: un gay maravilloso que se enteró de sus preferencias sexuales después que yo (siempre fue una chica de clóset). Y como no había nadie más indicado para una sesión de *shopping* de cualquier tipo, le hablé.

—¡Hola, *sweetie pie*! Justo estaba por llamarte. Leíto y yo cumplimos la siguiente semana y no tengo la menor idea qué regalarle. ¡Código *shopping* emergente total! ¡Necesito tu ayuda A-S-A-P! ¿Cómo estás, *sweetie*?

Edu mutó en un plumero rosa gracias a Leonardo, su *guapisisísimo* marido que lo convirtió en una diva del glamur y con quien, por fin, dio vuelo a su increíble talento de organizar eventos sociales para la *crème de la crème* mexicana. Su excelente gusto para vestir y portar los accesorios más *hot* lo hicieron de un momento a otro el gay más apetitoso del mundo del arcoíris. Todo el mundo quería vestir como él, ir a los eventos que organizaba y salir en las revistas que no se perdían ningún evento de Edu. Los que sufrían la maldición de la fama social de su retoño eran sus padres, conservadores de vestidura rasgada y estandartes patrios de la doble moral.

Luego de contarle mis planes a Edu, me recogió en el convertible de su flamante marido y nos fuimos a lo *femme fatales* a Polanco por una dosis intensiva de *shopping* para su amor y para mi depa. Caminábamos por Masaryk, tomando una *pink lemonade* de *GastarSucks* —*sorry*, *Starbucks*— cuando lo peor sucedió. Escuché, como si proviniera de mi conciencia destemplada por el alcohol que aún no se despedía de mi torrente sanguíneo, una voz conocida que en automático me crispó los pelos de la nuca. Era Alejandro. Por esos karmas que uno va acumulando en la vida, nos lo encontramos justo afuera de *Tiffany*, la capital de unos anillos de compromiso que, en su mayoría, terminarán en divorcio. Allí estaba yo, con una facha como si me hubiera atropellado un camión de cervezas. ¡Maldito Murphy! Si tan solo me lo hubiera topado tres horas después, cuando estaría saliendo de mi cita en el salón de belleza, con un *look* matador. Pero no, me lo tuve que encontrar con el pelo hecho un desastre y con unas ojeras de agarrar con brasier copa D. Él, en cambio, olía como a pradera de verano.

Mi corazón se aceleró, sentí que se saldría de mi pecho cuando dados tres o cuatro pasos quedamos frente a frente. Edu saludó, intentando hacerse el que la virgen le hablaba, y se metió en *Tiffany* con la misión de comprar una cursi cadena con un corazón para su amorcito. Me abandonó en el barco con la proa y la popa hundidas, frente al capitán que habría abdicado al puesto de marinero de mi corazón poco tiempo atrás: 43 días, 14 horas, 18 minutos. No vayan a creer que llevaba las cuentas. La conversación fue de lo más torpe del universo.

—Cómo estás

—Yo muy bien, gracias.

Y después silencio. Nos reímos más por la incomodidad que por atropellarnos en las palabras cuando por fin se nos había ocurrido algo qué decir. Entonces dijo lo que nunca debió haber dicho, porque de no haberlo hecho, mi historia, todo lo que sigue de acá en adelante, habría sido otra.

—¿Cenamos esta semana?

—Hum.

Esa fue mi participación.

—Algo sencillo, de amigos.

¡Por algo los expertos afirman que la amistad entre ex no existe! ¡Porque algo saben!

—¿Qué expertos? —preguntó Cirila, perdiendo de vista lo importante por lo intrascendental.

—¡*Shhhh*!, Cirila borracha, tú ¡*shhhh*! —la silencié.

Y aunque la verdad sí tenía alternativa (decir que no) preferí tomar el camino fácil –o difícil, según como uno quiera verlo–: acepté cenar con mi exnovio, por el que había sufrido los últimos 43 días, 14 horas, 22 minutos.

El código *shopping* se convirtió en código *shopping interruptus*. Eduardo llamó a Kenny y me acusó como acusa una infante a su amiguita por jalarle las trenzas. Necesitaba una intervención urgente de mis amigos. Por ello corrimos al salón en donde ya me esperaba la estilista más solicitada de Polanco, que no tardó en darle cita a Eduardo, pues cuando yo lo intenté me rechazaron, ya que la luminaria del cambio de imagen no estaba disponible hasta dentro de dos meses. Así que, sin la menor posibilidad de perder semejante reservación, acordamos llegar a la casa de Kenny por la tarde para ayudarla con los preparativos de su recepción, y, por ahí derecho, que mis amigos me hicieran montonera.

Entramos por la puerta de emergencias a la sala de Kenia, me inyectaron suero dentro de una copa de martini y me dieron terapia cardiaca por las próximas dos horas. Dos segundos después de nuestra entrada triunfal, Kenia me miro con una tierna sonrisa, evaluando mi nuevo look:

—Quedaste como Bu, la de *Monsters Inc.*

Lo que me faltaba: quedar parecida a una bebita de película de dibujos animados. Me quería morir. En mi afán por hacer un cambio radical me dejé hacer lo que la diva de la imagen deseara, lo que incluyó un *cool-femenin-man-look,* tal cual ella lo describió, con iluminaciones rojizas.

—Se ve hermosa, ¿verdad, Kenia? —dijo Edu con tono de voz suplicante porque no se me pusieran más piedritas en el camino.

No pude más y corrí al espejo que descansaba sobre el trinchador del comedor de Kenny. ¡Dios! En efecto, me parecía a Bu, más cuando decidí hacerme dos colitas para que me bajara el volumen del peinado.

—¡Pero Bu es bonita! —dijo Edu, intentando hacerme sentir mejor.

Entonces Kenia se paró a mi lado, me metió las greñitas detrás de las orejas y desvió con sus maternales manos mi mirada del espejo.

—La que es linda, es linda, Juliette, es imposible que te veas mal porque eres preciosa, además el cambio te viene de maravilla.

Mi cruda no me permitió mantenerme sobria por mucho tiempo. A la segunda tanda de suero yo ya los veía como con un halo santificado. Mis amigos eran lo máximo, los quería *taaaanto,* aunque me sermonearan y no me dejaran hacer lo que se me diera la gana.

—La única que puede salir lastimada eres tú. Además, te guste o no, las mujeres siempre mezclamos sentimientos a la hora de acostarnos con alguien —dijo Kenia.

Debido a mi retraso en tiempos por culpa del alcohol, solo contesté algunos segundos después.

—¡¿Sexo?!, ¿quién dijo sexo? Alejo me invitó a cenar, no a cenarme —reclamé mientras prendía un cigarrillo.

Kenia me mostró la ventana para que no le apestara su casa a mi *asqueroso vicio*. A lo que después contestó Eduardo un amplio:

—¡Sí, ajá! Eso es lo que tu dices. Después de una dosis de anestésicos como varios *whiskies* o martinis acompañados por esa porquería de cigarro, te va a dar polaridad en las rodillas...

Eduardo siempre tiene la fórmula perfecta para acotar algo que sabemos será desagradable aunque aún no lo comprendamos. Kenia y yo le dirigimos nuestra acostumbrada mirada de *¿what?* y continuó con su aporte.

—Y se te van a abrir.

Mis objeciones no fueron escuchadas en el juicio. Entonces la fiscal Kenia dictó sentencia: tenía que cancelar esa cita y olvidarme de que Alejo y yo podíamos ser amigos, pero, además, tenía que dejar ese maldito vicio de una vez por todas porque ninguno estaba dispuesto a soportar mi aliento de conserje trasnochado. Pero uno no escucha.

El tiempo pasó y Kenia comenzó a volar desde el comedor hasta su cuarto. La visita no tardaría en llegar y ella todavía no estaba lista. Estaba claro: nos teníamos que ir. El problema es que yo no me encontraba muy sobria que digamos. Pedimos el elevador y bajamos hasta el *lobby* en donde el portero me vio perder el equilibrio.

Llovía. Edu se ofreció a ir por el carro mientras yo lo esperaba en el techito de la entrada al edificio. El es una dama que nunca olvida su esencia de caballero. Entonces vi llegar al *McYummi* de la boda de Kenia, aquel que detonó mi rabia y a quien casi podría culpar de haber cortado a Alejo esa misma noche. A alguien tenía que echarle la culpa. Mía no fue. Venía de la mano de su esposa, ambos portando orgullosos sus argollas de casados. Ella, incauta, siguió caminando hasta el *lobby* en donde la escuché anunciar su visita al PH6, el departamento de Kenia. *McYummi* posó sus ojos en mí, y, aunque no me reconoció, fue evidente que le parecí familiar. Yo, con tal de no revelar mi lengua pesada por el alcohol, preferí hacerme la tonta y caminar por la lluvia para alcanzar a Eduardo, mientras le marcaba a Kenia.

—Juliette, ando en friega, ya llegaron Greta y su marido. ¿Hablamos luego, sí?

—Justo por eso te llamo, los vi acá en el *lobby*... ¿Quiénes son, eh?

—*Sorry*, amiga, pero no tengo tiempo de contarte. Hablamos mañana.

Colgó.

—¡*Ash!* Me choca quedarme con la duda. ¡Ese hombre tan *McYummi* y tan casado!, ¡me lleva la fregada!.

Cirilita cruzaba los brazos y se soplaba el mechón húmedo y despeinado que reposaba en su frente. A ella también le chocaba.

La semana siguiente, cuando por fin mi nuevo look y yo logramos comprendernos, recibí la llamada de Alejo. No alcancé a contestar. Momento siguiente la pantalla de mi celular anunciaba un mensaje de voz nuevo. *Hola, nena, te llamo como quedamos para concertar la cena pendiente. Te veías preciosa ese día, no he podido dejar de pensar en ti. Llámame. Besos.*

Las piernas se me convirtieron en espaguetis y caí al suelo en cuclillas. El corazón no podía latirme más rápido, era como si me hubiera tirado del *bungee* sin cuerda. ¡Alerta roja! Campanas desde la Capilla Sixtina sonando en el *alertómetro* del *cangrejeo*. (*Cangrejeo*: dícese de la acción de recaer con el ex). En esa ocasión no llamé ni a Edu ni a Kenny, sino a mi gurú sentimental, el que me insta a que haga lo que mi corazón dicta, el que me alcahuetea y me alienta a no hacer lo correcto sino lo que mi fluidez espiritual aconseja: Leonardo.

Leo me invitó por un *Karma Bagel* en la Condesa, el sitio perfecto para hablar de karmas y de ex. Le reproduje unas 200 veces el mensaje de Alejo. Como buen gay es una maravillosa amiga. Mis preguntas atacaron descontroladas.

—¿Qué quiere decir ese tono? ¿Por qué me dice que me veía preciosa si parecía la prima hermana de Diana Salazar? (cuando al final queda crucificada, despeinada y hecha un desastre obvio)

26

¿Crees que quiera volver conmigo? ¿Qué debo hacer? ¿Habrá recapacitado?

—¡Basta! —me detuvo.

No pude más, me solté a llorar de la desesperación. Llevaba más de un mes en rehabilitación emocional y Alejo aparecía para confundir todo.

—No te adelantes a nada —dijo sereno—. Si lo que tienes son inquietudes entonces ve, cena con él y escúchalo. Pondera qué es lo que tiene que decir y con base en eso tomas las decisiones. Pero no decidas en ese momento, piénsalo, víbralo, siéntelo. Y eso sí, te tomas una foto antes de salir para calificar el nivel de *hotness* pues tienes que lucir ¡*exquisite*!

Las ventajas de la comunicación instantánea por chat me permitieron hacer uso de mi magia escrita y redactar el mensaje perfecto: *mañana es un buen día, nos vemos a las 9pm en Cibeles. Hasta entonces.* Según yo, era un mensaje perfecto, ahora veo que sólo era un mensaje. Esa noche no dormí, repasé una y otra vez el mensaje de voz, hice caso omiso a lo que Leo me dijo de no adelantarme y comencé a sacar ciento una conjeturas prematuras. Y para que luego no se diga que en dónde quedó la bonita costumbre de hablar a solas comencé:

—Ya renté este depa, qué tal que me diga que regresemos y yo con este contrato encima, ¿Y si me dice que nos casemos? ¿Estaré preparada?

Cada pregunta me causaba más ansiedad que la anterior. Me sentía indefensa y llena de impaciencia. Las nueve de la noche del día siguiente parecían una eternidad.

—¿Por qué no le habré dicho que cenáramos hoy mismo? ¡Soy una tonta! ¿Y si lo llamo y le digo que me desocupé? ¡No, no, no, cálmate! Necesitas estar serena.

Ese era mi diálogo semiinterno, semiesquizofrénico. Decidí desconectarme del mundo y conectarme a mi manzanita vieja.

www.memoriasdeunasolteramexicana.com/nueva entrada

Con tal de obtener lo que se nos antoja en cierto momento, con tal de sanar el ego y permitir que nos recuerden que "por algo están buscándonos", con tal de poder decir "me llamó porque me extrañaba, terminamos saboteando nuestra felicidad o por lo menos exponiéndonos a atentar en contra de ella. "El secreto de la felicidad en el amor consiste menos en ser ciego que en cerrar los ojos cuando hace falta." Simone de Beuvoir.

Hasta que sonó el teléfono y me sacó de mi estado catatónico–inspirativo. Era mi madre.

—Me contó la mamá de Kenia que te cortaste el pelo como un hombre. ¿Qué te pasa, mijita, estás muy deprimida?

Así era mi mamá. Esa fue la razón por la que decidí huir de su lado con el pretexto de estudiar una carrera en la capital. Desde que mi padre se fue, ella se dedicó a beber vino blanco con la excusa de que el vino no causa adicción ni alcoholismo. Luego de que mis abuelos murieran, le cayó una herencia que le iba a permitir vivir con dignidad, aunque sin lujos, por el resto de su vida. Al ser la hija abandonada por su marido, el testamento le favoreció, lo cual ocasionó que mis otras dos tías le agarraran coraje. Mi madre se quedó sola, refugiada en la bebida. Por eso vivía aterrada de que yo, por un hombre, tal como ella hizo, tirara mi vida por la borda y me convirtiera en la mujer que ella, poco a poco, se fue convirtiendo. Bueno, eso decía ella. Yo recuerdo verla tomar vino desde que quebraba el día, es decir, minutos después de la una de la tarde. Así le daba la noche, copas iban y venían hasta que mi papá llegaba, a veces de gira, a veces de grabar, y se ponía a jugar conmigo. Mi mamá nunca quiso que yo quisiera a mi papá, por eso jamás perdió oportunidad, como siempre, de hablarme mal de él, de decirme que nos abandonó por *egocentrista, hijo de la chingada*. Eso sí, no se miraba ella. Jamás se puso a pensar que ningún hombre iba a querer estar con una mujer que bebía todo el día y que, fuera de todo, no lo apoyaba en sus sueños, sino que más bien le alegaba por ellos.

Así a veces me diera pena de ella, esa era mi mamá.

Mis otros dos hermanos prefirieron irse con su papá que quedarse con ella, y yo no demoré en salir corriendo de Querétaro tan pronto como pude. Nadie quería estar con ella: ni sus hijos, ni sus hermanas, y a mí se me hace que ni hasta sus amigas. La única que la frecuentaba y eso porque estaba igual de lurias que ella era la mamá de Kenia, con quien mataba el tiempo chismeando y enlodando nuestra vida en la capital. Por eso no perdía oportunidad para llamarme y enjuiciarme por todo lo que hiciera en mi vida. Nunca le contaba nada sobre mis cosas porque era imposible hablar con ella, sobre todo cuando se encontraba en su estado de *happy hour*, como le llamábamos mis dos hermanos y yo a la ventana de tiempo en la que bebía.

Eugenio y Marcos, mis hermanos, la llaman por ahí una vez al mes. Su papá terminó dándole al clavo en un negocio y se hincharon de dinero, lo cual le provocó aún más resentimiento en mi mamá, quien se quejaba porque su segunda pareja era un bueno para nada. Así la vida, el día que Aurelio se separó de mi mamá le llegó la suerte y se volvió millonario.

De mi papá nunca volví a saber nada. No puedo evitar culpar a mi madre: es una maldición ser sicóloga en estos casos, pues puedo ver con claridad que tengo muchas cosas por resolver y ni siquiera sé por donde empezar. Querer a mi mamá se volvió un acto de responsabilidad y no de voluntad. Pero ¿cómo cambiarle ese sentimiento a mi corazón por una mujer que escondió todas las cartas que mi padre me envió cuando se fue detrás de sus sueños a Guadalajara?

Luego nos cambiamos de casa y fue mi mamá quien no le actualizó nuestra nueva dirección. Ahí nos perdimos el rastro. Bueno, él me lo perdió a mí pues desde que salió de la casa con su bajo en el hombro en busca de grabar su propio disco, siempre estuvo pendiente de mí. Fue cuando decidí desenredarme de las faldas de mi madre y venirme a vivir a la ciudad, que mientras empacaba, encontré una caja de zapatos (ya sé, ¡cliché!) con todas y cada una de las cartas que mi padre me escribía cada semana. Cuando le pregunté a mi madre no supo ni qué decirme. Su único argumento era que me estaba protegiendo de un desertor crónico. ¿Protegerme del amor de mi padre? Jamás pude creer sus excusas. Ella, por medio mío, se vengó de que mi padre amara más a la música que a una mujer malencarada y borracha.

Nuestra relación se fue al caño. De por sí nunca fue la mejor. Mi madre no me perdonaba que a pesar de su "abandono" yo amara a mi papá y lo recordara por medio de sus discos. Pasaron más de dos años durante los que no hablé con ella, hasta que un día se me apareció en la puerta de mi casa e intentó absolverse de todos sus pecados.

Es mi mamá. Por más de que no pudiera amarla como la mayoría de las hijas aman a su madre, tampoco fui una mala persona, así que digamos que la perdoné —más de dientes para afuera que de corazón para adentro— y continuamos hablando con más frecuencia, incluso más de la que Eugenio y Marcos hablaban con ella. No dejaba de parecerme triste que los propios hijos de mi madre no tuviéramos la menor intención de compartirle nuestra vida, de incluirla un poco en ella, de contarle nada de las cosas importantes que nos sucedían. Mis hermanos tenían a su papá, yo tenía un *Discman*, una foto y varios discos de su banda.

De todas maneras mi madre no necesitaba que yo le contara sobre mi vida, para eso estaba la mamá de Kenia. Kenia tenía una patológica debilidad por contarle todo a su madre. Un poco por darle el ejemplo a Marisol para que, con el tiempo y cuando le llegara su hora, hiciera lo mismo. Otro poco porque la costumbre le ganaba. No importaba cuánto le pidiera a Kenny que no le contara a su madre mis cosas, ella continuaba creyendo en los juramentos de Yolanda, cuando por afán de chisme, prometía no decirle nada a mi mamá.

—No, mamá, no me corté el pelo como hombre, solo me lo corté porque quería un cambio y no te preocupes que no estoy deprimida, de hecho estoy mejor que nunca.

Mi madre tomó un amplio suspiro y comenzó con su retahíla de siempre.

—¡Ay, mijita! Es que debiste haber conseguido un hombre con dinero, aunque sea uno que te dejara algo para que vivieras bien y no en el cuchitril que estás viviendo.

Mi mamá tiene la virtud de sacarme de quicio en menos de un segundo.

—¿Y tú por qué dices que mi departamento es un cuchitril? No tienes idea de lo que hablas —le dije, mirando a mi alrededor y enfocando mis ojos en mi nevera de playa.

—Me dijeron que ni tienes muebles —agregó.

—¡Pues no, no tengo muebles porque aún no me llegan, y te voy a pedir un favor: deja de escuchar todo lo que la chismosa de

30

Yolanda te dice, que nada más tergiversa las cosas a su modo con tal de andar molestando!

¡*Ash*! ¡No soportaba que me tratara como una niña!

—Bueno, Julietita, mejor me voy porque como contigo no se puede hablar —dijo en ese tono lastimero que me provocaba tirarme por una ventana.

—¡Adiós!

Colgué con la rabia haciéndole cosquillas a mi gastritis. Decidido. De esa semana no pasaba: tenía que comprar todos mis muebles. Ya no habría encuentro del terror que me lo impidiera.

¡Ring, ring, ring, ring! (del otro lado Kenia seguro buscaba su celular perdido en las inmensidades de su cartera de marca).

—¿Bueno?

—¡Kenny!

—¡Hola, Juliette!

—¿Por qué le dijiste a tu mamá que me corté el pelo como un hombre?

—¡Yo no dije como un hombre! Le dije que cortito y que se te veía superlindo.

—¡Ya te dije que no le cuentes nada de mí a Yolanda! Ni para bien ni para mal, entiende de una vez que ellas dos se chismosean todo.

—*Sorry*, amiga, es que cuando platico con ella me pregunta por ti y pues ¿qué le cuento?

—¡Nada! Dile que estoy bien y ya, no que mi departamento es un desmadre.

—¡Ay, mi mamá! No dije eso, le dije que apenas estabas amoblándolo y que poco a poco lo estabas poniendo bonito.

—Pues ya vez cómo llegan de chuecas tus palabras. Así que neta, párale ya.

—Está bien, *sorry*, no lo vuelvo a hacer.

Si me dieran un peso cada que Kenia me había dicho eso. Pero ella no tenía arreglo, contarle todo a su madre era su debilidad.

—Te perdono solo si me cuentas algo…

—¿Quiénes son los que fueron esa noche a tu casa?

—¿Por qué te intriga tanto?

—Porque ¡*McYummi*!

—¿*McYummi* qué?

—Pues el hombrecillo ese que fue a cenar a tu casa.

—El hombrecillo ese tiene esposa —respondió Kenia, reprobadora.

—Por eso, una *pal* gasto y otra *pal* gusto ¿qué no se usa así? —dije, bromeando.

—Julieta, ¡son casados! ¡No! —sentenció firme—. ¿Te gustaría que una vieja pusiera los ojos en Henri?

—¡*Aish*! No te pongas trascendental, son solo fantasías inocentes.

—Es el esposo de la prima de Henri

—¿Ellos son con los que viajan seguido a "cazar vinos"?

Kenia y Henri compartían con ellos la afición por conocer viñedos alrededor del mundo.

—Los mismos y vamos a catar no a cazar.

—Da igual… ¿Y por qué no los había visto antes? ¡Cómo es que un hombre así se había escapado de mi radar de *McYumminess*.

—Pues porque viven en Veracruz, casi no vienen.

—¿Y son felices? —pregunté en tono de broma.

—¡Juliette! —me reprendió.

—Solo es una pregunta —disimulé.

—Según Henri su matrimonio está de la tostada. Pobres…

—Sí… pobres… —expresé no muy convencida de mi pena por ellos.

—Tengo que irme, hay un policía en la esquina y voy manejando, te llamo luego, ¡*bye*!

Colgó. ¡*Grrrrrr*! ¡Por qué no me daba más datos de *McYummi*! Silencio mental. Qué oso yo obsesionada con un hombre casado envuelto en un matrimonio infeliz. ¿Así o más patética? Apagué la luz de mi lámpara y me quedé mirando al techo, filosofando sobre los guapos casados y los sapos solteros como con el que al siguiente día me encontraría para cenar: mi ex.

Eran las nueve de la mañana y llevaba dos horas como lechuza de campanario: más desvelada no podía estar. Los segundos del mugroso reloj —uno que dejaron en el departamento los antiguos arrendatarios y colgaba en la pared de mi sala desierta— no dejaban de retumbar, recordándome que faltaba una eternidad para la bendita cena. Con el sol atravesando mi ventana y las mil y una preguntas sin responder, apareció la premura por arreglarme para una importante junta de trabajo. Ah, mi trabajo. Lo odiaba. Era el peor de todos. ¿Por qué no podía vivir de dar terapia por medio de mi blog y ya? Pasar las mañanas deambulando por mi casa en calzones y esperando por que la musa de la inspiración me acompañara con mi *chai* matutino. Ese día todo estaba mal, la cabeza no me dejaba en paz y debía de concentrarme para ganar ese bono con el que prometí comprarme la *Coach* a la que le puse el ojo aquel día en Polanco. Necesitaba un *boost*.

—*Chai latte* sucio con leche de soja, alto, con extra espuma y un *muffin* de linaza para llevar.

Algunas usan amuletos de buena suerte, el mío era pasar por *GastarSucks* para despertar y así desplegar todos mis encantos en la bendita junta que me hizo brillar cual estrella de Belén.

Por primera vez en la vida, el baboso de mi jefe me miró con orgullo. Para festejar que me gané, muy bien merecido, mi bono, salí de *house shopping*. Me resbalé con una cáscara de sala y comedor nuevos, base para la cama y una mesita de noche *vintage* que con tiempo repintaría. Entre los ahorros y el bono pude darme el gran gusto de comprar todo lo que a mi departamento le hacía falta, un atuendo nuevo para la noche y hasta la *Coach* con la que me había encaprichado hacía una semana. Eso sí, me quedé sin un bendito peso en mis ahorros, pero ¡qué más daba! Ya volvería a hacer mi cochinito a punta del cheque quincenal que me proveía el trabajo más aburrido de la historia.

Entre una cosa y otra me dieron las siete de la noche y seguía lejos de casa. Escuchaba a los Abuelos de la Nada y su: *hace frío y estoy lejos de casa, hace tiempo que estoy sentado sobre esta piedra...* Vía mensaje de texto, Alejo ya había confirmado nuestra cita a las nueve en punto en el restaurante *Cibeles*. Siempre se quejó por mi puntualidad, o mejor dicho mi ausencia de ella, así que aquel día no era uno para recordarle mis defectos.

Volé por Reforma. A sabiendas de que el tráfico estaría de locos, opté por irme en bici, para volver sin aprietos en hora pico y así no arriesgar mi vida al volante. El sol se había ocultado y escuché una vez más la voz de Alejandro, en el fondo de mi conciencia.

—Tienes que comprarle luz a tu bici o te vas a romper la madre un día de estos.

El también parecía clarividente, como Cirila. Un bache que no vi y ¡pum! De ahí la literalidad de volar por Reforma. Recuento de los daños: rodillas raspadas, *shopping* regado por el camellón, *Coach* intacta. Oso descomunal.

8:00 p.m., status: descifrando qué ponerme gracias a que el atuendo de minifalda se había arruinado con las rodillas sangrantes. Es que ser mujer es complicado, más cuando la vida te pone *trivias* que no son tan fáciles de resolver. Ahora debía encontrar unos pantalones que fueran perfecto con mis zapatos nuevos y mi cartera. Una vez encontré los pantalones tuve que destruir mi clóset buscando una blusa que juré aún conservaba. Juré mal.

8:30 p.m., status: desmaquillada, a medio vestir y con Leonardo *text*–intensando. Le mandé una foto de mis adelantos y me calificó como "sublime". Me encantaban los adjetivos de Leo, siempre alentadores.

9:05 p.m., status: bajándome del carro para hacer mi entrada triunfal. Lo tenía todo planeado: la *hostess* del restaurante me indicaría la mesa en la que se encontraba Alejo, caminaría hacia él como si flotara, con una sonrisa tenue dibujada en mi rostro mientras la luz romántica de las velas en los candelabros realzarían las iluminaciones rojizas de mi nuevo look. Me acercaría a él y lo saludaría con un tierno beso en la mejilla, le tocaría la cara con mis manos, antes aromatizadas con su perfume favorito, y le diría: *me alegra mucho verte.*

9:06 p.m., status:

—Buenas noches, me debe de estar esperando el señor Alejandro Blanco.

La *hostess* buscó en su bitácora de comensales bajando su dedo índice hasta llegar al nombre.

—Alejandro Blanco, si, ¿mesa para dos? —preguntó y me miró hasta que asentí—. Lo siento, el señor Blanco no ha llegado, pero llamó para pedir que le asignáramos la mesa una vez usted estuviera aquí, sígame por favor.

Mi entrada triunfal se había esfumado. Mientras caminaba hacia la mesa entró un mensaje de texto: era Alejandro. *Lo siento, muñeca, el tráfico está de locos y estaba del otro lado de la ciudad. Llego en 10 minutos.* Siempre peleó por mi impuntualidad. Se me olvidaba que él tampoco, nunca, fue puntual. Cuánto coraje me daba que durante tantos años me renegaba por algo que él mismo no hacía. El pasado llegó a mi cabeza en forma de pregunta: *¿sería buena idea regresar?*

—¿Le traigo algo de tomar mientras espera a su pareja? —preguntó el mesero.

—No, no es mi pareja, lo fue y no estoy segura si volverá a serlo.

El mesero me miraba sin saber qué decir ante mi repentina confesión que nada que ver.

—Me refería a si desea algo de tomar antes de que…

No lo dejé terminar, y le pedí un martini de lichi bien cargado. Proyección total, ¡qué oso! Diecisiete minutos después ya iba en la mitad del segundo martini. Analizaba frente a mí la silla vacía. Así estaba siempre en casa: sola. Su trabajo nunca le permitía cenar conmigo como una pareja normal, su adicción a los juegos de video le restaba tiempo a nuestra agenda sexual que se restringía a sábados por la noche, sin juego previo ni besos apasionados: siempre fue a lo que íbamos. Me acostumbré al sexo aburrido, de hecho llegué a cuestionarme si sería un poco frígida, pero el hecho de fantasear con bosques de niebla, caballos galopantes y caballeros desnudos me recordaban que mi cuerpo funcionaba bien, lo que tenía fallas era el supuesto detonante que roncaba a

35

mi lado todas las noches. El domingo tampoco podía estar con él: la sagrada visita a su madre desde la hora de la comida hasta el final de la noche, no nos permitía darnos un día en pareja para disfrutarnos.

El alcohol aunado a los recuerdos que se estrellaban contra mi mente como meteoritos, me provocaron un calor absurdo. A mi alrededor todos los comensales estaban protegidos con abrigos contra el frío invernal, mientras yo sudaba la gota gorda. Sentí una mano posarse en mi espalda.

—¿Tienes calor o estás nerviosa?

Era Alejo, haciendo una de sus bromas. Sólo pude sonreír. Con tanto en la cabeza las palabras no me fluían. Fue él quien me tocó la cara y continuó.

—Me alegra que estés aquí.

—¿Le traigo algo de beber al señor? —preguntó el mesero.

—Un *blue label* —pidió Alejandro, haciendo uso de su impecable inglés.

El mesero no pudo ocultar su cara de *¿what?* ante el pedimento. Yo recordé lo pesado que podía ser para algunas cosas.

—Etiqueta azul —corrigió Alejo, con mueca muy de él.

Esa también me sacaba de quicio.

Al principio todo fluyó como una conversación normal.

—¿Cómo estás?

—Estoy bien, ¿cómo va el trabajo?

Nos quejamos cada uno de su trabajo.

—Me gusta tu nuevo look, te pareces a...

Se quedó pensando.

—¿Bu? —le pregunté, sonriendo.

Soltó una carcajada.

—Irresistible Bu —contestó y me dirigió una mirada coqueta que me hizo cambiar el tema.

—¿La familia?

—¿Supiste que le dijeron el sexo del bebé a mi hermano?

No lo sabía. Desde hacía mucho la interacción con su familia me tenía sin cuidado, sobre todo con su hermano que era más *yuppie* que el mismo Alejo ¡*Yiac*! Los *yuppies* me ponían los pelos de punta. Llegó su *whisky* y brindamos.

—Por lo que entre nosotros hoy comienza —dijo.

—¡*Fucking whaaaaaaaat*! —gritó mi Cirilita interna, golpeando contra la pared a un *yuppie* vudú.

Yo sólo abrí los ojos. Acercó su vaso hacia mi copa, que en lugar de ir hacia delante fue hacia atrás y extrañado me preguntó:

—¿No te gustó mi brindis?

Una marabunta de palabras subió hasta mi garganta, como un tsunami acumulado que engrandecía el caudal de la ola arrasadora. Tomé un gran sorbo de mi martini y por primera vez en la vida sentí que tenía la oportunidad de fluir, como Leo decía, y expresar mis sentimientos.

—¿Sabes, Alejandro? —empecé con una mirada inquisidora.

Respiré profundo para dejar al tsunami correr libre y continué:

—Hoy tenía una idea tergiversada de las cosas. Cuando nos encontramos y propusiste que cenáramos pensé que sería de amigos, pero después de tu mensaje de voz en el que decías que no habías podido dejar de pensar en mí, pensé que la tónica sería diferente.

Alejo intentó interrumpirme para decir algo, pero no lo dejé.

—No, Alejo, déjame hablar porque tengo muchas cosas por decir —reclamé, con la cabeza llena de conjeturas—. Llevo una semana pensando si sería correcto volver, si habríamos cometido un error separándonos. Por momentos me emocionaba pensando que todo esto era una pesadilla pero en otros recordaba las cosas por las que tomamos la decisión de separarnos, y la verdad es que sigo pensando que, por más que esto duela, no podría regresar contigo.

Bebí un sorbo liberador de mi martini. Cirila movió su pelo sintiéndose muy "acá". Alejo cambió la expresión de su cara, conforme mi sermón avanzaba, por una de esas sonrisas medio sardónicas que también me caían en la punta de los ovarios, justo donde reposaba, atravesado por una estaca, el *yuppie* vudú. Así que, impulsada por esa fuerza que dicta la rabia, continué con más bríos que antes.

—Tú fuiste el que terminó todo. El que no quiso nunca comprometerse conmigo. Lo único que yo te pedía era un compromiso, ni siquiera que firmáramos nada, solo que me dejaras cumplir mi sueño de recibir un anillo, y tener una boda cero convencional.

El bien sabía que odiaba los anillos de *Tiffany*, los sermones evangelizadores y la marcha nupcial.

—Pero no, no me lo diste —dije, y tomé aire—. Tampoco me escuchaste cuando te dije que esa carreta no la podía jalar yo sola, que necesitaba de tus detalles, de tu amor, de tu dedicación y ¿cuál fue tu respuesta? ¡Darme el avión! Esa siempre era tu respuesta. Ahora, que comienzo mi vida de nuevo, después de que sufrí por nosotros, por lo que deseé tener contigo, esperas que comencemos de ceros. Me parece bastante cínico de tu parte.

Se me acabaron las palabras, bebí lo que quedaba de martini en la copa y sentí un leve mareo, acompañado por una lágrima que amordacé para no dejar salir.

—¿Desean ver la carta? —preguntó el mesero en el peor momento de todos, para variar.

—Denos un minuto más —dijo Alejandro sin mirarlo y con sus ojos clavados en los míos que no hacían más que jugarle a las escondidas.

Entonces se acomodó, tomó de su *blue label* e intentó encontrar las palabras para comenzar a hablar. Por primera vez sentí que lo había roto con mis argumentos, me sentí grande, como si, aunque no fuera un juego, yo ganaba con 1 y él perdía con 0.

—July, antes que nada quiero decirte que es bueno saber cómo ves las cosas.

El tiempo se detuvo, pude voltear y ver a todos los comensales a media acción, algunos con la cuchara en camino a la boca, otros con muecas risueñas, el mesero en camino a llevar la cena de otra mesa y a Alejandro lo reconocí utilizando ese tono que adoptaba cuando estaba a punto de hacer un jonrón con mi cabeza. El tiempo volvió a correr y Alejo prosiguió con sus palabras.

—Segundo: con "por lo que entre nosotros hoy comienza" me refería a una sana amistad en la que dos personas que se amaron con el alma, ya no dieron más pero pueden verse de vez en cuando, actualizarse sobre sus vidas y saber que cuentan el uno con el otro. Eso era todo.

Ahí estaba yo: sudada como caballo de cuarto de milla y medio borracha, con 1–100 en el marcador, avergonzada por mi sinsentido estriptis emocional y aplastada por el bumerán de un tsunami semántico. Entonces, el que hacía unos minutos, según yo, se estaba arrastrando de regreso y con ello perdiendo todos sus encantos, comenzó a convertirse en un manjar inalcanzable, un bocadillo que, de repente, se me volvió a antojar. Pero tenía rabia. Rabia por ser tan tonta, tan impulsiva, por no haberlo dejado hablar cuando intentó frenar mi diarrea argumental. Tenía vergüenza y ahora él volvía a mirarme con esos ojos de ternura con los que muchas veces me miró haciéndome sentir un bicho paleolítico.

10:07 p.m., status: lágrima en ojo *Remi* sostenida sobre rímel de agua, la receta perfecta para transformarme en Diana Salazar. De mi seguridad no quedaba ni su teoría. Abrí los ojos en busca de un chiflón que se colara por la ventana y evaporizara mis mugrosas lágrimas, que entre menos las quería, más fluían. *¿Dónde están los mentados chiflones cuando uno los necesita?* La luz de las velas hacían parecer mis ojos en una danza acuática vergonzosa que me recordaba lo confundida que estaba. No debí haber ido a la cena, debí haber escuchado a Kenia y mandar a Alejandro por un tubo. Pero no, ahora estaba a punto de llorar rímel a borbotones sobre mi tercer martini.

10:16 p.m., status: Alejo se me acercó con lástima. Sí, ¡lástima! Lo podía ver en sus ojos. Llevó su mano hasta mi hombro, como se le da una caricia a un perro atropellado, no vaya te tire la mordida y te arranque un dedo. Mi reacción fue alejarme, de haber sido perro hasta lo habría *tarasqueado*, y quedaríamos empatados.

—No entiendo, July, pensé que eso era lo que tu querías. Dejar todo en el pasado, rehacer nuestras vidas y ser buenos amigos. ¿En qué momento me malinterpretaste?

Cada vez se volvía más irresistible. Lo odiaba con el alma por hacerme sentir como un gorgojo pero moría por besarlo y convertir la incomodidad en calor de hogar. Con uno de sus dedos me limpió la lágrima que estaba a punto de escurrirse y detuvo su mano para acariciar mi cara. Cerré los ojos, olía a mi Alejo, a lo que olió mi cama por tanto tiempo. Lo extrañaba, lo deseaba, no entendía por qué todo se había terminado. Era consciente de que no había remedio, todo estaba acabado, pero no podía desperdiciar ese momento. Abrí los ojos y lo miré, besé la palma de su mano. Estiré mi cuerpo hacia él, la cercanía nos hacía confundir nuestras respiraciones, sentí el calor de su aliento en mis labios. Me acerqué un poco más y cuando nuestras bocas estaban frente a frente, esperé a que diera el pasito final, a que recompensara mi camino recorrido con un delicioso beso, aunque fuera de despedida. Cerré los ojos y esperé por su tibio roce. Esperé un poco más… y un poco más. Entonces abrí un poquito los ojos para ver entre la rendija de mis párpados a qué se debía la demora. Allí estaba él sin saber qué hacer, mirándome otra vez con "lastimita".

10:19 p.m., status: yo estirando la trompa desesperada porque el imbécil de Alejandro no pisoteara el momento que entre lágrimas, seamos realistas, yo suplicaba. Me tomó de los hombros y en un supuesto derroche de sensatez me alejó hacia mi lugar.

—No puedo jugar así contigo, July. Yo te amo y no me perdonaría hacerte más daño.

¿¡Me ama!? ¿¡Cómo que me ama!?

—¿¡Me amas!? ¿¡Cómo que me amas!? Ahora sí no entiendo nada.

—Pues claro que te amo. Te amo como persona, como un ser superespecial en mi vida. Te amo como lo que fuiste y eso no me deja utilizarte para mi placer —agregó pisoteándome aún más—. ¿Tu crees que no quiero besarte?, ¿crees que no quiero meterte en la cama y hacerte el amor? ¿En verdad piensas que no quiero desvestirte y tocarte? Nada en este momento deseo más que hacerte el amor. De verdad, valora lo que estoy haciendo.

Ahí estaba, mi expríncipe azul con nuevas facciones de sapo esperando a que yo valorara el hecho de que rechazara mi trompa estirada. Ahora, caliente y humillada como me encontraba, debía darle las gracias por hacerme sentir peor que el bicho paleolítico de minutos antes. La dignidad no me permitía continuar con esa conversación en la que él era un héroe y yo una arrastrada, golfa, sin orgullo alguno, que pretendía abusar, con alevosía y ventaja del sensato y honesto retardado emocional al que alguna vez había calificado como "el amor de mi vida". Me levanté de la silla, busqué una fuente de equilibrio en lo que me quedaba de amor propio, tomé mi cartera y salí del restaurante, sin mirar atrás, obvio, aunque me vi tentada, pero ya saben... es más *cool* no voltear.

Pedí mi carro en el *valet*, revisé mi *Twitter* para que me actualizara sobre los alcoholímetros de la noche: lo único que me faltaba era ir presa por borracha y aunque me lo merecía más por arrastrada que por los tres martinis que inculpaban mi estado, prefería no tentarle las patas al señor Murphy, ya ensañado conmigo.

Debo confesar que fantaseaba con escuchar la voz de Alejo al fondo gritando ¡*Julieta, espera!*, que me alcanzara y me dijera ¡*soy un imbécil!* y con ello bajarle la llama al fogón de la humillación. Pero eso nunca llegó. Lo que llegó, demasiado rápido para ser un *valet*, fue mi coche. Me tomé mi tiempo para pagar, me subí con calma, ajusté mi asiento y espejos, miré de reojo a ver si de pura casualidad mi fantasía se materializaba, pero nada. Mi atropellada dignidad y yo, decidimos irnos.

Subí el volumen de la música a más no poder. *Adiós* de Gustavo Cerati me garantizaba que *Poder decir adiós... es crecer*. Acabó y la volví a poner, y así escuché *Adiós* por todo el trayecto de atajos desde la Roma hasta la Condesa. Llegué a mi casa. Me estacioné frente a mi edificio. El señor Murphy se había apiadado de mí y el cosmos me reservó un lugar justo en frente de la puerta, a sabiendas de que no encontrar estacionamiento podría ocasionarme una trombosis. Odiaba sacar mi carro, odiaba manejar y sobretodo odiaba manejar con tres martinis en la cabeza y la paranoia de que terminaría en la cárcel por no escuchar a mis amigos. Me miré en el retrovisor: el rímel se había mudado de mis pestañas al resto de mi cara. ¡Hola, Diana Salazar! Agarré mi bolsa y mis zapatos en la mano, me bajé del carro y caminé hasta mi puerta mientras buscaba en mi cartera de Mary Poppins las llaves de la casa. No las encontraba, tuve que voltear el contenido de mi *Coach* en plena entrada y en cuclillas –muy glamorosa yo– buscar entre los confines del maquillaje, chicles, celular, monedas, desinfectante, un *m&m* azul y un clínex a medio usar, las llaves que nunca aparecieron. ¡Perfecto! Seguro el señor Murphy y el cosmos se estaban pitorrando de la risa desde otra dimensión mientras observaban el teatro de mi patética vida.

No me quedaba más que encender el cigarro que tenía en mi cartera para casos de emergencia, y esperar a que una paloma, a plenas 11 de la noche, tuviera diarrea y la desahogara en mi cabeza. A esas alturas ninguna jalada cósmica me sorprendería. Fue cuando, lista para recibir otra bromita del universo, escuché al fondo la materialización de mi locura.

—¡July!

—¿Alejo?

Levante la mirada y busqué a Alejandro. Lo vi caminando hacia mí con el llavero de taconcito rojo colgando de su dedo anular derecho. Me mostraba mis llaves desde lejos como diciendo *no te equivoques, no te seguí porque me arrepienta sino porque necesitarás entrar a tu casa.*

—Se te cayeron en el restaurante.

—Gracias. Buenas noches.

Tomé las llaves y me volteé sin más para abrir la puerta. Entonces, cuando pensé que ya se habría dado la vuelta para irse, escuché de nuevo su voz.

—¿Puedo subir? Necesito decirte algo que pensé en el camino hacia acá.

¿Qué le iba a decir?, ¿que no? Pues obvio le dije que pasara conmigo. ¡Ya arrastrada un poquito, arrastrada por completo!

—¿Quieres algo de tomar? Tengo *whisky*, chela, agua y café .

En mi despensa siempre había whisky, beberlo a sorbos me ayudaba a fantasear con los besos de Alejo, que tanto me hacían falta.

—Un *whisky*.

Los closets del castillo

Salimos de un clóset para meternos en otro. Los seres humanos somos y seremos incapaces de vivir la vida con autenticidad. Siempre nos preocupamos más por la realidad que ven los demás que por la realidad en sí misma. Lo importante no es tener un matrimonio hermoso, sino que el resto del mundo lo vea hermoso. Al final, el polvo se barre hacia abajo del tapete, allí donde nadie lo pueda ver. Así vivimos: encerrados en el clóset de nuestra propia vida, como si gritarle al mundo nuestra realidad fuera un delito que incluye como primera instancia el mea culpa del suicidio social, seguido por encubrimiento de información, lo que nos hace cómplices de nuestro propio castigo: sufrir en silencio.

Mi mamá y la mamá de Kenia eran mejores amigas cuando nosotras ni siquiera existíamos. Yolanda se casó con un hombre perfecto que terminó no siendo tan perfecto, pero esa es otra historia. Mi mamá, Luisa, se arrejuntó con un músico imperfecto, según ambos, y luego la imperfecta terminó siendo ella. La ironía nos ha perseguido desde antes de nacer, por eso aprendimos a ver la vida a través de los dos focos diferentes que nos había tocado vivir.

Cuando llegué al mundo, tres años después de Kenia, ella me adoptó como si fuera su *Nenuco* viviente. Kenny era como Susanita la de Mafalda: solo pensaba en el día que se casaría y tendría un buen esposo, no como su papá. Entonces se iría lejos con su príncipe azul y tendría un millón de hijitos a quienes alimentar. Como buena madre le gustaba demostrar su amor en forma de pasteles y galletas con sabor a casa de abuelita. Cuando cumplió 17 años conoció a Henri, un chico medio simplón, poco mayor que ella, extranjero y con un acento simpático a morir. Kenny supo al instante que él sería el marido con quien cumpliría sus profecías de procrear hasta que no cupiera un solo niño más en su casa. El, que había perdido a su madre desde muy pequeño, encontró en Kenia justo lo que buscaba: una mujer con vocación de mamá impregnada en su ADN. No tardaron en fugarse al DF para seguir estudiando y surgir. Yo me quedé en Querétaro, aburrida pues sin Kenia ya nada era igual. Por eso decidí que al terminar la escuela me iría a estudiar la carrera a la capital.

Kenny y yo éramos chavitas de pesero, metro y taco de canasta. La buena hora llegó cuando llamaron a Henri a contarle que debía viajar al norte de Estados Unidos, allá en donde los pingüinos consideran que hace buen clima, para cobrar la herencia de un tío que acababa de morir. Era el típico tío gruñón que nunca se casó, nunca tuvo hijos y le pareció una buena idea dejarle una pequeña fortuna al hijo de su hermana, que intentaba salir adelante por su propia cuenta. Sin saberlo, Kenny se había casado con el sobrino de un importante banquero americano, que llevaba sus 87 años ahorrando cada peso que le entraba a su cuenta y que, desde hacía mucho tiempo, había designado al único hijo de su hermana fallecida como heredero total de su cuenta en Omaha. El problema fue que no previno que Henri no tendría dinero para viajar a Estados Unidos para cobrar la sustanciosa herencia. Más ironías.

Después de una tarde completa en estado de conmoción, Kenny y Henri decidieron ir a hablar conmigo y pedirme $2,000 pesos prestados, para ese entonces más de lo que costaba mi vida con todo y Cirila. Obvio yo no tenía ni $500 pesos pero les prometí que les ayudaría a conseguir el dinero en un par de días.

Ni Kenny, ni Henri, ni yo teníamos a nadie en el DF y nuestras familias estaban más endeudadas que Grecia, así que en ellos ni pensar. Los pocos conocidos que adornaban nuestros contactos telefónicos eran eso: adornos a una lista de personas a las que nunca llamábamos. No me siento muy orgullosa de mi gran idea, pero en ese momento fue lo único que nos podía sacar del apuro y además, prometí que cuando Henri y Kenny me pagaran, donaría ese dinero a la caridad. Le pedí a un compañero de clase que me diseñara un talonario para la rifa de una televisión de pantalla plana. Cada boleto costaba $100 pesos y sería rifada entre un total de 30 personas, con lo que podríamos ajustar los $2,000 pesos que necesitaban y $1,000 más para cualquier imprevisto. Nos fuimos a vender los boletos a *Galerías Insurgentes*. No fue fácil. Aunque más de uno nos miraba con desconfianza, después de tres días poniendo cara de niño hambriento logramos nuestro cometido y reunimos los $3,000 pesos. Henri compró su boleto de avión y viajó a la ciudad de los sueños inconclusos para completar la transacción que haría ricos a mis amigos.

Dicen que dinero llama dinero. Henri y Kenia abrieron un negocio que pronto se convirtió en cadena, y con ello han ido multiplicando su fortuna. Compraron un departamento marca envidia–de–la–mala en la zona más *hot* de Polanco y me ayudaron a sostenerme mientras terminaba mi carrera. Como lo prometí, donamos con creces esos $3,000 pesos al *Refugio Franciscano* de perritos rescatados, ubicado en la salida a Toluca.

Sin terminar mi carrera de sicología, comencé a trabajar en mis ratos libres como asistente en el consultorio de una amiga de Kenia que se dedicaba a dar terapia de pareja. Fue ahí donde conocí a Eduardo, quien llegó a tomar terapia con su novia de aquel entonces: una chica tan despistada que era la única que no se daba cuenta de que la relación no funcionaba porque su novio era homosexual.

Un buen día, la doctora despidió a Edu y a su ingenua novia en la puerta del consultorio. Entonces se volteó y me dijo:

—¿De verdad no se dará cuenta que su novio es más gay que Elton John?

—El problema es que ni siquiera él se ha dado cuenta de que es gay, ¿o sí? —pregunté.

Al poco tiempo, Kenny pasó por mí al consultorio para ir a comer cerca de allí. Tamaña sorpresa nos llevamos cuando nos encontramos con que en la mesa de al lado Edu y su novia estaban tronando. Ella se levantó y se fue. Allí quedó Edu peor de confundido. Yo me paré y me acerqué. Lo invité a que se sentara con nosotras. Accedió gustoso. En efecto, Edu era el clásico caso de encierro surreal en el clóset de la alta sociedad mexicana. Y hablando de encierros en el clóset, Edu forzó a Kenia fuera de su propio encierro al cometer la imprudencia del año: me dejó saber que la doctora no era amiga de Kenia, sino que era su terapeuta de cabecera. Kenia se quiso morir.

Cuando por fin estuvimos solas y dejamos de pretender que nada había pasado, pude lanzar la pregunta que ella tanto temía:

—¿Henri y tu van a terapia?

—Hemos ido algunas veces…

—¿Cuándo? ¿Por qué no me he dado cuenta?

—Le pedí a Maritza que nos diera las citas cuando tú no estuvieras.

—¿Por qué no querías que me enterara?

—Pues porque no es nada grave.

—Y si no es nada grave, ¿por qué me lo ocultas?

—Henri y yo hemos tenido muchos problemas para concebir, lo sabes…

—Ya te he dicho que cuando lo dejen de buscar, cuaja.

—Si, Juliette, pero el estrés que tenemos por no quedar embarazados, nos ha hecho tener problemas como pareja.

—¿Qué tipo de problemas?

—Problemas…

—¿Graves?

—Algunos.

—Pero… ¿estás bien?

No pudo más y se soltó a llorar. Kenny y Henri estaban al borde de divorciarse, algo que para una mujer como ella era algo que no estaba dentro del menú del matrimonio. Kenia se casó para siempre, así para lograrlo tuviera que venderle su alma al diablo. Lloró hasta que los lagrimales le quedaron más grandes que los mismos ojos. Traía un entripado de meses que, si no me había contado a mí, no le había contado a nadie.

Con la fortuna monetaria también parecían llegar cientos de problemas, obligaciones y responsabilidades. Aunque Kenia le ayudaba a Henri con el gigantesco changarro, no les quedaba tiempo de pasar en pareja y, cuando por fin tenían dos minutos,

Kenny se obsesionaba con hacer el amor, no tanto por desear a Henri como por "necesitar su semilla". Henri comenzó a sentirse utilizado más que amado, lo que desató una guerra fría entre ellos, que llevó a Henri a declararse en huelga y a detener el suministro de "semillas". Kenia enloqueció peor y se asomó al abismo de los gritos y los insultos. Todo esto seguido por una llamada a Maritza para pedir, en son de auxilio, una consulta que les ayudara a retomar el camino del amor extraviado entre la necesidad de ser mamá.

Los problemas se fueron disipando poco a poco. Henri levantó su huelga con la condición de que Kenia dejara de obsesionarse y esperara a que el destino les premiara con un hijo que, de preferencia, pudiera nacer dentro del seno de un hogar funcional. Aunque Kenia había aceptado, se seguía obsesionando en silencio, lo que la mantuvo en su propio clóset emocional, que, de vez en vez, estallaba con una pelea por distintos detonantes disfrazados.

La relación que yo tenía como mi más alto estandarte de ejemplo matrimonial se desmoronó a mis espaldas. Como todas las relaciones que había visto en mi vida se había ido al caño.

Obvio, la marca del anillo de Kenia. ¡*Tiffany*!

La reina del estatus

Lo que no sabes después de un clásico cangrejeo es que tras la subida llega, sin poderlo evitar, la bajada. Al otro día despiertas sola, con la moral entre las patas y el orgullo agonizando entre flashes de la noche anterior y premoniciones de lo que te espera. ¿Por qué si es tan fácil conseguir sexo lo convertimos en toda una odisea cuando se trata de tenerlo con tu ex? Si ya se camina hacia la tranquilidad del corazón, ¿por qué insistimos en convertir el camino en un trayecto lleno de espinas que nos desangran a cada paso que damos? ¿Por qué no comenzamos por respetar el duelo y evitamos enredarnos entre sábanas negras que mañana traerán dolores de conciencia?

Obligada por los rayos de sol que se colaban a través de mis persianas, abrí los ojos. *¿Persianas?, ¡si yo no tengo persianas!*, pensé y miré a un lado. *¿Y Alejandro?, ¿dónde estoy?* Sí, la típica desorientación en la que no tienes idea ni dónde estás ni cómo te llamas. Encontré las respuestas casi tan rápido como elaboré las preguntas en mi cabeza —o lo que me quedaba de ella—: mi nueva casa sí tenía persianas y había olvidado cerrarlas.

Estaba desnuda, con síndrome de vampiro y con una sed que casi me bebo el W.C. con tal de no tener que ir hasta la cocina. Hasta la cocina, como si estuviera viviendo en una casa con ala norte y ala sur. Cuando me encontraba en discapacidad por anestésicos de ginebra, siempre deseaba tener la nariz de *Encantada* para moverla y que aparecieran mis designios. En ese momento habría aparecido un jugo de naranja gigante y desaparecido el olor de Alejandro de la almohada contigua, junto con la nota que reposaba sobre ella: *preciosa, fue increíble tenerte por una noche más. Te dejo dormir tranquila. Hablamos después. Pásala bien. xoxo Alejo.*

¿Tenerte por una noche más? ¿Pásala bien? ¿*Xoxo*? Esa nota, aunque quisiera mentirme y rellenar mi cabeza con ideas, no era más que un: *estuvo delicioso pero solo por esta noche. Me voy para mañana no enfrentar amanecer juntos. No sé cuando hablemos. Chido, bye. No quiero poner te quiero porque me compromete, entonces pongo xoxo.* Basta de mentiras. ¡*Asssssh*! ¡*Maldito*!, refunfuñó mi Cirilita entre dientes. Tan bien que íbamos olvidando a Alejo y ahora nos hacía esto.

La necesidad cósmica que tenemos por contarle todo a las amigas me llevó a llamar a Kenia, a sabiendas de que el regaño sería apoteósico.

—Por favor no me regañes, pero necesito contarte algo —supliqué a mi amiga, que ya hacía muecas del otro lado del teléfono.

—No necesitas decirme nada. Me lo imagino —dijo muy segura.

—No, no te lo imaginas —respondí yo.

—Te viste con Alejandro, te acostaste con él, ahora estás despellejada y me llamas para que te salve de tu bien merecida miseria, ¿verdad?

Sí, si se lo imaginaba. Kenia, como buena madre, no solo siempre sabía lo que pasaba a su alrededor sino que, por lo general, tenía razón. Después de contarle lo sucedido, convocamos una reunión emergente con la tribu, vía llamada tripartida, lo cual desembocó en código tacón roto. Sépase que cuando se convoca a la tribu no se puede aparecer al llamado con nadie más que no sea de la tribu, no hay primos, no amigos, ni mucho menos novios o esposos que valgan.

Nuestra amistad está llena de códigos que nos ayudan a comunicarnos sin tanta explicación. Código *shopping* que aplica como una necesidad imperante de un nuevo *outfit* para una cita esperanzadora. Código *drink–and–dial* que sirve para neutralizar al borrachín que intenta mandar mensajes o hacer llamadas en estado etílico. Pero el primero y más importante es código tacón roto. Las únicas situaciones por la que se dispensa la falta de asistencia a dicha llamada emergente son: tener una enfermedad contagiosa que se pueda convertir en pandemia y que impida al resto trasladarse a la casa del apestado. Estar fuera de la ciudad (para calificar a esta se debe de haber viajado en avión o pasado por lo menos una caseta de carretera). Y por último, estar teniendo sexo apasionado con Johnny Depp o Shane la de *The L Word,* que es mi fantasía lésbica.

Casi siempre las reuniones de código tacón roto se llevan al cabo en la casa de Kenny por tres motivos importantes: el primero porque es mamá y está a cargo de Marisol. El segundo porque tiene nana y Henri jamás está en casa. El tercero, porque prepara las mejores botanas, y como Marisol es ya adicta al helado de chocolate, siempre hay.

—No entiendo para qué fuiste a cenar con Alejandro. Eso es ponerse de pechito —abrió Kenia la sesión mientras untaba una galleta con *dip* de alcachofas (*1). *Ve al final del libro por las recetas marcadas como esta.*

Miré a Leo en busca de complicidad y ayuda.

—Yo pienso que, con todo y que salió accidentada, estuvo bien que lo viera —me defendió.

—¡Ajá! Ya vi tu mano metida en la decisión de que fuera con Alejo y "fluyera". Espero que te sientas feliz de haberle alcahueteado su *"fluidera"* —regañó Edu a Leo.

—El problema no es que fluyas, Juliette, el problema es hacia dónde fluyes y en este caso andar fluyendo hacia la cama del ex no es buena idea.

—No fue su cama, fue mi cama —alegó Cirila, intentando defenderse.

—*Cangrejear* nunca es buena idea —agregó Kenia— pero como a mí nadie me escucha porque soy la retrógrada del grupo.

Y dramática, se le olvidó decir: retrógrada y dramática.

—Pues yo sigo pensando que si el corazón necesita un último desfogue es bueno dárselo. La mayoría de las exparejas tiene *bonus time* y eso muchas veces resulta sano —argumentó Leo, en mi rescate.

—Digan lo que digan —exclamó Edu, lanzándole, con la mirada, una piedra en la cabeza a Leo—, no puedes caer en el jueguito de estar dispuesta cada que don Alejandro necesite desfogarse.

Como era costumbre, la destaconada se anestesia con martinis varios mientras el resto debate los intríngulis de la causa de la sesión llena de *yo–piensos*. Después de que terminaron de exponer sus puntos, fue mi turno para contarles, a lujo de pelo y señal, el encuentro con Alejo. Les advertí que no me sentía deprimida.

—De hecho me siento liberada —acoté—. No les voy a negar que al principio hasta me confundí pero de un momento a otro las razones por las cuales lo nuestro terminó, volvieron a llegar de golpe a mi cabeza. Y cuando pensé que Alejo me pediría que volviéramos hasta sentí rabia por su atrevimiento.

¿Cómo era posible que después de todo lo que hablamos y por lo cual llegamos a la decisión de separarnos, cambiara de rumbo así no más? ¿Era posible que en menos de un mes, con una relación hecha pedazos por el tedio y la muerte del amor romántico, se reestructurara hasta volver a quedar de pie como si nada fuera? No lo creí.

—Pero después mi ego se sintió atropellado cuando me aclaró que no intentaba volver conmigo, sino solo ser mi amigo. Ahí llegó un deseo inexplicable de…

Los tres me miraban concentrados en mis palabras y en sus martinis. Me escuchaba a mí misma siendo, por primera vez en mi vida, sensata. Entonces, como quien desea convencerse de la verdad, proseguí con mi argumento:

—Llevarlo a mi casa, hacerle el amor… —dije para luego corregir—. Digo, tener sexo, tuve sexo con él como si fuera un desconocido, y eso me ayudó a darme cuenta de que ya no siento lo mismo, solo que a veces me confundo porque la costumbre pesa. Las cosas se acabaron y creo que ya no duele tanto como antes. Solo me tengo que acostumbrar a su ausencia y continuar mi vida.

Edu y Kenia negaban con la cabeza. Por más de que yo me desbarataba en argumentos no estaban de acuerdo con que me hubiera dado una canita al aire con Alejo. Ellos quisieron a Alejo, en su momento, hasta que se convirtió en el desgraciado ese que no se quiso casar con su mejor amiga. Sin embargo, el no estar de acuerdo con mi pecado capital no les restaba el morbo ante los detalles.

—¿Y por lo menos estuvo bien? —preguntó Eduardo.

—Estuvo increíble —respondí.

—Mira, *sweetie pie*, te recuerdo que lo único bueno que sale de nuestros errores es el hecho de contarlos con pelos y señales para el goce del resto, ¡así que paga! —sentenció Eduardo.

—¿Quieren la versión larga o la versión corta? —pregunté, sabiendo de antemano la respuesta.

—¡La larga! —respondieron al unísono.

La cuestión de contar hechos que causen este tipo de morbo es que no siempre se puede relatar la exacta verdad so pena de echarle limón a la humillación que todavía está en carne viva. Por eso me salté algunos detalles y adorné la historia con *toppings* que la hacían más apetitosa y que justificaban, ante mis jueces inquisidores, mi debilidad de carnes.

—¿Llegaste al restaurante y...? —urgió Leo, hambriento por la información.

—Cuando entré me esperaba sentado. Ya había un martini de lichi en mi puesto. Se levantó de la silla, se me acercó y me besó en la mejilla, muy cerca de la boca. Obvio supe cuál era su intención desde ese momento.

Todos contuvieron la respiración, mi público estaba en vilo. Yo me sentía un poquito mal de empezar a contar las cosas como no fueron. Pero ¿qué pecado había en vivir un poco lo que con tanta dedicación fantaseé? Así que seguí con mi relato que, además, era bastante más divertido que yo explicándole al mesero que Alejo era mi ex.

—Conversamos de todo un poco, ya saben: ¿cómo va el trabajo?, ¿cómo has estado?, ¿qué tal el nuevo depa? Según él, la casa se siente vacía sin mí y tengo suerte de haber sido yo la que me fui de allí. Después de un par de tragos y muchos recuerdos sobre nosotros, las cosas empezaron a subir de tono. Me dijo que mi nuevo look lo hacía sentir como si estuviera con otra mujer. Entonces levantó su copa y brindó *por lo que hoy comienza entre nosotros*. Fue cuando sentí que todos mis argumentos explotarían en su cara como bomba atómica. Tomé un gran trago de mi martini y con la valentía que da el alcohol le dije que no podía creer que me estuviera diciendo eso, que yo pensaba que esa cena sería de amigos y nada más, pero que no tenía derecho a jugar conmigo solo porque había amanecido caliente. Obvio no se lo dije con esas palabras, pero el contexto era ese.

—¡Estocada final, cortaste dos orejas! —dijo Leo, emocionado.

Si tan sólo supiera que todo había sido un desastre y que odio las corridas de toros.

—Alejo quedó con la boca abierta, obvio no se esperaba que yo le hablara así. Me dijo que él no estaba jugando conmigo y que mucho menos sería capaz de desfogar su calentura en mí, que me extrañaba y deseaba verme, sentirme suya una vez más. Se me acercó y me susurró que me veía hermosa, entonces me dio un besito en la oreja y…

—¡Oh, no! ¡Besito en la oreja es fuera de lugar! —agregó Edu a punto de morderse el puño.

—¿Ya entienden por qué caí? De la oreja se pasó rodeándome el cachete hasta llegar a mi boca y nos besamos como dos adolescentes, de esos besos que parecieran durar minutos y minutos, como si el tiempo se hubiera detenido. Solo podía oír mi corazón como si fuera el *soundtrack* del momento.

—¿Y por un beso terminaste metiéndote con él en la cama? —preguntó Kenia un poco sarcástica.

—¿Qué no escuchaste cómo fue el beso? —exclamó Edu a Kenny intentando pasarse al equipo de los que fluyen.

—El caso fue que pedimos la cuenta, ya era tarde y no nos cabía un trago más. Me subí a mi coche…

Kenia me interrumpió:

—¡¿Manejaste borracha?!

—Sí, Julieta, tú muy mal, pero Kenia: ¡estás perdiendo el punto! —dijo Leo.

—Me siguió hasta mi casa, estacioné mi carro y cuando me di cuenta él ya estaba estacionado. Yo pensé que sería para despedirnos, quizás darnos el besito de las buenas noches y ya, pero no fue así. Me agarró en la puerta de mi casa como si me fuera a desvestir allí mismo. Una pasión irreconocible. Entonces lo alejé, le pedí que parara porque con su lengua dentro de mi boca no podía pensar. Me pidió que lo invitara a subir, que había pensado algo en el camino que necesitaba decirme. Yo sabía hacia dónde iban las cosas pero decidí mentirme y aceptar que disfrazáramos el momento de "vamos a hablar". Le ofrecí un trago y me pidió un *whisky*. Miró el departamento de pies a cabeza y cuando llegó a la habitación me dijo que quería verme desnuda sobre la cama.

—¡¿*Queeeeeeé*?! —gritaron todos al unísono

—¡Lo mismo pensé yo! No podía creer que Alejando fuera un *dirty-talker*, por lo menos nunca lo fue durante todo el tiempo que pasamos juntos. Pero me prendió, confieso que jamás en la vida había sentido el deseo tan bestial de tener sexo con alguien. Quedé fría, con el *whisky* en la mano a punto de derramarse sobre mis almohadones de oferta y con ganas de desnudarme y acostarme sobre la cama.

Todos me miraban ansiosos, mi relato fluía mejor porque desde que le ofrecí el whisky a Alejo, narraba lo sucedido, sin crema, sin adornos ni *toppings* que no me hicieran sentir tan mal. Alejo, de verdad, me quería ver desnuda sobre mi cama, y yo, dispuesta a que hiciera conmigo lo que le viniera en gana. Se acercó a mí y me quitó la copa de la mano, la colocó sobre la mesa de la sala y me comenzó a besar el cuello. Aún no lograba salir del *shock*. Mi diosa interna me gritaba que me quitara la ropa y se la quitara a él, pero no podía moverme, estaba tan excitada que mis piernas no tenían autonomía. Sentí el calor recorrer mis venas, mi vientre palpitaba reaccionando ante sus besos. Deslizó sus manos por mi nuca hasta llegar a mi cabeza, tiró un poco mi pelo, dejando todo mi cuello al descubierto. Acarició con su lengua cada centímetro de él hasta mi barbilla, subió hasta mi boca y jugó con mi lengua mientras una de sus manos subía hasta mi pecho. Reaccioné, estaba tan excitada que ya nada me importaba, quería estar desnuda, con él sobre mí, saciándome de sus manos que ya no eran mías, comiéndome su lengua sabor a *whisky* y cigarrillo.

Nos fuimos guiando hasta la cama, donde me recostó y trepó sobre mí. Bajó sus besos húmedos por mi cuello hasta llegar a mi escote. Me tocaba los pechos, llenando sus manos de ellos. Abrió los botones de mi blusa y dejó al descubierto mi brasier rojo que rogaba por ser libre, me bajó los tirantes hasta dejar mis hombros desnudos. Pasó su boca por mis pezones, cubiertos en seda suave; sus manos jugaban con ellos mientras su boca seguía el recorrido hacia el botón de mis pantalones. Los desabotonó casi con la mirada. Entonces, con un movimiento de coordinación impecable, me liberó de ellos. Allí estaba yo, tendida en mi cama en perfecta lencería roja, con la blusa abierta y el brasier a medio quitar, húmeda en su saliva y en mi deseo por él.

Se paró frente a mí con una seguridad que no le conocía. Se abrió la camisa penetrando mis ojos, la dejó caer detrás de él. Se bajó los pantalones y me dejó verlo, con los *boxers* que revelaban su pasión por mí. Volvió a trepar por mi cuerpo. Sentí su dureza en mi muslo, sus manos me recorrían apretando mi piel, sus besos llegaron hasta el satín de mi tanga, que suplicaba por salir de mi cuerpo. La resbaló por mis piernas y me dejó sentir sus besos… Todo mi cuerpo respondía a su aliento, me subió en una montaña rusa de sensaciones: grité, gemí, apreté con mis puños a las sábanas que eran testigos de cada uno de mis clímax.

Me cargó, me levantó de la cama y me llevó hasta el espejo mientras me hacía el amor, besándome la espalda. Me miré poseída por un tipo de placer que Alejo nunca me había hecho sentir. Me volteó hacia él, abrió mis piernas y su lengua penetró mi boca en un beso ahogado. Mis músculos brincaban, mi cuerpo se movía sin tomar en cuenta mis mandatos. Floté en nirvana sexual.

—¿Y te desnudaste? —preguntó Edu, regresándome del recuerdo que me volvía a prender la piel.

—Si el sexo en nuestra relación hubiera sido cercano a lo bueno que fue anoche, seguro todo sería otra historia…

Bebí de mi martini y con una sonrisa les dije que debía regresar a mi depa. Salí de la casa de Kenny en un acto de escapismo heroico. Los ruegos por detalles no me dejaban ni agarrar mi cartera. Cuando crucé la puerta de salida, respiré, a sabiendas que allí se quedarían sacando conjeturas en un gran estado de frustración y curiosidad.

En las escaleras, tomé mi celular. Marqué el primer número que aparecía en mi lista de contactos. Necesitaba hablar con él.

El príncipe que se convirtió en princesa

A veces aceptar quiénes somos es más difícil que fingir que somos alguien más. Pero cuando llega uno de esos amores que te exigen ser tal y como eres — de lo contrario no podrían estar juntos— pues no queda otra más que mirarse al espejo y aceptarte sin prejuicios. Pero, ¿qué pasa cuando esa persona que eres no le gusta a los que, detrás de ti, miran tu reflejo en el espejo? ¿Cuándo eso que eres, es visto por otros como imperfecciones y te rechazan? ¿Qué es de ti? "En sí, la homosexualidad es tan limitada como la heterosexualidad.

"Lo ideal sería ser capaz de amar a una mujer o a un hombre, a cualquier ser humano, sin sentir miedo, inhibición u obligación": Simone de Beauvoir.

Kenny y yo siempre quisimos tener un amigo gay. Un hombre que pudiera ser tan mujer para divertirse con nuestras tonterías y nos aconsejara desde un punto de vista nuevo. El problema era que como el mismo Edu no sabía que era gay, se gastaba una fortuna en terapias que solo le alargaban el camino hacia su salida del clóset.

Había tenido tres novias y las tres lo tronaron por lo mismo: *eran más amigos que novios*, un sinónimo de *el sexo era un fiasco*. La última fue con la que más duró: casi un año. Con sus propios problemas existenciales, se enamoró no de Edu, el hombre, sino de Edu, la mejor amiga. Todo se derrumbó cuando buscó al hombre y se encontró con la amiga.

—La verdad es que quedamos de amigos, aunque sea un pajazo mental pretender ser amigo de un ex —aseguró Edu al referirse a Pris (la novia incauta).

Las confesiones de su vida privada comenzaron a caer sobre la mesa de un bar de la Condesa en donde conocimos su afición por los martinis de lichi. ¡Mira tú, qué casualidad! Éramos los unos para los otros.

Cada vez lo teníamos más claro: Eduardo era más gay que una bandera arcoíris en la puerta de un bar de la zona rosa. Lo bueno y malo del alcohol es que sí o sí te destapa el verdadero yo. En una de esas destapadas sorprendimos a Edu mirando al mesero con cara de león hambriento. Edu supo que nosotras nos dimos cuenta, así nos lo confirmaría tiempo después, cuando sin desfachatez nos aceptó que sabía que era gay, solo que se negaba a dejárselo saber al mundo mientras intentaba revertir lo que sus entrañas le hacían sentir por los de su mismo sexo.

Edu se había convencido de vivir en la oscuridad de su clóset de las Lomas, al menos hasta que se decidiera a salir o hasta que aprendiera a agarrarle gusto a las mujeres. Algo así como un carnívoro que se convierte en vegano porque le da lástima comerse a las vacas, aunque cada que piense en una hamburguesa le salte la tripa.

Me seguí encontrando con Edu no solo cada ocho días en su sagrada terapia, sino para ir de *shopping*, comer y pasar juntos los domingos lluviosos en los que, de haber estado sola, me podría pegar un tiro con un plátano. Esos domingos en los que su mamita estaba de viaje y Alejo prefería irse a jugar *playstation* con sus amigos *geek* que dedicarle un día completo a su novia.

Uno de esos domingos lluviosos, en los que las terribles películas dobladas del 5 era lo único interesante que ver en la televisión, decidimos meternos a un famoso chat creado dizque para hacer nuevos amigos, pero en donde todo el mundo, menos nosotros, esperaba toparse, de sopetón, con el amor de su vida.

—¡Bah! Puras tonterías. ¿Quién va a conocer el amor de su vida en un chat? —dije, burlándome de los pobres incautos que no sabían lo que les teníamos preparado Edu y yo.

Obvio, no faltaban los que utilizaban esos chats para buscar cibersexo, esos que se ponían apodos como "BigPapa69" o "SweetTongue" o "DurodeAgarrar45". Por lo regular, eran los mismos que tenían fotos de abdominales marcados y bubis grandotas que, casi podría apostar, no eran de ellos.

Creamos un perfil.

—¿Cómo nos llamaremos? —preguntó Edu, pensando en un nombre sexi para poder molestar a los calentones del chat.

—¿HotPorno69? —sugerí de broma.

Pero tenía que ser algo con un poco más de glamur. Por eso, después de una lluvia de ideas pornográficas, llegamos a la conclusión de que Modelo81 sería nuestro seudónimo. Así, convertimos dicha actividad en un ritual secreto cada que nos encontrábamos con ganas de salir del aburrimiento y reír sin control. Abríamos el chat y buscábamos personas con seudónimos cachondos para calentarlos y luego salirles con una jalada. Y no de las buenas.

Un día, justo cuando un pobre calentón estaba por recibir nalgadas virtuales de Modelo81 –que ese día era una colegiala de dos colitas–, Kenny llamó para invitarnos a la exposición de un fotógrafo *megahot* que se presentaba en la galería *OMR* de la Roma: Leonardo Saldivar, un artista declarado gay desde el día que nació y que hacía arte con fotografías inspirado en las diversas alternativas sexuales. Aunque Leonardo había vivido en México durante toda su vida, su obra se conocía más del otro lado del charco, en donde la homosexualidad no tenía tantos tabúes. La apertura sexual que la ciudad vivía por esos días le vino muy bien a su obra, y casi fue nombrado por la comunidad LGTB como su vocero artístico mexicano. Leo era de lo *hot*, lo más *hot*, y Edu, aunque prefería no ir al evento, quizás por miedo a que lo descubriéramos botando la baba por tremendo bombón homosexual, terminó accediendo a falta de un buen pretexto.

"TransEx al desnudo" era la obra que abría la exposición. Una fotografía sobreexpuesta a color en su sexo masculino, el resto en blanco y negro, menos una venda roja que tapaba sus ojos. La firma conceptual de Leonardo Saldivar siempre había sido mezclar el blanco y negro con el color en todas sus fotografías. Su propuesta era casi única en el mundo del arte.

Quedé estática frente a tan imponente fotografía. La gente pasaba detrás de mí, buscando más fotos, pero esta, como un imán, me mantenía atrapada, cautiva, seducida por cada uno de sus detalles. Entonces escuché una voz que me sacó del trance.

—Llevas 10 minutos ahí parada. Me inquieta lo que pasa por tu cabeza.

Al voltear me encontré con el perfecto rostro de Leo. ¡Dios, ese hombre era un desperdicio para la procreación! Menos mal era gay, así hablar sin balbucear se me hizo más sencillo.

—Es muy poderosa. Te felicito, me has puesto los pelos de punta— le dije sin quitar mis ojos de su grandiosa foto.

Cirila, por su parte ya estaba bailando *All that jazz* sobre el tubo.

—Mucho gusto, Leonardo Saldivar —se presentó.

—Claro que sé quien eres. Qué sería de las revistas de sociales sin ti.

Nos reímos.

—¿Te puedo preguntar algo? —dijo, mirándome a los ojos.

¡Qué sexi era!

—¡Claro!

¿¡Por qué, Dios mío, por qué mi mamá no me habría gestado hombre y gay!?

—No pude evitar mirar tus piernas.

¿¡What!? ¿Estaba tan buena que volví hetero al gay declarado por excelencia? Me quedé muda y fantaseando en mi mente con que ese *McUltraDelicious* me dijera que solo por mi haría una excepción.

—Tu tatuaje es hermoso —dijo mientras se ponía en cuclillas para admirar la orquídea negra que tenía justo al lado del tobillo derecho—. ¿Quién te lo diseñó? —preguntó extasiado, acariciando mi tatuaje.

—Me lo hice hace unos años, es un dibujito que mi papá ponía en las cartas que me enviaba y como mi mamá…

Me di cuenta de que era demasiada historia para un desconocido, y mejor me concentré en Leonardo Saldivar arrodillado a mis pies.

—Me encantaría fotografiarlo algún día, es espectacular —dijo mientras se levantaba.

Sonreí. Era obvio que jamás lo haría. Era su forma de hacerme un cumplido. Ojalá mi mamá lo hubiera escuchado, ella que odiaba mi tatuaje desde el día que me lo pintaron. Yo lo amaba. Cada vez que lo veía, veía a mi papá, luchando por su sueño de grabar un disco. Habrá sido de él que heredé la necedad de hacer lo que me naciera del forro de mis entrañas, como hice cuando mi mamá me amenazó con que me iba a desheredar si me atrevía a *pintorretearme* la piel, más con ese mamarracho, como lo solía llamar. Me lo hice igual. *Ojalá mi papá se haya salido con la suya y haya grabado su disco,* pensé aquel día.

Leonardo era un encanto. De hablar de mi tatuaje pasamos a su obra: me contó sobre la intención detrás de su arte y la importancia de que la comunidad LGTB tuviera voz por medio de ella. De repente, como quien no quería la cosa, se acercó Edu.

—*Sweetie pie*, por fin te encuentro —dijo, sin quitarle a Leo los ojos de encima.

—Mucho gusto, Leonardo Saldivar.

Leo extendió la mano en su pose de cortejo número 76452. Edu engrosó la voz y al mejor estilo John Travolta en SoyUnMachoBienMacho.com continuó:

—Solo te puedo decir que soy tu fan desde hoy.

—También podrías decirle cómo te llamas —agregué por molestar.

Eduardo me miró para matarme.

—Es verdad. Discúlpame. Soy Eduardo.

Leonardo le sonrió tan sexi que si me hubiera sonreído así a mí, en los siguientes cinco minutos lo habría besando adentro de nuestros respectivos closets. La química entre ellos era palpable. Si fuera escena de Hollywood, una cámara los grabaría en círculos con música de *apareció–el–elegido*. El único problema era que primero teníamos que sacar del clóset a Edu por las mechas.

Platicaron sobre la obra de Leo. Ni cuenta se dieron cuando yo me fui a alcanzar a Kenny para mostrarle las estrellitas que brotaban de los ojos de ambos. Pasadas las 11 de la noche, Kenny y yo migramos a nuestras casas y dejamos a Edu, que ahora sí había encontrado el pretexto perfecto para quedarse: quería comprar una de sus obras. Y aunque Leonardo no se entendía sobre esos menesteres con sus clientes –para eso estaba Giuseppe, su *ultragay art manager*–, con Eduardo hizo una excepción.

No supimos de Edu por varios días, lo cual nos parecía inusual. Lo llamé varias veces, sin éxito: mis llamadas terminaban en el buzón. Le dejé como 10 mensajes, los últimos más preocupada por su bienestar que por el chisme. No me quedó opción más que esperar paciente a que fuera a terapia el día en que su cita estaba programada.

En punto de las cinco de la tarde, un miércoles, Edu asistió a consulta. Me saludó como si nada fuera y se hizo el tonto leyendo una revista mientras la doctora lo hacía pasar. No pude más con su indiferencia y le enfrenté.

—¿Hice algo que te molestara o por qué me tratas como si no nos conociéramos?

—Cero, *sweetie*. He tenido unos días pesados de trabajo —mintió.

—¿Y en este momento también estás trabajando?

Soltó su revista y me miró con los ojos encharcados en lagrimones que en cualquier momento romperían hacia sus mejillas.

—¿Qué pasa, Edu?

Me levanté de mi lugar y me senté a su lado.

—No puedo decirte aún.

—Me preocupas.

—No creo que más de lo que yo estoy.

—¿Te puedo ayudar en algo?

—Lo dudo.

—¿Entonces?

Maritza salió y saludó a Edu, que la abrazó como necesitando protección. Ella me miró confundida y yo le respondí, a punta de miradas, que no tenía idea de lo que pasaba. Entraron al consultorio. Fue la hora más larga de la vida. El siguiente paciente llegó y esperó por más de 10 minutos a que Maritza terminara la sesión. Por fin Edu salió. Había llorado tanto que sus ojos parecían dos rayitas hinchadas. Se me acercó. No podía platicarme. Solo me pidió verme en mi departamento, a las ocho en punto. Accedí.

—¿ Y Alejo? —me preguntó al llegar.

—Sigue trabajando, ya sabes…

—¿A qué hora llega?

—Tarde, como siempre.

—Necesito un trago.

—¿Martini?

—No. Necesito algo más fuerte.

—¿Tequila o mezcal?

Regresé con dos caballitos y una botella de tequila que esperaba paciente en mi congelador por una ocasión especial. Edu no hablaba, solo dejaba escurrir sus lágrimas. Se las limpiaba más por incomodidad de sentir su rostro húmedo que por rabia de llorar. Le serví el primer tequila. Lo bebió hasta el fondo. Me hizo una seña para que le sirviera uno más. Se lo bebió hasta el fondo. Pidió un tercero. Yo me bebí uno en silencio. La tensión se podía palpar. Entonces me miró.

—Nunca imaginé sentarme a hablar de esto.

—¿De qué, Edu?

—Tu sabes. No te hagas más la loca.

—No entiendo de qué me hablas, te lo juro.

—¿No sabías que soy gay? —lo dijo casi molesto.

Entonces fui yo la quedó en silencio. Me serví un segundo tequila. Me lo bebí hasta el fondo. Serví mi tercero y lo bebí también. Con el calor del agave en mi cabeza pude pensar con más claridad.

—Lo imaginaba.

—¿Y por qué nunca me lo dijiste?

—Por qué no quería entrometerme en tu intimidad, Edu. Si tú no nos lo contabas y te hacías el tonto aparentando que mirabas las piernas de una chica cuando era al novio a quien veías, pues era porque no querías que supiéramos. A lo mejor ni tú mismo lo sabías.

—No lo quería aceptar. Intenté que me gustaran las mujeres, pero sufría al estar desnudo con una. No funcionaba muy bien, tú sabes a lo que me refiero.

Me tomé un tequila más y le serví otro a Edu.

—¿Y qué pasó? ¿Por qué decidiste dejar de luchar con lo que sentías?

—¿No te vas a reír de mí?

Me miró prevenido.

—Sería incapaz.

—Conocí a Leo.

Con solo mencionar su nombre los ojitos le brillaron.

—¿Leo? ¿El fotógrafo bombón, Leo? ¿El hombre más *hot* de la historia, ese Leo?

—Era seguir negándome a lo que soy o dejarme sentir lo que sentí con él.

—¿Cómo?, ¿qué sentiste?, ¿pasó algo con Leo?

Cuando la exposición terminó, Leo invitó a Edu a una copa en su departamento con el pretexto de mostrarle más de su obra y que así "pudiera decidir cuál comprar". Subtexto: quiero estar a solas contigo. Edu, nervioso, aceptó. Era un momento en el que se permitía a sí mismo sentirse atraído por un hombre y actuar en concordancia. Claro, no era cualquier hombre! Era nada más y nada menos que Leonardo Saldivar, casi, casi, el hombre más guapo de México!

—¡*Pst, pst!* —llamó mi atención Cirila—. ¿¡Dónde me dejas al Gato!? ¡No te confundas! —me regañó.

El Gato era un actor de telenovelas, tipo Diana Salazar, tan guapo que me daban ganas de llorar cuando lo veía en la televisión, pero esa es otra historia.

Leonardo llevó a Eduardo hasta su PH en Polanco con vista al Castillo de Chapultepec. Nada más y nada menos, vivía en el conjunto de torres más caras de la zona, como la nave nodriza de famosos millonarios que estaban dispuestos a pagar una fortuna por un diminuto espacio. Su *loft* era digno de portada de revista: en vez de sala y comedor había un gran estudio de trabajo, lleno de pinturas, cámaras y elementos con los que Leo daba vida a su excéntrica obra. Edu quedó fascinado con su caballerosidad, con su plática amena y su belleza apabullante. Entonces se tomaron una copa y miraron por la gran ventanal que enmarcaba al castillo donde Carlota, años atrás, se agobiara por las infidelidades del perruncho de Maximiliano. Leo posó su mano sobre la de Edu, y este pegó un brinco del otro lado del salón.

—¿Qué haces? —exclamó.

—Te agarro la mano.

—Pues sí pero… ¿por qué?

—Pensé que tu también lo querías —confesó Leo, confundido.

—¿Qué te hizo pensar eso?

—Estás en mi casa, a las dos de la mañana, cuando llevamos menos de cinco horas de habernos conocido.

—Vine a ver tu obra. Eso es todo, yo no soy gay.

—¿Un heterosexual que accede a ir a la casa de un homosexual entrada la madrugada?

Lo retó con tan válido argumento.

—Te estas confundiendo.

—No, el que está confundido eres tú. Te recomiendo que ubiques tus sensaciones en un plano más realista. Despierta, el clóset es un lugar oscuro y frío.

Fue ahí cuando Edu no pudo más y, cual Cenicienta a las 12 de la noche, salió corriendo, no a dejar de ser princesa, sino a convertirse en una. Tomó un taxi y huyó del castillo que se levantaba detrás de él. Pasó varios días declarándose enfermo, con su familia y en el trabajo y abdicó a contestar el teléfono a sus dos mejores amigas: Kenny y yo.

Increíble pero para aquel entonces, Eduardo aún vivía con sus papás. Era el típico que alegaba que, al gozar de todas las libertades en su casa, le gustaba acompañar a su solitaria madre. Por eso seguía durmiendo en la cama que lo vio pasar de adolescente a hombre y de hombre a conchudo que pernocta junto al cuarto de sus papis. Su familia era parte de la burguesía mexicana, dinosaurios políticos por genética y conservadores de extrema derecha hasta que le sacaban callo a la biblia. No podrían aceptar que su hijo varón era la hija que siempre quisieron tener y nunca lograron concebir. Por eso Edu se reusaba a salir del clóset de oro en el que la ideología familiar lo mantenía cautivo. Solo que al conocer al hombre que le hizo tambalear su propia historia, se estrellaron, contra sus propios muros de acero, todos sus preceptos y voluntades, y así dio paso a la respuesta que su alma esperaba años atrás.

Se encerró en su cuarto alegando una gripa descomunal, que se le quitaría justo el día en el que Maritza lo obligara a decir en voz alta que no era heterosexual, que nunca lo había sido y que hasta ese día llegaría su lucha por ser lo que no era. La catarsis lo trajo hasta mi sala para beberse tres tequilas al hilo y confesarme que el corazón se le salió desde el primer momento que tuvo cerca el olor de Leonardo Saldivar.

—Y ahora que sabes todo esto ¿qué vas a hacer? ¿Vas a llamar a Leonardo?

—Primero necesito desenredar mi cabeza.

El pobre era un nido de confusiones.

—¿Necesitas que te ayude en algo?

—Sí, sírveme otro.

Así se nos fue la noche, casi en silencio, yo callada y él pensativo, pensando qué hacer tras la revelación hecha a su sicóloga, a su amiga y a él mismo. Nos emborrachamos hasta quedar dormidos en el sofá de la sala, en donde Alejo nos encontró cuando regresó a casa.

Closets con vista al bosque real

*Qué sucede cuando el corazón se confunde entre lo que sintió y ya no siente.
Al fin y al cabo ya fuiste suya. ¿En qué momento dejaste de serlo? Y si
quieres ser suya solo por instantes... ¿qué tiene? Para olvidar a un gran amor
es mejor hacerlo paso a pasito que cortar de tajo tu corazón de sus raíces y
quedar sin flujo de sangre, pero... ¿hasta cuando dejarás de respirar por su
boca y así podrás utilizar tus propios pulmones? Tienes que hacerlo, tienes que
poder respirar sin tu antiguo respirador artificial...*

*"El problema de la mujer siempre ha sido problema de hombres": Simone
de Beauvoir.*

Por quinta vez en el mes amanecí con una nota a mi lado que
decía: *que pases linda noche, nena. Besos. Alejo.*

Teníamos sexo y luego, cuando yo caía dormida, se iba de mi
lado. No quería comprometernos a despertar juntos, total ya me
había acostumbrado: después de todo el hombre sí es un animal
de costumbres. Igual, sentía mejor abriendo los ojos sola, en mi
cama de soltera, que confundir a mi alma por despertar al lado de
mi ex, con quien no debería estarme acostando, como primer
punto. Yo era la reina del *cangrejeo.*

—La reina en el clóset del *cangrejeo*, querrás decir —apareció
Cirila con sus comentarios desatinados.

Si se lo oculté a mis amigos fue porque sabía que me regañarían
una y otra vez. Me daba flojera explicarles lo que estaba segura no
comprenderían. Bueno, Leo era mi único confidente. Él, como
siempre, me decía que fluyera y yo, muy obediente, continuaba
fluyendo desnuda hacia Alejo.

Me mantenía en pie la sensación de independencia que me generaba ver mi departamento lleno de muebles. Por fin habían llegado y podía mostrarle a Alejo que mi vida sin él era perfecta. Que yo tenía las riendas para llevarlo a mi cama cuando quisiera y para dejarlo ir cuando así lo deseara... Bueno... eso creía.

Mi verdad de clóset es que sentía dolor. Físico dolor de verme enredada con mi ex al que no podía dejar ir. No quería estar más con él —o por lo menos eso me gustaba creer—, ni aunque me rogara lo aceptaría de vuelta pero no sabía por qué era tan difícil no volver a verlo. Me entregaba a él como si fuera la última vez que lo fuera a hacer. ¿Será que eso nos faltó?, ¿habríamos perdido la intensidad de vivirnos?, ¿nos volvimos rutinarios y aburridos?

Miré el reloj. Casi daban las 10 de la mañana y había quedado de verme con mis tres mosqueteros en el *Café Matisse* para comer conchas con nata y chocolate caliente. ¡*Yiac*! Lo único que quería era dormir, cerrar los ojos y regresar al momento en el que Alejo me invitó a cenar en *son de amigos* para poder decirle que gracias pero no gracias. Ahora, todo sería más fácil.

Cuando llegué, mis ojeras me delataban. Tenía cara de sexo. Edu fue el primero en notarlo.

—¿Qué hiciste anoche, *sweetie pie*?

—Nada. Ver pelis —mentí, rezando porque el tema se acabara allí, pero sabía que mi suerte no había venido a desayunar conmigo.

—¿Y la cara de recién revolcada es porque estuviste viendo pelis de Erika Lust o qué?

Lo negué una y otra vez, aunque el examen fuera exhaustivo. Edu es lo más insistente del planeta cuando presiente que alguien le oculta algo. Kenia me miraba como si supiera todo y Leo pisoteaba a Edu por debajo de la mesa para que me dejara de hostigar.

—¿Ya sabes qué día llega Jadecita? —pregunté a Kenia, intentando desviar la atención de mi cara de sexo culposo.

—¿Jadecita? Cuando la veas vas a quedar de una sola pieza. Está gigante. Llega como en una o dos semanas, ya sabes como es ella. Llamará a avisar que ya llegó y que vaya por ella al aeropuerto —dijo Kenia un tanto agobiada con el tema.

—¿A dónde vas a meter todos los chunches del cuarto que vas a acondicionar para ella? —preguntó Edu.

—Ni me digas. La verdad no estoy muy contenta de que llegue a mi casa. Desde que se fue de viaje se volvió superpesada con Henri, como si él le hubiera hecho algo —agregó Kenia, desbordante de lo que antes parecía agobio pero en realidad era desesperación.

—¿Y nunca te dijo por qué se puso en ese plan con tu marido? —preguntó Leo.

—Según él no tiene idea el por qué del cambio de Didi, y la verdad le creo porque todo fue tan repentino que seguro es una de esas varias rebeldías de Jade en contra de la gente solo porque no piensan igual que ella— finalizó.

Jade y Henri nunca fueron los más amigos. Ella siempre respetó el hecho de que Kenny se hubiera enamorado de él, pero lo que nunca pudo ocultarle al resto del mundo era que consideraba a Henri un machista y prepotente. Yo, confieso, que nunca pude ver eso en él. Me parecía un hombre un tanto misterioso pero de ahí a tacharlo con esos adjetivos, jamás se me pasó por la cabeza.

De un día para otro, Jade se fue para Tailandia sin dar muchas explicaciones, eso sí, no sin antes declararle de frente la guerra a Henri en un altercado en el que ella perdió los estribos y él la llamó caprichosa y revoltosa. Aún así, Kenia no iba a negarse a darle posada a Jade mientras encontraba un lugar en donde vivir, lo cual la había puesto en guardia con su esposo. Fue cuando se me prendió el foco. Yo tenía un cuarto vacío que Jade podría habitar. A Kenia se le iluminó el cielo. Saltó hasta mi silla y me abrazó,

—¿Neta? ¿Te llevarías a vivir a Didi contigo? Amiga te juro que te ayudo con todo lo que me pidas, no sabes el paro que me haces.

Kenia acababa de solucionar su peor dolor de cabeza y yo me acababa de ahorrar una lana extra. Edu y Leo tenían que salir volados. Eduardo tenía comida con su madre que seguro lo citaba para convencerlo de que rectificara su camino. Lo bueno era que Edu ya tenía callo en ese aspecto y con tal de ver a su mamá un ratito estaba dispuesto a fletarse que se lo sermoneara con aquello de que ser gay era cosa del demonio.

Fue gracias a Leo que Edu se volvió mucho más tolerante con su familia. Era él quien lo animaba para que se viera con su mamá así terminara regañado. Leo estaba seguro que algún día sabrían aceptarlo. Para una familia como la de Leo era inconcebible una situación tan escandalosa: su retoño, hijo de uno de los senos más conservadores de la capital mexicana, ¡era gay! El señor y la señora Bernal, padres de Edu, le mostraron por donde era la salida y le dijeron que no podía regresar hasta que reflexionara sobre sus malos modos y mañas extrañas. Edu, que para ese momento ya estaba enamorado de Leo, tuvo que escoger entre la puerta de su casa o la puerta del clóset. Así, al pobre de Edu no le quedó otra más que agarrar su maleta y decirle adiós a su gigante mansión de Las Lomas y a sus padres, de quienes que no volvió a tener noticias durante meses. Fue entonces cuando Leo casi lo obligó a que llamara a su madre e hiciera el intento de platicar con ella.

Como buena madre, la de Edu no pudo negarse y aceptó tomarse un café en donde su padre no se pudiera enterar, por ninguna fuente, de que estuvieron juntos. Por más de que Edu intentaba explicarle a su madre que lo suyo no era una maña mas sí una realidad, Patricia insistía en que ese capricho lo estaba orillando a perder a su familia. Cuando por fin ardió Troya fue cuando Edu le contó a Patricia que si en México no se aprobaba pronto la ley de matrimonio homosexual, irían a casarse a donde fuera legal la unión entre personas del mismo sexo. Así fue como Edu, su adorado querubín, le anunció a su madre que con su apoyo o sin él, contraería nupcias con otro hombre. Como era de esperarse, Patricia se desmayó.

Las personas del restaurante acudieron a su ayuda. Entre la gente se encontraba Ignacio, un socio de negocios de Armando Bernal, que se terminó enterando, gracias al desafortunado encuentro, de que su esposa y su hijo se habían visto a escondidas y de paso, que Eduardo se casaría con otro hombre. Después de una lata de *coca-cola* y un algodón con alcohol insertado en las fosas nasales, Patricia volvió en sí y lo primero que vio fue a

Ignacio Velazco parado a un lado de su hijo gay. Se volvió a desmayar.

No terminó el día cuando Armando Bernal llamó a Edu a exigirle que no molestara más a su madre, pues con sus tonterías la enfermaría. Eduardo, que practica la teoría de *ya untado un dedo, pues me unto la mano* le contó a su padre la noticia de que sus tonterías terminarían en matrimonio y que si ellos no podían aceptar a su esposo pues entonces él no los podía aceptar a ellos. Al final Armando prefería perder un hijo que ganar dos hijos gais.

En palabras de mi musa francesa: *es imposible encarar problema humano alguno con una mente carente de prejuicios.*

Edu se refugió en Leonardo, que comprendió que la familia Bernal era bastante diferente a la suya. La familia Saldivar estaba conformada por dos artistas muy conocidos cada uno en su rama. Ximena Abellá, escultora de figuras eróticas y gran exponente de la escultura mexicana en Europa, y Santiago Saldivar: compositor, músico y maravilloso cantante de tangos. Leonardo es el hijo único de su familia. Ellos aseguran que supieron que Leonardo era gay desde que nació pues el doctor les dijo que esperaban una mujercita cuando Xime estaba en embarazo.

Aunque en aquellas épocas confirmar el sexo del bebé era casi imposible, el médico afirmaba tener un ojo clínico según los síntomas. Leo se llamaría Lea. Su cuarto fue rosa así como la mayoría de su ropa de recién nacido. Ximena dice que si no nació homosexual, entonces ellos lo convirtieron. Leo nunca supo lo que fue estar metido en el clóset y desde que le empezaron a gustar los niños pudo hablar sin tapujos con sus padres, quienes lo orientaron y lo ayudaron para tener un vida lo más sencilla posible en una época en la que ser gay todavía no estaba ni cercano a ser bien visto.

Ximena y Santiago adoptaron a Eduardo, y cómo no hacerlo: Eduardo se ganaba el corazón del mundo entero, como un osito de peluche que busca amor, y los Saldivar eran especialistas en dar cariño. Eduardo se alejó del todos de su familia y solo de vez en cuando, porque Leonardo lo presionaba, llamaba a su madre para juntarse a escondidas a comer con ella.

Era lunes. La alarma sonaba como si quisiera trepanarme el cerebro. De por sí los lunes eran difíciles, si por mí fuera me habría quedado en la cama hasta que se convirtieran en martes, pero si a eso le sumaba que odiaba mi trabajo, tanto como me odiaba cada mañana después de tener sexo con Alejo, pues peor.

Me levanté, arrastré los pies con la mediana luz de las seis y media de la mañana. Prendí la lámpara para no volverme a pegar con la mugrosa esquina de la base de mi cama nueva a la que aún no me acostumbraba. Llegué hasta el baño para efectuar mi típico ritual mañanero que incluía dormir durante cinco minutos debajo de la ducha para luego despertar y sentir remordimiento por gastar agua, salir corriendo y comprar un *chai* en el *GastarSucks* del frente de mi casa, en donde la misma señorita de siempre me saludaba con su bien ponderada sonrisa y me preguntaba si quería lo mismo de siempre. Sí, siempre pedía lo mismo: *chai latte* sucio con leche de soja, alto, tibio, con extra espuma.

Tenía que llegar a checar tarjeta a las ocho en punto a mi oficina en donde habitaba —y seguro siga habitando— un ser despreciable llamado Augusto, que hacía las veces de mi jefe, un chaparrito machista que me tenía monitoreada gracias a mi impuntualidad persistente, director general del área de recursos humanos de una empresa que se dedicaba a hacer asesoría contable y manejo de nóminas a multinacionales. Ese gorgojo humano insistía, desde el día uno, con descontarme días de mi sueldo cada que llegaba 10 minutos tarde.

Mi trabajo era el peor del mundo entero pero como todo lo malo tiene algo que es bueno: mi hora de salida era a las tres de la tarde, lo cual me dejaba el resto del día libre para quejarme sobre lo miserable que era cada día cuando Augusto contaba chistes misóginos a mis vecinos de cubículo.

Aquel lunes del terror me encontraba aburrida revisando de arriba abajo el *Facebook* de Alejo, buscando a alguna vieja que me diera la suficiente fuerza para mandarlo al carajo y no volver a saber nada de él. Entonces escuché la alarma de mi *iPhone*. Seguro vez más, habría olvidado el cumpleaños de algún desconsiderado familiar que no contara con redes sociales que me recordaran su onomástico. Pero sorpresa me llevé al darme cuenta de que no era ningún cumpleaños pendiente, ni mensaje de texto, ni correo, tampoco era mi *Twitter*, ni mensaje de *Facebook*. ¡Por amor a la manzanita *Apple*!, entonces ¡de qué fregada aplicación era ese sonidito!

El mundo se detuvo. Miré a mi alrededor escuchando al sonido extinguirse. Sentí que me desmayaba. Me agarré de mi escritorio y solté mi *iPhone*, que cayó al piso y que desde ahí me mostraba que ya tenía dos días de retraso en mi periodo.

La princesa ¿y su principito?

Acabar un amor por etapas es una pésima idea. Es como arrancar una curita despacio, sentir como caaaada belliiiiito va salieeeendo de su folículo, como cada célula es desprendida de tu piel. Por eso las curitas se arrancan de tajo, de una; se toma respiración y sin pensarlo, incluso engañando al inconsciente, se arranca a la cuenta de dos, aunque uno diga que a las tres. Así se arranca al amor: desde la raíz, sin besos ni caricias que extiendan el adiós y desmiembren al corazón con cada batir de la palma de tu mano... Cerrar un ciclo es volver a empezar.

Poco antes de que se cumpliera una semana de salvarle el pellejo a Kenia y ofrecer mi cuarto libre para su prima, recibí su llamada pidiéndome que le echara la mano y fuera al aeropuerto a recoger a Jade. Había aparecido la noche anterior para decirle: ¡mañana llego!

Era viernes por la tarde y miraba ansiosa la pantalla de horarios del aeropuerto, donde vi que el vuelo de Jade estaba retrasado dos horas. Cómo no haberlo sospechado antes si para ese entonces mi vida giraba en torno a los retrasos. Me metí a tomar un *chai* resignada a esperar y a cruzar los dedos por que la hora pico no nos agarrara en pleno Viaducto. Ni modo.

—¿Julieta? —escuché a mis espaldas mientras me tocaban el hombro.

La última vez que vi a Jade era una adolescente muy delgada, alta y con carita de niña. La cara era la misma, sus grandes ojos color negro ahora brillaban enmarcados por el rímel que traía regado de tanto dormir. Igual seguía siendo preciosa. La abracé.

Jade era la típica *hippie millennial*: joven, natural, con equipaje ligero, tenis, falda corta y perfectas rastas de salón. Venía de

75

Australia, de viajar por Europa y de vivir en Tailandia durante varios meses. Me contó en el trayecto a la casa que estaba cansada de ir de aquí para allá, que extrañaba México, que quería trabajar y empezar de nuevo. ¿Empezar de nuevo? No entendía nada, ¿por qué el ánimo de empezar si se puede continuar? Después de tantas aventuras del otro lado del océano buscaba un refugio cerca de casa. Con un cúmulo de experiencias y vivencias en las que no ahondaba en sus relatos, quería establecerse y hacer las cosas que, según ella, debió haber hecho hacía mucho tiempo.

—No más postergar lo impostergable.

Jade venía con la idea de crear su propia empresa de manejo de redes sociales. Me pregunté en dónde quedó mi juventud y mis sueños bizarros. Mientras yo contrataba gente con buen perfil para asesoría contable, ella soñaba con jugar en *Facebook* y *Twitter* en sus horas laborales. *Home office:* el término favorito de los *millennials*, en donde se soluciona todo con un teléfono inteligente, una tableta y una conexión a red inalámbrica.

Llegamos a casa después de casi dos horas de tráfico y la silla del auto marcada en nuestros traseros. Nos urgía un suero revitalizador.

—¿Quieres algo de tomar? —pregunté.

—¿Tienes para hacer martini?

—Eres de las nuestras. ¡Tú muy bien! —le dije, feliz de tener en casa.

En el primer martini le conté todo acerca de mi rompimiento con Alejo. Bueno, evitando la vergonzosa parte de que aún se me colaba entre las cobijas. En el segundo, me hizo muchas preguntas sobre Kenia y Henri.

—Me caga ese tipo—, dijo con rencor.

Palabras fuertes para una chica tan zen, ¿no? Para el tercer martini el vecino se comenzaba a quejar por el volumen de la música. Se le olvidaba que yo nunca me quejé por sus sesiones de pasión estridentes en plena madrugada de martes. En el cuarto martini yo quería llamar a Alejandro para que cayera a beber con nosotras y demostrarle que podíamos ser solo amigos. Menos mal no me contestó. En el quinto, Jade empezó a tratar de desenmascararme.

—¿Y qué?, ¿neta tu ya nada con Alejo?

El problema es que en el quinto martini yo carezco de filtro. Digo las cosas como si me estuvieran poniendo a prueba con una máquina antimentiras. Me dio diarrea verbal y le conté todo, incluso hasta el detalle de tener un retraso en mi periodo de casi seis días.

—¿¡Y no te has hecho una prueba!? —gritó escandalizada.

—No puedo. Tengo miedo de saber la verdad —confesé.

Lo siguiente que recuerdo es estar vomitando en el baño. Al otro día, con una cruda que se dividía entre física y moral, desayunamos con Kenia, Marisol, Edu y Leo. Mientras Jade contaba sus aventuras, mi mente divagaba en la noche anterior y los recuerdos de todo lo que le conté a Jade. Llegó como picada de abejorro el recuerdo de mi retraso. Con hoy ya eran siete días.

—¡Ya deberías pensar en bajarle, Juliette! —dijo Kenny con un tonito que me dieron ganas de caerle a mordidas.

—¿De qué hablas? —le pregunté con una mueca de molestia.

—Te la vives de peda en peda, no te vaya a afectar en tu salud —agregó como si fuera mi mamá—. Mira nada más la cruda que traes, ni hablas —finalizó mordaz.

—No cambias, primita —se metió Jade entre risas sardónicas, sin dejarme decir nada.

—Me parece que andas muy fiestera, eso es todo —retomó Kenia como ignorando a Jade.

—Y a mí me parece que te estás tomando atribuciones que no te corresponden —le dije de mala gana.

Suficiente tenía con la llamada matutina de mi madre…

—¡Qué vocecita! —saludó mi mamá a las ocho de la mañana cuando le contesté el teléfono—, ¿te los tomaste todos, mijita?

—Mira quien habla —le contesté venenosa.

—¿Qué me estás queriendo decir, Julietita? No se te olvide que soy tu madre y a la madre se le respeta.

—Mamá, neta, te he dicho mil veces que no me llames en fin de semana a esta hora.

—¿Por qué? ¿Porque estás cruda?

—Porque trabajo como una mula toda la semana y estoy dormida —resoplé.

—Si no es que estas dormida, es que estás ocupada, mejor dime que no quieres hablar conmigo y con gusto te dejo de llamar.

¡*Welcome* drama!

—No es eso, mamá, mejor cambiemos de tema. ¿Has hablado con mis hermanos?

—Casi no, ya ves que su papá los envenenó en contra mía, quien sabe qué tantas cosas les dirá que ni una llamadita le dan a su madre, yo me puedo morir y ellos ni se enteran.

Drama, más drama y más drama matutino. Así se fue mi mañana, escuchando la pesadumbre de mi madre que más parecía un karma bien cobrado.

Miré a Kenia con ojos de pistola.

—Y tú cada día eres más difícil, ya no se te puede decir nada.

Era un hecho, Kenia, por momentos me recordaba a mi mamá. ¡Pinche karma!

—Bueno, bueno… ¡Qué tal que mejor le paran las tres y desayunamos en armonía! —intercedió Leo—. Mejor cuéntanos cómo estuvo tu viaje —se dirigió a Jade.

No pude evitar molestarme con Kenia por sus atropellos maternales que nada que ver. Estaba recién entrando a mi soltería y es bien sabido que uno tiene derecho a tomar cuanto sea necesario para librar el despecho.

—O sea, ¡¿qué le pasa?! —preguntó Cirila furiosa y agredida sobre todo porque Kenia tenía razón: por ahogar la cabeza en martinis es que ahora tenía un retraso.

No podía seguir haciéndome la idiota y debía comprar una prueba de embarazo. Pero primero tenía hablar con Alejandro. Necesitaba que él estuviera conmigo, para bien o para mal, aunque aún no supiera qué era bien y qué era mal. Pero deseaba que tomara mi mano mientras rezaba a todos los santos porque la prueba diera negativo. Pensé de nuevo en las ironías y en los mugrosos patrones que vamos repitiendo sin darnos cuenta. Yo embarazada de mi ex, con quien no quería volver y quien no quería volver conmigo, terminaría en un juzgado peleando la patria potestad de un chamaco que para ese momento ya nos odiaría a los dos. Luego, a falta de amigos –pues me habrían dejado de hablar por convertirme en una amargada– agarraría a mi propio chamaco de paño de lágrimas, enumerando los mil y un motivos por los que su padre era un hijo de chingada. Respiré hondo, eso no me puede pasar a mí... no me va a pasar a mí. Y así, repitiendo eso como mantra le mandé un mensaje a Alejo: *necesito verte. Es urgente. Recógeme a las 7 ¿Puedes?* La respuesta fue inmediata: *A las 7 en tu ksa.* Odiaba que pusiera casa con ka, esa sería una de las cosas por las que habría de criticar del padre de mi hijo ¡*Omg*! ¡Ataque de pánico a la vista!

A las dos de la tarde comenzó mi viacrucis. Sábado sin plan, con una cruda irreal y con un embarazo no confirmado. La hice de surfista en las olas de *Google*: quería saber cuáles eran los síntomas de la primera semana de embarazo. Náuseas. *¿He tenido nauseas? ¡Sí!, justo ayer que vomité. Bueno pero eso fueron los martinis. ¿Hoy en la mañana? Eso fue la cruda. Sí, he tenido nauseas, a quién engaño. ¿Mareos? ¡Claro! El lunes cuando supe que me tenía que bajar el día anterior. Casi me desmayo. Sí, pero también pudo haber sido la impresión, además no me mareé, casi me da un infarto, pero eso fue todo. ¡No! El miércoles por la mañana cuando me levanté estaba mareada. Pues sí, pero me levanté muy rápido de la cama porque ya era tarde, así cualquiera se marea. No, no, no, no puede ser, ¡sí he tenido mareos! ¿Bubis grandes y adoloridas? Me toqué. Me duelen... un poquito, pero me duelen y si me aprieto un poquito ¡ouch! Me apreté muy duro. Sí me duelen. ¡Dios!, estoy embarazada.* Y así divagué por todas las páginas de internet mientras me convencía de que tenía todos y cada uno de los síntomas mencionados.

Nada que daban las siete de la noche. Se me antojó un helado. *Mmm de chocolate. ¡Antojos!* Entonces me mareé, mi corazón empezó a palpitar tan fuerte que sentí que me daba un ataque de pánico. *¡Nauseas!* Corrí al baño. No pude vomitar, solo caí arrodillada frente al inodoro escupiendo ansiedad y saliva. El teléfono me despertó.

—¿Bueno?

Nadie llamaba. *¡Es el despertador! Ay, no... ¿ya es lunes otra vez?*

Escuché mi nombre a lo lejos.

—¡Julyyyyyy!

¿Alejo? Alejo me gritaba por la ventana. Era su claxon que se mezcló en mi sueño profundo y me confundí entre la somnolencia. Sacudí mi cabeza, me levanté y me asomé

—¡Ya bajo!

Nos cruzamos al *Starbucks* de en frente. En la cara se le notaba que esperaba alguna mala noticia, pero estaba segura de que no se imaginaba el calibre. Después de contarle mis sospechas le diría que me acompañara a la farmacia por una prueba de embarazo y así subiríamos a mi casa a conocer el veredicto final. Antes de empezar a hablar necesitaba un té.

—¿*Chai*? —me ofreció.

—No, gracias. *Rooibos*, mejor.

Si me tomaba un *chai* me daba un infarto provocado por la cafeína, sin duda. Se sentó frente a mí, con mi té aún echando burbujas de lo caliente, y su *macchiato* doble con extra espuma. No sabía por donde empezar. Alejo me miraba un tanto desesperado, pero como me conocía mejor que a la baldosa frente a su inodoro, sabía que presionándome para que hablara lo único que lograría sería enredarme. Permanecía en silencio mirándome, tomando su café y esperando, con aparente paciencia, a que yo encontrara las palabras adecuadas para decirle que iba a ser papá. De solo pensarlo me daba taquicardia. Entonces tomé aire, me senté derecha y me dije primero a mí misma y en silencio lo que después le diría en voz alta. Tenía intolerancia a los momentos como ese, los que me incomodaban. El más reciente, para ese momento, había sido cuando tomé la decisión de terminar mi relación con Alejo, el previo a ese cuando decidí decir que sí a su propuesta de irnos a vivir juntos. Aunque no podía engañar a nadie, fue más que la respuesta a mi presión por vivir juntos. *¿Para qué pagar otra renta si podríamos ahorrarnos esa lana? Total casi vivimos juntos* y así lo llené de mil argumentos que lograron, una vez más, que yo me saliera con la mía. Todo esto empezó a viajar a mi cabeza, todos esos recuerdos que aquel día nos habían llevado hasta esa mesa para anunciar que Alejo sería el padre de mi hijo. ¡Quién lo iba a pensar!

—Lo que estoy por decirte está cañón, así que intenta reaccionar lo mejor posible porque esto me está volviendo loca —comencé mi preparación para darle la noticia.

Alejo abrió sus ojos como dos platos. Lo veía venir, estoy segura.

—Alejo... yo...

Entonces sentí un calorcito recorrerme el vientre. Un hilito tibio que me levantó como resorte y me puso en el baño de un solo brinco. Alejo me vio irme como alma que lleva el diablo. Me bajé los pantalones con premura y vi esa mancha roja que deseaba ver desde hace ocho días. ¡Me bajó! Me senté en el inodoro con ganas de llorar. Estaba contrariada, ya ni sabía si lloraba de felicidad o si me habría hecho mella la estúpida ilusión de volver a intentar las cosas con Alejo. Lloré, lloré y lloré. Después escuché que alguien tocaba la puerta del baño. Era Alejo, preguntando si estaba bien. Y supe que no estaba bien. Que no podía seguir con esta farsa de querer ser *supercool* y seguir teniendo sexo con mi ex, solo porque no tenía el valor de cerrar el ciclo y continuar con mi vida. Debía, y no de dientes para afuera, de una vez por todas y sin excusas, tomar las riendas de mi vida y enfrentar la realidad por dolorosa que fuera. El amor se me había escapado y por más que quisiera convertir en príncipe al sapo, tenía que entender que no era para mí. Así, con lágrimas en los ojos y los *pants* bien puestos decidí que era el momento de acabar de una buena vez con todo esto. No podía seguir postergando lo impostergable –como diría Jade— por medio de historias baratas que quise creerme como que podía tener sexo con él sin involucrar mis sentimientos. La irresponsabilidad de andarme acostando con él me impregnó de pánico automático a terminar como terminan las mujeres que se equivocan de amor de la vida. De nada servía el amor que algún día nos tuvimos como para construir un presente a base de sexo y nostalgia: ya no era lo mismo, jamás volvería a serlo. Aún así, cada que él se iba de mi lado, mi corazón se volvía a romper un poquito.

Me lavé la cara, me miré al espejo y respiré profundo. Salí Alejo me esperaba parado frente al baño. No entendía qué me pasaba. Entonces me pidió que le dijera qué sucedía pues ya lo estaba asustando. Fuimos de vuelta a la mesa.

—Esto va a ser breve, Ale.

No podía creer que estuviera ahí, otra vez, terminando con él.

—Quiero que no nos volvamos a ver nunca más.

Me tapé la cara, me sentía fatal.

—¡¿Nunca?! ¿Por qué no me quieres volver a ver nunca, hice algo mal?

Me miró más contrariado de lo que me miró la primera vez que terminamos. Le expliqué que necesitaba alejarme, rehacer mi vida sin él y para eso lo único que me iba a funcionar era que no habláramos por un tiempo, mucho menos que hiciéramos el amor. Me levanté de la mesa y sequé mis lágrimas. No había dejado de amarlo, pero era el mismo Alejo, incapaz de darme lo que yo buscaba. Él no era ese hombre que yo idealicé. Con mucho dolor le di un último beso. Crucé la calle, miré mi edificio y la ventana que daba a mi cuarto. Ese era mi espacio, mi lugar, él no tenía cabida allí. Un nuevo ciclo comenzaba con el cierre del anterior.

Miré por mi ventana hacia el *Starbucks*. Tomé mi teléfono y borré su celular de mi agenda, aunque a quién engañaba, me lo sabía de memoria. Ojalá hubiera un *delete* para eso y para tantas memorias que me chantajeaban para llamarlo y seguir en ese cauce que me terminaría reventando contra las piedras. Suspiré. Escuché la puerta abrirse: era Jade que regresaba a casa. Llegó hasta mi cuarto y se acercó para darme un beso. Sintió mi mejilla pegajosa entre rímel y lágrimas, me miró sin querer ser intrusiva y me acarició la cabeza. Me abrazó. Lloré y lloré como si fuera aquella vez que saqué mis cosas de la casa de Alejo. Lloré durante 12 minutos exactos, hasta que mi reserva de lágrimas se agotó y pude contarle a Jade lo que había sucedido.

Jade a veces, con tanta practicidad, parecía hombre. Me preguntó si eso era todo, si había acabado mi historia. Le respondí que sí. Entonces me limpió las lágrimas y me propuso no volver a hablar del tema.

—Hay veces que es mejor ni siquiera hablar de las cosas, hacer como si nunca pasaron, con suerte se te olvida que pasaron y vuelves a empezar —dijo.

¡Y dale con volver a empezar!, pensé. Me pareció buena idea, hacer como si nada hubiera pasado y retomar el paso cuanto antes.

—¿Tienes redes sociales? —me preguntó.

—Sí, ¿por?

—No quieres andar chismoseando las de Alejo.

—Prometo no hacerlo.

En mis adentros Cirila hizo un *cross my heart* sincero

—Pero tengo un blog para desahogarme, ¿eso cuenta?

—¡No sabía que tenías un blog! ¿De qué es?

—Todavía nada. Por ahora solo reflexiones del amor, o desamor…

—¡Qué chido! Los blogs son lo de hoy —aplaudió emocionada.

Pero mi blog no era un blog cualquiera, solo tenía cinco seguidores entre los que se encontraban: Kenia, Edu, Leo, y un desconocido que siempre criticaba todo lo que escribía. Ya me hasta había acostumbrado a él. Se escondía detrás de su seudónimo Juanito y desahogaba sus propias amarguras sobre las mías. Jade copió la dirección en su teléfono de última generación y me prometió que lo leería. *¡Gracias!,* tenía una seguidora más.

La semana pasó como si hubiera ido para atrás, como los cangrejos, y sí, había *cangrejeado* con Alejo durante el tiempo suficiente para que me volviera a doler la herida que apenas si cerraba cuando lo volví a meter en mi cama. De esas semanas que más parece que hubiera pasado un mes sin descanso. Retaqué mi congelador de helado de chocolate y me di a la vergonzosa tarea de rentar cuanta película rosa existiera en la sección de drama de *Blockbuster* (¡todavía existía!) para revivir el desamor que volvía a sentir por mi propia culpa. Me dediqué a azotarme por varios días, una especie de retiro espiritual en el que no hablaría con nadie más sobre mis penas, pasaría mi suplicio despacio, esperando a que llegara el viernes en el que Leonardo nos invitó a irnos de fiesta con la tribu y su nueva integrante, Jade, a *Tea Gallery*.

Nos sentamos en la barra frente a la banda de música para verlos tocar. El vocalista, un chico de 24 años no tan guapo pero iluminado por el halo del escenario, me miró; le sonreí, me guiñó el ojo y me agarré la trenza como María *quesadillera*. Así pasamos los primeros 45 minutos que tocaron sin parar. Con James Brown como testigo, coqueteé con el primer chico elegido para ser mi sapo de la noche. Quería limpiar los besos de Alejo de mi boca, probar otro sabor distinto que me confirmara que aún había vida allá afuera. Al saberme mayor que aquel cantante apasionado, me sentía con las riendas en la mano para manejar la situación a mi perfecto antojo. Eso era lo que necesitaba, más noches de esas con todo el control en mi lado de la cancha.

Cuando tomaron el primer descanso, se dirigieron hacia Leo para saludar. El bajista era homosexual, lo que generó que Edu se pusiera celoso pues saludó de manera muy afectuosa a su apetitoso marido. Por fin llegó mi cantante a saludar y de *primerazo* se presentó conmigo y me dio un beso en la mejilla bien cercano a la comisura de mi boca. Su nombre era Sebastián y tenía esa maldad implícita de los jovencitos recorridos. Podría tener escasos 24 años, pero sus ojos candentes revelaban la suficiente experiencia que yo necesitaba para reciclar mi mente.

Kenia tuvo que irse en su horario de Cenicienta, pero nos quedamos Leo, Edu, Jade y yo con toda la actitud de seguir la fiesta hasta que el sol nos correteara. Y sí, el sol nos correteó. Terminamos en la casa de uno de los músicos que resultó ser a pocas cuadras de la mía. A las seis de la mañana Jade me comunicó que se iría a la casa, Edu y Leíto se irían con ella, y aunque Edu me hizo jarritas con los brazos para intentar remolcarme con ellos hasta donde no corriera peligro con mi cantante coqueto, le tocó despedirse de mí en la puerta donde acto seguido, Sebastián me acorraló. ¡Bendita juventud! Pasión irreverente, desbocada, sin miedo ni ataduras. Sebastián me presionó contra la puerta, me tomó fuerte la cara con su mano y me besó por primera vez.

Su lengua recorrió toda mi boca como si siguiera el ritmo del *funk*. Sabía a ron y a *coca–cola* mezclados con tabaco. ¡Ah, ese tabaco que me recordaba el sabor de Alejo! Aquel sabor de almizcle al que abdiqué el mismo día en que terminé con Alejo por segunda vez. Si iba a dejar el peor de mis vicios, mi amor por Alejo, entonces tendría que dejarlo con todos los vicios que le hacían arandelas: el cigarro. Las manos de Sebastián me subieron por la cintura hasta el pecho, enrollé mis piernas a su cuerpo y como pudimos llegamos hasta el sofá. Le arañé la espalda y le mordí los hombros, sentí que volaba entre su piel con olor a chamarra de cuero. Le puse *delete* al recuerdo de Alejo, aunque solo fuera por ese momento.

Cuéntame una de princesas

Una vez logré quitarme sus besos de la piel, una vez pude cambiarle el sabor a mi saliva, el camino hacia la tranquilidad se volvió una autopista en la que, a menos kilómetros de los que creía, estaba la estación del olvido...

"El secreto de la felicidad en el amor, consiste menos en ser ciego que en cerrar los ojos cuando hace falta": Simone de Beauvoir.

El domingo llegaba con destellos de recuerdos de hacía algunas horas: ese sofá, esos besos, esa lengua. Me estremecía y volvía a sumergirme entre mis cobijas recordando a Sebastián. No me importaba si llamaría, ni siquiera si lo volvería a ver, era un chico tan joven y con tanto *punch* que seguro acostumbraba llevar chicas a su cama después de experimentar la fama de tocar por unas cuántas horas.

Escuché ruidos en la cocina y una música leve venir del cuarto de Jade. Movía cosas, arrastraba muebles y cajas. Me levanté como pude, me miré al espejo del baño mientras me lavaba los dientes y vi en mis ojos esa mirada brillante que irradia una buena sesión sexual. La verdad no me acordaba *taaaaanto* de qué tan buena, porque el alcohol había nublado mi mente, pero eso qué importaba, había logrado limpiar mi cuerpo del de Alejo. El último hombre con el que había estado, ya no era él: me reciclé.

En efecto, Jade convertía mi cuarto vecino en un hermoso lugar lleno de pareos hindús, velas, lámparas y olor a… olor a… hum… es un olor conocido… ¡marihuana! Jade me miró con los ojos bien abiertos, como quien mira a su mamá cuando le cacha las anticonceptivas. Por mi cabeza lo único que pasaba era ¿qué carajos le diría a Kenia? Es más: ¿le debía decir a Kenia? Después de todo Jade era una mujer adulta y yo no debía escandalizarme por un *chubby* de marihuana. *¡Dios! ¡Soy tan vieja que le digo chubby!* ¿Hace cuánto tiempo no la fumaba? Creo que la última vez que jugué a los cigarritos que dan risa fue cuando tenía como 22 años. Luego, se quedó como parte de mis travesuras del pasado y me mudé a los martinis.

Opté por ser *cool* y pretender que todo bien, todo normal, cero *shock* que la primita menor de mi mejor amiga estuviera fumando porro en mi cuarto contiguo. Sólo esperaba que los vecinos no llamaran a la policía. *¡Policía! Pero qué exagerada.*

—¿Te molesta que fume? —preguntó cuando logré levantar mi mandíbula del suelo.

Le dije que esa era su casa y podía hacer lo que se le viniera en gana, aunque deseé que esa invitación no viniera a morderme el trasero después de un tiempo. Igual ella era una mujer independiente que llevaba bastante tiempo cuidándose sola como para yo comportarme como una mamá.

—Solo lo hago los fines, es parte de mi ritual para relajación mental.

Se rió. No sé si por el efecto del *chubby* o por un chiste que no entendí.

—¡Otra vez *chubby*! ¡*Omg*! —alegó Cirila, moviéndole las pestañitas a ese cigarrito con el que hace tanto no tenía un encuentro.

Confieso que me tranquilizó que me aclarara que era algo de los fines. No quería imaginar mi casa convertida en un hoyo *funky* y luego tener que decirle a Kenia que después de oler a marihuana durante tantos meses descubrí que la chica que estaba a su cargo tenía un problema de adicción. *¡Fiú! Puedo vivir con ese olor los fines… incluso… podría… ¡no! Pero qué cosas digo,* después de vieja viruela, diría mi abuela.

—Por fa, no le vayas a decir a Kenia. Qué hueva su sermón —me pidió.

—Mi boca como una tumba.

Le ayudé a organizar su cuarto, pero para ser honesta no lograba sacar a Sebastián de mis pensamientos. No era un chico del que me enamoraría, pero sí podría ser alguien que invitaría con frecuencia a mi cama. Ese cuerpo tan… *yum*…

—¡Julieta! —era la cuarta vez que Jade me llamaba—. ¡Estás en las nubes! ¿No estarás pensando en un chico que su nombre empieza con S y termina con ebastián?

No podía negarlo. Le hice un *recorderis* bastante detallado sobre mi reciente noche-madrugada –bueno, de lo que me acordaba– y aproveché para pasarle el chisme de que el amigo saxofonista había quedado boquiabierto con ella.

—¡Guácala! Yo de esa especie no quiero saber nada.

Me llamó la atención que ni siquiera pudiera referirse a ellos como hombres. *Esa especie* era una aclaración radical de estar en sabático emocional.

—¿Se puede saber por qué?

Imaginé que la respuesta incluiría un corazón roto aún no cicatrizado, gritos, lágrimas y algunos varios botes de helado de chocolate.

—Porque hasta el que más bueno parece, termina siendo una cucaracha panteonera —dijo con sorna.

—¿Por qué decidiste regresar a México?

Quizás todo estaba relacionado. Pésima básica pregunta. Jade me miró sin decir nada.

—No me digas, ¿infestación de cucarachas panteoneras? — pregunté.

La hice reír. ¡*Fiú*! Momento incómodo superado.

Jade llegó a vivir a Playa del Carmen con su madre. A Celia le ofrecieron un trabajo como administradora de un *all inclusive*. Jade apenas tendría 10 años y nunca conoció a su padre, quien murió desde antes de que ella naciera. Comenzó a ir a la escuela pública con todos los niñitos del pueblo, jugaba en el parque por las tardes y se llevaba a su perra Natasha a caminar a la playa. Era feliz en Playa. Cuando cumplió los 18 años decidió estudiar la carrera de comunicación en Cancún, pero para ayudar a Celia con los gastos consiguió trabajo de *bartender* en una discoteca de la Quinta

Avenida. Pudo hacer unos ahorros con su chamba de *bartender* y se vino a México a pasar varios días con Kenia. Quería ver la posibilidad de hacer algún diplomado, estudiar un idioma, salir de la provincia para conquistar la capital.

—Pero la neta era que con Henri prefería convivir lo necesario y pensar en vivir con ellos me quitaba todas las ganas de armarla aquí en la capital. Por eso cambié mis planes y me lancé a Tailandia. Allá vive una gran amiga, tiene una casa superchida frente al mar. Me invitó a *crashear* con ella el tiempo que quisiera. Conseguiría trabajo, ella me ayudaría en todo. Ni la pensé. Una semana después de hablar con ella estaba mirando al mar desde la casa de Ari. Hasta hoy lo mejor que me ha pasado en la vida fue haberme ido.

—¿Y si estabas tan contenta por qué regresaste? —pregunté.

Se quedó en silencio, como si la respuesta que me fuera a dar necesitaba ser pensada.

—Hay veces que uno tiene que dejar lo que más le gusta por hacer lo que tiene que hacer.

¿Hacer lo que tiene qué hacer? ¿Y qué sería eso?, me preguntaba y a la vez admiraba el control que tenía Jade sobre sus ideas. No parecía una veinteañera.

—¿Qué será eso que tiene que hacer? —le pregunté a Kenia mientras tomábamos un café en el *Orquídeas Bistro* del Parque México.

—Ve tú a saber —dijo un poco indiferente.

Así es Jade, misteriosa y un tanto loca, yo creo que es la edad. Kenny podía decir lo que fuera, pero yo estaba segura de que Jade no tenía problemas con su edad y mucho menos estaba loca. Ella vino a México a algo muy específico que con el paso de los días y mis dones para extraer información de la gente, lograría saber. Si no para qué estudié toda la carrera de sicología.

Me entró un mensaje de texto. Era Sebastián, quería verme, ir a cenar y ver unas pelis. No le contesté. De camino a mi casa me fui con la cabeza repleta de dudas: *¿será correcto verme con un chico con el* que sé que no voy para ningún lado?, ¿de verdad quiero volver a meterme en las cobijas con él? A lo mejor podríamos ser solo amigos.

—Sí, sí, amigos desnudos —me respondía Cirilita a carcajadas y un tanto caliente de recordar a Sebastián encima mío.

No tenía que volver a acostarme con él, o sea, sí me gustaba pero podía controlarme. Por favor, ya había vivido con un novio, no era una tontilla loca que entraría a una relación de dudoso estatus con el primer chamaco que se me atravesara. De pronto habrían sido los tragos, el *rush* del momento, y bueno, terminé teniendo sexo pero nada qué ver. *Igual y lo veo y ya ni me gusta.*

—Lo siento, querida Cirila cachonda, no me voy a acostar con él, solo cenaremos y veremos una película.

Escuché el eco de mi diosa interna dando vuelcos de la risa dentro de mi cabeza

—¡Si, *ajaaaaá*! —me decía desde mi más allá mental.

—¡*Shhhh*! —la silencié.

Entonces abordé mi teléfono y decidí tomar las riendas de lo que fuera que era aquella relación. Le mandé un mensaje de texto: ~~???~~ *Te veo en mi casa a las 6* ~~???~~. ~~Dónde quieres cenar~~ ~~te invito una pizza~~ *pedimos pizza*, ~~¿Quieres ir al cine o ver pelis en casa?~~ *Tráete unas pelis.* ENVIAR.

—¡Tanto desmadre para mandar un *text* o mejor digo un *sext*! —se burló Cirila, intuyendo que esa noche habría festín.

Preferí ignorarla. Llegué a mi casa apurada. Jade estaba encerrada en su cuarto, le toqué para decirle que Sebastián vendría a visitar. Puso pausa al capítulo seis de la tercera temporada de *Sex and the City* y me invitó a ver cómo había quedado su decoración.

—Navegué tu blog, está bien chido, pero te hace falta una buena *pimpeada* —me dijo mientras alcanzaba su computadora.

¿Pimpeada? ¿De qué habla esta niña?, pensé. Pero no tuve tiempo de decir nada. Jade, en su desocupe del día, me había hecho una propuesta visual de lo que sería el blog si la dejara hacerse cargo de él.

—No tienes que hacer nada, solo escribir y subir tus *posts*, no me encargo del resto —me dijo, ilusionada.

90

—¿Cuál resto? —pregunté sin tener la menor idea de lo que me hablaba.

—Pues el resto. Administro los anuncios para tu sitio, incremento el número de *followers*, viralizo tus entradas, gestiono tu cuenta de *AdSense*. Serás mi primer cliente. Por cada 100 dólares que te lleguen me das 15.

—Vamos más despacio, no entiendo nada de lo que me dices... ¿Cuáles 100 dólares?

—Los que te vas a ganar una vez tengas determinada cantidad de impactos en los anuncios de tu sitio.

—¿Pero si yo no tengo anuncios en mi blog?

—No todavía, pero para eso estoy yo.

Poco a poco comencé a entender. Mi blog sería el primer proyecto de su miniempresa: una agencia de gestión y administración de redes sociales. Con mi sitio funcionando podría tener algo qué mostrar para ir haciéndose de más clientes. Entonces cerré el pacto con lo que pensé que nunca tendría: una agencia neonata de relaciones públicas para un blog al que accedían cinco personas. Seis con ella.

Faltaban 10 minutos para que llegara Sebastián, en caso de que fuera puntual. Un mensaje de texto de sonó a las 7:17 pm: *ya estoy abajo, ¿me abres?* ¿Qué pasó con la linda costumbre de tocar el timbre? *¡Estos chamacos ya todo lo hacen con su smartphone!*, pensé.

Mientras Sebas subía llegaron a mi mente una serie de cuestionamientos que no esperaba: *¿será que fueron los tragos los que hicieron que me gustara?, ¿qué tal que lo veo y ya no siento nada? ¡Assh, entonces cómo le hago para correrlo temprano de mi casa! ¿Y si me quiere besar? ¡Peor! ¿y si asume que me puede besar? ¡Ay, no! Qué incomodidad decirle que no. ¡No puede ser! Para qué le dije que viniera, habría sido más fácil ir al cine y después despedirme.* El timbre de la puerta sonó, de milagro no me mandó un *text* para decirme que ya estaba aquí. Abrí, lo vi a los ojos y descansé: era igual de *hot* a como lo recordaba, con su chamarra de cuero y ese *look* entre recién levantado y colonia fresca. Su sonrisa se extendió de oreja a oreja, se me abalanzó, me agarró la cara y me besó. No me dejó hablar, jugó con su lengua por toda mi boca, me apretaba la espalda, respiraba fuerte contra mi boca, ese olor a cigarro me intoxicaba, me hacía quererlo ya, ahí mismo. *¡Maldito vicio! Pero no volvería a fumar, ¡no, señor!* Disfrutaría del almizcle de su saliva impregnada de nicotina, pero fumar no estaba en el menú. Me arrastró hacia la sala, me tumbó en el sofá como recreando lo que hacía unas horas tuvimos sobre el sillón de su amigo.

—Jade está en su cuarto, no podemos hacerlo aquí —le dije, desesperada porque me abriera la blusa.

Miró a su alrededor y encontró mi cuarto. Me llevó, entre besos y empujones, hasta mi cama. Al principio pensé que era rudo pero en verdad era torpe. Me abrió la blusa y se fue directo a abrir mi bra. Me chupaba los pechos por encima de la tela mientras intentaba fallidamente abrir el gancho. Me recordaba a esa pasión desenfrenada adolescente. Se rindió y bajó a besarme la entrepierna. Buscaba llegar a algún *hot spot* a como diera lugar. Me miró a través del dobladillo de mi falda de jean remangada. Sus manos subían hasta mi pecho y volvían a bajar hasta mi trasero, era como un conejito *humpeador* desesperado, no sabía ni qué agarrar. Se quitó la playera sin arrancar su mirada de mis ojos, de mi cuerpo, me veía con una lujuria deliciosa, pero denotaba claro su inexperiencia. Se desabotonó los *jeans*, se los bajó y quedó en unos *boxers* de los Simpson que me robaron la concentración.

—No importa —dijo Cirila sudorosa—, vamos a tener que darle lo suyo a Bart.

Volvió a escalarme. Lo sentía como una piedra contra mis piernas. Me besó el cuello, mordisqueó mis orejas y llevó su mano hasta mi entrepierna. Sus dedos buscaban humedecerse en mí.

—Suave Sebas —le dije cuando me trajo de vuelta a la realidad con un leve dolorcito debido a su arrebato de pasión.

Logré arrancarle sus *boxers* de adolescente y sentí su piel de hombre sobre mi desnudez. Parecía un animalito hambriento, subía sus manos, las bajaba, me apretaba. Comprendí que no había sido del todo el alcohol, el hecho de no haber conseguido un orgasmo la noche anterior. Quería más, deseaba que me tocara, que me llevara hasta el clímax, que preparara mi cuerpo para fundirme con él. Pero su ímpetu lo llevó hasta su propio límite a tan solo quince segundos después de ponerse el condón... Cayó rendido sobre mi cuerpo, no sabía si avergonzado o satisfecho con su desempeño. Yo no lo estaba. Se quedó dormido enrollado entre mi edredón mientras yo pecaba en la ventana con un cigarrillo. Me sentía culpable, una tonta. Hacía solo unos minutos estaba segura de no volver a fumar y ahora inhalaba desesperada la nicotina de un cigarrillo *light*. Pensé en Alejo, en el maravilloso sexo que tuvimos hacía unos cuantos días: un sexo familiar, sin arrebatos y con pleno conocimiento de nuestros cuerpos. Con cada bocanada recordaba a mi cuerpo respondiendo a orgasmos repetidos que me hacía experimentar con cada movimiento de sus masculinas caderas. Orgasmos que rara vez me ocasionó cuando compartimos la misma vida.

Me acosté al lado de Sebastián y amanecí con sus brazos blancos sobre mi cuerpo, con mi pecho llenando su mano y su deseo mañanero recargado en mi pierna. Me levanté de prisa y entré al baño. ¿Por qué no habré amanecido con una notita de despedida? ¿Por qué no podía ser como Alejo e irse en la mitad de la noche para no comprometernos más? Alejo tenía que llegar en ese momento a mi mente como una pequeña tortura que de alguna extraña manera me hacía sentir culpable. ¿Creía que iba a borrar a Alejo con los besos de Sebastián?

—¡Claro, tonta! —apareció mi diosa sintiéndose insatisfecha y culpable—. ¿Por qué más estarías teniendo sexo con un chiquillo de veintitantos que acabas de conocer?

Cirila tenía razón: no podía engañarme y pensar que era buena idea permitir que Sebastián durmiera en mi cama.

—Podría mandarle un email, ¿eso cuenta? —le pedí una respuesta al espejo—. Así me ahorro la incómoda plática de *no eres tú soy yo*.

Pero mi diosa, tan golfa como despechada, intentaba convencerse de que a lo mejor el chamaco no era tan mal polvo, solo habría que darle chance.

—¡July! —se oyó la voz de Sebas que entre sueños me llamaba—. ¡Chiquita, *veeeen*!

Entonces fue cuando una vena de mi cerebro explotó y me di cuenta de lo que estaba pasando. Sebas quería jugar al papá y la mamá y yo no tenía tiempo para esas niñerías, mucho menos cuando el papá no le dejó llegar a su deseado orgasmo a la mamá.

—Sebastián me dijo *chiquita* y yo necesito una salida de emergencia que desemboque al aeropuerto en donde me espere un avión rumbo a Tombuctú ¿Tienes contactos?

Jade se rió después de escuchar mi desafortunado relato, que terminaba con el chamaco en mi cama diciéndome palabras altisonantes para mi *mea culpa*. Tengo que alimentar al gato esa iba a ser mi forma de sacar a Sebastián cuanto antes de mi casa. No podía soportar tenerlo por más tiempo allí queriendo jugar a que somos novios y nos hacemos de desayunar. Pero como no tenía gato tuve que inventarle que tenía un importantísimo desayuno de trabajo para excluir cualquier posibilidad de que quisiera seguir jugando a los novios y se me pegara a mi desayuno imaginario. Jade tuvo la maravillosa idea de convertir el desayuno imaginario en una realidad y llamó a Kenia para que lo organizara con los chicos. Era sin duda un código *tacón roto* para despegar a mi pecado del colchón.

—No puedo, lo siento, es un amor, es un niño divino, que se viene más rápido que un tren bala, me rehúso a que me diga chiquita y quiera jugar a los novios —les dije a Edu, Leo, Kenia y Jade que con mis argumentos desesperados no encontraban más que reírse a carcajadas.

Según Leo, la rapidez de Sebas podía ser tan buena como mala.

—Es más fácil entrenar a un perrito desde cachorro que cambiarle los comandos a un loro viejo —explicó Leo, en un despliegue de sabiduría sexual.

—No tengo tiempo de entrenar perritos —advertí—. Prefiero un loro viejo que sepa lo que está haciendo y no que me deje con *blue balls*.

—Las *blue balls* son solo para los hombres —dijo Edu, riendo.

—Ayer descubrí que también nos da a las mujeres —agregué en broma.

Kenia no musitaba, nada más nos escuchaba, en contra de que yo me estuviera acostando con un niño solo porque sí.

—¡Quiero tener sexo! ¡Buen sexo! Con alguien que sepa lo que hace ¿Es eso tan difícil de entender?

—¡Pues cómprate un *dildo*! —dijo Leo muy sin pensar que mi mesa de noche es más una *sex shop* que un cajón en donde se guardan los controles de la tele.

Mi frívola conversación se vio interrumpida por Eduardo que ya no aguantó más.

—Tenemos que contarles algo muy serio.

Rara vez nos miran con esos ojos con los que nos miraron aquella mañana. Kenia, Jade y yo quedamos mudas al instante, ávidas por el chisme serio que nos tenían y que seguro sería más importante que un niño precoz *humpeando* el cojín de mi cama.

—Ustedes saben que Leo y yo tenemos una relación muy estable —abrió Eduardo.

—La más estable que conozco hasta el día de hoy —dije.

Kenia me hizo mala cara por descalificar su relación. La más estable en el mundo del arcoíris, debí de aclarar. Jade apenas volteó los ojos a Kenia.

—Ya llevamos el suficiente tiempo juntos como para saber lo que queremos —prosiguió Leo—. No sabemos cómo vayan a tomar lo que les vamos a decir, pero queremos que sepan que podemos comprender si no estuvieran de acuerdo. Igual es una decisión que está tomada y que solo esperamos que nos apoyen y que sepan que las tomamos en cuenta a la hora de comunicar nuestros eventos importantes.

—¡Vamos a adoptar! —exclamó Edu, cansado de los rodeos de Leo y con una ansiedad que lo comía por dentro.

Nuestra alegría se expresó de todas las formas posibles. Conociendo a nuestros dos adorados amigos, estábamos seguras de que el niño o niña que llegara a sus brazos sería muy afortunado y tendría dos padres amorosos con los que no le faltaría nada, sobre todo, amor.

Llegué a casa un poco triste por Alejo. No podía negar que aún no lo olvidaba. No importaba cuánto hubiera reciclado mi cuerpo, no importaba que ya no quedara nada de su saliva en mi boca. Deseaba verlo, abrazarlo, quería aunque fuera un poco de mi pasado con él en mi vacío presente. Abrí el *refri* y me encontré con los restos de pizza de la noche anterior. Saqué la caja y la calenté en el microondas. Jade ya estaba encerrada en su cuarto. Por debajo de la puerta se colaba el olor a marihuana y la música de Björk. Fui a mi cuarto con la pizza recalentada y una *coca–cola* sin gas que llevaba en mi *refri* fácil una semana. Prendí la tele. Pura basura. Películas dobladas al español que me provocaban espasmos mentales. *¿Por qué no les ponen subtítulos y ya?* ¡*Ash*! Estaba de malas. Me comí el último pedazo y sentí unas ganas desesperadas por un cigarrillo, de esos que Alejo había dejado. Abrí la cajetilla y saqué uno. Me acerqué a la ventana con mi refresco sin gas y lo prendí. Aspiré con descanso, exhalé con remordimiento. ¿Por qué tenía que seguir cayendo? ¿Por qué cada que prendía un cigarro era como si evocara un poco a Alejo? Fumar me hacía pensar más en él. Buscaba alivio en la nicotina pero en realidad Alejo era como el café al cigarrillo, el uno no estaba sin el otro. Odiaba sentirme culpable. Odiaba pecar con el cigarro tanto como odiaba las ganas de llamar a Sebastián. Necesitaba distraerme. Apagué el cigarrillo y miré a mi alrededor. No me quedó de otra: era llamar o enloquecer.

La princesa que se convirtió en sapo

A veces para olvidar se necesita jugar a que se tiene una relación, a que existe un sentimiento por alguien más que opaca los recuerdos. A veces, para sentirnos mejor, después del dolor de un accidente emocional, es bueno sumergirse en otra dinámica mediocre que nos mantenga alejadas de la tentación de llamar al ex y recaer. Pero no siempre las cosas funcionan, muchas de esas veces las reglas que nosotras mismas pusimos se voltean en nuestra contra y cuando nos damos cuenta estamos enredadas en circunstancias que nada más nos complican la vida.

"Besé sus ojos, sus labios, mi boca bajó a lo largo de su pecho y rozó el ombligo infantil, el bello animal, el sexo, donde su corazón latía a golpecitos; su olor, su calor me emborrachaban y sentí que mi vida me abandonaba, mi vieja vida con sus preocupaciones, sus fatigas, sus recuerdos gastados": Simone de Beauvoir.

Miré la pantalla de mi manzanita y releí lo que acababa de escribir. No quería que Sebastián leyera mi blog y sintiera que todo lo ahí mencionado hacía alusión a él.

—¿Pero cómo no va a pensar eso si lo único que te falta es empezar el texto con "Sebastián:"? —alegó Cirila, casi diciéndome: ¡estúpida!

—Está bien… lo borro.

Lo borré haciendo caso a mi sabia Cirilita interna que nada más intentaba mantenerme fuera de problemas.

—Bonita hora de escucharme —alegó—, pero anoche cuando te dije que no lo llamaras hasta que estuvieras segura de lo que estabas haciendo, te valí madres.

—Solo fue una llamadita a saludarlo —me defendí—. De amigos.

—A menos que *de amigos* sea que esta noche venga a nuestra casa.

¡Ah!, qué Cirila más sermonuda!

—No va a pasar nada, solo un poco de distracción —me hice la tonta.

—Eso dices, pero cuando intente besarte y estés otra vez con *blue balls*, entonces sí me vas a dar la razón y ¡ya para qué! ¡Ya ni escribirlo puedes porque ya le dijiste que se metiera al blog!

Cirila tenía un punto. ¿En qué momento se me ocurrió decirle a Sebas que se metiera a www.memoriasdeunasolteramexicana.com? Qué santa tontería. Lo bueno es que pronto cambiaría de dirección web y todo solucionado. Lección importante de la semana: no contarle a tu ligue del momento las coordenadas de donde puede encontrar todo lo que piensas, sientas y hasta lo que no. Debut y despedida. Justo en ese momento —muy atinada para detener mi discusión con Cirila— entró Jade a mi cuarto cargando su *laptop* abierta.

—¿¡Adivina qué!? —dijo alegre y se sentó a mi lado para mostrar sus adelantos sobre mi blog.

No reconocí mi página, tenía logo, entradas organizadas, mi foto, mi perfil, botoncitos por todos lados para que la gente lo compartiera en sus redes sociales, un espacio en donde salían los dos tristes *tweets* que había puesto desde hacía un año que abrí mi cuenta, obligada por la sociedad cosmopolita, y hasta publicidad. Todo era nuevo y fresco, estaba claro que lo mejor que le había pasado a mi sitio era haberse prestado como *showroom* de la neonata agencia de manejo de redes sociales que Jade había creado. Me explicó los pasos para generar *posts*, agregarle fotos, etiquetar las entradas, mejor dicho, me enseñó todo lo que yo no tenía ni idea que existía y que se podía hacer con un blog. La página quedaría lista para subirse en unas cuantas horas y Jade se dedicaría a promocionar el sitio para convertirme en la encarnación de Carrie Bradshaw del Distrito Federal o Carri Bracho, como me puso en mofa.

El tiempo se me pasó volando y un mensaje de texto me anunció que Sebastián había llegado.

—Pensé que lo ibas a abrir por mal polvo —dijo Jade, burlándose del potencial sexual del pobre chamaco.

—Decidí darle otra oportunidad.

—¿A falta de pan, tortillas? —dijo con sorna.

—Algo así... —respondí y Jade volvió a su hoyo *funky*.

Sebastián tocó la puerta y quiso repetir el ritual de besarme en la boca y seguir directo hacia la cama. Pero esta vez se detuvo en la mitad de la sala como si fuera un sabueso.

—¿Huele a marihuana? —preguntó, olfateando por encima del incienso que prendí.

—Mi *roommate* —aclaré.

—¿Tú fumas?

Me miró pícaro.

—Alguna vez fumé —confesé.

—¿De casualidad has tenido sexo fumada?

Una vez más, Sebastián descansaba rendido sobre mis *green balls*, que se volvieron verdes en vez de azules cuando me dejé arrastrar por él hasta el cuarto de Jade en busca de un porro.

—Eres la mejor en la cama —me dijo, levantándose al baño.

No sé si fue la marihuana o la solidaridad con las futuras mujeres con las que este joven que se juraba un semental se acostaría, lo que me hizo abrir mi boca y bajarlo de esa nube.

—Sebas, te vienes demasiado rápido, no das tiempo de nada —dije.

Escuché un silencio desde mi baño. Demoró unos segundos en salir hasta que por fin se paró en la puerta y me dio una mirada un tanto matadora.

—A lo mejor no es que yo sea precoz sino que tú te tardas mucho.

Hombría golpeada. Tenía que ser más sutil. Le estiré la mano y lo jalé a la cama. Teníamos que hablar.

—No quiero herirte, Sebas, solo que… ¿nadie te lo había dicho antes?

—Jamás había recibido quejas en ese departamento —respondió, orgulloso.

—Eso es porque a las mujeres nos cuesta trabajo hablar sobre eso y porque somos muy buenas fingiendo orgasmos.

Me miró sin poder decir nada, estaba avergonzado.

—No te sientas mal. Te lo digo para que mejores, yo te puedo ayudar —ofrecí.

—¿Y a ti quien te dice que eres tan buena como para enseñarme?

De nuevo hablaba su semental, herido de guerra.

—Ofendiéndome no vas a mejorar en la cama. Tengo algunos años más que tu y soy mujer, te puedo explicar cómo funciona mi cuerpo y luego tú mismo juzgas si aprendiste algo o sigues pensando que eres bueno en la cama.

Guardó silencio. Se paró de mi lado y fue por su ropa. Estaba pudiendo más su macho herido que su sensatez. Se vistió, me miraba contrariado.

—Sebas, neta, no te lo digo para que te pongas así. Piénsalo bien: desde que te quitas la ropa hasta que terminamos no pasan más de dos minutos. Tu bien sabes que eso no es suficiente para que una mujer llegue a un orgasmo. Pero hay muchos trucos para que dures más y para que puedas hacer que tu pareja también se divierta —intenté persuadirlo.

Lo sentí menos prevenido. Me estaba escuchando.

—Si tan solo me dejas enseñarte, por lo menos, en dónde está el clítoris, créeme que das pasos agigantados hacia la meta.

¡Ahí estuvo la palabra mágica!, *clítoris*, la única que lo convenció de dejar a un lado su semental herido y aceptar que el ofrecimiento de encontrar el tesoro perdido.

—Lo primero y muy importante es que tienes que ser más delicado. Puedes lastimarme si te atrabancas. Mi pecho es para acariciarlo, para jugar con él, no para agarrarlo como pelota antiestrés.

Me quité la camisa, y lo dejé verme en brasier. El pobre chico no lo podía evitar, con solo ver mi pecho quedaba a punto de explotar.

—Tienes que calmarte —proseguí—. Si enfocas todo tu deseo a una sola cosa, te van a dar ganas de venirte al instante.

Sebas me miraba los senos, era como un niño que observaba un dulce esperando la señal que le indicara que lo podía comer. Agarré su mano y la puse en uno de mis pechos, con mi mano le mostré la fuerza que debía imprimir. Me quitó el brasier y dejó mi pecho libre, con mis pezones mirándolo erectos. Esto de enseñarle a un hombre qué hacer con mi cuerpo era tan erótico como el mismo acto sexual. Le pedí que con las yemas de sus dedos acariciara mis pezones con suavidad, que jugara a darles delicados pellizquitos. Escuché mi respiración agitarse, supo que iba por buen camino. Luego llevé su boca hasta mis pechos.

—Con tu lengua rodéalos, suave, como si quisieras dibujarme letras sobre ellos.

Me recosté. Su primera tarea fue jugar por varios minutos con mis pechos, con mis pezones que disfrutaban de su rápido aprendizaje. Llenó sus manos de ellos, los besó y los tocó de tal forma que sentí el placer fraguarse en mi vientre.

—¿Ya te puedo desvestir toda? —preguntó un tanto ansioso.

—Me puedes bajar los pantalones, pero tú te vas a quedar con los tuyos puestos.

Ahora que había conquistado la erotización de mi pecho, podíamos seguir nuestro arduo camino hasta el punto G. No demoró en quererme bajar los pantalones, pero lo detuve. Tenía que hacerle ver que todo el juego previo es lo que hace que las mujeres nos calentemos, incluso cómo un hombre quita los pantalones hace parte de la sensualidad del sexo. Le pedí que jugara de nuevo con mis pezones, que poco a poco bajara por mi abdomen hasta llegar a mi ombligo. No porque en el estómago no haya ni pezones ni clítoris quiere decir que esa piel deba ser desaprovechada. Me dio suaves mordiditas alrededor de mi ombligo y cuando llegó hasta el botón le pedí que lo abriera despacio, que se tomara su tiempo, entre más de emoción me la hiciera, más garantizaba llevarme hasta el clímax. Bajó mis pantalones y me besó las piernas. Le pedí que besara mis pies, que me erizara con su lengua cada poro del cuerpo. Quedé frente a él, solo en tanga. Otra vez esa mirada fija en mi sexo que revelaba, por mis calzones, mi excitación.

—¿Voy bien? —preguntó, observándome casi desnuda sobre mi cama.

La visión le hacía brillar sus ojos juveniles.

—Ahora ven, desnúdame por completo.

Me quitó la tanga y se sentó frente a mi sexo como si fuera maquinaria pesada de la que necesitara un manual para operar. Lo primero que le pedí fue que lo viera, que lo observara, que lo tocara. No es un pastel que hay que atacar a mordidas. Pasó sus dedos curiosos y justo cuando logró hacerme arquear el cuerpo, le expliqué que había encontrado el clítoris. Se sintió como Cristóbal Colón cuando descubrió América. Lo empezó a tocar y tocar y tocar hasta que mi deseo comenzó a descender.

—Despacio, Sebas, si lo hacer muy fuerte lo lastimas y entonces espantas el orgasmo.

Retiró sus dedos y en cambio acercó su lengua.

—¿Así?

Me miraba a través de mis piernas. Eso sí tenía ese niño: ¡cómo movía la lengua! Luego, para mi goce, le pedí que hiciera lo mismo que había hecho con mi pecho, que se quedara ahí por un rato. No buscando el orgasmo, sino por el contrario, jugando conmigo, con mi ritmo.

—Cuando me sientas cerca al orgasmo, para, tienes que aprender a parar, eso te va a ayudar en la siguiente lección.

—¿Cómo sé cuando estás cerca del orgasmo? —preguntó, confundido.

—Eso lo vas a aprender ahora mismo.

Sebas se quedó allí, jugando con su boca en mi sexo. Poniendo atención a mis respiros, a mis gemidos, lo insté a ejercer un poquito más de presión. Sentía ese calorcito albergarse en mi vientre. Agarré sus manos y le subí el nivel a su desempeño.

—Ahora, sin dejar de hacer lo que estás haciendo, juega con mis pezones.

Lo estaba haciendo de maravilla. Mi cuerpo se empezó a tensionar.

—No pares, Sebas —le pedí con la voz casi cortándose.

Deseaba dejarme ir en esa sensación deliciosa del orgasmo tocándole la puerta a mi cuerpo.

—Un poco más Sebas.

Sus dedos rozaban mis pezones, lo que me hacía llegar hasta el cielo. Mi cuerpo se arqueo y él comprendió que estaba reaccionando, sin voluntad alguna.

—¿Te gusta? —me preguntó con una mirada lasciva con la que conecté cuando estaba a punto.

Eso fue lo que me hizo explotar. Mirar hacia abajo y ver mi cuerpo desesperado de deseo, con Sebastián entre mis piernas dispuesto a llevarme hasta un orgasmo, con sus dedos apretando mis pechos. Grité, exploté en su boca, regalándole la medalla de oro por su maravilloso desempeño. Respiré sonriente. Ahí estaba mi orgasmo, el que me debía, el que necesitaba, el que se potencializaba con los efectos de la marihuana. Me reincorporé, ahora era su turno, le tocaba a él tener su propio orgasmo. La lección continuaba.

Lo acosté boca arriba y jugué con su cuerpo tal como él lo había hecho minutos atrás. Lo desvestí con mi boca y mis manos erotizando su piel blanca. Era delgado, lánguido pero bien formado. Sumergí mi lengua en su boca y me recosté a su lado. Lo dejé desnudo, con su hombría orgullosa levantada frente a mí. Con mi mano lo acaricié mientras lo besaba. Comenzó a mover las caderas. Quería llegar pero me detuve.

—Tienes que postergar el clímax, Sebas, si no en dos minutos te vienes y todo se acabó. Trata de disfrutar lo que te estoy haciendo y si necesitas que pare, yo paro, pero la idea es que trates de durar lo más posible, que controles lo más que puedas y llegues cuando, de plano, ya no puedas más, ¿okay?

Asintió con la respiración agitada. Continué tocándolo despacio, jugando con él, con sus sensaciones, con los movimientos de su cadera que lo traicionaban. Le recordaba al oído que respirara, que solo él podía controlar su deseo. Con mi boca bajé por el abdomen hasta quedar entre sus piernas, tal cual él lo había hecho conmigo. La diferencia era que para Sebas eso era nivel cinco. Con mi boca sobre él sentí la primera contorsión, me alejé y lo calmé.

—¿Nunca te han hecho esto? —le pregunté.

—No así —respondió.

Aproveché para que se calmara un poco.

—Sebas mírame.

Llamé su atención para que cambiara su foco. No podía dejar de verse a él mismo.

—Tienes que respirar, esto es muy rico pero es más rico si duras más tiempo. Si te vienes a los dos segundos habrás desaprovechado todo lo que falta. Le prometí que iría suave, pero lo hice prometerme, de vuelta, que no se dejaría arrastrar por el deseo.

Continué mi ardua labor de acercarme y alejarme en cuanto sentía que iba a explotar. Poco a poco logré quedarme por más tiempo jugando con él. Logró encontrar la fórmula para controlarse cuando pensaba que era imposible. Sin embargo, al ser la primera vez que le hacían eso, o por lo menos *así*, como él mismo había dicho, tuvimos que detenernos para poder pasar al siguiente escalón. Saqué de mi mesa de noche un condón, se lo puse y le ofrecí estar arriba para que conociera lo que es un buen ritmo y no andar brincando como canguro sobre una mujer que no está sintiendo nada.

—Aquí la idea es que me dejes llegar a mi primero. Al haber hecho lo que hiciste ahora con tu maravillosa lengua (la clave de todo buen aprendizaje es la reafirmación de lo que se hace bien) yo ya estoy mucho más sensible para alcanzar el segundo orgasmo.

Se emocionó, si nunca había logrado llevar a una mujer hasta un orgasmo, menos a dos. Comencé a mover mis caderas, sobre él, despacio. Su respiración se volvió demasiado agitada, como si ya fuera a perder los estribos. Me detuve.

—Sebas, mírame —llamé su atención—. Aguanta, no te dejes llevar. Yo voy a ir despacio pero no te concentres en el gran placer que estás sintiendo. En vez de eso, concéntrate en mí, en mi respiración, en el movimiento de mi cuerpo. Toca mis pechos, juega con ellos y así me vas a llevar más rápido y tu podrás tener desahogo, ¿*okay*?

Asintió como si le estuviera hablando de escalar el Everest en cuclillas. Comencé a moverme una vez más. Despacio.

—Relájate, no sufras. Disfruta.

Tomé sus manos y me las llevé hasta los pechos. Sus dedos jugaron con mis pezones. Me acerqué hacia él para dejarle a su boca camino libre a mis pechos deseosos de su lengua. Una vez más sentí la electricidad acompañar los movimientos de mis caderas, sus manos me agarraron de la cintura, su boca en mis pechos, ese hilito tibio del placer subiendo por mi vientre. Me desconecté, me empecé a mover fuerte, desesperada por ese orgasmo que se albergaba en mi punto G. No me di cuenta que Sebastián me ganó la carrera.

—¡*Aaaaah*! —gritó y tuvo espasmos debajo de mí.

Perdí mi clímax justo en el momento en que más cerca estaba de él.

—¡Perdón! ¡Perdón! —exclamó, mientras sentía el más intenso placer.

Lo abracé contra mi pecho y lo dejé terminar en paz. Para ser una primera lección había estado muy bien. Se quedó a pasar la noche y al otro día me acompañó hasta la puerta de mi trabajo, nos despedimos de beso en la boca y me prometió llamar más tarde, lo cual cumplió. Pasó por mí para ir a comer, nos besamos, caminamos tomados de la mano ante los ojos de todas las personas que nos veían y me calificaban de *cougar*. Luego me llevó a casa, cenamos juntos y así se nos fueron dos semanas en las que sin darme cuenta no me había despegado de su cuerpo desnudo que cada día mejoraba entre las sábanas.

La pasaba bien con él. Pensaba menos en Alejo, despistaba mis ganas de llamarlo y me alejó del cigarrillo. Se ofreció a no fumar cuando estaba conmigo como compensación por enseñarle a ser un mejor amante. Salíamos de vez en cuando con sus amigos, y comenzamos a pasar la mayor parte del tiempo juntos. Hasta que un día, sin siquiera avisar lo que estaba por venir, le lanzó una puñalada a nuestra relación perfecta sin compromisos: me dijo *te amo*. A pocas semanas de salir, el pobre chico se enamoró de la que si su madre conociera, le diría: *esa mujer no te conviene*. Lo dijo en una noche de copas, por eso intenté tranquilizarme y no hacer uso, aún, de mi salida de emergencia hacia Tombuctú. Utilicé mi madurez avasalladora.

—Estás borracho y esas cosas se dicen en los cinco sentidos, así que lo voy a tomar como algo muy lindo de tu parte y mañana haremos de cuenta que no dijiste nada.

Sebas se durmió entre mis afligidos brazos que ya no hallaban ni como abrazarlo. A la mañana siguiente, lo primero que llegó a mi cabeza con los rayos de sol fue la confesión del chico que, estaba segura, no volvería a mencionar. Obvio no estaba enamorado de mí. El sexo que jamás había tenido en su vida lo había dejado ciego y le hacía pensar incoherencias. Abrió sus grandes ojos, sonrío al verme observarlo dormir, me abrazó, me acomodó en su pecho, me besó la cabeza.

—Lo que dije anoche…

¡Claro! Yo lo sabía, ahora el pobre chamaco no sabía cómo salirse de semejante confesión, por eso lo ayudé

—No necesitas decir nada, como te dije, estabas borracho.

Acaricié su pecho, dándole calma, sin saber que la que pronto necesitaría calma sería yo.

—No. Lo dije porque lo siento, ayer tuve el valor para decírtelo, pero ahora que sé que tu también lo sientes, pues no me da miedo decirlo: te amo, te amo con locura.

En un arranque de romanticismo mal fundado y sin darse cuenta de que yo jamás había, siquiera, insinuado que lo correspondía, Sebas desenfundó el puñal que acabaría con nuestros furtivos encuentros. Sentí que me ahogaba, no pude ni contestar, lo cual lo hizo asumir a él que estaba de acuerdo en sus suposiciones. Según Sebas nos habíamos convertido en una pareja que se amaba. Me paré de la cama, sonreí y me encerré en el baño, esperando que del inodoro apareciera el camino amarillo hacia la salida de emergencia por la que escaparía de una relación en la que no supe en qué momento me metí. Le dije que debía ir a trabajar pero se ofreció a llevarme, por lo que tuve que inventarle alguna historia increíble para que no repitiera nuestra melosa rutina de las últimas dos semanas.

Toda la tarde me llamó pero no le contesté. Aún así me mandó cien mensajes de texto preguntando si todo estaba bien. Corrí al baño de mi oficina, esa vez no para buscar la salida de emergencia sino para arrodillarme frente al inodoro a vomitar mi *chai* de la mañana. Sebastián comenzó a enloquecer, tuve que apagar mi celular y salir de la oficina por la puerta de atrás para no encontrarme con aquel novio que en su desesperación me esperaba en la calle principal del edificio —según información de una colega— para así llegar a mi casa casi a escondidas y cerrar ventanas para que pareciera que no había nadie allí. Cuando llegó Jade me encontró metida detrás de las cortinas con unos binoculares, observando por la ventana en busca de aquel que arruinó nuestra felicidad cuando se enamoró. Le conté lo sucedido esa tarde, lo cual le dio pauta para negarle a Sebastián que yo estaba escondida en mi casa, cuando lo encontró en la banqueta contigua esperando a que yo apareciera por algún lado. El chico la atropelló a preguntas.

—¿Has hablado con ella?, ¿te dijo algo de mí?, ¿por qué no me ha llamado?, ¿por qué ha desaparecido?

A lo que Jade solo pudo contestar que me había ido con Kenia pues había tenido una emergencia. No sabía cuándo volvería y lo mejor era que se fuera a su casa y esperara a que yo apareciera para contarle lo sucedido. El pobre niño y su corazón roto tomaron un taxi y abandonaron la intensa búsqueda de su princesa perfecta que se había convertido en sapo. ¿O en rana? Hice las llamadas pertinentes para organizar una reunión de código *tacón roto*, a la que tuve respuesta inmediata. Edu, Leo y Kenia llegarían aquella noche a orientarme sobre las maravillosas estrategias para sacar a un chico de tu vida con la menor cantidad de daños posible.

Mientras llegaban las ocho de la noche decidí quemar el tiempo en mis olvidadas redes sociales, en donde tenía cientos de actividades de personas que la verdad no me importaban. Las borré sin siquiera mirar, me di un clavado en fotos ajenas de las cuales no conocía a la mayoría y cuando más aburrida estaba, chismeando en la vida de un montón de desconocidos, el chat me anunció un mensaje de Erik, un chico que conocí cuando tenía 14 años, de quien me enamoré con locura y quien protagonizó mis primeras fantasías adolescentes. Tres años después lo volví a encontrar, él más guapo, yo más mujer. Entonces fui yo la que se convirtió en su fantasía, fuimos amorcito de verano en el que no nos dimos más que besos, pero ¡qué besos!

Erik regresó adonde vivía, en un lejano continente al que le acortamos las distancias a punta de correos. Como era de esperarse, los correos fueron y vinieron por no más de un mes; entonces nos olvidamos. Luego, gracias a las redes sociales, nos volvimos a conectar, pero en aquel entonces yo vivía con Alejo y con todo y que me hizo cuantas propuestas indecorosas quiso, yo no era capaz de ponerle los cuernos a mi novio nada más por que Erik me pareciera uno de los hombres más sexys (¡y *hot!*, dice Cirila) que había visto en persona.

—¡July! No puedo creer que estés conectada.

—¡Hola! Pura casualidad. Nunca me meto a esta cosa.

—Pues que bueno que lo hiciste, justo estaba pensando en ti.

Los hombres y sus mentiras con tal de tener sexo.

—Yo también te he pensado.

Las mujeres y las nuestras con tal de calentarles los pantalones.

—¿Sigues viviendo en México?

—Sí, ¿y tu?

—Volví de Australia y me vine a Argentina, tú sabes, las raíces jalan. ¿Y tu novio?

Se había tardado en preguntar.

—Terminamos.

—Oh, no, ¡qué mal!

—Mentiroso.

—Sí, es verdad, me alegra que por fin podamos vernos sin excusas.

—Ojalá vivieras más cerca.

—Para eso existen los aviones, ¿tienes *Skype*?

Desempolvé mi *Skype* y ya tenía la solicitud de amigos de Erik. FreaKeriK69. En cuanto acepté la solicitud entró su *videollamada*. Faltando 18 minutos para que mi código *tacón roto* se hiciera efectivo platicamos sobre la posibilidad real de venir a verme. El contemplaba sacar 15 días del próximo mes, mientras diosa interna se revolcaba en el piso de felicidad: quién mejor que Erik para sacarme todos los clavos que me puyaban el corazón. Era perfecto, vivía lejos por lo que nadie se enamoraría de nadie. Diversión pura, sin compromisos a largo plazo.

Edu, Leo y Kenia llegaron con todos los artilugios para preparar nuestros consabidos martinis de lichi, así como con unos *spring rolls* de queso *brie* (*2) que preparó Kenny para comer con mermelada de *blueberries* hecha en casa. Mientras Kenia —que era una experta en el arte *martinística*— hacía uso de la *martinera* como toda una *bartender* de Nueva York, les conté sobre mi desgracia existencial con el pobre Sebastián.

—¿Quién te entiende, *reinis*, ¿no que el chamaco era mal polvo?

Claro, por estar encerrada enseñándole a Sebas a ser un buen semental, había olvidado contarle a mis amigos mi nueva hazaña sexual: convertir a la religión del buen polvo a un ateo del orgasmo.

—¿Y si ahora es buen polvo por qué lo quieres mandar a la fregada? ¿Para que otra disfrute de sus sabias enseñanzas? ¿Te volviste filántropa o qué? —bromeó Edu.

—Se enamoró y eso no se vale —dije cínica.

—¡Qué bárbara, Juliette, suena terrible que digas eso.

Por fin abrió la boca Kenia que nunca opinaba cuando se trataba de locuras sexuales con las que no estaba de acuerdo.

—¿Por lo menos le dijiste que no querías nada serio? —preguntó Leo.

—Pues no … Estaba cómoda jugando a los novios.

—Los novios se enamoran, Juliette, sobre todo si te agarran de gurú sexual —agregó Kenia.

Pero no era tan difícil lo que yo pedía: quería que me llamara solo cuando yo tuviera ganas de escucharlo, que adivinara cuando yo tuviera ganas de que durmiera conmigo y cuando no, que tuviéramos sexo y luego se fuera sin hacer puchero. Deseaba que bajo ningún punto, ni por muy romántico que fuera el momento, ni porque tuviera dos barriles de cerveza en la cabeza, me dijera que me amaba. Me gustaba que jugáramos a ser novios, pero no que me llevara a ver casas en donde viviría conmigo

—¿¡Te llevó a ver casas!? —exclamó Edu, impactado por el terrorífico plan a escasas semanas de salir con alguien.

Sí, una tarde después de recogerme en el trabajo caminamos hasta mi departamento y pasamos por una casa que estaba a la venta. Fue cuando me dijo que ese tipo de casas le fascinaban porque podría tener su estudio de música en la parte de abajo y nuestro cuarto en la parte superior, así no me molestaría con su escándalo. ¿Qué hice? Aceleré el paso, quería perder de vista aquella casa por la que pasaba a diario de regreso del trabajo. Después tuve que cambiar de ruta: cada que veía aquella construcción me daban físicas ganas de vomitar.

—¿Y por qué no le dices la verdad, tal cual, fría y sin miedo? Qué tal que él quiera tener esa misma relación contigo —dijo Kenny, en un ataque de tierna inocencia.

—¿Cómo crees que él va a querer tener ese tipo de relación con ella si ya le dijo y le sostuvo que la ama con locura? —agregó Leo, con toda la boca repleta de razón.

Una alarma que provenía del cuarto de Jade empezó a sonar. Fue ahí cuando comenzó el resto de lo que sería una de las noches más bizarras y divertidas de mi vida. Entré a su cuarto en busca del aparatito que sonaba con insistencia. Por más que seguí el sonido, y abrí y cerré cajones, no encontré al causante. Leo se unió a mi búsqueda, luego Kenia y al final, los cuatro volteamos de cabeza el lugar sin mucho éxito. No encontramos la bendita alarma que no dejaba de sonar y nos estaba volviendo locos; lo que sí encontramos fue una cajita llena de los efectos especiales que Jade gustaba de fumar los fines de semana, la misma cajita de la que me convidó un porro para comenzar mi labor de gurú del orgasmo. Pensé que a Kenny le daría un infarto.

—¿Tu sabías sobre esto? —preguntó, mirándome a los ojos de manera tal que no pudiera mentirle ni en un pestañear.

El silencio era mortal, bueno, la bendita alarma seguía sonando y trepanándome el cerebro. Tuve que decirle a Kenia la verdad. Sí, lo sabía, pero no era algo de lo que debiéramos preocuparnos. Kenia era una persona de mentalidad cuadriculada, así que imaginé que mi premisa de no preocuparnos no le parecería del todo acertada. Entonces Leo entró a mi rescate, echando mano de todo su encanto artístico para explicar que ya no era *del diablo* fumarse un *chubby* de vez en cuando. Descansé, existía otro *loser* más en el mundo que le decía *chubby*. Eduardo, con cara de mustio, se mantenía en silencio y asentía con las palabras de Leo. Fue cuando me di cuenta de que ellos también se fumaban sus *chubbies*.

Kenia no estaba muy segura de todo lo que Leo decía, lo miraba como si no se atreviera a contradecirlo pero en el fondo no estaba muy contenta de que su Didi fumara porro. El cuadro era: Leo, con un *chubby* en su mano, que pareciera no querer soltar, y en la otra su martini, cual libertador de los *hippies new age*. A punta de miradas, Edu apoyaba a Leo, a quien obvio se le antojaba un poco de los efectos especiales de Jade. Yo sabía que el solo hecho de proponérselo a Kenny sería un insulto. Kenia, la pulcra y madre perfecta, que nunca en su encarrilada vida habría siquiera olido la hierba, prefirió inventar una excusa que tenía a Marisol por protagonista y se marchó entre molesta y disimulada.

Eran las 10 de la noche y los martinis seguían casi sin tomarse. Acabamos con dos *six pack* de cervezas que había en el refrigerador y nos retorcimos de la risa con Eduardo, que en un ataque de extroversión se dio un clavado en mi clóset y nos hizo un show, al mejor estilo Francis, echando mano de mis trapos viejos y uno que otro disfraz. *"It's raining men, ¡aleluya!"* fue su mejor *performance* de la noche. Pero fue justo en la mitad de la trillada imitación de Lisa Minnelli, mientras Leo servía cuanta comida chatarra encontró en la despensa para aliviar el *munchies*, que escuchamos una guitarra melancólica colarse por las rendijas de las ventanas. Era una clara versión suicida de Pink Floyd. Fue como si el tiempo se detuviera. Edu, con peluca y vestido de luces, quedó suspendido en el espacio cual musa de David Lachapelle; Leo detuvo sus pasos cargando una charola con cazares y galletas

Oreo y se tiró al suelo como si en vez de notas musicales fueran disparos y yo, en un ataque de risa astronómico, logré llegar en cuclillas hasta un ladito de la ventana, en donde aún guardaba los binoculares, para confirmar que, en efecto, Sebastián me había traído serenata con una guitarra eléctrica y un amplificador.

La guerra de los reinos

Dicen que el que se enamora, pierde. ¿Será que cuando nos enamoramos, en verdad perdemos? ¿Será que en el momento que decidimos entregar nuestro corazón a alguien estamos, sin darnos cuenta, firmando el contrato del camino rápido hacia el dolor? Y si es verdad que en esta vida todo se paga con la moneda del karma, entonces ¿solo puedes estar en una de tres posiciones? El que paga el karma, el que cobra el karma o el que ya pagó, ya cobró y ahora le toca disfrutar. Porque si es así y ahora yo estoy cobrando karma, ¿en qué momento me llegará la hora de pagarlo de nuevo? Si "escribir es un oficio que se aprende escribiendo", según Simone de Beauvoir, entonces ¿"el karma es un oficio que se aprende pagándolo"?

Un sonido agudo me despertó en la madrugada. Sin saber si se trataba del timbre, el despertador o el microondas, logré agarrar el celular cuando ya habían colgado. Era Alejo, quien a las tres de la mañana, y después de bastante tiempo de no saber de él, había vuelto a aparecer. El morbo por saber a qué se debía tan inoportuna llamada, me llevó a devolvérsela a esa misma hora.

—¿Alejo? ¿Qué pasó?

—No pasó nada, ¿por?

Sonaba molesto, enojado, en realidad pasaba mucho más de lo que podía expresar con palabras.

—Me acabas de llamar

—No me di cuenta —me dijo a una media lengua que me dejó ver su estado etílico.

—¿Estás borracho?

—Qué te importa, tu ya no eres nada mío así que no te tengo que dar explicaciones.

—Claro que me importa y ¿por qué me hablas así, yo qué te hice?

—Tú no, pero tu noviecito de 12 años sí, así que es lo mismo.

—¿Cuál novio? ¿Qué cosas dices?

Para ese momento se me había espabilado por completo el sueño.

—¡Con el que sales en tus fotos de *Facebook*! ¡Ya deja de hacerte la tonta que no te queda bien!

¡¿*Facebook*?!

—Pensé que casi no te metías a tu *Facebook*…

—¡Eso es lo de menos, Julieta, lo que importa aquí es que acabamos de terminar y tu ya te exhibes tan feliz y contenta con un chamaco!

Mientras él decía eso, yo me metía a mi *Facebook* y constataba lo que Alejo reclamaba, furioso y borracho. Sebastián, creo que de puro ardido o por algún motivo que no lograba comprender en ese momento, había subido un montón de fotos de las que nos tomamos recostados en mi cama: besándonos, riéndonos y demás piedritas que se le incrustaron a Alejo en los riñones. Lo único bueno de todo eso y que no puedo negar me hizo sentir bien, aunque sea un poquito, fue que Alejandro peló el cobre y me dejó ver que le seguía importando.

—¿Desde cuando estás con ese escuincle? —me cuestionó, rabioso.

—Yo no subí esas fotos, las subió Sebastián, seguro enojado porque lo mandé a la goma —me defendí.

—Pero antes de mandarlo a la goma te andabas revolcando con él en tu cama y tomándote fotos. ¡¿Qué querías, Julieta, que me enterara para darme celos!? ¡Qué poca madre tienes!

Esa ha sido, por mucho, la conversación más incómoda de mi vida. Cómo explicarle a Alejo que Sebastián había enloquecido de amor por mí y que, después de una serenata exhaustiva de dos horas, le dio por subir fotos que no estaban destinadas a ser divulgadas, todo con tal de llamar mi atención y hacerme aparecer de nuevo. Nos dieron las cinco de la mañana. Dos horas al teléfono en las cuales me desdoblé para hacerlo comprender algo que gracias al alcohol solo malinterpretaba. Entonces me dijo un par palabras que respondieron al ardor del momento y me colgó. Sebastián se convertiría en un chico problema si no le ponía un alto: debía darle la cara, hablar con él y pedirle que se detuviera en su intensa lucha por regresarme a su vida.

Se me hizo tarde para correr al trabajo. Entre la serenata interminable de la noche anterior y la llamada en la madrugada de Alejo, llevaba dos noches sin dormir. Me despegué como pude de mis sábanas y me arrastré al baño, en donde, después de un buen duchazo de agua fría, intenté tapar con corrector mis ojeras que parecían hamacas. Me puse los audífonos y le di *play* a mi lista *Pink&Cute*, encabezada por *Ottis Redding* y *When a man loves a Woman*. ¡*Bah*! Hasta mi música estaba en complot con el chamaco intenso. Adelanté a *The Platters*, que iba más conmigo en ese día. Para una mujer a la que le gustan los vejestorios musicales, mi gusto por los jovencitos era bastante contradictorio. Mi celular comenzó a vibrar, era un mensaje de texto de Sebastián. *Necesitamos hablar, por fa, July.* Lo volví a meter en mi bolsa sin contestar, entonces volvió a vibrar. *¿Por q guardas tu cel sin contestarme?* ¡*Omg*! Este chico resultó ser más *freak* de lo que pensé. Volví a guardar mi celular. Dos segundos después volvió a vibrar. *Sigues sin contestarme, deja de guardar tu cel en tu bolsa rosa y dame una respuesta.* Era un hecho, Sebastián me estaba siguiendo. Miré hacia todos lo lados y me encontré con el *Starbucks* de Nuevo León. Me metí por un *chai*, estaba nerviosa. ¿Con qué clase de loco me terminé topando? Ya tenía un acosador personal que me seguía a las siete y media de la mañana por la Condesa y me *mensajeaba* mientras me vigilaba.

—*Chai latte* sucio con soja, alto, extra espuma…

—¿Su nombre? —preguntó la chica a quien cada mañana se lo repetía a diario.

—Julieta, ¡ya deberías de sabértelo! ¡Vengo todos los días! —exploté contra la pobre primer persona que me voló la piedra.

—Disculpe. Llevo trabajando aquí solo dos semanas.

—No, llevas más, cada mañana te digo mi nombre y te pido lo mismo.

—Se debe de estar confundiendo.

Y sí, me estaba confundiendo y enloqueciendo, ese no era el *Starbucks* en donde compraba mi *chai* todas las mañanas, pero es que no todos lo días tenía a un chico de veintitantos años persiguiéndome como si fuera Dick Tracy. Me avergoncé, pedí disculpas y salí corriendo. Entonces mi celular volvió a sonar. *Chai latte sucio con soja, caliente, alto, ¿extra espuma? Siempre pides lo mismo, eres tan predecible...* No estaba loca. Tomé mi celular y le contesté *¿Qué quieres? Si estás por aquí por qué no te pones los pantaloncitos y en vez de seguirme te apareces? SEND.*

Me tocaron el hombro, volteé. Era él, tan tierno, tan inocente, tan demacrado, pobrecito: sufría por amor y yo me las daba de la gran conquistadora. Le dije que no tenía tiempo para sentarme a platicar; si quería hablar conmigo me tenía que acompañar en el camino a mi oficina. Accedió. Verlo tan vulnerable y susceptible a mis encantos me fortalecía de una extraña y morbosa manera. Nunca había tenido la oportunidad de tratar a un hombre como se me diera la gana y que, aún así, siguiera loco por mí. Alejo nunca me había rogado, nunca había tirado una lágrima por mí y mucho menos me había llevado serenata.

Sebas explicó que era un romántico empedernido, que yo era su musa del momento y que deseaba exprimirme hasta sacar de mi la última gota de inspiración, que todo esto lo tenía escribiendo y componiendo como nunca antes y que por eso se azotaba tanto, porque azotarse le daba la oportunidad de sentir más hondas las heridas. Lo único que quedé escuchando de toda su cursi retahíla fue *eres mi musa del momento.* Qué hígado tenía para aceptar que estaba enamorado por solo un momento. ¡¿Cómo era eso posible si yo era una mujer de la que había que enamorarse para toda la vida?! Entonces, en un ataque de pánico de Cirilita con su ego herido, volví a caer. Nos besamos como dos adolescentes en el Metrobús y, después de tantos besos a ojo cerrado, terminamos llegando hasta la parada de la UNAM.

Mi jefe me tenía advertida: si volvía a llegar tarde me descontaría el día. ¿Qué tanto era un día menos en mi sueldo comparado a la necesidad y deseo de que Sebastián me poseyera de inmediato? Agarramos el siguiente Metrobús de regreso a mi casa, en donde tuvimos sexo cuantas veces quiso hasta que caímos sudados y sin energías, desnudos, el uno sobre el otro. No podía negar que el chico había mejorado. Hacía todo como me gustaba. Leo no se había equivocado: entrenar a un semental para el goce propio no tenía nada de malo, solo los primeros orgasmos fallidos que con el tiempo se recuperaban con creces.

—Por favor, no me digas que me amas, arruinarías todo —le dije cuando lo escuché tomar aire para decir algo.

—Te iba a preguntar si quieres una cerveza, me la puedo tomar en tu ombligo.

De repente, beber cerveza a las nueve de la mañana sonaba delicioso. Sebastián había echado mano de un bajo recurso: meterse con mi ego, lastimar mi seguridad y burlarse de lo que según yo tenía por sentado. Me di cuenta de que volví a caer con todo el conocimiento de causa. Nunca quise dejar de enredarme en las sábanas con él, solo necesitaba poner una raya para que él comprendiera que de ahí no se podía pasar.

Cuando Sebastián bebía la cerveza de mi ombligo, mi celular comenzó a sonar. Era Alejo, a quien quise contestarle solo por capricho. Al final, en esta guerra de estira y afloje con Sebas, no le caería mal otra vuelta de tuerca. Sebastián se dio cuenta de que quien llamaba era mi exnovio, a quien hasta parecía tener una especie de respeto. Sin embargo, no cesó de explorar su lengua dentro de mi ombligo, lo que me provocaba unas cosquillitas deliciosas y hasta divertidas.

—Quería pedirte disculpas. Ayer se me fue la onda y te hablé muy feo.

Se excusó sin siquiera oler que el motivo de la discordia enroscaba su lengua en mi ombligo. No puedo decir que intenté disimular, casi creería que Cirila lo hizo a propósito cuando dejé escapar una risita con la que se dio cuenta que no estaba sola.

—Veo que estás ocupada —dijo Alejandro, ardido otra vez.

—No, cero, la neta solo quería saber si estás bien, anoche sonabas mal.

Se lo restregué a ambos, a uno por orgullo y al otro para que no dejara que el alcohol le borrara su humillación nocturna. Sebastián me miró pícaro, él también quería hacer algo un poquito a propósito. Entonces se fue más al sur de mi ombligo, abrió el cierre de mis pantalones y los bajó un poquito, lo suficiente para jugar conmigo mientras hablaba por celular. Alejandro me volvió a reclamar sobre las fotos, sobre mi olvido y mi poca importancia ante lo que estaba sucediendo. Habló, habló, habló; de repente gritó, se volvió a calmar, me pidió perdón, luego... no supe qué más, solo escuchaba un murmullo desvanecerse en mi oído. Sebastián practicaba todos los movimientos que yo misma le enseñé, lo que provocó que perdiera toda mi atención. Cerré los ojos. Quería disfrutar lo que Sebas me hacía, así que dejé de escuchar a Alejo por completo, casi olvidé que lo tenía al teléfono. Entonces, justo cuando iba a gemir de placer, escuché la voz de Alejo salir por el auricular

—¡Julieta! ¡Julieta! ¡Bueno!

Volví en mí, empujé la cabeza de Sebastián, que me dibujaba con su lengua un mapa de ruta en toda mi zona sur.

—¡Alejo! Aquí estoy.

—¿Qué haces? ¿No escuchaste nada de lo que te dije?

No solo estaba enojado sino sospechando que del otro lado del teléfono algo raro pasaba.

—Si, claro... que las fotos de *Facebook*...

No tenía idea qué tanto me había dicho.

—Eso te lo dije hace rato, después te dije que...

Cayó en la cuenta de lo que estaba sucediendo.

—¡¿Estás con el mocoso?!

Su tono de voz evidenciaba su alteración.

—Sí...

Ahí voy yo y le tiento las patas al diablo.

—Pensé que me habías dicho que lo mandaste a la goma.

—Ya volvimos.

Sebas comprendió que le había contado a Alejo sobre nuestra ruptura.

—No puedo creer, estás ahí con tu amiguito y ni siquiera me dices nada. Soy un idiota.

—No, no eres un idiota, solo que no es el mejor momento para hablar sobre esas cosas...

—Tal vez nunca más sea buen momento para hablar.

—Alejo, no hagas esto.

Quise calmarlo después de que le subí la candela y se me rebosó la espuma. Ya era demasiado tarde.

—Tu fuiste la que lo hizo, me cambiaste por un imbécil.

Entonces mi diosa interna se rebeló, no podía creer que después de todo lo que había pasado, después de toda la historia que teníamos y de las mil y una luchas que emprendí para mejorar lo nuestro, ahora era yo la que debía pagar. Aquel día que me alimentaba de la vulnerabilidad de mis hombres pude por fin levantar la voz y decirle todo lo que pensaba. Me paré de la cama y me encerré en el cuarto de Jade en donde podía hablar sin reservas. Allí le volví a decir adiós.

—¡Nunca más te aparezcas por mi vida porque no me vas a encontrar! ¡Me cansé de ser tu tonta, tu tonta que siempre está dispuesta a responder ante lo que me quieras dar en migajas! ¡Me cansé de mendigarte amor, Alejandro, me cansé de ti, de mí, de nosotros dos y la patética formula de amor que creímos que funcionaría! Y sí, para que sepas, ¡sí tengo novio! ¡sí estoy enamorada y feliz en mi nueva relación con alguien que sí me ama y que sí esta dispuesto a comprometerse en algo de verdad, que no tiene miedo a entregarlo todo y que me inspira a entregárselo también! ¡Y si todo esto te da muy duro, te afecta en tu débil ego, pues vas a tener que apechugar, sacarme de tus redes sociales o desaparecerme de tu mente, porque si tanto de duele, te digo de una vez que vas a seguir viendo cosas que no te van a gustar!

Colgué. Las piernas me temblaban. Respiré profundo, me sequé las dos lágrimas que salieron empujadas por la rabia y salí. Allí estaba Sebastián, escuchando todo lo que dije a Alejo sobre mi supuesto amor por él. Por su sonrisa entendí que, una vez más, había malinterpretado mis palabras.

Por la boca de la princesa muere el pececillo

Todas hemos dicho alguna vez "no quiero saber nada de hombres" para luego volver a caer en las garras de la ilusión con todo y la renuencia. Lo malo es que muchas de estas experiencias no deseadas, en teoría, terminan por reafirmarnos que, en efecto, teníamos razón al no desear volver a enamorarnos. El problema es que el corazón es un órgano sin memoria a largo plazo. Una vez se cura de sus heridas, vuelve a empezar. Aunque sea por diversión o calentura, ahí va de nuevo y apuesta su resto al peor caballo, y es así como quedamos de nuevo con el corazón hecho trizas y bajo construcción, hasta nuevo aviso.

Pasaron varios días en los que Jade no fue a dormir a la casa. Lo único que supe de ella fue que estaba respirando por la boca de un chico, amigo de un amigo, que conoció en una fiesta de cumpleaños. Se llamaba Bruno y tenía un cuerpo como de catálogo y un cerebro que no lo hacía catalogar ni como un poco inteligente. El hombre había recibido tantos golpes en la cabeza, producto de su pasión por el box, que no le quedaban más que unas cuántas neuronas divagando entre sus perfectos bíceps tallados por ángeles.

—¿No que de hombres tenías suficiente? —le pregunté a Jade, mientras nos tomábamos una infusión en *Teavana*.

Según Jade, Bruno no contaba como una relación emocional, era una especie de relación de chocolate –por comestible, obvio– que se acomodaba a lo que Jade necesitaba en el momento: mucho sexo, poco compromiso. Yo le creí cada palabra debido a que no imaginaba qué se necesitaba para enamorarse de un tipo que se reía como Butt-head y tenía su propio homólogo de Beavis, con quien veía peleas de box mientras tomaba cerveza y eructaba cual cavernícola. Jade era muy consciente de ello: pero *¡¿quién se va a casar?!* exclamaba un poco avergonzada. Igual ¿quién era yo para juzgar la relación superficial en la que ella estaba clara que no se enamoraría? Al final del cuento yo seguía acostándome con un chico al que a veces no soportaba en sus niñerías pero me hacía el amor de una manera tan cálida que me impedía darle correcta sepultura a una relación que ni siquiera estaba viva. Pero Jade, controladora como ella sola, no iba a permitir ser juzgada ante ese complicado tribunal que éramos nosotros, sus amigos. Por eso nunca nos lo presentó. Sabíamos de él solo porque nos mostraba las fotos de sí mismo —semidesnudo— que le mandaba por chat. Eso era el pobre Bruno, un modelito de temporada que bien valía la pena utilizar hasta deshilacharlo.

Unos días después de que ella misma describiera su relación como *todo menos formal* me encontré con Jade y el cavernícola boxeador saliendo del depa, cuando en una mala sincronía del cosmos yo entraba y ellos se iban. Fue cuando vi en los ojitos de Jade que ya no podía ocultar el sentimiento que, en contra de toda su voluntad, le crecía en el corazoncito.

Es verdad: pocas mujeres logran tener sexo sin involucrar los sentimientos sobre todo cuando el sexo es repetitivo, y Jade no era la excepción de la regla. Ella, con su pinta de mujer—todo—lo—puedo—nadie—me—daña, se puso la máscara de borrego a medio morir, sin darse cuenta de que eso al cavernícola lo comenzaba a incomodar. Una buena noche, cansada de mi chiquitín y con una necesidad desesperada por mi espacio, mi cama completa, mi baño, mi manía de sacarme los pelos de las piernas mientras me tomaba una ampolletita de *Corona*, mi mascarilla de mayonesa en el pelo, acompañada al fondo por cualquier temporada de *Friends* que he visto un millón de veces, me encontré con que Jade regresaba un tanto de mal humor, a las nueve y media de la noche. Resultó que Bruno, cansado de su chiquitina y con una necesidad desesperada por su espacio, su cama completa, su baño y su manía de rasurarse el pecho hasta que quedara como nalga de princesa turca, mientras se tomaba una cuba, acompañado de una pelea de box clásica que ha visto un millón de veces, le pidió que se fuera a su casa y se llevara la ropa que había dejado en un cajón.

Jade, una noche antes, había osado decirle un sonoro *te quiero* postsexo que casi le provoca a Bruno una trombosis. El cavernícola, sin decir nada y con una sonrisa fingida, se levantó de la cama con el pretexto de ir al baño, de donde no salió hasta que Jade se quedó dormida. Pero, ¿quién durmió? Jade me confesó que hizo como si se quedara dormida y emitió un ronquidito tan fingido como la sonrisa de Bruno, con lo que logró que el agobiado *homo erectus* saliera por fin de su escondite. La pobre no pegó los ojos en toda la noche cuando presentía que esa sería su última noche en la caverna del *no sapiens* pero sabroso como un bocadillo de dulce de leche. Era un hecho, su corazón sufría, sus sentimientos se habían despertado a punta de golpes contra la cabecera y un desamor estaba por desbarrancarse en su interior.

—¿Pero no decías que tu tampoco querías nada serio, que de esa especie no querías ni saber? —le pregunté, a sabiendas, por experiencia propia, de que el que se enamora, en ese tipo de relaciones, pierde.

Por supuesto que Jade no quería nada serio cuando comenzaron, cuando tenía el mango del sartén en sus manitas y el tipo aún no se saciaba de ella. Pero en el momento en que se habían drenado todos sus líquidos corporales, Bruno la quiso lejos y ella se aferró. Lo bueno de eso fue que no me sentí tan estúpida: al parecer nos pasa a todas, es un principio básico egocéntrico que responde a la figura simple de la necesidad que debe de tener un hombre por estar contigo sin que se canse y le dé por voltearte la tortilla. Así, con Jade al borde de una aneurisma emocional, pasaron tres días en los que no le despegó la mirada a su celular, como si de ello dependiera la salvación de la humanidad. Entonces, en un ataque de justificación de cualquiera que sea el comportamiento por el que uno opta cuando está desesperada, lo llamó, según ella muy casual pero sin poder ocultar sus verdaderos sentimientos. Bruno, que no quería perder su vaquilla amarrada al portillo, se excusó diciendo que le había surgido un repentino viaje de trabajo y por eso no había podido llamarla, pero que el fin de semana la buscaba para que se volvieran a ver. Jade, feliz pero infeliz porque su Cirilita interna nunca mentía, aceptó volver a esperar por otros tres días más, clavando sus energías en que el celular volviera a sonar y apareciera el nombre de Bruno en la pantalla.

Le conté a Kenia que Jade andaba medio triste, seguro se había vuelto a pelear con Bruno. Kenia no se hizo esperar y citó a Jade para invitarla un café. Jade no tenía ganas de estar a solas con Kenny, previendo el sermón que le esperaba con el fin de exorcizarla de su cavernícola.

—Neta, Ju, te juro que si hoy Kenia me agarra a regaños, no voy a quedarme callada con todo lo que pienso del tarado de Henri.

¿Ju? ¿En qué momento mi nombre se había reducido a dos letras? Y qué tenía que ver Henri en todo esto.

—¿Henri? —pregunté, perdida.

—¡*Ash*! No me hagas caso —disimuló—, estoy diciendo tonterías.

Pero me pude dar cuenta de que ese comentario era mucho más que cualquier tontería. ¿Qué onda con Jade y su odio por Henri? *Ring... ring...*

—¿Bueno? —contestó Kenia.

—Jade me pidió que la acompañara al café contigo.

Sabía que no le gustaría ni poquito la noticia.

—¡Esta escuincla! Sabe muy bien que quiero hablar serio con ella y se esconde en tus faldas —renegó.

—Dale chance, wey, es de flojera que te regañen —dije en su defensa.

—Pues contigo o sin ti no se va a salvar de que le diga sus verdades —agregó molesta—. Estoy cansada de ver a una niña tan buena como ella sufrir por un imbécil del calibre de Bruno.

—Entonces... ¿te veo en el café?

No iba a unirme a la *quejumbrería* de Kenny.

—Pues ya qué —colgó.

Jade estaba a mi lado dando aplausitos.

—¡Gracias, Ju, eres un *hit*!

Me abrazó. Nos encontramos con Kenia en el *GastarSucks* de enfrente de la casa, para variar, nuestra sala de juntas. Ya nos esperaba tomando un *frapuccino ultra light* sentada en una mesa para tres. Me ofrecí para ir por nuestras bebidas y así dejarlas aunque fuera unos minutos solas. Kenia le reclamó a Jade por haberme incluido en el plan. Didi se reía disimulada y me miraba a través del cristal.

—Capuchino.

Le entregué su bebida a Jade y no terminé de sentarme cuando Kenia ya me hacía partícipe de su regaño.

—Julieta y yo pensamos que Bruno es un idiota —dijo, abriendo su conversación de manera que Jade me miró sorprendida al sentirse acorralada.

—Un momento —dije, después de casi escupir mi *chai*—. Yo vine porque Jade me invitó a tomar un café con ustedes, en esos temas no me meto.

Ahora era Kenia la que me miraba para matarme.

—¿Por qué no mejor dices que es a ti la que te choca Bruno, aunque ni siquiera lo conoces? —expresó Jade, echando mano del mismo zen que yo apliqué momentos antes con mi propia sermoneadora personal.

—No es que no me caiga bien, es que se nota que el tipo te tiene para meterte a la cama y ya y tú estás sufriendo por él —alegó Kenia, tan segura de lo que decía que Jade me miró como si fuera yo la que le hubiera contado algo.

—A ver, a ver —volví a meter mi cuchara—, yo lo único que le dije a Kenia es que tú andabas *tristeando* por Bruno pero de ahí a opinar sobre tu relación, cero —me defendí.

Ese café estaba resultando muy exhaustivo.

—Mira, Didi, no culpes a nadie, si quiero hablar contigo es porque me preocupas.

Kenny extendió su mano y acarició el brazo de Jade que la rechazó alejándolo.

—No puedes seguir engañándote en una relación que bien sabes que no va para ningún lado. Ya no eres una niña y tienes que poner los pies sobre la tierra. Un hombre como Bruno anda con mil viejas o qué crees que eres la única a la que mete a su cama. O sea, el tipo aparece cuando se le da la gana y tú estás a su entera disposición para sus arrebatos sexuales. De verdad, Didi, si te digo todo esto es porque te quiero, a mí me duele más que a ti decírtelo y aunque se que te caigo gorda cuando te digo la verdad, lo hago porque me preocupa.

¡*Wow*! Kenia, en serio, podía ser una mamá insoportable. Conforme el discurso iba avanzando, a Jade se le iba subiendo la bilirrubina, por eso, al final no pudo hacer más que defenderse.

—¿Y en ves de preocuparte por mí, por qué no te preocupas por ti? —espetó Jade, helada.

—¡Oh, oh! —susurró mi Cirila mientras me empujaba la cabeza a tomar de mi *chai*.

—No entiendo de qué debería preocuparme —dijo Kenia, confundida.

—Sí, por qué no te preocupas por tu matrimonio en vez de estarme molestando por una relación que ni a relación llega —agregó Jade, perdiendo su zen.

Kenia abrió los ojos como si no quisiera que yo escuchara lo que Jade decía.

—¿Qué? Me vas a decir que Julieta no sabe que te la vives peleando con el tontarrón de tu esposo?.

Jade estaba siendo fría y mordaz con Kenia, aunque de cierta manera comprendía que se estaba defendiendo. A veces Kenia podía tomarse tan en serio el papel de mamá que se convertía en un dolor de muelas. Kenia me miró con los ojos a punto de rebosársele en lágrimas, yo no pude más que voltear con Jade y con una mueca pedirle compasión por su prima.

—Ya, wey, no te azotes, ni te pongas a llorar que no te estoy diciendo nada grave. Es la neta, tu no paras de pelear con Henri y te las quieres dar de que tienes la relación de azúcar. Pero es que es bien fácil andar juzgando a los demás y no mirarse en el espejo. Mi relación con Bruno es una mierda, eso ya lo sé, pero al final de día, yo tengo mi vida y él la suya. O sea, no es nada para tirarse del balcón. Tú, en cambio, llevas años y años con un hombre que dejó de ser el amor de tu vida para ser el padre de tu hija y con ese pretexto justificas el hecho de que no eres feliz hace un montón de tiempo, ¿o me equivoco?

Jade tenía una forma dura y fría de decir las cosas pero a la vez sus palabras estaban desligadas de un juicio. Decía lo que veía, no lo que pensaba de ello.

—Por eso —prosiguió— solo te pido que no me juzgues y dejes los sermones a un lado. Porque tu marido está bien lejos de ser una perita en dulce.

—¿Tu no sabes nada de Henri, como te atreves a juzgarlo? —regañó Kenia.

—Es verdad, Kenny, yo no tengo idea de lo que hablo, mejor cambiemos te tema para no seguir abriendo la boca que me mete en tantos problemas.

Jade estaba siendo sardónica, como si en verdad supiera algo de Henri que prefería evitar.

—¿Entonces no puedo ni siquiera darte un consejo? —dijo Kenia, intentando cambiar de tema y olvidar a Henri.

—Tú no das consejos, primita, tu señalas y así, la neta, me de mucha hueva hablar contigo.

—No quiero que te lastimen, eso es todo —dijo Kenia con dolor de madre.

—Ni yo a ti, y por eso vine a México… créeme.

Jade se levantó, se acercó hasta Kenia y le dio un beso en la mejilla.

—Tengo cosas que hacer en casa, hablamos mañana.

Y se fue. Kenia me miró incómoda. No sabía ni qué decir.

—¿Por qué odia tanto a Henri? —le pregunté.

—Es verdad, Henri y yo peleamos mucho y a ella le molesta que me hable como nos hablamos, pero eso pasa en los matrimonios, Juliette, lo que pasa es que ella es muy joven para entender las cosas y confunde los chiles con las manzanas.

—¿Por qué peleas tanto con Henri?

—A veces siento que Henri me oculta algo y me da coraje —confesó.

—¿¡Una mujer!? —me escandalicé.

No imaginaba a Henri es esas.

—A veces pienso que sí, pero otras como que no veo a qué hora tendría otra vieja. El pobre trabaja tanto y el tiempo libre la pasa con Marisol y conmigo.

—¿Y no será que Jade lo vio en algo o le sabe algo? Porque es que se expresa terrible de él y aunque nunca fue santo de su devoción tampoco como para tenerle *taaaanta* roña —sugerí.

—No creo, Juliette, si Jade supiera algo de Henri, ya me lo hubiera contado. Jade será lo que sea pero jamás me traicionaría encubriéndolo.

—Yo también creo eso, si tuviera medio chance de tirarlo al agua, lo haría feliz de la vida —agregué.

—Y no solo porque lo odie —defendió Kenny— sino porque una de las cosas maravillosas que tiene Didi es que es bien leal.

La llegada de un nuevo conquistador

Después del truene con un gran amor viene la relación Bastón. Ese amante que a punta de besos y sexo te ayuda a transitar el duelo de tu gran truene. De estas relaciones siempre sale un corazón roto: el del pobre incauto que se enamora de la chica que acaba de tronar. Es una especie de servicio de Karma y sexo: algunas veces te apoyas del bastón, otras veces eres tú el bastón.

Una vez recuperas tu poder a punta de noches sudorosas —o en mi caso: entrenando a un semental en potencia—, la relación pierde su propósito y se desvanece. Una nueva aventura puede aparecer como liana en medio de la selva, tan necesaria para huir de un predador como para abonar el terreno de la neonata soltería.

Por un buen tiempo no volví a saber de Alejo, aunque no miento: desde que había abierto su *Facebook* no pasaba un día sin que me metiera a chismosear sus fotos. Seguro él haría lo mismo y seguiría penando por ver las que Sebastián a cada rato subía.

Me llené de noches contemplando a Sebas tocar composiciones espontáneas inspiradas en mí, desnudo sobre la cama, para luego terminar teniendo delicioso sexo en cada rincón de mi habitación. Cuando no estaba, trabajaba con Jade en mi blog. Yo generaba material y ella ponía guapo el sitio para alimentar las decenas de visitas que teníamos a tan pocas semanas. No tenía idea cómo había hecho para conseguir tanto tráfico cuando apenas eran cinco lectores pero, de un momento a otro, las estadísticas de visitas se dispararon, y hasta anunciaban a nuestro favor unos cuantos centavos por las impresiones de la publicidad.

Una noche, mientras me enfrentaba a la temida hoja en blanco sin tener mucho qué decir, mi *Skype* sonó, anunciando la llamada de Erik. Justo en ese momento estaba metido en la página de una aerolínea buscando un vuelo directo al D.F. Aunque la noticia me generaba emoción, no pude evitar sentirme presionada por pensar qué haría con Sebastián. Erik vendría a verme con la intención de concluir lo que en el pasado habíamos dejado pendiente, de quedarse conmigo y de que tomáramos vacaciones de unos cuantos días, lejos de la ciudad. Si las cosas con Sebas habrían de acabar para vivir los 15 días más *hot* imaginados, pues así sería. Era su adolescencia adolorida o lo que le debía a mi adolescencia caliente.

Intenté concentrarme de nuevo, ahora con la meganoticia de la visita de Erik, en la hoja en blanco que debía llenar para la entrada del día siguiente. ¿Amor? La pregunta del millón. No tenía idea de qué podía escribir sobre el amor si no lo había vuelto a experimentar. Sebas era mi semental. El que me acompañaba en las noches en las que estaba a punto de prender un cigarrillo para pensar en Alejo. El ignoraba que me daba respiración boca a boca y le proporcionaba primeros auxilios a mi corazón. Estaba segura de que, más temprano que tarde, Sebastián terminaría con el corazón roto y yo, con un karma gigantesco, que algún día habría de pagar por utilizarlo para mi beneficio y desecharlo cuando la primera oportunidad de algo más atractivo se me presentara, alias "Erik".

¿Cuántos corazones rotos no había allá afuera escondidos detrás de una sonrisa fingida? ¿Cuántas personas no perdían, poco a poco, la fe en el amor y comenzaban a buscar consuelo en fantasías alternas? Miré mi historial web tras recordar aquella página a la que Eduardo y yo solíamos meternos para molestar calenturientos. La pantalla se iluminó anunciando que Modelo81 estaba en línea. Me reí en mis adentros recordando las infinitas noches de diversión con Eduardo. En mi perfil había una invitación de nueva de amistad. Era un tal Sir Dante, que no tenía foto, por lo que su avatar era un signo de interrogación metido en un recuadro, tal como el mío. Le di aceptar y apareció su perfil con muy poca información. Sir Dante, hombre, busca amistad, México. ¿Amistad? *¿Qué tan patético tiene que ser alguien para buscar amigos en línea?*

—¡*Hello*! —gritó Cirila, dejando eco.

—Discúlpame, Cirilita, pero yo estoy haciendo investigación de campo, no buscando amigos.

El *chat* se encendió en un recuadro aparte con una conversación privada entre Sir Dante y yo.

Sir Dante: Hola.

Me escondí detrás de mi almohada.

—Cómo si pudiera verte ¡tonta! —gritó mi Cirilita un tanto burlona.

—¿Le contestaré? ¿Qué tal que sea uno de esos cachondos buscando sexo?

—¡Investigación de campo! —me recordó Cirila con sorna.

Modelo81: Hola

Sir Dante: Wow. Pensé que no contestarías.

Modelo81: Por?

Sir Dante: Porque aquí casi nadie contesta y cuando contestan es para…

Modelo81: Cibersexo?

Sir Dante: Exacto.

Modelo81: O sea que de verdad buscas amigos?

¡Omg! ¡Loser a la vista!

Sir Dante: Entiendo… tu sí buscas cibersexo.

Modelo81: No! Nada más pasaba por aquí y vi tu solicitud.

Sir Dante: ¿Pasabas? Jaja ¿Eres nueva en esto?

Modelo81: ¿Cómo sabes que soy mujer?

Sir Dante: Porque eso dice en tu perfil ¿no eres?

Modelo81: Sí, si soy… claro… qué tonta!!

Sir Dante: Entonces sí eres nueva…

Modelo81: No. La verdad es que abrí esta cuenta con un amigo para molestar a los que quieren cibersexo.

Sir Dante: Y pensaste que yo sería una buena presa?

Modelo81: No. Hoy no pensaba molestar a nadie.

Sir Dante: Entonces hoy sí buscabas amigos.

Modelo81: Tampoco, ya te dije que solo pasaba por aquí.

Sir Dante: Por esta página no se "pasa", entras si quieres cibersexo o encontrar a algún despistado para platicar sobre tonterías.

Modelo81: Hum. Tienes un punto. Pero no. De hecho estaba haciendo investigación de campo.

Sir Dante: Soy víctima de una investigación sobre perdedores que buscan amigos en línea?

Modelo81: Algo así.

Sir Dante: Y qué quieres saber?

Modelo81: No tienes amigos en la vida real?

Sir Dante: Jajaja. Claro que tengo. Solo que esto es una buena forma de quemar el tiempo.

Modelo81: Crees que puedes encontrar al amor de tu vida por aquí?

Sir Dante: Qué te hace pensar que no he encontrado al amor de mi vida?

Modelo81: Entonces buscas ponerle los cuernos al amor de tu vida? ;)

Sir Dante: Para nada, no es mi estilo.

Modelo81: Sigo sin entender. Si no buscas sexo ni amigos, ni al amor de tu vida, ¿qué haces aquí pidiéndole solicitud a gente que no conoces?

Sir Dante: Lo dices por ti?

Modelo81: Digamos que sí.

Sir Dante: Me gustó tu *nick*. ¿Eres modelo?

Modelo81: Ya salió el peine...

Sir Dante: Aquí nadie es lo que dice ser. Por eso es divertido.

Modelo81: Es verdad. No soy modelo.

Sir Dante: Ni yo soy Dante. Pero por eso es divertido.

Modelo81: Por qué Sir Dante?

Sir Dante: Por qué Modelo81?

Modelo81: Yo pregunté primero.

Sir Dante: Me apasiona la vida de Dante Alighieri. ¿Has leído algo de él?

131

Modelo81: La Divina Comedia. Pero confieso que fue en la escuela.

Sir Dante: Y hace cuanto saliste de la escuela?

Modelo81: Jajaja tranquilo, lo suficiente como para que no te metan a la cárcel si es que yo llegara a ser el amor de tu vida. Jajaja

¡Qué dije!

Sir Dante: ¿Tu buscas al amor de tu vida?

Modelo81: Ya te dije que no. Esto es profesional.

Sir Dante: Ahora responde, es tu turno.

Modelo81: Responder qué?

Sir Dante: Por qué Modelo81?

Modelo81: No es tan ingenioso como el tuyo. Solo es porque nací en el 81.

Sir Dante: Es bastante ingenioso.

Modelo81: Gracias.

Sir Dante: Pero sería más ingenioso que te pusieras Beatriz. Así, si resultas ser el amor de mi vida tendríamos una mejor historia qué contar.

Modelo81: No entiendo, ¿por qué Beatriz?

Sir Dante: El gran amor de Dante Alighieri se llamó Beatriz.

Modelo81: Ahora me siento una ignorante.

Sir Dante: Y yo un nerd.

Modelo81: Eso ya lo eras desde que decidiste buscar amigos en línea.

Pasados unos minutos más me despedí, agradecida por haber recibido la inspiración para mi nuevo post:

¿Qué tan cierto será que el amor de la vida puede estar en cualquier lado? Para muchos, las esperanzas se iluminan hasta en el más extraño lugar. En la era en la que tener una vida virtual cada vez cobra más sentido, el corazón no se queda atrás y espera, aunque sea, encontrar su media naranja detrás de un seudónimo. Esa persona con la que cada noche puedas platicar y descubras que congenias de maravilla, aún sin tener idea de lo que hay del otro lado del chat que se enciende a punta de palabras bonitas. ¿Cuáles son las

probabilidades de enamorarte de alguien que no sabes si es hombre, mujer, humano o perro? ¿Estará el corazón dispuesto a conformarse con un amor virtual con tal de no sentirse tan solo?

Erik compró los boletos para llegar en las siguientes dos semanas. Se quedaría de visita por 17 días, de los cuales 10 pasaríamos en una playa escondida cerca de Oaxaca. A partir de esa noche comenzamos a vernos todos los días por *Skype* para ponerle un preámbulo de lo que venía para nosotros. Tuve que comenzar mi camino hacia abrir a Sebas, quien no tardó en darse cuenta de lo que sucedía y me pidió que le confesara si ya me había aburrido de él. No me quedó de otra y le invité un café para explicarle la verdad con todos sus bemoles.

—Desde que terminé con Alejo estaba planeado este viaje.

Bueno, ni mucha verdad, ni muchos bemoles pero debía adornar las cosas para resultar ser menos desgraciada de lo que parecía. Sebas me miraba en silencio.

—Erik es un amigo mío de toda la vida, quiero disfrutar con él estos días que va a estar de visita.

Entonces por fin reaccionó.

—¿Qué es lo que me estás pidiendo? ¿Qué te espere por 20 días mientras te revuelcas con otro y luego regresemos como si nada?

—Son solo 17 días y no estoy hablando de revolcarme, ¡qué te pasa! —mentí con descaro.

—¿Neta me estás pidiendo que me siente en la banca a esperar mi turno? —me preguntó, incrédulo.

—No te estoy pidiendo nada, te estoy diciendo lo que viene, ya con eso tu tomas tus decisiones.

¡Uf, sí que podía ser cínica! Sebas me sostuvo la mirada como si me quisiera decir tantas cosas a las que no les encontraba palabras. Me sentí como una cucaracha. No gané la batalla contra mis ojos que huían hacia todos los lados de los de Sebas, entonces con una sonrisa amarga me miró.

—Mi decisión es que no puedo esperarte.

Sentí un repentino dolor de solo pensar en perderlo. No me podía dar el lujo, justo en ese momento en el que por fin comenzaba a superar a Alejo, de dejar ir a la única persona que me mantenía alejada de los cigarros y del teléfono. No quería terminar con Sebastián y que al pasar esos 17 días me quedara sola como un hongo, pensando en que cometí un error al dejarlo ir. Al final, Sebas se había convertido en un chico especial, no tenía idea qué tan importante, pero le profesaba un cariño que me impedía romperle el corazón así, con tanto descaro. Entonces, sin entender muy bien por qué estaba a punto de mentirle, le mentí.

—¿Y si te prometo que no va a pasar nada? ¿Te quedarías más tranquilo?

—Si eso es así no tendrás problema en presentármelo —me preguntó con una nueva esperanza.

¡Ups! Esa sí no la vi venir. No supe qué decirle, solo me di cuenta de que, tras tomar la decisión adulta de hablar con honestidad, me encontré mintiéndole en algo que era imposible.

—No te lo puedo presentar, Sebas, pero tienes que confiar en mí

Sí, fui una maldita desgraciada que se formaba incauta en la fila para comprar karma en efectivo. Entonces se levantó y, sin decir más, se fue. Por un momento pensé que se había ido al baño pero al ver que después de 15 minutos en los que analicé la extraña conversación que habíamos tenido, no regresó me di cuenta de que no lo haría. Obvió no me creyó, ni decidió confiar en la cínica de mi persona. Me sentía fatal, quería quitarme ese sentimiento de culpa tan espantoso que me embargaba, entonces llamé a Leo.

—No te agobies, *reinis*, no se va a morir. Mejor disfruta la visita de Erik, vete de vacaciones y cuando se vuelva a ir, te consigues a otro que te sirva de bastón.

Leo, tan práctico como siempre, no veía mayor problema en mi situación.

—¡Qué poca, Leo, Sebas no es un bastón! —exclamé.

—¡Claro que lo es! Sebas es tu relación bastón —explicó—. No tiene nada de malo, todos la tenemos cuando terminamos con alguien. Te ayuda a sentirte mejor, te eleva el autoestima y cuando llega alguien mejor te das cuenta que no necesitas un bastón para caminar y lo sueltas.

—Y yo pensé que era cínica…

Estaba claro que Sebas no sería el amor de mi vida. Algunas veces nos toca lastimar a nosotros, y así de infortunada como es la vida, en ocasiones estamos arriba, otras abajo, y yo, mientras sanaba mis heridas de Alejo, no estaba para enfrentar ninguna relación en serio. Leo tenía razón: el chamaco había sido mi bastón. Pero Sebas era como una pequeña adicción de mi ego, feliz de tener compañía por las noches. No pude más y le mandé un mensaje. Le hice ver que me sentía fatal y que no quería perderlo, que habláramos las cosas, no quería que termináramos así. Con todo y que ya había solucionado el tema de la visita de Erik, me dieron ganas de subirle un nivel de dificultad a mi vida, y me le arrastré cual rata de alcantarilla a los pies de Sebas, quien me castigó con su indiferencia. Apareció tres días después de ser yo la que lo acosaba. Estaba dispuesto a volver conmigo si, mientras duraba la visita de Erik, él se quedaba en casa y mi "amiguito", en el sofá de la sala. Por supuesto que el viaje de Oaxaca estaba fuera de la mesa. Si el tipo quería conocer la República Mexicana, tendría que hacerlo sin mí. ¡*Ash*! Yo no quería tal cosa. Qué tan difícil era que Sebas esperara a que Erik viniera y se fuera y luego regresáramos a estar juntos como si nada hubiera pasado. Erik era mi calentura del momento, así como yo la musa del momento de Sebas. Pero mientras su calentura llegaba, la musa no quería estar sola y cuando la calentura se fuera, la musa quería asegurarse de que Sebas estaría para ella. Mi egoísta diosa interna desvariaba. Era obvio que nadie, en sus cinco sentidos, aceptaría algo tal. Entonces decidí aceptar el trato de Sebas y esperar a que la vida solita colocara sus cartas.

—¡Qué poca madre! —exclamó Kenia al contarle lo sucedido con Sebastián.

Ella jamás estaría de acuerdo con que yo me comportara como una vagabunda sin importar los sentimientos de un chico que me quería en serio.

—Esas son las cosas que se regresan, Julieta, no debiste buscar a Sebas otra vez.

Yo sabía que Kenny tenía razón pero mis caprichos postdrama emocional, no me dejaban ser una buena chica y me hacían pensar solo en mi conveniencia. ¡Qué iba a hacer!

—¡Pues te controlas, te gobiernas y no lo llamas! —volvió a regañarme Kenia, cuando intentaba justificar mis actos, por todos los medios—. ¿Ahora cuál es tu siguiente movida?, ¿destruirle su amor propio como villana de telenovela?

Y esa pregunta me resonó en el inconsciente mientras Cirila, cruzada de brazos y zapateando con el pie derecho, me enfrentaba por medio de la pregunta de Kenia.

—No lo sé, cuando llegue Erik buscaré la forma de alejar a Sebas esos días.

Era oficial, me había convertido en la mujer más mala de la historia, merecía un libro, una película de Hollywood en la cual me interpretara Kristen Stewart y mi bizcocho telenovelero el Gato quien, tras enamorarse de Kristen, saldría con el corazón roto y ella se convertiría en una vagabunda que moriría en invierno congelada por las precipitaciones de nieve. Justo ahí supe que el karma que me esperaba no sería cosa de niños.

Modelo81: ¿Crees en el karma?

Sir Dante: Si te digo que no, ¿crees que te librarás de él?

Modelo81: En serio!!

Sir Dante: Creo que en esta vida todo se regresa, si tu le quieres llamar karma, entonces sí.

Modelo81: Creo que hice algo malo.

Sir Dante: Me quieres contar? Prometo no juzgarte.

Modelo81: Por qué le contaría a un perfecto extraño.

Sir Dante: Porque regresaste a este chat para hablar con ese perfecto extraño ¿o me equivoco?

Modelo81: Y loser, olvidaste mencionar. Loser que se la vive conectado a este chat.

Sir Dante: Quizás seré un loser que espera que otra loser se vuelva a conectar.

Modelo81: En serio quieres saber? Es largo.

Sir Dante: Tengo tiempo.

Entonces comencé por A y terminé por Z, siendo A cuando terminé con Alejo y Z cuando le pedí a Sebas que se sentara en la banca a esperarme.

Modelo81: Seguro piensas que soy una vagabunda.

Sir Dante: Cuando digo que no te juzgo es porque no te juzgo. Todos hemos sido egoístas en la vida. A veces es necesario.

Modelo81: Me estás diciendo egoísta?

Sir Dante: Sí.

Modelo81: ¿Ahora qué hago? Mañana llega chico B y chico A se está volviendo loco.

Sir Dante: Vas a tener que escoger. No se puede tener todo, por lo menos no al mismo tiempo.

Modelo81: Chico A o Chico B... Tú a quién escogerías?

Sir Dante: A mí siempre me gusta chica C, esa es la menos predecible.

Faltaba un día para que llegara Erik. La última semana no había sido tan divertida como las anteriores con Sebastián, pues no perdía la oportunidad de sacarme en cara mi descarado pedimento. Estaba estresada, a tan solo una noche de que Erik se enterara de que tenía un niño que se creía mi novio, enredado en mis cobijas por culpa de mi pinche necesidad de no estar sola. ¡Qué oso! ¿¡En qué momento mi voluntad se había vuelto una cualquiera!? Eran las siete de la noche de un jueves y Sebas y yo veíamos televisión; bueno, él la veía y yo pensaba cómo haría para sacar de mi vida al chico que ya no me divertía tanto como antes.

—Chico B —gritaba por un megáfono Cirilita, aturdida por la presencia constante de chico A.

Nuestra relación se había vuelto un tedio, *mea culpa*, pero deseaba con todas mis fuerzas pasarla bien con Erik, sin Sebas en la misma habitación. Entonces fui al cuarto de Jade y le pedí auxilio. Jade estaba a punto de arreglarse para salir a cenar con Bruno y sus amigos. Después irían a un antro al sur de la ciudad. Justo lo que necesitaba: gente nueva, lejanía, alcohol y fiesta, así que me autoinvité. Regresé a mi cuarto y me encontré a Sebas acomodado cual patrón para pasar la noche conmigo. Ni modo, tuve que decirle que saldría de fiesta. Se quiso sumar al plan pero cuando me negué, se enojó, agarró sus cosas y se fue.

Cenamos en *La Vinería*, un restaurante francés a unas cuadras de la casa. Después de compartir unos momentos con gente de mi edad —aunque no fueran los más divertidos del planeta— me di cuenta de que Sebastián se me había convertido en un capricho. Mi vida a su lado no era a lo que estaba acostumbrada y, peor aún, no era lo que deseaba tener con un novio. Lo peor es que no quería tener un novio, sino ser libre y controlar mi vida a mi antojo, no estar agobiada por una relación de mentiritas. Sebas era un chico muy joven que encontraba diversión en pasar todos los viernes tomando cerveza y comiendo pizza mientras veíamos caricaturas. ¡Sí, caricaturas! Nunca fuimos a un restaurante juntos, ni a un bar para sentarnos a tomar una copa y platicar. Todo lo convertía en broma y nuestras conversaciones no pasaban de sus aburridos anecdotarios con sus amiguitos de su edad que siempre comenzaban con: *la otra vez, nos pusimos una borrachera y...* Pero el sexo... eso era lo único mas o menos bueno. Por lo menos me ayudaba a olvidarme de Alejo y a no cortarme las venas con galletas de animalitos. De resto no teníamos nada en común.

Me sentí liberada. Al otro día llegaría Erik y entonces sí pasaría unos buenos 17 días con un hombre de verdad, que me hiciera vibrar, con quien reírme y compartir más afinidades. O por lo menos esa era la idea. A la una de la mañana, mientras bailábamos en el antro con dos que tres tequilas remojándome el cerebro, mi celular comenzó a vibrar. Era Sebastián. Entre el ruido del lugar y mi mareo tequilero no escuchaba ni entendía bien lo que me decía. Lo único que escuché fue un montón de balbuceos enfurecidos que adornaban el pancho de celos más intenso que me han montado en la vida. Yo no pude más que aprovechar semejante despliegue de infantilismo para decirle adiós. Le pedí que ya no me buscara, le ofrecí disculpas por haberlo dañado y le advertí que ni aunque llegara con la sinfónica de París, o los niños cantores de Viena, hasta las faldas de mi casa, volvería a tener nada con él. Me recordó hasta a mi santa madre y colgó. Hasta allí nos llevó el río.

A la una de la tarde del día siguiente, muy mona yo, esperaba a Erik en la salida de las llegadas internacionales. Con media hora de retraso, lo vi llegar. Era tal cual lo recordaba, con ese excéntrico modo de vestir y una gran sonrisa de dientes perfectos. Me abrazó, me besó el pelo y pude olerlo, sentirlo cerca de mí, supe que nos esperaba una encantadora aventura juntos. Aquel día hacía un especial bochorno en la ciudad. Llegamos a mi depa y me pidió el baño para ducharse. Sin decir más, se empezó a desvestir delante de mí hasta quedar en *boxers*. No podía mirar hacia otro lado que no fueran sus perfectos abdominales, su delicioso pecho y sus delgadas piernas inmaculadas. Se metió al baño y dejó la puerta entreabierta, por donde lo podía ver si me asomaba un poco. Quedé sentada sobre mi cama, fantaseando con mirar por la rendija y encontrarme con ese cuerpo perfecto debajo del agua. Imaginé cómo sería entrar, desvestirme y, sin decir más, besarlo. Mi cuerpo se estremecía con la sola idea, quería fundirme en su boca, tocarlo, olerlo, saborearlo. Cerré los ojos ante el deseo... estaba cansada de enseñar a un niño a hacerme sentir mujer, ahora un hombre de verdad, estaba desnudo en mi baño. Necesitaba distraerme para no meterme al baño y atacarlo como leona en celo.

Modelo81: No te puedo negar que me encanta que siempre estés conectado.

Sir Dante: Mi Beatriz!

Modelo81: Tu Beatriz tomó una decisión alfabética...

Sir Dante: Chico B?

Modelo81: Chico B ;) Te cuento luego.

Sir Dante: Me dejas en ascuas ;)

Desde la ducha me pidió que le pasara una toalla. No me quedaba más que estirar mi brazo desde la puerta y pasársela, aunque deseara entrar, casual, sin pena y entregársela mirándolo a los ojos. Salió envuelto de la cadera hacia abajo, con su piel bronceada, brillante y oliendo a vainilla, era como un irresistible postre que esperaba a que me terminara la sopa. Se vistió delante de mí. Este hombre cero pudor me estaba enloqueciendo. Así, con *jeans* y sin camisa se volteó hacia mi y me preguntó qué haríamos.

—No sé… lo que quieras.

Hasta la voz me temblaba de lo nerviosa que estaba ante mi amor juvenil convertido en un hombre de cuerpo perfecto. Él me miraba con certeza de que era su cuerpo lo me tenía inquieta.

—Lo que yo quiero es desvestirte, ¿podemos hacer eso? —me dijo, mirándome a los ojos y con una sonrisita socarrona que me dejó sin palabras—. Pero mejor posterguemos el placer y vámonos a tomar un tequila por ahí, todo es más candente con tequila de por medio.

Me guiñó el ojo. Yo me reí como una María, apenada frente a su comal (una trenza de lado le habría caído perfecto al personaje que encarnaba). Salimos a caminar por la Condesa. Sentía que en cada esquina nos encontraríamos con Sebastián. Miraba para todos los lados esperando contar con el tiempo suficiente para huir en caso de verlo. Llegamos al *Condesa DF*, subimos a la terraza para tomar tequilas en banderita y disfrutar de la vista. La tarde se nos fue en actualizarnos de la vida, amores, aventuras, viajes, trabajo y demás temas que nos trajeron a la luna casi obligada. Se aparecieron los meseros con las velas, la fiesta empezó y nosotros todavía teníamos tanto de qué hablar. Al quinto tequila su boca se me hacía más difícil de resistir, así que sabiendo que era cuestión de tiempo el comenzar a besarnos, decidí aprovechar cada segundo de su estadía, y besarlo.

La visión se me hizo un tanto borrosa, su plática se me convirtió en un murmullo y me comencé a acercar a él para fijar mis ojos en sus labios, que se callaron al sentirse intimidados con mis mirada deseosa. Ahora era él quien encarnaba a la María de la larga trenza. Cuando quedaban unos pocos milímetros entre nuestras bocas, subí mis ojos y me encontré con los suyos. Erik avanzó con su boca carnosa hasta besar la mía. Primero nos besamos tan lento que mi lengua no encontraba a la suya, sus labios se comenzaron a abrir y su lengua hizo una entrada triunfal hasta mi boca, sedienta por él. Su saliva tibia me hacía temblar las piernas, sus manos me apretaron por la cintura, subieron con firmeza por mi espalda y me tomaron de la nuca, guiándome a bailar con mi boca en la suya. Su respiración olía a tequila y limón, me erizaba cada poro del cuerpo, era una pasión que me transmitía desde su boca y retumbaba en el sur de mi cuerpo. Me lamió los labios, me dejé casi morir en la sensación deliciosa de su roce, besó mi mejilla y llegó hasta mi oído, lo besó, lo tomó entre sus dientes y me susurró que deseaba meterse a la ducha conmigo.

Cuando entramos al depa, me encontré con una nota que Jade había dejado. *Me voy a dormir con Bruno. Disfruta de tu visita. XOXO, J.*

—Muy considerada tu *roommate* —susurró sobre mi cuello con esa risita deliciosa y descarada.

Tomó mi pelo formando una cola de caballo con sus manos, tocó con su lengua partes de mi cuello que gritaba por su cercanía, bajó hasta mis hombros que besó despacio, succionando suave mi piel mientras con su mano me acariciaba el pecho. Me volteó y quedamos frente a frente. Me cargó como si fuera una muñeca de trapo y me llevó hasta mi cuarto. Me dejó caer sobre la cama y se paró a los pies de ésta mientras con calma se quitaba los zapatos, las calcetas y el pantalón. Nunca olvidaré esa imagen: Erik en *boxers,* excitado y con la camisa a medio abrir dejándome ver un poco de lo que vendría en un momento. Se quitó la camisa y escaló mi cuerpo. Me besó, apretaba su cuerpo contra el mío; me tocó cada rincón. Era un experto que no necesitaba ningún tipo de lección sobre mi anatomía, un toro deseoso de mí. De pronto paró, se levantó y me estiró la mano para que lo siguiera. Me llevó hasta el baño, abrió la llave de agua caliente y empezó a desvestirme. Bajó mis pantalones, besándome las piernas, se detuvo en mi sexo y lo miró como si fuera una manzana dulce. Me besó, obligándome a recurrir a la pared para no desvanecerme ante la intensa sensación de mi cuerpo deseoso de un orgasmo. Paró, me miró de nuevo y comenzó a subir por mi ombligo mientras desabotonaba mi camisa, hasta llegar a la mitad de mi pecho. Dejó caer mi camisa por detrás y me abrió el brasier en una maniobra única de profesional amante. Lo arrancó y dejó mis pechos ansiosos por ser besados por esa boca carnosa y esa lengua tibia. La ducha dejaba salir el vapor del agua caliente, la dejamos sentir unos segundos sobre nuestros cuerpos excitados.

Con el agua cayendo sobre mí, acercó su boca hasta mis pezones para beber de ellos. Con sus manos apretaba mi trasero, obligándome a llegar hasta la pared en donde volví a recargar mi espalda para dejarle jugar con mi cuerpo como lo deseara. Cayó de

141

rodillas al piso y se volvió a mirar frente a frente con mi sexo. Me besó como si fuera mi boca, con esa lengua de seda que se metía por todos los rincones de mi más oculto placer. Se aferró de mi trasero para traer mi cadera hacia su boca. Subió sus manos a mis pechos para encenderlos mientras acompañaba su sinfonía al sur de mi cuerpo. Se detuvo cuando mi cadera comenzaba a moverse al ritmo del deseo que me provocaba. Llegó otra vez hasta mi boca y me regaló un poco de mi propio sabor que se diluía con el agua caliente.

—Te quiero tener en tu cama, preciosa —me dijo al oído, cerrando la ducha.

Caímos mojados sobre mi edredón blanco. Llenó sus manos y su boca con mis pechos, bajó sus manos para tocarme de tal forma que en un solo segundo me sentí parada al borde del abismo. Todas las sensaciones se amontonaron en mi vientre, subieron tan rápido que en un gemido dejé escapar el orgasmo interrumpido por la deliciosa imagen de Erik, arrodillado frente a mí, poniéndose un condón y mirándome como si estuviera a punto de dar su estocada final. Mi clímax quedó en pausa, como si el mundo hubiese dejado de girar mientras aquella delicia de hombre se tocaba un poco, mirándome al borde de ese abismo agridulce. Me jaló por las piernas hasta el borde de mi cama y dejó caer su cuerpo sobre mí, permitiéndome sentir su peso y la dureza de su excitación buscando mi punto más profundo.

El mundo volvió a girar, como si intentara recuperar el tiempo perdido de su detenimiento. Cerré los ojos frente a ese abismo al que me entregué a brazos abiertos, a piel descarada que se contraía con cada uno de los movimientos de su brusca cadera, que apuntaba con certeza a donde me hacía bajar en picada. Sentí tocar el suelo y volver a subir cuando me colocó sobre él.

—Muévete tú, preciosa, déjame verte —me pidió con una sexy voz, que me volvía a poner en el punto de inicio de ese abismo que había dejado mis piernas desgonzadas.

Jugué con mis caderas hasta ver esa mueca de placer que me pedía un poco más. Me detuve para torturarlo con el mismo placer que me torturaba a mí misma. Me tomó por fuerza por el trasero y me obligó a moverme, sin dejar de tocar nuestras pelvis, que sentían un gran regocijo en su cercanía. Apretó mis pezones con sus dedos. Se levantó un poco, sumergió su cabeza entre mis pechos y llevó su pelvis aún más cerca de la mía, más profundo en nuestra fusión. Aceleré el paso conforme mi deseo me lo exigía. Mis puntos más sensibles se comenzaron a encender como fuegos artificiales que tomaban vuelo para volver a caer ante los brazos de la sensual diosa del orgasmo. Sentí sus dientes en mi boca, sus uñas en mi espalda, su sudor resbalándose por mi piel que dejaba salir de cada uno de los poros mis gemidos de gozo. Nos detuvimos en un espasmo compenetrado, en un punto en el que apretar el cuerpo se vuelve tan doloroso como satisfactorio, en ese último respiro del orgasmo que después de eso desciende dejando cansancio complaciente. Caí sobre su pecho. Nuestras respiraciones bajaron su ritmo de la mano, aún conectados por el delicioso deseo añejo que no alcanzaba a desahogarse en un solo encuentro sexual. Sin darme cuenta, cuando comenzaba a quedarme dormida, volví a sentir su deseo levantarse en busca de más.

Quién era yo para decir que no...

Tierra conquistada

¿Y si por un momento dejara de pensar como mujer y me convirtiera en hombre? A lo mejor algunos hombres son perfectos para entregarles tu corazón y darles camino libre para que lo rompan en pedazos, pero a otros les entregas solo tu cuerpo, y con ello garantizas que cuando el fogón se apague lo único que va a sentir frío es tu piel, no tu alma.

El despertador sonó a las siete de la mañana del bendito lunes. ¡Maldita sea! Tenía que dejar a mi bellísimo semental–senior para encerrarme en mi odioso cubículo a soportar el nido de serpientes de donde trabajaba. Apagué el aparato que me apuraba a levantarme, besé la frente de Erik y me metí a la ducha.

Mi baño había tomado otro significado desde que Erik lo compartió conmigo. Recordaba cada segundo con recuerdos excitantes que me hacían querer más y más y más. Ahora quedaban 15 días y sufría por saber que en dos semanas estaría recordándolo en el baño sin poder tocar su deliciosa piel. Me sequé el pelo y salí envuelta en mi toalla, divina iluminación al encontrarme a Erik, como esculpido en piedra, ocupando toda la cama, desnudo, dormido como un ángel erótico que deseaba besar en cada centímetro. Miré el reloj: *¿tendría tiempo de...?* hum… no, no lo tenía, pero fantaseé con posarme a su lado y comenzar a tocar, con las yemas de mis dedos, los surcos que su pecho trazaba. *A lo mejor sí tenía 10 minutos… por* 10 minutos no iba a acabarse el mundo.

Dejé caer mi toalla y quedé desnuda frente a mi ángel erótico. Me sentía con poder, con el poder que quizás se sienten los hombres cuando tienen una mujer desnuda en su cama. Me acerqué hasta él y le puse la mano en mi parte favorita. Abrió los ojos y su cuerpo respondió en automático a mis caricias. No lo dejé mover, agarré sus manos sobre su cabeza y busqué mi orgasmo con fiereza. Lo poseí yo, me lo bebí yo, fui yo la que decidió el momento en que lo hice gritar de desaforado placer. Intentó tomar las riendas pero no se lo permití. Mientras estuviera en mi cama, yo mandaba, sería mío a mi modo, por lo menos esa mañana en la que mi deseo le había ganado a mi responsabilidad. Por primera vez sentí lo que se siente tener sexo como un hombre. Quedó rendido, recuperándose de mi ataque. Me vestí de prisa y sumergí me lengua en su boca para despedirme.

—Que pases lindo día, amor.

Habló con una voz tan sexy que sonaba sucio. Pero no iba a permitir que ese *amor* empañara mi momento. Regresé mis pasos, mirándolo a los ojos, como un matador que mide al toro para clavarle la última y mortal estocada.

—No soy tu amor.

Se lo aclaré sonriendo de medio lado, pero segura de que esta vez, no permitiría que mi libido se asustara por una palabra tierna. Sus labios se abrieron para decir algo. Con mis dedos tapé su boca.

—No arruines las cosas.

Y con eso clavé la espada por su cuello. Le guiñé un ojo y salí de mi casa con 10 minutos de retraso. Me sentí como una heroína, con adrenalina sexual corriéndome por mis venas, con un poder difícil de explicar. Sin embargo, mi poder me duró poco. Con varios minutos de retraso y con la suerte mudándose al edificio del frente, llegué a mi oficina para encontrarme con que el infeliz de mi jefe me esperaba, reloj en mano, recargado en una de las paredes de mi cubículo.

—¿Otra vez tarde?

Más que una pregunta era una afirmación con signos de cuestionamiento a manera de adornos.

—El tráfico…

Qué sería de los mexicanos sin el valioso pretexto del tráfico.

—Pues entonces va a tener que empezar a salir con mucho más tiempo de anticipación, señorita Julieta (odiaba que me dijera señorita Julieta!), porque la próxima vez que llegue un minuto tarde no me va a importar si el tráfico de la ciudad colapsó de tal forma que nadie, ni un solo cristiano llegue a su trabajo; no me va a importar que el distribuidor vial se cayó bloqueando todas las entradas de esta cuadra, ya no le voy a descontar días de trabajo, señorita Julieta, ese día, ese día en el que llegue pasado un minuto de su hora de entrada, es su último día de trabajo. ¿Quedó claro?

Y con esa sonrisita retorcida que me puso los pelos de punta se fue, dejando mi poder aplastado por su humillante ola amenazadora. Lo peor de todo era que nadie en esa mugrosa oficina hacía el trabajo la mitad de bien que yo. Nadie entregaba sus reportes como yo, nadie se metía al bolsillo a los clientes como yo, nadie hacía el trabajo de otros, ni siquiera, tan bien como yo. La cucaracha panteonera de mi jefe estaba *blofeando*: por supuesto que no se atrevería a correrme, menos sabiendo que yo era la única de ese lugar que, aunque llegara tarde, trabajaba.

Las miradas de todos los que habían visto a mi jefe barrer con mi cabeza se escondían asolapadas detrás de las pantallas de las computadoras del año del caldo. Todos enjuiciándome, todos felices porque la única que no hacía migas con los demás *Godínez* del grupo, había sido humillada en público. ¡Bah! Me importaba un bledo. Ese día mi diosa interna no se dejaba aplastar por nada, ni siquiera por un grupo de sicorígidos vestidos de color beige que se las daban de muy "acá" cuando en verdad eran una partida de lame botas con su "querido jefecito".

Recibí una llamada de Jade a eso de las 10 de la mañana. Ya había regresado a casa y se había encontrado con que Erik, en *boxers*, se preparaba algo de desayunar.

—¡O sea! ¡De dónde sacaste a *McYummi*! —me preguntó casi en susurros para no ser escuchada.

—No te equivoques, mi reina, *McYummi* es otro, este es *¡McDelicious!*

Nos reímos cómplices en nuestro morbo compartido. La impresión de Jade fue la adecuada. Ese era un claro ejemplo del hombre del que no me debía enamorar. Ni ganas de amar tenía, el amor lo complica todo; el sexo, en cambio, solo me ocasionaba una leve pérdida de activos en mi quincena y una falsa amenaza de no volverme a pagar ninguna.

Más tarde, Leo y Edu pasaron por mí al trabajo.

—¿Cuándo será el día que utilices tu carro para algo, *sweetie pie?* —reclamó Eduardo por hacerlos meter al tráfico de las cinco de la tarde.

—Odio manejar, en cambio qué sería de este bello auto si no recorriera las calles de México, causando envidia.

Le aplasté su jugoso cachete.

—Andas radiante, *reinis*, me pregunto por qué será —dijo Leo con morbo.

—Hoy tuve sexo como un hombre —anuncié, orgullosa.

—¿Cómo es eso? Te pusiste un *dick–strap, sweetie?*

Edu y sus perversiones

—No necesito de uno de esos para tener sexo como hombre —respondí, mirándolos traviesa por el retrovisor

—¿Y se puede saber cómo se tiene sexo como un hombre, entonces? —cuestionó Leo.

—Sin sentimientos —expliqué.

—Sería el colmo que le metieras sentimientos a un tipo en tan solo dos días —sentenció Eduardo.

—No juegues con fuego, *reinis*, vas y te quemas.

—Aquí lo único que va a salir quemado es mi edredón —me reí.

—¡*Sweetie pie on fire*! —finalizó Edu.

Pasamos por Erik y nos dirigimos a Coyoacán en donde nos encontraríamos con Kenia y Jade. Nunca podré olvidar la cara de Leo y Eduardo cuando bajó Erik e hizo su pasarela de la puerta de mi edificio hasta el coche.

—Ya sé, chicos, es como una aparición y lo mejor de todo es que es mi aparición —les dije, presumida.

—Por 15 días más, *sweetie*, porque después vuelve a ser propiedad del universo —dijo Edu, fantasioso.

—Este es del tipo de hombres que nacieron para ser compartidos —agregó Leo.

¿Compartidos? En ese momento subió Erik, saludó a los chicos y luego me plantó sendo beso en la boca que me dejó sin aliento. Pasó su brazo por mi espalda, me llevó hasta él y me besó el pelo

—Me hiciste falta, preciosa —susurró en mi oído.

Yo sonreí. Lo llevamos al *Parnaso* para que probara el café coyoacanense por excelencia. Miramos unos cuantos libros viejos y matamos el tiempo caminando por la plaza y paseando por las diversas tiendas de artesanías que decoran las calles. Cuando la noche cayó nos encaminamos hacia *Corazón de Maguey* y pedimos una mesa para esperar a que Kenia y Jade aparecieran. Esa noche había una cata de mezcales oaxaqueños, acompañada por mariachis y botanas típicas de la región como tlayudas, chapulines tostados y queso Oaxaca.

—Ya quiero ir a Oaxaca contigo —dijo, dejando salir de su boca un exquisito olor a mezcal.

Yo solo deseaba que pasara la noche para volver a tenerlo desnudo sobre mi cama. Ya llegaría el momento de tenerlo desnudo en las playas oaxaqueñas.

—Quiero hacer muchas cosas contigo.

Otra vez ese delicioso olor a mezcal.

—Puedes llegar a hacérmelas a la casa —susurré a su oído.

Los mezcales ya me habían enronquecido la voz.

—Me encantas, July.

Me dio una mordidita en la oreja.

—Solo no te vayas a enamorar de mí, eso te puede salir muy caro —le dije entre broma y broma y sin tener ni pinchurrienta idea de que esto vendría a morderme el trasero.

—No te preocupes, preciosa, el compromiso para mí es cosa del diablo —aclaró con una amplia sonrisa traviesa.

—Salud por eso.

Levanté mi copa y bebí. Al volver mis ojos a él, me tomó la cara y sumergió su lengua, húmeda en mezcal, dentro de la mía.

Pasamos la noche entre mezcal y mezcal. Cantamos rancheras, brindamos por una variedad infinita de cosas que se iban volviendo más clavadas con el paso de las horas y los mezcales. Poco a poco todos fueron desertando. Al final quedamos solo Erik y yo, sin parar de besarnos, como si no aguantáramos las ganas de arrancarnos la ropa.

—¿Un mezcal más? —preguntó.

Asentí.

—Y a qué le debemos tu alergia al compromiso. ¿Mal truene con el ex?– dijo, antes de chupar con esa deliciosa boca un limón untado de sal de gusano.

—Algo así —contesté—. La neta es que ahorita lo único que quiero es pasarla bien sin que los sentimientos enreden las cosas.

—Entonces puedes estar tranquila. Hasta me tranquiliza un poco que lo veas así, porque, para serte honesto, eso es algo que me *malviaja*, es bien difícil que una mujer tenga la capacidad de no inmiscuir al corazón.

—Créeme, Erik, yo no me voy a enamorar de ti.

Hablé con un poco de ardor en mi ego amenazado, levanté mi copa y sellamos el pacto con un beso. Ese juego de *femme fatal* era más divertido que el de la chica necesitada de amor. Pensé en usarlo más seguido, como si fuera un vestido negro.

Eran las 7:15 de la mañana del día siguiente, hora a la que debía salir para llegar a la oficina a buen tiempo. Pero mi ángel erótico yacía acostado, con las sábanas tapándole solo la entrepierna. Parecía una escultura del renacimiento, con su piel tersa torneada como por cinceles divinos. Pasé mi dedo recorriendo la línea central de su abdomen y llegué hasta las sábanas que cubrían lo que se convertía en una erección. Sonrió con sus ojos cerrados, tan sexi como solo él sabía reírse. Era pura lujuria. Ese hombre me generaba deseo carnal, pasión. Lo tomé en mis manos hasta que esa sonrisa juguetona se convirtió en una mueca de placer. Yo decidía hasta dónde llevarlo y hasta dónde parar para hacerlo sufrir. Así jugué con su cuerpo hasta hacerlo suplicarme por que no me detuviera. Lo llevé con tan solo el movimiento de mi mano, y uno que otro jugueteo de mi boca, hasta el punto de hacerlo retorcer su cuerpo que con cada espasmo marcaba sus músculos definidos.

—¡¿Qué me haces, preciosa, me vuelves loco?! —dijo exhausto, como una poesía erótica que salía de su boca con notas de miel.

Pero por un momento mi lujuria dejó de ser lujuria y lo miré con algo más. Algo que de repente latió en mi pecho y que se salía de mi control.

—No empieces, Julieta —me advirtió Cirila.

Erik descansaba plácido, sin darse cuenta de que allí seguía yo, parada frente a él, mientras todas esas sensaciones adolescentes volvían a llegar. Ese hombre inalcanzable al que una noche le aseguré que mi corazón no tenía participación en lo nuestro, me hizo sentir un pinchazo del que preferí huir y evitar. Mis ojos se encontraron con el reloj que me anunciaba que mi puntualidad no sería parte de la mañana. No llegaría a tiempo ni de broma. Era de comprobar que el tontarrón de mi jefe estaba *blofeando*. Igual, no podía evitar tener premura, me daba una flojera épica otro regaño en frente de los babosos de mis compañeros.

En el camino no podía pensar bien. ¿Tendría razón Kenia? ¿Será que las mujeres, aunque nos queramos engañar, no podemos dejar fuera de la cama al corazón? Y no es que uno se enamore en un chispazo, pero hay un momento en el que las campanas comienzan a sonar, anunciando el peligro de que ese hombre con quien tienes tan delicioso sexo te pueda hacer sentir en algo más. Nace esa estúpida esperanza que es la que nos lleva a perder el mango del sartén, la que llevó a Jade a dejar su corazón en la cama de Bruno, la que obligó a Sebastián a llegar hasta mi ventana con una guitarra eléctrica y un amplificador. Esa mustia ilusión es un gato negro que se cruza en el camino del sexo.

Entré al edificio como alma que lleva el diablo y me escabullí para que los demás no notaran mi tardanza. Todo parecía normal. La secretaria no estaba en su sitio por lo que podía entrar sin que nadie se diera cuenta de que había llegado tarde. Igual jamás saludaba, eso era lo bueno de que nadie me cayera bien y yo no le cayera bien a nadie. Aventé mi maletín debajo de mi escritorio y prendí mi computador como si ya llevara 40 minutos de haber llegado. Me salí con la mía. La PC del año del caldo se tardó sus cinco minutos reglamentarios en procesar el botón de encendido. Miré a mi alrededor, nadie se había dado cuenta que yo ni estaba, después de todo, ser la mamona de mi área tenía sus recompensas. Recordé cada uno de los memos que me habían llegado durante mi trabajo en ese lugar, y obvio, recordé la regañada del día anterior.

—¡Ja, ja! —resonó orgullosa Cirilita—, si nos dieran un peso por cada uno de esos memos de futura cero tolerancia.

Muchos de los *Godínez* de allí podrían llegar en punto de las ocho, pero en cuanto dejaban caer sus traseros a la silla se conectan a sus redes sociales o a ver tonterías por *YouTube*. Era obvio que jamás me correrían, además yo no permitiría eso porque estaba segura de que el día que saliera de allí sería porque yo estaba renunciando, no porque el misógino de mi jefe se diera el gusto de sacarme como perro mojado. ¡*Ahhh*, cómo fantaseaba con ese día de poder mandar a la fregada esa porquería de trabajo! Si no fuera porque aún no conseguía nada más y necesitaba, sí o sí, el dinero para sobrevivir, ya le habría pintado dedo a mi jefe y me habría ido.

La pinche PC se atoró, lo que faltaba, esa porquería de computadora me iba a delatar.

—¡*Assssh*! ¡Odio este aparato! —susurré entre dientes.

No reaccionaba, no adelantaba ni atrasaba. La mugrosa barrita se había quedado hasta la mitad y emitía unos ruidos como si fuera a despegar a un planeta lejano.

—¡Infeliz, aparato del demonio, me vendes y te lo juro que te mando a un cementerio de chatarra! —susurré como una loca cualquiera de cubículo que habla con su computadora.

No me quedó de otra más que acudir a la solución del ingeniero: CTRL+ALT+SUP. La compu se apagó por completo, iniciando el bien conocido proceso de *reseteo*. Para ser honesta, el encargado de sistemas era el único que me caía bien y solo porque era el único con el que compartía un tema de qué hablar: las malditas computadoras chatarras de la oficina. Dejé caer mi cabeza en el escritorio. Neta, odiaba mi trabajo. Odiaba tenerme que levantar temprano para ir a hacer un trabajo que apestaba, odiaba la zona, odiaba los vecinos, odiaba al perro de la viejita que se hacía pipí en la entrada del edificio, fermentando el pasillo a *Sanirent*.

—¡Odio todo de este maldito trabajo! —susurré una vez más, pegándole al monitor como si con ello fuera a reaccionar más rápido—. ¡Y te odio a ti, perra desgraciada por estar de parte del *ñerazo* de mi jefe! —le dije con vehemencia a la computadora.

Entonces levanté la mirada y me encontré con la pose inquisidora de la secretaria, que había presenciado mi íntimo exabrupto.

—El jefe te espera en su oficina —me dijo, apática, como siempre era conmigo.

Solo asentí. La computadora no terminaba de iniciarse aún. *¡Valiente porquería! En este mismo momento le pediría al misógino de mi jefe un reemplazo de equipo de trabajo, no puede ser que llevo quince minutos tratando de prender esta carcacha. ¡Aghhh! Las cosas que me tengo que aguantar por dinero*, pensé. Ni modo, no me quedaba de otra más que apechugar ese trabajo y, desde día siguiente, seguir mandando currículums a otras empresas.

Respiré profundo. Relajé a mi diosa interna y recordé mi deliciosa jornada sexual mañanera. Este era mi trabajo y lo necesitaba. Así que a poner buena cara. Caminé hacia la oficina de mi jefe por ese pasillo amarillo huevo que me daban ganas de vomitar. Me crucé con la secretaria, que venía de regreso de la oficina de Augusto, como con una sonrisa cínica que no me ocultó para nada. Volteé los ojos una vez pasó de largo. Fantaseé con el momento en el que pudiera caminar por ese pasillo, con otro trabajo en puerta y directo a renunciarle al idiota de mi jefe. *¡Ahhh!* Era lo único que me quedaba, ese día en el que renunciara y me largara sin decirle ni siquiera adiós a nadie. Ese día en el que pudiera restregarle a mi jefe que tenía un mejor trabajo, con el sueldo que me merecía. Llegué hasta su puerta y toqué.

—Adelante —dijo con esa voz que me paraba los pelos de punta.

Abrí.

—Buenos días, ¿necesitaba verme? —le dije.

No me contestó, solo asintió mientras ojeaba un reporte que yo misma le había entregado hacía unos días.

—¿Hay algún problema con mi reporte? —pregunté.

—Algunas correcciones de formato.

—De hecho quería hablarle sobre eso. Mi computadora ya está fallando y me retrasa mucho a la hora de hacerle esos reportes. Se apaga, se desconfigura. Necesito que me haga una orden para pedir una nueva —le dije muy tranquila.

El hombre apenas se sonrió. *¡Vaya!, era la primera vez que sonreía conmigo.*

—No creo que sea necesario, señorita Julieta —dijo.

—Claro que lo es, mire, llevo 15 minutos intentando prender mi computadora y no se deja. Me resta mucha productividad.

Aquel hombre me miró impávido, luego miró el reloj que colgaba de la pared. 9:15am.

—Entonces asumo que otra vez llegó tarde —dijo con certeza.

—¿Tarde yo? —contesté con torpeza—. ¿De dónde saca eso?

—De el hecho de que lleva apenas 15 minutos intentando prender su computadora y el hecho de que debía haberla prendido desde hace una hora y cuarto.

Se recostó en su silla, triunfante, me había cachado. ¡Yo y mi bocota! ¡Filtros, Cirila, filtros!

—Creo que me expliqué mal —quise cambiar el tema—. El punto es que es importante que me consiga una computadora nueva para no tener estos retrasos.

—Sus retrasos no se deben a que la computadora no responda a la velocidad que usted espera, señorita Julieta (*¡grrrr!*). Sus retrasos se deben a que es imposible para usted llegar a tiempo a este trabajo que, si mal no estoy, usted odia.

153

—¿Odio? —intenté que me saliera la voz pero me salió un susurro.

—Y no la culpo, una chica como usted, con una carrera prominente de sicología, ¿qué hace en una oficina como esta elaborando reportes de nómina?

Comencé a asustarme. El tipo estaba disfrutando con su sarcasmo y mi cara de incredulidad ante lo que sucedía. Yo no podía ni musitar palabra.

—Por eso estoy dispuesto a sacarla de su miseria y ofrecerle algo que seguro la empujará a que deje de vivir con ese odio a su trabajo.

Pude oler un aumento de sueldo en su aliento. Mi Cirila comenzó a dar botes. Por mi parte, intentaba mantenerme *cool*, serena.

—Soy consciente de que gran parte por lo que un empleado es bueno es porque se encuentra motivado. Un sueldo que le permita vivir, no sobrevivir y, sobretodo, un entorno favorable para su desarrollo.

Había algo en su voz que me generaba desconfianza, pero por otro lado ese viejo me sorprendía, por fin se había dado cuenta de mi potencial y había decidido otorgarme la oficina, una posible promoción y el aumento de sueldo que le había pedido desde hacía más de un año.

—Cuando la mandé llamar tenía en mente discutir los pequeños errores de este reporte, pero después cambié de opinión y preferí pedirle lo que estoy por pedirle que haga por mí —dijo, como si disfrutara de su teatro.

Yo no entendía nada. *¿Qué quería que hiciera por él?*

—¿Y sabe por qué cambié de opinión, señorita Julieta?

¡Y dale con el "señorita Julieta". Negué con la cabeza

—Porque me contó un pajarito que odia tanto este trabajo que atentó en contra de su propia computadora —terminó su estocada.

¡A ese pinche pajarito le voy a pegar su desplumada!

—Yo no atenté en contra de nada —le dije, confundida.

Apretó el botón con el que llamaba a la secretaría.

—¿Me llamó, señor?

La mujer apareció por la puerta, sonriente, eso sí, sin mirarme ni de reojo, pero estaba segura de que sentía mi mirada le atravesaba la nuca.

—Sí, Lupita, solo quiero que me diga sí o no, la señorita Julieta, aquí presente, golpeó su computadora mientras repitió cuánto odiaba su trabajo.

—Sí, señor —asintió la hipócrita esa sin voltear a verme.

Augusto la invitó a retirarse y yo quedé muda. No había sido la cochina computadora la que me vendió, sino la zorra de la secretaria que nunca me quiso.

—¿Qué quiere que haga por usted? —pregunté, humillada y tratando de librar lo mejor que pudiera ese momento.

—Quiero que escribas un texto que yo mismo te voy a dictar.

¿Un texto?, ¿qué tenía que ver un texto con lo que estaba pasando? El hombre me alcanzó una hoja en blanco y una pluma. Yo, sin mucho qué hacer, me senté lista para escribir.

—Respetado licenciado Olivares, dos puntos —comenzó su dictado.

¡Respetado! ¡bah! pensé.

—Por medio de la presente le comunico que yo, Julieta Luna, ya no prestaré mis servicios como profesional para esta empresa.

Entonces me miró con la sonrisa helada.

—¿Me está corriendo? —pregunté, tras entender lo que estaba pasando.

—No, está renunciando —dijo.

—Yo no estoy renunciando, usted me está corriendo.

Me paré molesta frente a su escritorio.

—Mire Julietita —(*¿Julietita? ¡Qué le pasa a este igualado!*)—, tengo un testigo de una clara muestra de agresividad de tu parte.

—¿¡Agresividad!?—reclamé.

—Así es, golpear un equipo de trabajo es una muestra de agresividad. Y le recuerdo que en las pólizas del contrato de empleo, la agresividad es algo ante lo que no se tiene tolerancia. Sin mencionar que desde que comenzó a trabajar no ha llegado ni un solo día a tiempo, además de haber recibido el día de ayer, para lo que también hay testigos, una advertencia por su impuntualidad. Y para completar, su actitud de odio ante la labor que desarrolla en la empresa, también es intolerable.

—Perfecto, entonces córrame, pero no le voy a regalar mi liquidación —le dije seria.

—Con Lupita por testigo ante sus acciones se le correría por justa causa y tampoco tendría derecho a su liquidación. Le recomiendo que cuando firme un contrato lea lo que está firmando. Allí se especifica que el despido justificado por comportamientos inaceptables como la agresividad no hace merecedor al empleado de una liquidación, así como tampoco al tiempo que haya corrido entre quincena y quincena a la hora de su despido.

—Usted no me puede culpar por algo que no hice, eso es injusto.

—Tengo testigos —dijo ese desgraciado, que yo quería acabar con mis propias manos.

—Por el otro lado, si usted redacta esa carta de renuncia, yo podría verme bondadoso y pagarle los 10 días que digamos que trabajó, y hasta hacerle una carta de recomendación.

Me quería morir. Este tipo me tenía del cuello y lo único que quedaba de mi fantasía de renunciar era elaborar esa humillante carta de renuncia. Si no, perdería lo que iba de la quincena. No me quedaba de otra. Aunque sea la bendita carta de recomendación luego me sería útil. Me senté, con el rabo entre las patas, y continuamos con el dictado.

Después de entregarla, agarrar mis cosas y salir por la puerta chica, caminé hacia el Metrobús, con las piernas todavía temblándome y con mi diosa humillada, cuasidesmayada y al borde de un ataque de llanto. No entendía cómo era que llevaba tanto tiempo trabajando en esa porquería de oficina y había cesado mi lucha por perseguir mi sueño de montar un consultorio para hacer terapia de parejas. Me detuve en la estación en espera del siguiente autobús, miré la gente a mi alrededor: seria, aburrida, amargada. Seguro así me veía yo cada mañana, con más ganas de parir chayotes que de ir a trabajar, y, aún así, resignada porque me dedicaba a algo que en nada tenía que ver con mi profesión. Qué demonios hacía yo llenando formularios en una PC que todavía no conocía ni el CD solo porque de vez en cuando tenía la oportunidad de ganarme un bono si acompañaba a mi jefe a citas con clientes. Yo no era más que la monigotita bonita que sentaba en una mesa a que sonriera para él mismo ganarse su bono. Llevaba dos años trabajando en un lugar que me prometió abrir el departamento de recursos humanos, y ni se abrió el bendito departamento, ni me subieron el sueldo y lo único que hacía era llenar números en hojas de *Excel* ¡Y yo odiaba el *Excel*!

El Metrobús llegó, me senté junto a la ventanilla y comencé a practicar mis respiraciones de cuando tenía tiempo para ir a tomar clases de yoga. ¡Eso haría! Retomaría mis clases de yoga, volvería a comprar verduras y me prepararía cenas nutritivas, acompañadas de una buena copa de vino. Volvería a vivir, a disfrutar sin estar pensando que al día siguiente tendría que volver a verle la cara regordeta al libidinoso viejo verde que hacía las veces de mi jefe.

—¡Exjefe! —balbuceó mi Cirila, que aún no salía de su estado catatónico.

Me inscribiría al gimnasio, daría largas caminatas por la Condesa, ¡me compraría una bici! Entonces Cirilita, que solo me observaba flotar por las nubes de la ensoñación, decidió hacerme una pequeña pregunta, una de esas que solo a una inteligentísima diosa interna se le pueden ocurrir

—¿Y cómo piensas que vas a pagar todo eso?

Silencio mental. La ciudad comenzó a pasar despacio por las ventanas, el ruido se disipó y lo único que pude escuchar fue mi corazón: pum, pum, pum. *Tengo una renta qué pagar, recibos de luz, de agua, de celular.* ¿Con qué iba a comer? No tenía ni un solo centavo ahorrado porque mi separación con Alejo drenó a mi marranito, y, para acabarla de fregar, mantenía una cuenta pendiente con la tarjeta de crédito. Pum, pum, pum. El frío recorrió mis venas, la adrenalina pasaba como si fuera una descarga de electricidad que me drenaban la sangre y me la sustituían por arsénico. Pum, pum, pum. Recordé a mi maestra de yoga: *inhala, guarda la respiración por cuatro cuentas, 1...2...3...4, ahora exhala. Repite.* La adrenalina me tenía helada, mi cabeza era como un globo lleno de agua en el que flotaba Cirila con uno de esos chalecos que tallan en las axilas. *Inhala, 1...2...3...4... exhala.* Pum, pum, pum. Llegó mi estación.

Me bajé y caminé al parque más cercano. Necesitaba respirar, necesitaba calmarme. No sabía qué pensar. Comencé a llorar. Por querer sentir que tenía el control de todo, perdí el control de mi vida y estaba haciendo todo mal. Le hice daño a Sebastián y ahora estaba acostándome cual dominatriz con un tipo que se supone no debía de querer. Ya ni eso sabía. Perdí el único trabajo que me daba para comer por comportarme como una adolescente irresponsable. Me lo merecía, todo lo que estaba pasándome, me lo merecía. Lloré hasta el ahogo. *¡Eso sí!, me la vivo de fiesta en fiesta, de martini en martini como si fuera la gran cosa,* pensé. Me había gastado todos mis ahorros dándome la gran vida y ni siquiera tenía un currículum para buscar trabajo en lo que me gustaba. Mi vida era un desastre.

Era en esos momentos cuando más extrañaba mi papá. Cuando lo imaginaba abrazándome y besándome la cabeza como lo hacía cuando era pequeña. Curioso como recordaba poco de mi infancia, y, aún así, a mi padre los guardaba en la memoria con tanta frescura que hasta podía oler su pelo largo, haciéndome cosquillas en la nariz. Agarré un taxi. Me bajé frente a esa casa blanca que tantas veces me vio llegar.

—¡July! ¡Qué milagro! —me saludó una secretaria que sí me caía bien.

—Hola, Amanda, ¿puedo pasar? —le dije con mis ojos rebosados de lágrimas.

—Pasa, acaba de llegar.

Se dio cuenta de mi estado y no siguió haciendo plática. Toqué la puerta. Se abrió. Allí estaba, con ese rostro familiar que me daba calma. Alejo, mi Alejo, quien me hacía saltar el corazón, a quien en ese momento me quería aferrar y no dejarlo ir nunca.

—¡Nena! ¿Qué tienes?

Me abalancé a sus brazos y me abrazó como si nada del pasado importara. Eso tenía Alejo: me quería, se podía enojar conmigo, podía decirme de todo, podía yo haberle dicho de todo, pero cuando lo necesitaba ahí estaba, con esa sonrisa amable. Cerró la puerta y pidió un café. Amanda subió con dos capuchinos. Sabía cómo me gustaba. Alejo me ofreció un cigarrillo. Lo tomé sin pensarlo. Di una bocanada a la culpabilidad que en ese momento me sabía a miel. Le conté lo que me había sucedido. Le hablé sobre Sebastián, pero no sobre Erik.

—Necesitaba olvidarte, Ale, Sebastián fue eso, un intento para no pensar más en ti.

Seguía aferrada de sus brazos, recostada en su pecho en ese gran futón en el que hicimos el amor mil veces.

—¿Y lo lograste? —preguntó.

Me besó el pelo.

—Sí, lo logré… tanto que aquí estoy acurrucada en tus brazos.

Si en ese momento Alejo me hubiera propuesto que volviéramos, habría dicho que sí. Me sentía vulnerable, un cero a la izquierda sin él.

—¿Yo te hago falta? —pregunté con miedo de la respuesta.

—Ya te dije que te amo, nena, eso no cambia y seguro no vaya a cambiar nunca.

¡Ah! Esas frases que por más que son bonitas sabes que tienen un contexto que no te va a gustar.

—Pero lo nuestro no funcionó por cosas que no han cambiado y que no van a cambiar.

—¿Y si te digo que he aprendido muchas cosas?

Primer asomo de súplica por mi parte.

—Te lo creo, pero dudo mucho que en estos escasos meses hayas aprendido algo que viene clavado en tu ADN. Nena, ahora estás tocando fondo, y cuando eso pasa uno hace lo que sea por regresar a lo conocido.

—No me entiendes.

Me alejé de su pecho.

—¡Claro que te entiendo! Te acaban de correr de tu trabajo y sientes que necesitas algo a qué aferrarte. ¿A ver? ¿Qué pasaría si ahorita mismo caigo en esto y te digo que volvamos?

Me dejó sin palabras.

—Para mí también es difícil, July, pero ya está más que comprobado que tú y yo no la armamos juntos.

—Tendríamos que volverlo a intentar para saberlo.

Segundo intento de súplica. *¡Oh Dios, qué oso!*

—No pudimos ni siquiera ser amantes, July, lo nuestro ya no tiene arreglo y si lo tiene necesitamos que pasen muchas cosas antes de que, de verdad, pudiera volver a funcionar.

—¿Cómo qué cosas? —pregunté, confundida.

—No sé… como olvidarnos, tener otras relaciones, sabernos perdidos del todo. Yo sé que tú ahí estás y tú sabes que yo ahí estoy, que a la hora que sea que aparezcas, aquí estoy —respondió, como si a la vez que lo dijera lo comprendiera.

—¿Tú ya me olvidaste? —pregunté con terror.

—No me dejas, July, no me dejas olvidarte.

—¿Entonces es mi culpa? ¿Me estás diciendo rogona?

Esa era Cirila ardida por sus femeninas interpretaciones de las palabras de Alejo.

—Nadie tiene la culpa. Es un proceso.

—¿Quieres que no vuelva a venir? ¿Quieres que no vuelva a aparecer? Sólo dímelo.

Era la segunda vez en el día que me corrían.

—Quiero que nos superemos, quiero que podamos hacer nuestras vidas, cada uno por su lado para entonces darle chance al destino de que obre de la manera en que tiene que obrar. Siento que damos vueltas en círculos, que no nos dejamos salir de este torbellino.

—Es que me haces falta.

Me rompí, no podía más.

—Tu también me haces mucha falta, nena, está muy cañona la vida sin ti —confesó.

—¿Entonces, Ale? ¿Qué estamos haciendo?

—Nena yo no te puedo dar lo que tu quieres. Mi amor nunca ha sido suficiente para ti, siempre querías más, siempre necesitabas más de mí. Ahora podríamos volver y en poco tiempo estaremos teniendo los mismos problemas, volviendo a tronar y a pasar por todo esto que es suficiente pasarlo una sola vez.

—Ya no me importa casarme, Ale, te juro que no te vuelvo ni siquiera a mencionar eso.

Mi corazón estaba en carne viva.

—Eso lo dices ahora, pero en un futuro... No podemos hacernos eso, nena —insistió.

Su boca me llamaba, su aliento a nicotina me intoxicaba. Me acerqué a él y lo besé. No demoró en contestar, me tomó del cuello y me besó apasionado, como si fuera la primera vez que lo hacía. Nos besamos hasta caer de espaldas al futón, su pesado cuerpo sobre el mío, sus manos desesperadas apretando mi pecho con pasión, su erección contra sus *jeans* haciendo mi sexo reaccionar. Deseaba que me desvistiera, que me hiciera el amor, que olvidáramos todo. Desabotoné su camisa, miré ese pecho familiar, ese olor conocido que me hacía sentir en casa. Lo besé, lo besé cada centímetro de su piel hasta llegar a los botones de sus *jeans*. Abrí sus pantalones y los bajé impaciente. Su erección frente a mí, deseosa de mi boca, del roce de mi lengua. Me quitó los pantalones y me arrodillé frente a él. Bajé un poco sus *boxers* y miré de frente esa parte que solía ser mía, lo quería mío, para siempre, para besarlo, para tenerlo, para no soltarlo y hacerlo explotar en cada pulgada de mi cuerpo. ,

—July, si entra alguien... —intentó decir mientras batallaba con el placer que de rodillas le causaba.

Me paré y me senté sobre él, sintiéndolo tan profundo como si me tocara el alma. Abrió mi camisa y dejó libres mis pechos, desabotonó el brasier y se llenó las manos con ellos. Los besó, les pasó su cálida lengua por mis pezones, hambrientos de su amor. Con sus manos forzó mis caderas a ir más profundo, a llevarnos juntos al clímax como solíamos hacerlo cuando éramos amantes. Conocía su cuerpo a la perfección, sus espasmos, sus pequeñas convulsiones cuando el placer lo hacía suyo, cuando no podía dominar su piel drenándose de la lava que albergaba en su interior. Mis caderas se movían involuntarias, las suyas se unían a mi rítmico baile que llamaba el clímax con rapidez. Mi trasero se tensó entre sus manos que lo obligaban a satisfacerlo. Cerré los ojos para disfrutar de esa electricidad que se siente al conectar de tal forma con un hombre cuando llegan juntos al orgasmo. Cuando los sexos bailan juntos y se elevan como si fueran pólvora en plena explosión. Escuchaba mi corazón en acompañamiento con sus gemidos, ahogados sobre mis pechos sudorosos. Poco a poco el ritmo se calmó y caímos desnudos en ese futón que una vez más fue testigo de nuestra pasión.

Me ofreció otro cigarro. Lo fumé en silencio haciendo bolitas con el humo. Mi desesperación por él había pasado. Mi obsesión por regresar se había calmado. Pero lo miraba a mi lado y no podía evitar sentirme en casa, con el calor de hogar que no me hacía sentir nadie más y, siendo honesta, no sabía si llegaría el día en que lo volviera a sentir. El panorama era desesperanzador.

El placer que me generaba fumarme un cigarrillo era el mismo que me generaba hacerle el amor a Alejo: era un placer culposo, que una vez impregnaba mi boca con su almizcle nacían unas repentinas ganas por volverlo a dejar. No me hacía bien y la realidad era, aunque quisiera negármela, que entre más lejos de mí lo tuviera, mejor. Apagué el cigarrillo y me vestí.

—¿A dónde vas? —preguntó, mientras se abotonaba los *jeans*.

—A mi casa —respondí fría.

—¿Nena, estás bien?

—No, Ale, no estoy bien. Estaría bien si tu pudieras abrir los ojos, pero es imposible que veas lo que yo veo.

—¿De qué hablas?

Pero yo ya no quería hablar. Quería estar en mi casa, distraerme con Erik, hablar de otras cosas que no me punzaran el corazón como si fueran agujas ardientes.

—Gracias por escucharme.

162

Debía huir, debía ocultar las incoherencias de mi corazón. Ya me había arrastrado lo suficiente por un día. A mi exjefe, a mi exnovio, ¿qué más faltaba? Me fui, dejando a Alejo confundido. Una vez más no había podido controlar mis caprichos y busqué lo que no se me había perdido. Recaí en la nicotina de su cuerpo. Subí a mi casa y no estaba allí. Me asomé por la ventana. *¿Habría salido por algo?* Me senté a esperar que llegara. No tardaría. Me quedé dormida sobre mi sofá.

Una casa que no reconocía apareció entre sueños, llena de humo de cigarrillo y música de guitarra flamenca. Yo estaba allí, era una niña pequeña. Sin embargo, había otro yo que observaba todo lo que sucedía, pero esa niña era yo, pude reconocer las dos colitas con las que salía en todas las fotos de mi más tierna infancia. Al fondo del salón estaba mi papá, con su guitarra sobre los muslos y un cuaderno a un lado del sofá. Componía una canción, una que ya había escuchado pero que no recordaba su letra. Caminé un tanto torpe por mi edad, corrí desbocada más por el impulso de la carrera que por la emoción de llegar hacia mi padre. Pero me daba alegría verlo, una alegría agridulce... como el olor de su largo pelo mezclado entre champú de manzanilla y nicotina. Su voz era un eco sutil que se me adentraba en el espíritu y me daba seguridad. Era mi papá quien me extendía los brazos, con su guitarra a un lado y el cigarrillo pegado en los labios. Sumergí mi pequeña cabeza en su pecho, me llenaba de su olor, cerré los ojos y tarareé una canción de cuna que siempre mantenía en mente, una melodía conocida pero con letra inventada por mi papá. Mi yo que observaba dejó de ser observador. Ahora era solo yo, viviendo el calor del pecho de mi papá que me protegía y me hacía sentir segura. Despegué mi cara de su chamarra de cuero vieja y me vi adulta sentada sobre sus piernas. De repente ya no era mi papá, era Alejo que fumaba el cigarrillo y me mimaba replicando la situación que observé siendo una niña. Fue tal mi desagrado de verlo convertido en lo que era mi padre que de un salto terminé parada, de nuevo siendo una niña y con el eco molesto de la voz de Alejo llamándome a sus piernas.

Desperté.

Tenía un dolor encajado en el brazo por estar en la misma posición; miré el reloj, habían pasado dos horas. *¿Por qué no llegaba*

Erik si dijo que se quedaría todo el día allí? Miré mi celular: no había mensajes. Por un momento me preocupó más la ubicación de un hombre que en realidad me valía madres, que el perturbador sueño que acababa de tener. Sacudí mi cabeza, no era difícil interpretar lo que mi inconsciente gritaba. Alejo no podía convertirse en mi oasis de agua fresca cuando los problemas me atacaran. No podía seguir dependiendo de un hombre solo porque era un remanso ante lo desconocido. Tenía miedo, no exceso de amor por Alejo, tenía pavor de encontrarme sola en un camino de vida que había visualizado a su lado. Me enfrentaba al peor miedo que tuve cuando vivía a su lado: el abandono. Pensé que no podría soportar que otro gran amor se fuera de mi lado. Ahora mi peor miedo era convertirme en un nudo de inseguridades, capaces de confundir a mi corazón con fuegos pasajeros cuando tenía una vida qué retomar. Lo tendría en cuenta… pero por ahora necesitaba un placebo que me diera cápsulas de felicidad artificial, renovable cada 12 horas con la siguiente toma. Pero… ¿dónde carajos estaba Erik?

Por fin, el seguro de la puerta sonó y Erik entró sin una sola bolsa que confirmara que había estado de compras, preparando nuestro gran viaje juntos. En cambio traía un aliento a tequila que lo delataba. Obvio, yo *cool*. No tenía por qué molestarme, sin embargo, no sabía por qué estaba molesta. No teníamos nada, de hecho yo misma me había encargado de dejarle bien claro que con él no quería nada más que sexo. Entonces, ¿por qué sentía ese coraje en la panza? Pensé que la ilusión momentánea mañanera se había desvanecido entre los brazos de Alejo. Otra vez la sentía ahí, presente en mi vulnerabilidad de aquel día. No debí haberme levantado, desde que sonó mi alarma comencé a cometer errores.

Primero por mujer fatal llegué tarde a la oficina, luego provoqué que me corrieran y me fui a buscar consuelo en los brazos de Alejo que, una vez más, me hizo el amor y me dejó ir sin decir una sola palabra, siempre abonando esa necesidad mía porque una sola vez, aunque fuera, luchara por mí. Pero a quien engaño… ni siquiera mi padre luchó por volverme a ver. La lucha masculina, quizás, solo se encuentre en las películas rosas de Hollywood. *¿Estaré loca?*, me pregunté mientras observaba a Erik servirse una cerveza.

—¿Qué tienes, preciosa? —preguntó agarrando mi barbilla—. ¿No me digas que estás enojada porque me fui por ahí a tomar unos tequilitas?.

Solo lo miré. Tenía tanta rabia recorriendo mi torrente sanguíneo que preferí guardar mi aliento y callar.

—¿Estás celosa? —intentó bromear conmigo.

—No estoy celosa, solo que me habrías podido avisar que llegarías tarde y así no me tenías como una idiota esperando a que vinieras para hacer algo —le dije seria.

—Me dijiste que tendrías una junta tarde y que llegarías pasadas las siete de la noche. Me fui a ver a una amiga que tengo acá y se me fue el tiempo.

—¡¿Una amiga?! —se preguntó Cirila, escandalizada, en la antesala del manicomio de mi inconsciente.

Pero yo opté por el camino alto

—A mí me importa un bledo a quien te vayas a tirar mientras yo esté en junta, no te estoy pidiendo explicaciones.

Cirila enloqueció. *¿Quién se creía este idiota que venía a restregarme que estaba con otra vieja mientras dormía en mi cama?* ¡Y sí, era muy diferente a que yo hubiera tenido sexo con Alejo esta mañana porque él era mi exnovio y Erik no era nada más que un dios erótico en mi cama! Era un hecho, Cirila desvariaba mientras se rehusaba a que le colocaran una camisa de fuerza. Erik me miró desconcertado.

—Me pareció que me estabas pidiendo explicaciones y yo no dije que me fui a tirar a nadie, solo me tomé un tequila con una amiga de la universidad que vive aquí.

Se regresó a la cocina como a respirar, estaba molesto.

—Tuve un mal día, no quería agredirte —le dije, todavía en actitud.

—Pues yo no tengo la culpa de tus malos días y, para serte sincero, no me gustan este tipo de reclamos, para eso fue que te dejé bien claro que no quería nada serio y los reclamos aserian las cosas —sentenció.

—La que te dijo que no quería nada serio fui yo, te recuerdo, y te actualizo que no te estoy reclamando, solo pensé que cuando llegaría a casa estarías aquí y no con una vieja —seguí reclamando sin darme cuenta.

—Esa vieja se llama Zully y no habría sido nada mala idea quedarme con ella, de haber sabido que regresaba a tu casa a que me armaras un quilombo matrimonial, ni siquiera habría llegado.

—¡Pues la puerta está abierta si es que te quieres largar!

Me metí a mi cuarto y azoté la puerta. Cirila resoplaba furiosa. Furiosa por haber hecho todo con las patas ese día. Furiosa por creerme la muy *femme fatale* que no soy. Furiosa por haber perdido mi tiempo con Sebastián, por haber mordido el anzuelo con Erik, que me había convertido en una ninfómana y hasta había logrado confundir mi corazón. Furiosa porque el imbécil de Alejo no se daba cuenta de la mujer que perdía, porque no daba ni medio paso para luchar por mí, para recuperarme mientras yo hacía de todo para llamar su atención. Furiosa porque todo lo que me pasaba era culpa del desobligado de mi papá que se largó y me dejó sola, sin guía y sin su hombro para poder llorar en estos casos. Cirila ahogó su cabeza en una almohada y dormimos sin darnos cuenta de cuánto.

El despertador sonó a las siete de la mañana. La rutina acostumbrada me engañó y, aún somnolienta, me levanté para no llegar tarde, una vez más, al mugroso trabajo. Fue cuando Cirila se despertó y me recordó que gracias a mi irresponsabilidad había pasado a formar parte de las listas de desempleados de México. Me fui al baño, miré por mi puerta y alcancé a ver Erik, acostado en el sofá, sin camisa. Pero esa mañana no tenía ganas de recorrer con mis dedos su cuerpo esculpido. Venía lo peor: decidir qué carajos íbamos a hacer con ese viaje preparado que tambaleaba esa mañana.

No podía quitar mi mala cara. Intenté respirar en la cocina mientras preparaba café para ambos. Mi diosa zen, Jade, quien habría podido servirme de compañera en ese momento para decirme dos o tres palabras que me tranquilizaran, no estaba. La noche anterior se había resbalado con una cáscara de cavernícola y, para ese momento, dormía satisfecha entre sus brazos. Erik despertó y se sentó en el sillón a leer un libro. No me determinaba para nada. Aunque yo sabía que el muy tarado no podía ni leer, seguro estaba haciendo como que leía solo para sacarme de quicio.

—Así como tú haces como que preparas café —alegó Cirila, todavía revolcándose dentro de su camisa de fuerza.

Le llevé el café hasta la sala y me senté a su lado. Necesitaba arreglar las cosas que una noche antes yo misma había tirado a la basura. Fui yo la que estaba de mal humor, no solo por el día de mierda que había tenido, sino porque mi corazón estaba lastimado, una vez más, por culpa de Alejo.

—¡Por tu culpa! ¡Por tu culpa! —rezongó Cirila.

—Te hice café.

Le entregué la taza. No dijo nada, la recibió y siguió leyendo.

—¿No vas a decir nada? —pregunté, confundida por su actitud.

—¿Qué quieres que te diga?

Cerró el libro y me miró de frente.

—No sé… algo —respondí.

—Justo por esto es que no tengo relaciones, Julieta —comenzó—: porque me *malviaja* que una mujer se ponga en esta actitud como si yo le perteneciera.

—Me viniste a visitar a mí, no entiendo por qué te irías con otra.

—¿Ves? ¡Más reclamos!

—No son reclamos ¡no seas *freak*!

—Pensé que eras sincera cuando decías que no te enamorarías de mí.

—¡Qué te pasa!, ¡no estoy enamorada de ti!

¡Idiota, que se baje de esa nube!

—¿Entonces por qué te arde tanto que vea a otra mujer?

—Ya te dije que tuve un mal día.

—¿Sabes por qué más odio esta situación? —(¿era una pregunta retórica?)—. Porque me obliga a mentir y me gusta que cuando estoy con una mujer pueda hablarle con la verdad.

—No entiendo, ¿de qué mentira hablas?

—Ayer que estuve con Zully, tuve sexo con ella.

¡¿Whaaaaaaaaat?!

—¿Y me lo dices con esa tranquilidad?

—Es la verdad, tranquila o exaltada, es solo la verdad. Si tu tienes sexo con alguien más a mí no me importaría, ese es el tipo de relación que me gustaría tener con una mujer capaz de tenerla. Tú me mentiste cuando dijiste que eso era lo que querías y ahora me volteas la cosa y me obligas a mentirte cuando yo deseaba decirte al oído que me comí a otra mujer y que pensé en ti mientras lo hacía.

¡No, bueno! Este sí que tiene agallas.

—¿Y qué pensabas hacer? ¿Qué nos fuéramos los tres a Oaxaca a dormir en la misma cama?

Claro sarcasmo que él no logró identificar.

—Pues pensaba proponértelo. Zully está dispuesta a hacerlo —dijo con desparpajo.

—¿Neta?

Hasta risa me dio, lo que él tomo como algo bueno. Pero Mi risa era todo menos buena.

—¿Me vas a decir que no se te antoja hacer algo loco en tu vida?

Switch absoluto y fugaz a coqueteo. Esto fue la tapa, se le había metido agua al cerebro.

—Eso no es loco, eso es un *threesome* de una semana —me quejé.

—¿Alguna vez has hecho uno?

Me lo vendía como *muffin* de chocolate caliente.

—No, nunca, y la neta es que no estaba entre mis planes.

—¿July has pensado que algún día nos casemos?

Ahora sí lo perdí.

—¡¿Tu y yo?! —pregunté, escandalizada.

Con ese hombrecillo no me montaba en el tren del matrimonio ni porque fuera la última esperanza de la humanidad para repoblar la tierra. La ilusión que había sentido un día antes se había esfumado tanto que ni la recordaba.

—No tú y yo, pero que tú te cases por tu lado y yo, ya viejo y aburrido me case por el mío.

¡Vaya si consideraba a la vieja y aburrida mujer con la que este se casara.

—¿Y eso qué tiene que ver con un *threesome*?

¡*Hello*! ¡Tierra llamando al marciano!

—Pues que cuando ya estés casada, con hijos, vieja, vas a recordar esto como una propuesta no aceptada o como una locura en tu vida.

—¿Y qué tiene de malo recordarlo como una propuesta no aceptada?

Seguía sin comprender de qué manera este bobazo me convencería de algo tal. Se me acercó y me tomó por la cintura, llevó su boca hasta la mía y metió su lengua persuasiva. Su mano me apretó el pecho y me acorraló contra el sofá con su erección amenazando mi cuerpo. Podría estar loco de remate pero ¡Dios, cómo me atraía!

—Imagínate estar los tres desnudos en una cama, Zully, tu y yo.

Sus fantasías comenzaban a relatarse en mi oído a forma de susurros.

—Zully es una mujer bellísima, tanto como tú. Es rubia, de piel morena y ojos azules. Tiene unas tetas grandes y un trasero firme, estoy seguro que te gustaría.

Su voz era convincente. Su cuerpo se frotaba contra el mío, su lengua en mi cuello, en mis lóbulos.

—Dale July, di que sí, te juro que no te vas a arrepentir. Un *threesome* es algo que uno tiene que hacer alguna vez en su vida.

Lo alejé de mí, necesitaba pensar sin su erección dirigiendo mi pensamiento rumbo al deseo.

—¿Ese era tu plan desde el principio? ¿Llevarme a Oaxaca con una mujer?

—No, de hecho eso se le ocurrió a Zully cuando le conté lo rica que eres en la cama.

No sabía si lo que decía era cierto o solo era su manera de manipularme.

—No sé, Erik…

Con Cirila amarrada a una camisa de fuerza, mi voluntad comenzaba a flaquear. No podía negar que alguna vez fanaseé con otra mujer, ¡¿quién no lo ha hecho?! Cuando me tocaba sola en mi cama imaginaba las manos de otra chica, pero eso fue cuando *The L Word* me presentó a Shane, la única mujer con la que no tendría reparo en hacer un *threesome*. Sin embargo, jamás pensé en llevarlo a la realidad. Aunque… Erik tenía un punto, un trío sería una experiencia loca que a lo mejor me desconectaba de todo lo que estaba pasando por mi vida en ese momento. Aún así, no lograba sentirme cómoda con la idea.

—Te propongo algo —habló.

—Invitemos a Zully a desayunar. Ella vive aquí muy cerca. Si te gusta, si te atrae, entonces le digo a Zully que se sume a nuestro plan. Si no te late, nos despedimos y ella entenderá que no quieres y punto. Nos vamos tú y yo como era el plan original —propuso.

Acepté. Seguro vería a Zully y no sentiría nada, o sí: miedo de hacer un *threesome* en otro lado que no fuera mi mente. Erik se quedaría tranquilo de que aunque sea lo intenté y nos iríamos sin mayor problema a Oaxaca a seguir teniendo delicioso sexo hasta que llegara el momento de regresar a su Argentina.

Nos quedamos de ver en *Maque* para desayunar. Erik se notaba inquieto, excitado con su plan a medio andar. Me tocaba, me besaba, ese Erik enojado se había vuelto, de nuevo, el Erik que llegó al aeropuerto. Lo bueno de todo eso era que la ilusión que llegué a sentir no había reaparecido. Estaba segura de que lo mío con aquel bombón no era más que sexo.

Zully llegó con una minifalda que dejaba ver su perfectas piernas. Su pecho se asomaba por un delicado escote. Ella era una bomba sexual, la versión femenina de Erik, una mujer con candela, fuego puro. Sentí mi vientre contraerse con la sola imagen de ella desnuda, haciendo todo lo que, en mis fantasías, Shane hacía en mi cuerpo.

Eso es nuevo, pensé, jamás me había sentido atraída por una mujer. Pero no era el tipo de atracción soy–gay–olvidé–a–los– hombres, era carnal, como lo que sentía por Erik. La veía como un nuevo accesorio a mi cama. Zully era una mujer que no volvería a ver jamás, y quizás a Erik tampoco. Un trío, después de todo, podía ser algo divertido, sobre todo si estábamos alejados, en una playa paradisiaca, jugando a hacer realidad fantasías que, lo más probable, nunca más tendría oportunidad de materializar. Mis pensamientos cada vez eran más candentes: imaginaba el pecho de Zully en mi boca, en mis manos, jugando con su cuerpo. Tomé de mi café. Sentí mi sexo reaccionar ante la sensualidad de esa mujer. *¿Sería el lavado de cerebro que me hizo Erik que ya hasta tenía ganas de meter a una mujer a mi cama? ¡Dios!* Con razón Cirila estaba amarrada en un consultorio mental de mi recóndito inconsciente.

—¿Voy al baño, quieres ir? —preguntó Zully como le pregunta cualquier chica a su amiga a la hora de hacer efectivo el ritual femenino por excelencia.

Erik me miró como diciéndome que aceptara. Me paré y fui con ella. La persona que lo ocupaba el único baño del lugar salió y Zully me invitó a pasar.

—Si quieres entra y luego entro yo —le dije al ver que no había espacio para la privacidad.

—No me molesta, July, tenemos lo mismo —insistió.

Entré. Me hice la tonta: me miré al espejo mientras se suponía que ella haría pipí. Pero en vez de eso se paró detrás de mí y me agarró por la cintura.

—Eres hermosa —me dijo al oído, con ese acento español que se había difuminado por sus años en México.

Pasó su lengua por mi lóbulo. Di un brinco, aunque la sensación de sus suaves labios no era del todo rechazable. Sus manos subieron por mi cintura y llegaron hasta abajito de mis pechos. Me sentía muy excitada y un poco mal por hacer algo que nunca pensé que permitiría.

—Me encantaría tocarlos, ¿puedo? —preguntó, antes de seguir su camino hasta ellos.

Me robó el aliento, respiré profundo y asentí. Sería mi manera de ver si podría soportar el siguiente paso en Oaxaca. Cerré mis ojos, temblaba como temblé la primera vez que un hombre puso sus manos sobre mí. Sentí sus delicadas manos meterse por debajo de mi blusa y colarse entre mi brasier. Mi vientre se drenó de un placer extraño. Sus suaves dedos jugaron con mis pechos que ya estaban fantaseando con su boca.

—La primera vez es raro que una mujer te toque —me dijo al oído— pero cuando te dejas llevar y decides probar lo que se siente entregar tu cuerpo a una chica, entonces, solo entonces, conoces el verdadero placer del sexo.

No pude más, me volteé y la miré de frente, esperando que me besara. Estaba erotizada por esa mujer que me convenció de abandonar mis prejuicios. Pero no me besó.

—Vámonos a Oaxaca, tú eres mi pareja y Erik, un juguete que sirve para causarnos placer —me dijo entre risitas cómplices.

—No estoy segura —confesé.

—Te juro que jamás contaría lo que sea que suceda allá. Yo no soy gay tampoco, pero cuando de cometer locuras sexuales se trata, nadie mejor que Erik, es para lo único que sirve, pero *shhh* —agregó, poniendo su dedo sobre mi boca—. Nos divertimos unos días, tenemos sexo y después volvemos a México como si nada hubiera pasado. Yo vuelvo a los brazos de mi novio y tú vuelves a tu vida normal.

—¿Tienes novio? —pregunté, sorprendida.

—Apenas llevamos seis meses —respondió, sonriendo.

No pude negarme. Quería escapar de toda posible realidad, y Zully me ofrecía hacerlo con ella. Además era una buena forma cómplice de utilizar a Erik para lo que mejor servía: causar placer. Me prometí que sería la única locura que haría en mi vida. Mi única posibilidad de hacer algo que guardáramos en secreto, para siempre, mi Cirila y yo.

Agarramos carretera en un convertible rentado por Erik. Me sentía como en la película de criaturas salvajes, sin juzgar mis decisiones ni cuestionarme y, en su lugar, disfrutar de mi soltería. Después de todo, Erik tenía razón: algún día sería una mujer casada a la que solo le quedarían los recuerdos de juventud, la que tendría la opción de arrepentirse por dejar una oportunidad de cometer locuras, o reírse en silencio por las memorias íntimas.

Llegamos a Puerto Escondido después de la medianoche. Zully y yo nos habíamos quedado dormidas, la una casi encima de la otra, en la parte trasera del carro. Erik nos despertó una vez habíamos estacionado en el hotel. Nos mostraron una habitación con dos camas matrimoniales, una terraza espectacular con vista al mar y un jacuzzi de piedra dentro de la habitación. Los tres estábamos muertos. Me di un baño de agua fría. Escuché la puerta abrirse y vi a Erik entrar desnudo. *¿Habría tenido sexo con Zully mientras yo estaba aquí en el baño?* Se metió conmigo a la ducha sin preguntar.

—Tenía ganas de verte desnuda, preciosa— me dijo, abrazándome por la espalda y llenando mi cuello de su lengua ansiosa.

Con una mano agarró mi pecho y con la otra se abrió camino hacia el sur de mi cuerpo, en donde acampó para hacerme sentir un gran placer. Entonces, cuando pensé que perdería el conocimiento entre los brazos de Erik, entró Zully, desnuda. Mi corazón se aceleró, tuve miedo y comencé a temblar. Erik susurró a mi oído que me calmara, que nada pasaría. Zully se sentó en una sillita frente a la ducha, dispuesta a mirarnos. Sonreía divertida y excitada. Erik siguió tocándome, llevando mi cuerpo hasta todos mis límites, con Zully por testigo.

Al principio me sentí incómoda, pero poco a poco comencé a disfrutar que nos viera allí sentadita con esas sonrisa sexi, que esbozaba cuando me miraba contorsionarme de placer. No pude evitar espiar a Zully a través del cristal de la ducha. Dejó sus piernas caer de cada lado de la banca en donde estaba sentada y con su mano comenzó a tocarse sin quitar sus ojos de nosotros.

Los ojos azules de Zully se cerraban ante el placer que ella misma se provocaba. La imagen era como la de una diosa erótica, con sus delicadas manos recorriendo su propio cuerpo, sus dedos engarzándose en sus pezones, mojándose con su lengua para dibujar una línea perfecta por su abdomen y hasta su sexo, en donde se regodeaban, logrando que su espalda se arqueara de placer.

—¿Quieres que entre? —me preguntó Erik al oído, mientras abría la puerta de la ducha y quitaba aquel cristal que se empañaba un poco, nublándonos a Zully.

No supe qué decir.

—Déjala, vamos poco a poco —respondió Zully desde afuera, entregada a sus propias manos.

—Mira el cuerpo de Zully, preciosa, mira sus tetas, mira su piel erizada por tu cuerpo —me decía Erik, mientras colocaba mi mano sobre su cuerpo, invitándome a llevarlo con nosotras a su orgasmo.

—Se ven tan cachondos desde aquí que podría venirme— dijo Zully, con esa voz entrecortada de tanto placer que aceleró mi cuerpo hasta llevarlo al tope.

Los movimientos de Zully se aceleraron, los gemidos comenzaron a brotar de su boca, su lengua mojando los dedos con los que se abrazaba a sus pechos. La mano de Erik imitaba los movimientos de Zully, mi mente me llevaba hasta sus manos, hasta su blanca piel que se retorcía de placer en la banquita del frente. Escuché los gemidos desesperados de Zully confundirse con los de Erik, que se ahogaban contra mi oído. Mi cuerpo no pudo más y uní mi voz a la de ellos en una sinfonía de clímax por doquier.

La mirada de Zully se levantó hacia la mía y clavó sus ojos profundos, buscando otro orgasmo que ya se fraguaba entre su mano y su sexo. Mi cabeza cayó en el hombro de Erik, dejando mi cuerpo al descubierto para que Zully lo admirara en esa faena de goce y placer. Me excitaba aún más saber que Zully me miraba y que Erik me tocara como una especial función para ella. Me desintegré en mil pedazos de clímax ardiente. Erik me aprisionó contra la pared, olvidando que Zully estaba allí afuera; agarró un condón que descansaba sobre el marco de la puerta y se sumergió en mi cuerpo, fortaleciendo la sensación de los orgasmos que nos precedieron.

Cuando mi cuerpo no daba más y el de él se encontraba de nuevo fortalecido, me dio una mirada traviesa y salió de la ducha. Vi a Zully levantarse de la banquita y huir con él hacia la habitación. Dejé el agua caerme en la cara, en mi cuerpo que de alguna manera ya no se sentía cómodo con la situación. Escuché, desde allí, los gemidos de Zully y de Erik confabularse en un gigante orgasmo.

Yo continué dejando que el agua me callera en el rostro. Después de un rato, ya seca, no me atreví a salir de la ducha. No era capaz de ver a Erik sobre Zully, pretendiendo que no me importaba, haciéndome la de la mente *new age,* que era capaz de tener ese tipo de relación. La fantasía dejó de serlo cuando se convirtió en esa bizarra realidad que escuchaba desde allí. Cuando por fin salí del baño, bastante tiempo después, Zully estaba envuelta entre las sábanas, dormida. Erik, en la otra cama me mostró mi camino hasta él.

—Ven, preciosa, quiero abrazarte.

Me acurruqué entre sus brazos más por necesidad de que alguien me abrazara, que buscando su cariño. Erik y Zully durmieron como bebés; yo, en cambio, desperté muchas veces por la noche con la certeza de saber que eso no era para mí. El sol salió y aproveché para bañarme de prisa y bajar a desayunar, antes de que despertara el par de cachondos con los que compartía mi habitación. Me puse mi bikini y saqué todo lo necesario para no tener que regresar en un largo rato. Desayuné sola con un libro. No podía concentrarme, llegaban a mí recuerdos de Zully en el baño, mirándome desvanecerme en orgasmos entre los brazos de Erik, de sus ojos azules penetrándome a través del espejo del baño en *Maque,* mientras jugaba con mis pechos nublándome la voluntad.

Busqué mi celular, quería llamar a Leo, me sentía confundida, incómoda, un tanto contrariada por haber aceptado que Zully viniera. No tenía nada contra ella, esa mujer era fuego puro y muy buena onda, pero esa locura le estaba saliendo cara a mi conciencia. *¡Aghhh!, dejé mi celular en el cuarto.* Tuve que regresar. Abrí la puerta, intentando no hacer ruido. Era temprano, seguro todavía dormían. Al entrar me topé con la cama de Erik vacía y la de Zully con dos cuerpos revolcándose entre risitas silentes. Me quedé inmóvil, deseé recorrer mis pasos y salir de allí, pero Zully salió por un lado de las sábanas y me miró.

—Mira quién llegó.

Ella sonrío y Erik sacó la cabeza.

—Preciosa, te estábamos esperando —dijo, extendiéndome la mano.

—*Sorry*, chicos, sigan en lo que están, yo estoy desayunando.

Agarré mi teléfono de la mesa y huí sin dejarlos decir nada más. Bajé con el corazón a mil. Me sentía rara, sucia. Marqué el celular de Leo.

—¡Hola, *reinis*! —contestó—. ¿¡Cómo te tratan las paradisiacas playas de Oaxaca!?

—Leo estoy en problemas —confesé—: me quiero regresar a México.

—¿Qué pasó?, ¿te hizo algo ese tipo? —dijo, preocupado.

—No, nada,

—¿Entonces qué pasa, July?

—No te puedo contar ahora, te suplico ponme un boleto de avión y te juro que te lo pago luego —supliqué.

En ese mismo momento colgó sin cuestionar más. Yo debía subir por mi maleta, que gracias a Dios no había desempacado, y huir al aeropuerto. Ya nada me importaba, ni lo que pensaran de mí, ni si creían que era la peor fresa del planeta. Quizás lo era, pero no iba a seguir con esto que no se sentía igual de bien cuando era Shane con quien compartía mi cama mental. Llegué una vez más a la puerta del cuarto. Toqué, ya tenía suficiente de sexo en cualquiera de sus formas. Erik abrió en *boxers*; escuché la ducha correr, Zully se estaba bañando.

—¡Preciosa!

Me recibió intentando besarme. Me quité.

—¿Pasa algo? —preguntó, confundido con mi actitud.

—Ya me voy —le dije mientras cerraba mi maleta.

—¿Cómo que te vas?

—Así como lo oyes. Por favor, despídeme de Zully.

Cargué mi maleta al hombro y salí del cuarto. Me siguió hasta el pasillo.

—July, espera, ¿no me vas a decir qué pasó?

Me detuve. Dejé mi maleta en el piso y me acerqué a él. Le debía una explicación.

—No tengo nada contra ti. Solo que no soy este tipo de mujer. Una cosa es que yo quiera divertirme y otra que pase por encima de mis propios valores. Si lo intenté fue por no sentirme una fresa o anticuada, pero resulta que sí lo soy, resulta que quiero una cama tibia con un hombre en ella y nada más. No quiero a ninguna mujer, por buena que esté ni por firme que tenga el trasero. Quiero una relación, así sea con el puro fin de tener sexo, pero convencional, hombre, mujer, sin terceros, ni cuartos, ni orgasmos frente a un testigo —dije, intentando que comprendiera de que no se trataban de juicios contra él sino de mi postura real—. Cuando vuelvas a México me llamas para que pases por tus cosas a mi casa.

Me di la media vuelta, recogí mi maleta y seguí mi camino sin mirar atrás.

En el aeropuerto, de vuelta en México, me esperaba Leo, que explotó en risas al verme llegar en bikini y pareo como si me hubiera salido del mar para montarme al avión.

—¿Ni tiempo te di de cambiarte? —preguntó, intentando aguantar la risa.

—Me iba a cambiar pero cuando llegué al aeropuerto estaban dando la última llamada para el avión, prefiero llegar en bikini que seguir soportando ese infierno —confesé mientras miraba a la gente alrededor observarme como bicho raro.

Me metí al baño y me puse unos pantalones y una playera. Luego le pedí a Leo que me llevara a tomar una cerveza. Necesitaba descompresarme.

177

—¿Ahora sí me vas a contar qué pasó? —me preguntó después de ordenar dos vasos de chela helada.

—¿Me prometes que no le vas a decir a nadie, ni siquiera a Edu? —supliqué.

—Cross *my heart* —hizo una cruz sobre su pecho.

Le conté la historia desde que por culpa del adictivo sexo con Erik me corrieron del trabajo, pasando por mi arrastrada mañanera ante los pies de Alejo y terminando con la rubia mirando mi orgasmo ante los brazos de Erik.

—Ya, July, no te des tan duro —agregó—. No es tan grave como parece.

—¿Entonces por qué me siento como cucaracha?

—Pues porque eres fresa, amiga mía, y cuando uno es fresa pues las loqueras de los que no lo son suenan bastante escandalosas. Date tiempo y verás que se te pasa—me calmó—. ¡Con que ese Erik resultó ser un ninfo!

—No sabes cuánto. Es un voltaje demasiado alto para mí.

—Pero te gusta.

—Pues claro que me gusta, pero no voy a acostarme con una vieja solo para que él se la pase bien.

—Hiciste lo correcto, July.

—Te prometo que te pago el pasaje en cuanto pueda.

—Olvídalo, *my treat*.

—No, Leo, no voy a permitir que me invites un pasaje que yo te prometí pagar, estás loco.

—July eres mi hermanita, y te estoy diciendo que no me lo tienes que pagar, así que ya aliviánate.

Llegué por la noche a mi casa después de pasar todo el día acompañando a Leo a hacer cosas. Necesitaba despejarme y no llegar a pensar. Obvio, Jade seguía interna entre las sábanas con Bruno. Prendí mi computadora, con la inmensa necesidad de seguir distrayéndome.

Modelo81: Por favor dime que estás.

Sir Dante aparecía conectado.

178

Sir Dante: ¿Beatriz?, ¿qué haces conectada?, ¿no deberías estar divirtiéndote de lo lindo con Chico B?

Modelo81: Mmmm, Chico B...

Sir Dante: ¿Resultó que la B era de Bestia?

Modelo81: Un poco.

Sir Dante: Vas a tener que buscar a Chico C...

Modelo81: Creo que por el momento debo de dejar de buscar a chicos, sin importar la letra.

Sir Dante: ¿Tan mal estuvo?

Modelo81: No tienes idea.

Sir Dante: ¿Te puedo ayudar en algo?

Modelo81: Me habrías podido ayudar rescatándome pero ya estoy de vuelta en México.

Sir Dante: De plano? Tan mal?

Modelo81: Lo que sea que te imagines, súbele dos toques a peor.

Sir Dante: Te noto triste

Modelo81: Me corrieron de mi trabajo

Sir Dante: ¿En qué trabajabas?

Modelo81: En una pinche oficina de Godínez, ni siquiera me gustaba.

Sir Dante: Deberías estar contenta...

Modelo81: ¿Crees? ¿Entonces por qué me siento así?

Sir Dante: Pues porque nunca es padre que te corran. Es humillante. Pero ya se te pasará.

Modelo81: ¿Te han corrido?

Sir Dante: Sí, me han corrido, he renunciado...

Modelo81: ¿En qué trabajas ahora?

Sir Dante: Soy... Mmmm digamos que historiador...

Modelo81: ¡Wow! Ahora entiendo muchas cosas...

Sir Dante:¿Ah si? ¿Cómo qué?

Modelo81: Como a Sir Dante... y tu buena ortografía.

Sir Dante: Los historiadores tienen buena ortografía?

179

Modelo81: Pues deberían :D

Sir Dante: Tú también tienes buena ortografía ¿también eres historiadora? XD

Modelo81: Jaja No… solo me gusta escribir…

Sir Dante: Sobre qué?

Modelo81: Dramas.

Sir Dante: Yo también tengo mis propios dramas, créeme.

Modelo81: ¿Cómo cuales?

Sir Dante: Es demasiado tarde para hablar de ellos. Prefiero soñar con mi Beatriz y no con una tragedia griega.

Modelo81: Sí, es hora de dormir. Te veo pronto.

Sir Dante: Acá estaré siempre esperándote.

Modelo81: Buenas noches.

Sir Dante: Bye, bonita.

¿Bonita? Sentí cosquillas en la panza por un hombre que ni siquiera conocía en persona. Era oficial, necesitaba rehabilitación de mi autoestima.

El regreso del helado de chocolate

Me senté en una banca del parque y observé a todo tipo de parejas pasar. Algunos agarrados de la mano, otros abrazados, unos jóvenes, otros viejos. No pude evitar preguntarme cuántos de ellos serían felices. ¿Detrás de qué ojos se escondía una tristeza, una relación al borde de un abismo, un corazón roto? ¿Cómo nos atrevemos a juzgar por lo que vemos por encima, si al final del día, no conocemos la procesión interna que aquella feliz mujer, puede llevar por dentro?

Jade había logrado más de mil doscientas visitas en el último mes a www.memoriasdeunasolteramexicana.com. Con el sitio funcionando de maravilla, nos preparábamos para inaugurar *El Diván*, un consultorio virtual donde los lectores me podrían contar sus historias, y yo, comentar sobre ellas. Ironías de la vida: la que se había quedado sin el amor sincero de un pobre chico lastimado, sin trabajo, y hasta sin su *fuckbuddy*, era la elegida para aconsejar a personas con mal de amores.

Jade tenía fe en *El Diván*. La publicidad que pagó para *memorias* en las diversas redes sociales estaba rindiendo sus frutos: nuestro *Twitter* tenía más de 700 seguidores y con el pasar de los días crecía y crecía —como mi preocupación por no tener trabajo—, augurando un buen porvenir. A algunas semanas de haberme formado en la fila de los desempleados, ya había mandado mi currículum a todas las empresas de caza empleos de la *web* y a varios amigos que prometían hacer todo lo posible por ayudarme. Se acercaba el siguiente mes de renta y servicios y yo no tenía ni medio peso en el banco. Entonces, mientras me revolcaba en mi miseria y me inventaba el mal de amores del primer supuesto despechado que acudiría a mi ayuda en *El Diván*, me entró un mensaje de Erik por *Skype*.

ErikFreak69: Hola, ¿estás?

—¿¡*Whaaaaaaa*!? —gritó Cirila desde el más allá de mi conciencia.

¡Te prohíbo que le contestes a ese maniaco sexual!

Y como nunca me había hablado así, tuve que hacerle caso. Si tan solo no hubiera caído en las redes de la tal Zully que me neutralizó con su sensualidad arrolladora ¡*Agh*! ¿¡*Qué me pasó*!? Me sentía una estúpida por haberme dejado manipular por ese par. Imaginaba sus cómplices pláticas para persuadirme de llevarme como su juguetito sexual. Ella podrá haberme dicho que era Erik con quien jugaríamos, pero en realidad la treta fue sobre mí. Me preguntaba si los *satiriásicos* del mundo a eso se dedicarían, a hacer equipo en contra del más débil hasta convencerlo de que sus aberraciones sexuales son buena idea. Yo, la más tardía de mi clase en entregar su virginidad, la que llegó con Alejo casi inexperta, de repente estaba en Oaxaca a punto de hacer un trío. Tenía vergüenza conmigo misma y con Cirila que de haber estado en equilibrio mental no habría, ni siquiera, aceptado meterme al baño con esa loca de remate. Erick me generaba tantos deseos carnales que por él había sido capaz de algo que nunca imaginé. Me convenció como se convence de sentarse a un perro mientras se sostiene un pedazo de tocino en la mano. Y lo peor de todo es que ni le importó tanto que me fuera. En el momento en que busqué su apoyo entró en pánico. Si Alejandro era un *freak* del compromiso, este infeliz de Erik, era el mismísimo anticristo. Obvio, no le iba a contestar. No porque estuviera enojada con él, porque al fin y al cabo yo no hice nada que no quisiera, sino porque el hombre tenía una capacidad de convencimiento de la que prefería huir.

Nos reunimos en el departamento de Edu y Leo. Jade estaba impactada con el "humilde" *loft* de nuestras florecitas de asfalto. Yo jamás me cansaría de admirar las altas paredes de las que colgaban las obras de Leo, iluminadas en una mezcla de Luis XV con minimalismo que hacía parecer su depa como una galería industrial de Nueva York. Leo era un hombre minucioso, impecable, organizado. Sabía dónde estaba todo en su pequeña parcela del paraíso del *real estate* mexicano. Edu era más flexible.

Siempre dejaba su saco tirado sobre el sillón la sala, por ejemplo. Leo lo recogía y colgaba en el perchero.

—¡Para qué hay un perchero si no lo utilizas! —exclamaba Leo.

Pero Edu siempre respondía que estaba más cerca el sillón que el perchero.

—Así se pone ahora por culpa de Giuseppe —nos chismorreó Edu—. Ese tipo es como su periodo, cada 28 días me le alborota las hormonas a mi marido.

Nos reímos. Leo le hizo la misma cara que hacemos las mujeres cuando nos acusan de estar insoportables porque "seguro está en sus días". Giuseppe era el *art manager* de Leo. Un gay más gay que todos los gais, un tanto neurótico, sin filtros al hablar y que no salía a la calle con estola de plumas porque *Dior* sacó las plumas hasta de su publicidad. Desde la última exposición, cuando Eduardo y Leo se conocieron, Leo había estado mandando obra a galerías en Amsterdam y Madrid en donde su arte tenía gran auge por la comunidad LGTB, por lo que no había podido conjuntar una buena cantidad de obra con un hilo conductor en específico para hacer una nueva exposición. Giuseppe llamaba todos los días a recordarle a Leonardo que México era su país y que debía dedicarse a trabajar en su nueva colección de fotos. Pero Leonardo le daba largas y continuaba mandando arte a las galerías europeas. Las exposiciones de Leo eran esperadas por todos sus seguidores de arte que, por las diversas redes sociales, le urgían por una nueva colección merecedora de tirar la casa por la ventana como acostumbraba hacerlo cuando montaba una exhibición.

—Aquí la diva dice que anda seco y que por eso no puede trabajar —nos contó Edu.

Me alucinaba pensar que nadie más que Edu se atrevería a hablarle así al gran Leonardo Saldivar. Kenia, para variar, llegó tarde, con todas las excusas propias e irrefutables en su labor de madre. Por fin, Leo y Edu, nos actualizaron el estatus de su proceso de adopción con las noticias de que ya estaban en la lista de espera y que sería cuestión de paciencia. Desde dos hasta nueve meses les dieron de lapso para que pudieran tener un bebé asignado.

—¡O sea que ya están embarazados! —gritó Jade, emocionada, dando aplausitos, lo que nos hizo explotar de la risa, porque en efecto, así era.

A partir de eso comenzamos a referirnos al proceso de adopción como "el embarazo". Leo nos sirvió martinis, una nueva exploración al mundo de la coctelería, una receta que encontró en uno de sus múltiples viajes y que practicó con insistencia hasta que por fin quedara delicioso. Martini de chocolate blanco (*3) con un toque de menta y café. Sonaba estrambótico pero resultó ser música para las papilas gustativas.

—Entonces, July, ¿ya de plano hasta fotos con tu amorcito en *Facebook*? —preguntó Edu, juguetón.

—¿¡*Facebook*!?

Esa fui yo al unísono con Cirila.

¡¿Pero qué pasa con el mundo que no se pueden sacar un moco sin subirlo a Facebook?! Entonces, al ver mi clara cara de no saber sobre lo que hablaban, Edu trajo su *laptop* en la que me mostró una foto de Erik y yo abrazados en *Amor Dormido* en Coyoacán. ¿Qué hacía esa foto allí?

—¡Pues Erik las subió —dijo Jade, divertida, mientras clavaba su cabeza dentro de la copa martinera.

No entendía. Lo último que me habría esperado, tras el gran fiasco, era que subiera fotos de él y yo casi en luna de miel. Desequilibrado, en definitiva desequilibrado.

—Voy a cerrar esa porquería de red social, odio que suban fotos sin mi consentimiento. Ahora qué va a pensar Alejo de mí —me pregunté, dejando a todos con una gran cara de *what?*

—¿Qué te importa lo que piense Alejo? Ese ya no tiene nada qué opinar sobre tu vida —alegó Kenia.

—Igual no quiero que me vea primero con Sebas, luego con Erik —expliqué.

—Lo que tienes que hacer no es cerrar *Facebook*, sino las piernas —se burló Kenny, constipada por un comentario que parecía más de Edu que de ella.

Todos rieron, yo me defendí:

—¡A Erik ya lo conocía!

Mientras tanto, Eduardo se quedó chismoseando en las fotos que seguían a la mía. Así me hicieron notar –como si no supiera– que chico B tenía un almanaque de modelitos con las que posaba orgulloso cual semental de charrería, una foto con cada una: Alyssa: brasileña, alta, morena, delgada y de ojos claros, cuerpo irreal y sonrisa *Colgate*. Tamara: güera, delgada, bajita, cara de muñeca perfecta enmarcada por dos grande ojos verdes. Selena: castaña, *muuuuy* delgada y *muuuuy* alta, era como una garrocha de salto. Una cara conocida…

—¡¿Zully?! —exclamé en voz alta.

—¿La conoces? —preguntó Kenia.

—Sí… una vez, hace mucho —mentí pero Leo me miró hilando quién era ella.

Disimulamos.

—¡*Wow*! ¡Qué mujerón!

Jade, otra que exclamó en voz alta y con "*cachondería*" como diría la propia Zully.

—¡*Omg*! ¡Jade! ¡*Get a room*! —agregó Edu, en broma.

—Los Ángeles de Erick —las bautizó Leo en tono sarcástico.

—A lo mejor las sube como para presumir a las mujeres con las que está… o estuvo —apuntó Jade.

—Sí, como trofeos —agregó Kenia molesta—. Y ahora tú, Juliette, eres parte del salón de la fama del ganado de Erick.

Y se paró para no seguir viendo semejante humillación pública. Ni para qué argumentar. Kenia tenía razón, Erik era un enfermo sexual.

El celular de Kenia sonó, se excusó y se alejó para contestar. Jade hizo mala cara al asumir que era Henri quien la llamaba.

—¿Por qué la mueca, Jadecita? —preguntó Leo.

—No le cae bien Henri —me adelanté.

Jade solo asintió.

—Y eso, ¿por? —saltó Edu.

—Porque es un imbécil —espetó helada, pero tuvo que disimular pues Kenia venía de regreso.

—Lo siento —se disculpó Kenia—, era Greta, una prima lejana de...

No la dejé terminar.

—¿Greta la esposa de *McYummi*, esa Greta? —pregunté, ansiosa.

—¿*McYummi*?, ¿cuál *McYummi*? —se interesó Edu.

Leo solo volteó los ojos divertido.

—Pues si las cosas siguen así, pronto será la exesposa de *McYummi* —dijo Kenny, casi afectada por ellos ante la sola idea del divorcio.

—¿¡En serio?!

Aunque intenté porque no fuera así, mi tono salió como tono de felicidad.

—Eso quiere decir que el *McYummi* casado será un *McYummi* divorciado? —pregunté, ansiosa y bastante divertida de jugar con Kenia, que se alteraba por bromear con temas serios.

—Otro que entra el mercado del usado —dijo Jade, burlona.

Kenny la miró reprobatoria.

—No digas cosas que no sabes, Didi, además, a lo mejor Maritza logra ayudarlos —respondió Kenia.

—Primero viene la terapia —masullé.

—Y luego sales del clóset —agregó Edu, terminando mi frase.

Todos nos reímos. Kenia nos miró mal.

—¡Ya *primis*!, o sea, a ti qué más te da, qué mala onda que se separen pero pues todos aquí sabemos que la neta, la neta, la terapia de pareja no sirve para nada —argumentó Jade, sin perder el buen humor.

—¡Oigan, oigan! —regañé—, la terapia de pareja sí sirve cuando es a tiempo, solo que la gente espera milagros y pues para milagros a la basílica.

—¡Exacto! —me apoyó Kenia—. Hay parejas a las que les sirve mucho la terapia.

—Pues yo, no es mala onda July y *sorry* si te piso el callo —advirtió Jade— pero hasta hoy no he conocido ni una sola pareja a la que le haya servido la terapia

—¡Henri y yo! —exclamó Kenia.

—¡Ay, si ajá! Wey, no te hagas que estamos en confianza, ustedes están lejos de ser un caso de éxito de esa terapia.

Jade mantenía ese tono irreverente que iba poniendo tensa a Kenia y que nos hacía aguantar la respiración a los demás.

—Una cosa es que no se hayan separado y otra muy diferente que les haya servido.

—¡¿Qué estás queriendo decir?! —dijo Kenia, levantando la voz.

Entonces, con el fin de que no se rompiera la armonía intervine.

—Me corrieron de mi trabajo.

Como era de esperarse las miradas voltearon directo a mí. Ahora la boca del tiburón estaba sobre mi cabeza.

—¿¡*Quéeeeeee*!? —exclamaron todos.

Leo fingía demencia para no meterme en problemas. Después de apuntar el cañón hacia mi lado con tal de que la bomba no explotara hacia el otro, les conté sobre la humillación que había sufrido cuando el idiota de *Godínez–reloaded* me sacó como un perro tras obligarme a firmar mi carta de renuncia.

—Entonces te corrieron por irresponsable —concluyó Kenia.

Jade me miró casi burlándose de mí.

—No, me corrieron porque la estúpida de la secretaria me cachó en un arranque de rabia porque la mugrosa compu no servía, entonces le di un zape —me expliqué.

—¿A la secretaria? —preguntó Edu.

—¡No! A la pinche computadora.

—O sea, que llegues tarde todos los días no tuvo nada que ver —agregó Kenia, sarcástica.

—También porque dije que odiaba mi trabajo —confesé.

—¿¡A tu jefe!? —preguntó Edu, entre escandalizado y divertido.

—¡No! A la computadora.

—Pobre July, como nadie la quería en su chamba tenía una intensa relación con su computadora —sumó Edu entre risas.

—Pues a mí no me causa gracia —nos regañó Kenia—. ¿Ahora qué vas a hacer?

Jade volteaba los ojos de ver a su prima en esa posición de mamá que adoptaba.

—Encontrar trabajo, Kenny, cálmate —le aclaré.

Estaba claro que Kenia no solo estaba molesta por mi situación laboral sino por el hecho de que, minutos antes, su adorada Didi se le había puesto al brinco.

—Sí, como si fuera *taaaan* fácil —masculló Kenia.

—Entonces qué tenía qué hacer, Kenny, ¿rogarle a un tipo porque no me quitara mi trabajo? Ni modo, qué le vamos a hacer —dije un tanto resignada.

—Pues hubieras comenzado por ser responsable —me rebatió Kenia, que ya le había llegado al tope a Jade.

—No manches, Kenia, neta que estás cañona. Julieta es tu amiga y en vez de apoyarla te pones a regañarla como si fueras su mamá. O sea, no te basta con ser mamá de Marisol y quieres ser mamá de todos, ¡qué bárbara! —alegó Jade.

—No me hagas empezar contigo, Jadecita, que tampoco me tienes nada contenta— regañó Kenia.

—Eso ya lo sé, nunca estás contenta, una prueba más de que la terapia no te sirvió para nada —se la regresó Jade.

—Esto no tiene nada que ver con Henri —refutó Kenia.

Para ese momento, la tensión de la sala ya era como la cuerdita de un violín recién afinada.

—¿Ah, no? Entonces si no es Henri, ¿qué es lo que te tiene neurótica, primita?

—No quieres que hable, Jadecita —dijo Kenia, casi amenazando a Jade, que a punta de *Jadecitas* ya tenía la vena de la frente a punto de explotar.

—Por mí, escupe. A ver si así ya dejas el amargue —respondió Jade, retándola.

—¿Quieres que lo diga? ¿Eso quieres? ¡Perfecto! —explotó Kenia—: estoy harta de verte correteando a un tipo que no vale un peso. Tirando la baba por un patán que lo único que quiere es meterte a la cama y que tú te dejas que te trate así como si le estuvieras mendigando amor. Me carga ver que pierdes tu tiempo con un tipo que no solo se acuesta contigo, sino con mil más. Dices que tienes el control y no lo tienes. Date cuenta, Jade, ¡por Dios! Te convertiste en el polvito casual de ese cavernícola y como no tienes los pantalones de mandarlo a la fregada te excusas diciendo que esa relación te acomoda. Perdóname pero ser la fufurufa de alguien no es cómodo para nadie, aunque tú te escondas diciendo que lo es para ti.

Jade la miraba impávida, como si ninguna de sus palabras la tocaran. El silencio era sepulcral, estaba claro que el exabrupto de Kenia no se debía solo a que Jade se estuviera acostando con Bruno, sino a que Jade había sabido pisarle los callos que más le dolían.

—¿Ya acabaste? —preguntó Jade, apacible.

Kenia ya no pudo ni hablar.

—Te voy a decir una cosa, Kenia, y es la última vez que te lo pido: por favor no asumas cosas que no tienes la menor idea de cómo son. Yo ya soy una mujer hecha y derecha y me gustaría poder manejar mi vida como a mí me parezca correcto sin que me estén enjuiciando porque hago o dejo de hacer. Si me doy un trancazo con Bruno, Pedro, Juan o Mengano, es y será mi problema.

—Me dices que no me meta en tu vida y tu te la vives metiéndote en la mía —dijo Kenia, con un nudo en la garganta.

189

—Lo tuyo es muy diferente a lo mío y creo que este no es el mejor momento para hablarlo.

—Son mis amigos, saben todo de mí, no me importa, habla, pero habla de una vez y deja de tirar indirectas de mi marido como si supieras cosas que yo no sé —ordenó Kenia, como esperando que Jade cayera en las mismas garras explosivas que ella habría caído minutos atrás.

—Yo solo te quiero hacer una pregunta —declaró Jade.

Hubo suspenso, Kenia la miraba sostenida.

—¿Eres feliz con Henri? ¿O nada más te lo aguantas por Marisol?

Olvidé respirar por un momento. Jade, esa niña de veintitantos había acorralado y enfrentado con habilidad a una madre de familia con sus propios demonios. Después de haber sido juzgada por Kenia, Jade se comportaba con altura. Kenia bajó su mirada. Eduardo, Leo y yo nos miramos. Jade acababa de quebrar a Kenia, lo que nunca creímos pasaba en frente de nuestros propios ojos. Jade podría ser muy dura en ocasiones, pero también era compasiva y además le tenía un gran amor a Kenia a quien consideraba como una hermana. Por eso, con el dolor de verla allí, avergonzada ante no haber podido contestar esa simple pregunta, se paró y la abrazó, como quien abraza a un niño vulnerable que busca protección.

Regresamos a casa un poco tarde, pero me conecté con la esperanza de encontrar a Sir Dante en un desvelo. Como lo temí estaba desconectado. Dejé mi *laptop* abierta y me recosté boca arriba en mi cama. Cerré los ojos y recordé la sonrisa de *McYummi* y su brillante argolla de, según yo, hombre casado y feliz. Luego pensé en lo que Jade le había dicho a Kenny, ¡pobrecita mi amiga! Clarito la vi que se sintió como una cucaracha, pero lo que más me sorprendió fue que no respondiera la pregunta que Jade le hizo. *¿Acaso Jade tenía razón? ¿Kenia era infeliz en su matrimonio y mantenía una fachada de armonía cuando en realidad por dentro era un infierno? ¿A cuántas parejas no conocemos que parecen tan felices por fuera pero en el fondo, como Greta y McYummi, necesitan terapia para salvar su amor de naufragar?*

Entonces sonó la alerta de mi chat y me sacó de tajo de mis pensamientos. Era Erik.

ErikFreak69: Xq me estás evitando, preciosa?

O lo enfrentaba o no me dejaría de molestar.

Julieta81: No te estoy evitando. He estado ocupada.

ErikFreak69: Ya tienes trabajo???

Julieta81: No.

ErikFreak69: Entonces en qué has estado ocupada??

Julieta81: Haciendo cosas.

ErikFreak69: Cosas... Se me hace q ya no me quieres.

Julieta81: De qué hablas?

ErikFreak69: Entiendo q ya no me quieras...

Julieta81: Que bueno que lo entiendas.

ErikFreak69: Tienes razón en estar enojada. Me porté mal contigo. En mi defensa... quería hacerte vivir algo divertido, no hacerte sentir incómoda.

Julieta81: No estoy enojada, solo quiero dejar las cosas así.

ErikFreak69: No me digas eso, preciosa, he estado pensando tanto en ti que me da miedo.

Julieta81: A mí me das miedo tú.

ErikFreak69: Te juro que puedo ser mucho mejor de lo que fui.

Julieta81: No me digas, puedes con tres mujeres a la vez...

ErikFreak69: Pues de poder sí puedo. Jeje

Julieta81: Una respuesta muy tuya...

ErikFreak69: Te prometo que contigo siempre seré yo solito.

Julieta81: Erik, la neta, me da un poco de flojera jugar contigo este jueguito. Es tarde y ya me quiero dormir.

ErikFreak69: No es ningún jueguito, July, me gustaría reivindicarme contigo, que me des una segunda oportunidad. De verdad, no he podido sacarte de mi cabeza.

Cirila: (O)_(o)

Ojos que no ven, princesa que no siente

A veces la vida es como una película de terror. Pasamos sin ver con los ojos cerrados en los momentos en los que sabemos que nos van a asustar. Preferimos escuchar los gritos pero hacernos las de la vista gorda ante la realidad que se refleja en la pantalla. ¿Por qué será que aceptar la verdad de nuestra vida puede llegar a ser tan difícil? A lo mejor es que como dicen: ojos que no ven corazón que no siente.

Desde mi cuarto podía escuchar a Jade discutiendo por teléfono pero no alcanzaba a escuchar bien ni con quién ni sobre qué. Una de las ventajas de tener *roommate* es poder chismear sobre lo que no te importa detrás de las paredes con la excusa de ir pasando por ahí.

No lo sé, creo que no solo me dejaste claro a mí que no eres feliz, si le preguntas a los demás te van a decir que opinan lo mismo que yo (pausa corta) *¡No te acorralé!* (pausa). *Bruno no tiene nada que ver, yo no tengo por qué defenderme de algo de lo que no necesito defenderme* (pausa) *¡Por qué Bruno es mi hook up, eso es todo* (pausa muy corta), *una persona con la que solo tienes sexo y ya* (pausa larga, muy larga). *Eso no es de tu incumbencia, quien yo meta en mi cama es mi problema* (pausa más larga aún). *No, no voy a cortar con él porque tu me dices, además no tengo nada qué cortar, solo dejaremos de tener sexo y ya* (pausa). *¡Pues cuando ya no se me antoje tener sexo con él!* (pausa supercorta) *¡como lo oyes!* O *cuando a él ya no se le antoje tener sexo conmigo, ¡qué hay de drama en eso!* (pausa larga y silenciosa) *¿De qué hablas?* (pausa larga seguida por Jade que se asoma por su puerta y me mira con ojos de pistola). *¿¡Y tú qué hacías esculcando en mis cosas!?* (pausa furiosa). *¿Ahora qué? ¿Vas a llamar a mi mamá a decirle que me fumo un porro de vez en cuando?* (pausa más furiosa). Mientras yo la miraba agobiada, estaba segura que también me tocaría lo mío. Ella seguía al teléfono. *Neta Kenia, no* *puedo creer el plan en el que te pones. No me voy a regresar a ningún lado y si tanto te molesta mi presencia, entonces no me hables y ya. Pero ¡déjame en paz!* Colgó.

Era oficial: Jade había perdido su zen. La miré con ojos de arrepentimiento. En teoría no había sido mi culpa que Kenia se enterara de que fumara marihuana.

—¿Cómo que encontró un porro en mi cuarto?, ¿qué hacía en mi cuarto? —preguntó, rabiosa.

Entonces le expliqué lo de la alarma del infierno y el infortunado descubrimiento de Kenia. También le confesé que Edu, Leo y yo nos habíamos acabado su *chubby* aquella noche. Kenia era mi mejor amiga y Jade era como si fuera mi prima, por eso preferí dejarla que se desahogara sin comentar mucho al respecto. Jade continuaba echándole la culpa a Henri de las amarguras de Kenia.

—Está frustrada y como con la única que se puede desquitar es conmigo, entonces lo hace —dijo, antes de sorber el café caliente.

Para Kenia su figura familiar fue un desastre desde el día en que ella llegó al mundo, y era por eso que no se iba a permitir darle ese mismo ejemplo a Marisol, que tanto daño le causó a ella misma cuando era una niña. Según Jade, si Kenny tenía que vivir en un infierno y pasar su vida maquillándolo de cielo, eso haría, pelearía todos los días si fuera necesario a puerta cerrada y en susurros con tal de que la niña no sufriera y creciera en la familia perfecta que la hiciera aspirar a lo mismo cuando comenzara la persecución de su propio príncipe azul.

—Fue Marisol la que me dijo que todas las noches era lo mismo, un portazo seguido por gritos de Henri y lágrimas de Kenia. Al final, la niña se daba cuenta de todo, pero cuando le preguntaba a su madre qué era lo que sucedía, por qué papá gritaba y ella lloraba, le respondía que les gustaba jugar a las telenovelas, entonces así Marisol se quedaría más tranquila.

Error, los niños no son tontos.

—Ese tipo es capaz de lo que sea y me desespera que Kenia solita no se de cuenta de eso —dijo Jade con una seguridad que asustaba.

—Dime una cosa Jade —ya no me aguanté—: ¿tú crees que Henri le ponga los cuernos a Kenny o qué es lo que tienes en contra de él. ¿De qué cosas es capaz?

—¿Una vieja? —se rió—. ¡Eso seguro!

¿¡*Whaaaaaaaaaat*!? Aunque intenté hacerla caer en la cuenta de que ese tipo de acusaciones eran muy graves, y para hacerlas se necesitaba tener las pruebas, Jade insistió en que las conductas de Henri eran muy claras: llega tarde a casa casi todos los días y tiene repentinos viajes de fin de semana "de trabajo" en los que casi ni llama a Kenia que porque se la vive muy ocupado. No había pensado en eso, siempre tuve la idea que era normal que un hombre de negocios viajara.

—¡Por Dios, tiene una ferretería! —exclamó Jade como diciéndome ingenua.

Era verdad, Henri tenía una ferretería, pero era como el *Walmart* de las ferreterías. Los clientes podrían estar en el exterior, el hecho de que viajara cada mes no lo hacía un infiel.

—¿En fin de semana? —preguntó socarrona—. En el mundo de los negocios, los ejecutivos no conocen lo que es un domingo: cuando los días se traducen en signos de pesos no hay fin de semana que valga. Y tú eres igual de ingenua que Kenia, no, perdón, eres más ingenua, porque por lo menos Kenia lo sospecha, no como tu que lo defiendes como si fuera el oso Pooh —dijo, y tras esto las cosas cambiaban.

¿Cómo que Kenia lo sospecha?, o ¿sería eso, también, otra de las conjeturas de Jade?

—Un día escuché a Kenia hablando por teléfono, preguntaba sobre unos movimientos raros, unos pagos en tiendas de lencería.

Jade había alcanzado a oír que era mucha lana la que se habían gastado allí. Luego me contó que Kenia no reconocía esos gastos de esa tarjeta, pero en el banco le dijeron que hablara con su marido, ya que esa tarjeta estaba a nombre de los dos. Kenia no estaba dispuesta a discutir sobre eso en ese momento y le aseguró a la señorita que hablaría con su esposo y les demostraría que habían clonado la tarjeta. Poco tiempo después, Jade le preguntó a Kenia si al fin habían hecho algo con la tarjeta clonada y Kenny se puso tan nerviosa que no supo qué decir, mejor cambió el tema y dejó las cosas así.

—Ese tipo tiene a otra y lo peor es que no es una cáscara de sexo con la que se resbaló, ese tiene a otra mujer de planta —aseguró.

Jade hablaba con tal conocimiento de causa y seguridad que me sacaba de onda. ¿Sería posible que aquel simpático extranjero con el que se casó Kenia en verdad fuera ese tipo de hombre,? O Jade, en su juventud arrebatada, ¿estaba viendo moros con trincheras en donde no los había? La frustración de Kenia con Jade se debía a que todos podíamos ver que ocultaba algo. Por otro lado, Jade era una chica que parecía un libro abierto, decía las cosas sin filtro aparente y no tenía miedo a compartir lo que pensaba. Su odio por Henri le restaba credibilidad en sus argumentos, aunque también podía comprender que ese rencor no podía ser infundado. Jade tenía una relación con Kenny diferente a la mía. Ella parecía saber cosas que yo no, sobre todo por boca de Marisol que veía a Didi como una hermana mayor.

—Tienes que aprender a tener más paciencia con Kenia —le expliqué—. Ella es así, ella es mamá con todo el mundo, pero en el fondo es porque nos quiere, solo que se escandaliza por todo y no sabe cómo manejarlo.

—July, a ti te consta que le he tenido un montón de paciencia.

—Lo sé, pero no la pongas contra la espada y la pared frente a sus amigos. Nosotros somos como su familia.

—Y aún así no les cuenta la verdad sobre su matrimonio.

—¿De qué verdad hablas?

Me sentía como en una novela de misterio.

—Pues lo de la lencería y los viajes de Henri, y sus peleas campales —argumentó—. Me desespera que se aviente sermones kilométricos sobre la integridad y los valores y bla, bla, bla, cuando ella misma falta a su propia integridad comenzando por su marido.

—Pero es que eso a ti no te consta, Didi, entiendo que todo apunte a que Henri tenga amantes o lo que sea, pero uno no puede juzgar a nadie sin estar cien por ciento seguro de que la otra persona obra mal.

Jade me miraba como si yo fuera una ingenua.

—Tú misma le dijiste eso a Kenia cuando habló sobre tu relación con Bruno —le recordé.

—El problema de todo esto, July, es que con Kenia es imposible hablar, te juro que he intentado, por las buenas, por las malas. Le quiero abrir los ojos a lo que yo veo, a lo que yo sé, pero no me da chance, me descalifica de inmediato, me manda a la fregada y no acepta que uno mencione una palabra en contra de su marido dizque perfecto.

—Si sabes cosas por qué no se las dices así no más, sin tanto preámbulo.

—Porque Kenia es demasiado sensible a esos temas y no quiero ser yo la causante de su dolor. Preferiría que ella abriera los ojos solita y se diera cuenta la calaña de su marido.

—¿Entonces tú sabes que él tiene amantes y no se lo quieres decir a Kenia por miedo a como reaccione?

—July, este tema es delicado y creo que con la que debo hablar sobre esto es con Kenny, no con nadie más. Por fa no te lo tomes a mal pero yo encontraré el momento perfecto para decir lo que tengo que decir y entonces si Kenia decide ponerse mal pues ya se le pasará y ahí estarás tú para estar con ella.

Jade me ponía nerviosa con sus ideas pero casi podría jurar que algo le sabía a Henri: hablaba con demasiada seguridad sobre sus malas jugadas. No me alcanzaba ni imaginar cómo tomaría Kenia el hecho de que Henri le estuviera poniendo los cuernos con alguna vieja. Entendía la indecisión de Jade ante contarle, ante el evidente dolor que le haría sentir. Lo peor de todo es que las dos intuíamos que Kenia seguiría en esa relación solo con el fin de no quitarle su familia a Marisol.

Como dicen: ojos que no ven…

El nuevo heredero del trono

Si tan solo nuestras familias nos aceptaran como somos, pero a veces parece que más que hijos somos una compilación de karmas por pagar. Nuestros padres esperan de nosotros lo que ellos mismos no pudieron completar en sus vidas. Esperan que seamos una continuación de sus sueños, la perfección de sus valores y la epifanía de sus creencias; el problema es que a veces nos insisten tanto con que sigamos determinado camino que terminamos tomando la bifurcación que lleva al lado contrario...

Para Edu el tema de la adopción estaba color de hormiga: en el momento en que el bebé llegara a la casa sería publicado en todas las revistas de sociedad de México. Eso significaba que a sus padres les daría un infarto fulminante y hasta le retiraran el apellido. Leo, una vez más, le aconsejó que hablara con Patricia y le contara sobre su decisión de adoptar. Si ellos lo tomaban bien o mal no era problema de Eduardo, sino de Armando y Paty que, sentados en su mansión conservadora de Las Lomas, no podían aceptar que su hijo les había salido "rarito".

Ximena y Santiago, los padres de Leo, al otro lado de la moneda, estaban felices con la noticia de ser abuelos y también aconsejaron a Edu que hablara con sus padres. Eduardo, empujado pero apoyado por su marido y su familia adoptiva, llamó a Patricia para, una vez más, citarla a tomar un café. Patricia aceptó con la condición de que su padre no se enterara. Nada nuevo. Eduardo acató, aunque sabía de antemano que después de esa conversación, Armando terminaría por enterarse de que sería abuelo por segunda vez.

Eduardo tenía un medio hermano mucho mayor que él, hijo de Georgina, novia de colegio de Armando con la que nunca se casó

197

porque su familia (la de Armando, obvio), igual de conservadora y moralina, decidió que el futuro de su retoño no era al lado de una chica sin escrúpulos que se dejó "desvirgar" sin estar casada, mucho menos una caza fortunas que iba detrás de la herencia de su adorado "Mandis", como le decía su madre. Por eso, tras una buena lana que la chica recibió de los padres de Armando, aceptó comer callada y actuar bajo las reglas de la familia Bernal. Ella, al ser hija de una madre soltera, no solo fue juzgada con la misma vara por la familia Bernal sino que se hizo cargo de Juan Pablo, sin presiones de ningún tipo para Armando. A Armando lo mandaron a estudiar a Boston en donde conoció a Patricia y se casaron por todas las leyes sociales requeridas para hacer válida la unión.

De su matrimonio nació Eduardo que como si fuera un karma resultó siendo lo más alejado a los sueños que sus padres habían posado en él. Como buena familia doble moral, Juan Pablo era un secreto sabido pero no comentado. Eduardo tenía prohibído comunicarse con su medio hermano y cuando se veían por esos compromisos sociales a los que había que asistir con la "familia perfecta" con el fin de dar una buena imagen, se saludaban de lejos como si el elefante blanco que se posaba entre ellos no existiera. Patricia tuvo que aguantarse, sin reproches, el hecho de que Armando siguiera viendo por su hijo bastardo, pues la condición de Georgina para no abrir la boca y tirarle su teatrito era recibir, de por vida, una jugosa cantidad mensual. Después de los años, Patricia se enteró de que Armando visitaba de vez en vez a Georgina con el fin de cobrar entre las sábanas un poco del dinero que le giraba cada mes, pero nunca pudo reclamar. Armando la tachaba de loca celosa y le recordaba la tragedia económica que podía significar si ella hacía un mayor escándalo. Juan Pablo estaba casado con Sandra y era un exitoso político que, gracias a las palancas de su secreto padre, había logrado colocarse en diversas embajadas mexicanas en el mundo. Para ese entonces, vivía en Londres con Sandra y la pequeña Mica. ¿Ironías? No, ¡karmas!

Eduardo me contaba por teléfono todas sus desventuras familiares previo a encontrarse con Patricia que, sabía de antemano, se desmayaría con semejante noticia.

—Hasta llevó una botellita de alcohol, *sweetie pie* —bromeó a costas de su desinformada madre.

Mi teléfono, entre tanto, me anunció la llamada en espera de mi propia desinformada madre.

—*Sorry*, *sweetie*, me tengo que ir o no me la acabo si no le contesto a la patrona me mata a punta de sermones —me despedí.

—Qué onda, madre, ¿cómo estás?

Sabía la respuesta.

—Pues aquí... —contestó trágica como ella sola.

Volteé los ojos

—Preocupada por ti, Julietita, nada más me entero de ustedes por Yolanda.

—Por los chismes de Yolanda, querrás decir.

—Si no fuera por ella, no sabría de mi propia hija. Kenia no es como otras y llama a su madre casi todos los días.

—¿Para qué quieres que te llame todos los días?

—Pues para saber de ti.

—No hay nada qué saber de mí todos los días.

Si de verdad quería acabar en un sanatorio mental, entonces llamaría a mi madre todos los días.

—Yolanda anda bien preocupada por Jade.

—Puras preocupaciones con ustedes... —(¡cuánto drama!)—. ¿Por qué se preocupa por Jade si ella está bien.

—Pues según Yolita, Jade anda toda descarrilada.

—Yo vivo con Jade, mamá, cero descarrile.

—Que sigue con esas rastras, vistiéndose como una zarrapastrosa y que nada de buscar trabajo, nada más vive de lo que Kenia le pasa, a mí también me parece preocupante.

—Desde cuándo te preocupas tú por Jade, si la has visto tres veces en tu vida es mucho.

—Me preocupa lo que le preocupe a Yolita, ella es mi amiga.

—Jade tiene rastras porque le gusta ese *look*, no es una zarrapastrosa y sí trabaja, así que ya verás hasta dónde es capaz de chismosear tu querida amiga —aclaré.

—Pues si llamas trabajo a andar jugando con su computadora.

—Sí, mamá, en esta era jugar con la computadora es considerado un trabajo —contesté, sardónica.

—Sí, cómo no, y en la mía jugar con una guitarra también y mira cómo nos fue con tu papá.

—Mamá no empieces...

—Claro, soy yo la que empiezo, como siempre. ¡Qué tristeza que tras de que yo fui la que te levantó y la que vi por ti tantos años, yo resulto ser la paria y tu papá, el héroe.

Respiré profundo. Mi mamá no entendía cuánto me dolía que me hablara mal de mi papá. Lo único que me quedaba de él era un buen recuerdo, pero ella se empeñaba en acabarlo como si fuera una plaga.

—Mira, ma, mejor me voy antes de que terminemos peleando.

—No me digas, ¿tienes cosas qué hacer? —preguntó, irónica

—Pues sí, ma, aunque no lo creas, tengo muchas cosas pendientes.

Cuando estaba a punto de librarme, salió el peine.

—¿Y cómo qué cosas serían si ni trabajo tienes?

¡¡¡¡¡Kenia!!!!!!

—No me digas que Yolanda te contó.

—Te digo, si no es por ella no me entero de nada de ti.

—Pues sí, estoy buscando un nuevo trabajo. Estaba aburrida en el anterior.

—A mí se me hace que el que andaba aburrido era tu jefe, porque para que te haya corrido.

Y así, a Kenia le quedaron como dos horas más de vida. No tenía duda de que la mataría.

—Mira, ma, neta ahorita no estoy para aclararte mi vida laboral, ni para hablar de héroes ni parias, estoy de salida y tengo prisa.

—Eso, huye de tu madre.

Intentó su chantaje número 136547.

—Eso hago, *bye* —y colgué sin darle chance de decir más.

¡Cuántas veces en la vida le había pedido a Kenia que mi nombre lo dejara fuera de las conversaciones con su madre!

—Hola, Juliette, ¿te puedo marcar en un ratito? Ando en el banco —contestó Kenia.

—Pues te sales porque es importante —le respondí, furiosa.

—Un segundo —me puso en espera—. Listo, ¿qué pasó?

—Pasó que hablé con mi mamá.

Yo también era buena sermoneando cuando se me daba la gana de hacerlo.

—Pasó también que, como por variar, tiene demasiada información de mi vida.

—¡Pero yo no le dije nada, Juliette!

—A mi mamá no, eso lo sé, pero a la tuya le cuentas todo. Como que me corrieron, como que Jade es una zarrapastrosa sin trabajo. Neta, Kenia, qué onda contigo y tu mamá, su relación es patológica y nos estás embarrando a todas.

—¡*Ash*! ¡Yolanda! Le he dicho mil veces que no le cuente todo a tu mamá y ahí va, ¡pero me va a oír! —refunfuñó.

—¡No, Kenia! ¡Párale ya! Ella hace contigo lo que tú haces conmigo ¿¡No te das cuenta?! Te pido y te pido que no le cuentes nada a tu mamá y te vale, me prometes que no lo vuelves a hacer y le vuelves a contar sobre mi vida. En serio, wey, ya estoy hasta la madre de que me pongas en evidencia con mi mamá. Si no tienes mucho tema de conversación entonces empieza a contarle sobre tus desmadres con Henri, a mí déjame fuera de eso.

¡*Uuuh*! Le di un golpe bajo sin querer hacerlo.

—¿Mis desmadres con Henri? —cuestionó—. ¿Ahora te sientas a escucharle sus paranoias a Jade sobre mi marido?

Y así, sin darme cuenta se me volteó la tortilla.

—No me dijo nada, solo que neta ya estoy harta de que cada que me llame mi mamá sea porque tu le contaste todo sobre mi vida. A lo que me refiero es que mejor le cuentes sobre la tuya.

—No, a lo que te refieres es que crees, igual que Jade, que mi matrimonio es una mierda, ¿o me equivoco?

—Yo no soy nadie para juzgar tu matrimonio —intenté calmarla.

—Y aún así lo haces —contestó, molesta.

—Mira, Kenny, tus broncas con Jade son de ustedes, a mí no me metan en el medio. Tus broncas con Henri, son de ustedes también y prefiero ni siquiera hablar de eso, sobre todo cuando tú no eres igual de expresiva cuando se trata de ti, como cuando se trata de los demás.

—¿Me estás diciendo chismosa?

—Te estoy pidiendo, desde que tengo uso de razón, que dejes de contarle sobre mí a tu mamá. Yo no le cuento a mi mamá sobre tu vida y espero reciprocidad de tu parte.

—No te preocupes, no vuelvo ni a mencionar tu nombre.

Cuando Kenia se quería poner de drama *queen*, también lo hacía muy bien. Parecía más hija de mi mamá que yo.

—Perfecto, espero que esta vez sí lo cumplas.

Y así como sabía contestarle a mi madre, también le contesté a ella. Así éramos Kenny y yo, de repente teníamos discusiones, peleítas que nos hacían dejarnos de hablar un par de días y luego volvíamos a juntarnos como si nada fuera. Ella hacía su drama, yo hacía el mío y nuestra amistad siempre seguía intacta.

Edu y Patricia se juntaron en el café del terror para dar las buenas nuevas a la incauta de su madre que no se imaginaba con lo que su retoño le saldría. Una vez más, tal como Edu lo había predicho, se desmayó. Pocos días después, Eduardo recibió una llamada de su padre, a quien no le oía la voz desde que dio la noticia de su matrimonio con Leonardo. Armando le dijo que a partir de ese momento tendría un solo hijo: Juan Pablo, quien habría sido más digno de nacer en ese matrimonio, no como Eduardo que pegaría más siendo hijo de Georgina. Acto seguido sacó toda su artillería pesada en la que destacaba que ser "maricón" se podía quitar con un buen matrimonio con una mujer de su misma estirpe, con sus contactos podría anular la porquería de unión demoniaca que tenía con Leonardo y dejar toda esa pesadilla en el pasado. Así, Eduardo podía asegurar su futuro con la sustanciosa cuenta bancaria en Suiza que pondrían a su nombre en el momento en que volviera a su casa, y se olvidara de los malos pasos. Eduardo escuchó en silencio a su padre mientras se limpiaba las lágrimas, causadas por el dolor de descubrirse víctima de las formas corruptas con que su padre se movía para agitarle en la nariz esa herencia a la que prefería jamás acceder que venderse por unos cuantos millones de dólares. Armando culpaba a Leonardo y a su familia de *mariguanos*, de confundir a su pobre retoño, pero todo eso se acabaría en el momento en que Edu lo decidiera, solo agitaría con gracia su varita mágica para conceder todo lo que su hijo quisiera con tal de sacarlo de ese mundo de "putos asquerosos".

—Yo no soy puto —le dijo Eduardo tragándose el nudo que de su garganta— soy homosexual y tu eres un pobre miserable que pretendes manipularme como manipulas a mi madre y a todo quien se te atraviesa.

Eduardo ni siquiera lo pensó: aceptó no ser más hijo de ese monstruo de dos cabezas. Para su fortuna tenía a la familia de Leo que los aceptaba tal y como era, no necesitaba un abuelo doble moral, hipócrita y comodino que había abandonado a Juan Pablo y que ahora lo volvía a hacer con él. Colgó el teléfono, temblando, y se soltó a llorar en los brazos de Ximena que para entonces ya le decía *hijo*.

Besar o no besar al mismo sapo. Esa es la cuestión.

A veces justificamos la estupidez con vulnerabilidad, pensamos que si optamos un ratito por la segunda nos podemos dar licencias que nos ayudarán a huir de la soledad que por momentos se torna espesa. Es cuando ignoramos las lecciones, que tropezamos con la misma piedra y regresamos a la casilla de inicio con más moretones que aprendizajes. Lo bueno es que del suelo y unas cuantas magulladuras emocionales, no pasamos.

Erik continuaba en su contienda de reconquistarme con mensajitos, correos, caritas y corazoncitos. Yo me preguntaba qué clase de loco utilizaba a una mujer como su juguete sexual y luego la intentaba convencer de que la quiere en serio. ¿Con qué fin lo hacía? ¿Para tener cibersexo en vez de noches oscuras? ¿Para abonar a su salón de la fama con más diversidad de polvos? No comprendía las jugadas de Erik luego de que me había dejado ver el lado que jamás imaginé tendría escondido detrás de esa sonrisa sensual.

No puedo mentir, la soledad comenzaba a sentirse. Jade pasaba mucho tiempo con Bruno. Leo y Edu se la vivían en eventos de fin de año y los villancicos me recordaban que en esas fechas era cuando más unidos estábamos Alejo y yo. No importaba cuántos problemas tuviéramos, no importaba si no hubiéramos tenido sexo en semanas, el fin de año éramos felices, las vacaciones nos inyectaban suero de "superpareja" y volvíamos a nuestra feliz rutina de hacer el amor los sábados por la noche. Solo que en fiestas, eran polvos de Acapulco.

Con Alejo no había vuelto a hablar después de esa visita fugaz a su oficina. Eso no quería decir que hubiera dejado de pensar en él. Alejo… ¡*Agghhh*! Por qué no podía olvidarlo de una vez por todas. ¿Sería verdad que olvidar a un amor toma el doble de tiempo de lo que duró? ¡*Me carga!* Entonces me esperaban muchos años por delante. Lo peor es que cuando estaba con Sebastián no me entraban esos lapsus de extrañar a Alejo. Pero del pobre de Sebastián ni hablar, a ese le rompí el corazón en tantos pedazos que seguro seguía recogiéndolos. No lo culpo. Todos tenemos esa relación bastón, como la llamaba Leo, después de un fuerte accidente emocional. Se necesita algo semejante para poder pensar con la cabeza fría e intentar recomponer la vida lo mejor posible. Un amorcito pasajero que nos ayude a recordar que el mundo sigue girando y nada es tan grave como parece.

Para ese momento me arrepentía un poco de haber mandado a la lona a mi incondicional bastón Sebas, por un *satiriásico* irremediable. Erik no era del tipo de hombres que piden oportunidades, ese aprovecha oportunidades, que es distinto. Pero la más dolida de todo lo que sucedió con Erik era Cirila que se negaba a que le contestara a sus peticiones de segundas vueltas. Sin embargo, una mañana en la que ambas estábamos dormidas, apareció el susodicho timbrando en mi celular. Yo, que nunca imaginé que me llamaría, dada su obsesión por el informal chat, contesté sin olerme de quién se trataba.

—¿Bueno? —contesté con aliento mañanero.

—¡Preciosa!

—¿Quién es?

—¡Erik, babosa! —respondió Cirila con peor aliento aún.

—Qué onda —saludé, desganada.

Erik no esperaba que ninguna mujer lo tratara con desgano. Él, el rey del abdomen cuadriculado, tenía que ser alabado por todas las de su harem. Incluyendo *miss* enero, *miss* febrero, *miss* marzo y así hasta llegar a mí: *miss* noviembre, a quien se me era ofrecida la gran oportunidad de una extensión gratuita de membresía por el mes de diciembre. Por eso se desesperaba cada vez más, porque se daba cuenta de que yo ya había llegado a mi tope con él y que, ni por una promoción para sexo telefónico, aceptaría el trato de convertirme en miembro honorario por un mes más.

205

—¿Qué tienes puesto, guapa? —preguntó.

—No voy a jugar ese juego, Erik, neta tú de plano no entiendes nada.

—Ya te dije que soy un imbécil, ¿qué más quieres que te diga?

—¡Nada! No quiero que me digas nada, solo que tú insistes en decir cosas.

—Es que quiero que me perdones.

—Estás perdonado.

Miré mi reloj, eran las siete de la mañana.

— ¡*Weeeey*! Es supertemprano, ¿por qué no me llamas tipo 10?

—¿Tomo eso como un no me llames jamás?

—No, tómalo como llámame a una hora en la que esté lo despierta como para no contestarte el teléfono.

—Pensé que para hablar con la mujer que me trae loco, toda hora es decente.

Lo perdimos en el infierno de los adictos al sexo.

—Ahora te traigo loco…

—¿Qué quieres que haga para que lo entiendas?

—Puedes comenzar por llamarme a una hora en la que pueda entender cosas.

—Déjame arreglarlo…

—Estás loco.

—Pero por ti…

—*Mmm*… ¿dónde he escuchado eso?

—En serio, preciosa, me haces falta. ¿Yo no te hago falta?

—No mucha —dije, sintiéndome la diosa del pastel, mientras Cirila me aventaba pastelazos en los confines de mi inconsciente.

—Ayer me invitaron a pasar año nuevo a Acapulco —dijo, y yo quedé sentada en la cama, en automático, con el corazón a diez mil por hora.

—¡¿Por qué te emocionas, pelotuda?! —gritó Cirila.

—Me gustaría que fueras conmigo e intentar reponer todo lo que hice mal, ¿cómo ves?

—No lo se —contesté—. Siempre paso año nuevo con mis amigos —mentí, siempre lo pasaba con Alejo y su familia—, además ya tuve suficiente de ti y tus aberraciones por este año.

—Es que te deseo demasiado, July…

—Me deseas a mí y a todo tu desfile de modelitos del *Facebook*. ¿Por qué no llamas a una de ellas para que te alcancen en Acapulco y las invites a tus orgías?

—¿Tan mala impresión te dejé?

—A ver… déjame pensar… Me dijiste que nos iríamos juntos a Oaxaca y luego me persuadiste de la forma más vil de llevar a otra vieja con nosotros. De hecho creo que estoy siendo injusta en mis juicios contigo, ¡me estoy viendo muy buena onda!

—Ya te prometí que jamás te vuelvo a hacer eso. Mira, va una pareja de amigos y me invitaron con ellos, me encantaría que me alcanzaras allá. Este año hay un festival de música electrónica, y quiero empezar el año con la mujer que me tiene de cabeza

¿No quieres pavo? O sea, él pobre zurumbático este dejaba caer de su boca sus deseos esperando a que el universo proveyera: ¡pobre bobo!

—Ya te dije que no puedo.

—Me dijiste que no sabes si puedes…

Me sentía una idiota. Aunque debía estarle colgando el teléfono después de cómo se portó, mi ego se regocijaba de que se me arrastrara como cucaracha. Así las cosas quedarían 1-1 y no 1-0, como estaban ahora. Y así, con la inconsciencia de seguir casi dormida, comencé a recordar cuando nos divertíamos en la ducha, en la mañana, en la tarde, sus besos, su olor… Unos días de ese tipo de diversión no me caerían nada mal, en especial en esas fechas en las que me sentía vulnerable por Alejo. La dura realidad era que estaba sola y no quería sentirme *taaaaaan* sola en año nuevo. Y sí, Erik se dejó llevar por sus bajos instintos pero si prometía no volverme a poner en una situación así de incómoda, pues quién quitaba que hasta la pasáramos bien. Tenía buen sexo de fin de año, y, por ahí derecho, me sacaba a Alejo y los villancicos de la cabeza. Además, como bien decía la sabiduría veinteañera de Jade: *¿quién se quiere casar?*. Sí, lo confieso, me empecé a aflojar.

—Está bien, lo pensaré.

—Pero no te tardes mucho, así compro tu boleto y el mío al mismo tiempo.

Eso sí no lo quería ni aceptar, si iba a Acapulco, iría por mis propios medios, no como la dependiente del desequilibrado ese.

—Mejor ve comprando el tuyo, yo tengo cómo irme a Acapulco en caso de que acepte.

—Está bien, con tal de que vayas haremos las cosas a tu manera —dijo rendido.

Exacto, o hacíamos las cosas a mi manera, como me gustaba hacer todo en mi vida, según Kenia, o no había ni sexo, ni Acapulco, ni redenciones. Me sumergí debajo de mi almohada y regresé a la tierra de los sueños, en donde por lo regular Alejo se quería casar conmigo, mi papá nunca se había ido y yo era la reina del universo.

Horas más tarde, caminando por la calle rumbo al parque para hacer un poco del ejercicio que nunca hago, apareció Alejo de la mano de una chica. Era joven, bonita y con un cuerpo de modelo que me hacía sentir como un manatí atrancado en la orilla. Me escondí detrás de un árbol para poder observar lo que hacía. A lo mejor era masoquista, pero necesitaba saber si era su novia. ¿Tan rápido me olvidó? ¡Por qué no me lo encontré cuando estaba con Erik! Así podríamos estar 1–1.

—¡Tú y tus babosos marcadores! —dijo Cirila—. Como si hicieran la diferencia.

Alejo se veía guapísimo. Esos pantalones no se los conocía, ni esa camisa, ¡y esos zapatos! Eran los que siempre le decía que se comprara y él me respondía que no tenía veinte años

—¡*Grrr*! —gruñó Cirila—. ¡Déjame dormir!

—¡Es muy tarde para que estés durmiendo! Además te necesito en este momento.

—¿Lo saludo o no? —le pregunté, zangoloteándola desde mi inconsciente.

—Haz lo que quieras, me da igual… además como nunca me escuchas, no sirve de nada…

¡Ay, mi Cirila chantajista, en eso se parece a mi madre!

—A propósito, no has llamado a tu mamá y ya sabes cómo se pone, cada día que pasa es peor el sermón —me recordó, bostezando.

—¡Estoy ocupada espiando a Alejo! ¡*Shhhh*! —la callé.

—¡Estoy ocupada durmiendo! ¡*Shhhh*! —me respondió.

Pero por andar discutiendo con mi desesperante diosa interna lo dejé de ver. ¿A dónde se había ido? ¡*Ashhhh*! Lo había perdido de vista, nada qué hacer. Cómo era posible que Alejo ya estuviera con otra

—¡Y más joven! —balbuceó Cirila, somnolienta.

—¡*Shhh*! ¿¡Qué no estabas durmiendo!? —le dije molesta.

Retomé mi marcha hacia al parque, pensando en Erik, en Sebastián. Ninguno lograba hacerme olvidar a Alejo. A lo mejor lo nublaban un poco, como una tormenta de paso, pero luego, cuando todo se disipaba, aparecía de nuevo.

¡*Ahhhh*!, grité en silencio poniendo la mejor cara disponible para tal sorpresa: ¡ahí estaba frente a mí, de la mano de su diosa veinteañera, y yo con el rímel del día anterior, regado!

Alejo soltó la mano de su chica (1-0 a favor) y me miró de arriba a abajo, sorprendido, como si no pudiera creer lo que viera. Ella, también me miró con sorpresa.

¡Ay, ya cálmense!, o sea ya se que estoy guapa pero no es para tanto! Pensé, socarrona. Entonces Alejo pudo musitar palabra, por fin.

—¿Qué haces así aquí afuera?

No entendí nada y me miré

—¡Oh, por Dios!

Creo que mi Cirila se desmayó porque no oí nada más en mi cabeza. La imagen fue demasiado fuerte: yo, en la mitad de la calle, con una toalla envuelta en el cuerpo y ¡otra en la cabeza! Mi angustia no tenía precedentes: busqué el camino de regreso a casa pero de repente me encontré en una calle que no conocía y Alejo ya no era Alejo sino que era un señor que nunca había visto en la vida. ¿O sí? ¡Eso no importaba!, ¡por Dios!, estaba semidesnuda en las calles de México. ¡Qué oso! Corrí hacia donde pude y, por fin, lo logré, desperté de ese mugroso sueño recurrente de encontrarme gente en la calle cuando estaba en toalla. Lo bueno era que estaba en mi camita, lo malo era que no podía dejar de soñar con Alejo y que mis utopías de ser la reina del universo no se cumplieron esa mañana.

Alejo no fue tan malo durante nuestra relación. Catalogaba en argot materno como "un buen muchacho". Lo amé, ¿o lo amaba? No, no creo que para aquel entonces. A lo mejor eran solo *lapsus brutus* por la relación tan larga que tuvimos. Lo quería, sí, lo recordaba como un hombre maravilloso que en su momento me hizo feliz, pero también con quien el último año padecí, lloré, luché y peleé. O quién sabe, a lo mejor seguía enamorada de él pero en estado continuo de negación por mi propio bien. No era el hombre más cariñoso ni detallista, pero así lo quería, igual me daba muchas cosas que en ese momento necesitaba, como seguridad, tranquilidad y paz. Durante más de la mitad de nuestra relación no tuvimos ni una sola pelea, ni siquiera una discusión, lo cual a veces llamaba mi atención. Kenia decía que Alejo era muy pasivo y que eso vendría a morderme el trasero alguna vez en la vida. Él no era un hombre que luchara por sus ideales a capa y espada, tanto que cuando terminamos no dio ni media lucha por mí. Le gustaba que las cosas se dieran solas y pocas veces lo vi sacar los dientes ante alguna persona que se pasara de lanza con él. Kenia tenía razón, era un hombre pasivo, buena persona, buen hijo, buen amigo, pero pusilánime.

De repente llegó la racha en la que todas mis conocidas y algunas amigas comenzaron a recibir sus anillos de compromiso. Yo me escondía detrás de un sonoro: no me importa, así soy feliz cada que mi diosa interna me pedía explicaciones, ella sí negándose a renunciar al sueño de casarse solo porque Alejo no creía en el matrimonio. El problema era que luego mis amigas anilladas comenzaron a casarse, incluso Kenia y Henri, quienes ya tenían a Marisol, decidieron sellar su compromiso con un matrimonio como de la realeza. Esa fue la gota que derramó el vaso. Mi ejemplo, mi mejor amiga, a veces hasta mi segunda madre, Kenny, se habría de casar de blanco, haciendo honor al dicho de *más vale tarde que nunca.* Cirila enloqueció. Recuerdo aquel día cuando Kenny me contó entre mocos y risas cortadas que Henri le había propuesto matrimonio, que la roca en su dedo le había creado un desnivel en la mano y que tirarían la casa por la ventana desde un gigantesco y lujoso hotel en Acapulco. Tuve que romper la vitrina de cristal en donde estaba la *camisa de fuerza que reposa en mi subconsciente con un letrero de: úsese solo en caso de emergencia,* para amarrar a Cirila antes de que cometiera alguna estupidez.

Respiré como un millón de veces sin obtener calma y luego, con toda la feminidad que me adornaba, saqué el tema con Alejo en el momento menos indicado y de la peor forma posible. Aquel día, Alejo me abrió los ojos como un plato y solo pudo decir que no se esperaba que yo cambiara de opinión ante el matrimonio. Yo moría de ganas de decirle, en un arranque de valentía casi suicida, que no era que hubiese cambiado de opinión, sino que me había cansado de sostener la mentira que dije, y me creí, con tal de que no se fuera de mi lado. Comprendí, a raíz de eso, que toda mi relación estaba basada en una castillo en el aire y que si se derrumbaba la culpa no sería de Alejo, sino mía por haber sostenido tremendo engaño.

Sí quería casarme, sí quería un anillo, sí quería una fiesta y sí quería un compromiso. Pero no pude decírselo. Preferí seguir en esa mentira por miedo a perderlo. Me escudé en que la noticia del matrimonio de Kenia me había sacado de onda y que por eso me daban esos ataques de ansiedad. Sin embargo, por más que lo quise ocultar, Alejo supo que la caja de Pandora se había abierto. Los días se comenzaron a volver tediosos. Cada que una de mis anilladas amigas nos hacía llegar la invitación, Alejo se retorcía pues sabía que el tema no solo era sensible sino que provocaba peleas constantes. Así asistimos a dos que tres que cuatro bodas en las que, sin excepción, salíamos peleando, ambos exhaustos, sobre el mismo tema. Ironías de la vida que justo el día de la boda de Kenny fue el día que ya no dimos más, la liga se rompió y salimos disparados cada uno para su lado…

Los espías de mi reino

El voyerismo es para los voyeristas. No cabe duda de que hay muchas cosas que son solo para quien las disfruta. El problema es cuando aceptamos hacer algo que sabemos que no nos gusta y después nos hace sentir mal. "No haremos nada que no quieras" es la típica frase del caballero galante, pero a la hora de la verdad y al calor del fuego interno puedes perder la dimensión de lo que quieres, de lo que no; de lo que te gusta y de lo que te va a hacer sentir mal una vez la escena se enfríe. Por eso, antes de comenzar a jugar cualquier juego, lo mejor es preguntar las reglas, así sabes si de entrada te retiras o si, sin ver, apuestas.

Se acercaba el 31 de diciembre y con ello varias presiones. La primera y más importante: decidir de una vez por todas si iría o no con Erik a Acapulco. La segunda, en caso de aceptar, cómo le diría a mis amigos que una vez más me largaría con Erik —sobretodo a Leo—, y la tercera, de dónde sacaría el dinero con qué irme a Acapulco, porque eso sí, no permitiría ni de broma que Erik me invitara. Esta ocasión llevaría mi dinero y me pagaría mis cosas.

Jade no se pudo ir a Cancún a pasarla con su mamá, mucho menos la pasó con Bruno, quien para las fiestas se había ido a Los Cabos con amigos en un viaje en el que las mujeres no tenían cabida. Igual tampoco habría ido, dijo ella, cuando me contó que la pasaría en la casa de su prima Kenia y no dando brincos en el colchón con su cavernícola. Esa vez habría nuevos invitados: Ximena y Santiago, acompañados de Leo y su hijo pródigo, Eduardo. Henri nunca llegó a sentirse muy cómodo con las muestras de amor que Edu y Leo tenían el uno con el otro. Alguna vez, después de varios *whiskies* confesó que lo ponían incómodo, pero eso nunca lo detuvo para ser un gran anfitrión y

212

hacerlos sentir como en casa. Con Jade, en cambio, había adoptado una actitud altiva, no solo Jade no lo tragaba, sino que él había desarrollado, también, un repele hacia ella. Aunque en el pasado lo disimulaba muy bien, siempre vio a Jade como una chica rebelde que le llenaba la cabeza de cucarachas a Kenia y que cuando llegara el momento se la llenaría a Marisol. No le gustaban las mujeres con ataques de libertad e independencia y Jade era el vivo retrato de eso. De hecho, Kenia siempre decía que entre menos tiempo convivieran esos dos, mejor. La ponía nerviosa cómo Jade contestaba a las conversaciones de Henri un tanto burlona. Jade, por su parte, no soportaba que Henri se hiciera pasar por hombre de mucho mundo. *Es un venido a más y solo porque es extranjero no es mejor que los demás*, decía con cara de asco cuando Henri se daba lapos de sabiduría internacional. Ese era Henri, un hombre un tanto inseguro y que prefería no contar que en tiempos pasados llegaron a tener 15 pesos para cenar. Le daba vergüenza aceptar que si no fuera por una suertuda herencia que no esperaba, lo más seguro es que no vivirían en el paraíso de los bienes raíces, sino en un cuartito de vecindad en la Bondojito.

Nosotros éramos así: hijos de gente con recursos limitados, a quienes se nos apareció la virgen y logramos progresar pero estábamos lejos de la sangre azul que corría por las venas de Edu y de la verde que corría por las de Leo. El problema era que Henri disfrutaba hablar de más, sobre viajes que nunca hizo, relojes que nunca compró y cuentas en Suiza que no tenía. Kenia lo amaba tal y como era y aunque también se avergonzaba cuando Henri contaba sus historias reforzadas, no le quedaba más que asentir y hacer como todo eso fuera cierto. Alguna vez, Jade hizo quedar a Henri como un imbécil en una reunión con unos inversionistas que venían del norte de Europa, cuando le dio por ponerse a hablar sobre lugares que no había visitado. Jade, que acababa de llegar de viajar por todos esos países, los hostigó hasta que lo hizo caer en su mentira. Por supuesto, Henri quedó como mentiroso e idiota.

Ese 31 de diciembre era la primera vez que Jade lo vería después de ese incidente en el que Henri le dejó claro que no la quería metiendo sus narices en sus reuniones de adultos. Lo cual me dejaba a mí en la peor posición pues Kenia esperaba que yo la hiciera de mediadora y mantuviera a la fiera de Jade anestesiada y tranquila.

Faltaban pocos días para que llegara el primer año nuevo sin Alejo y me sentía fatal de cambiar a mis amigos por irme con Erik a Acapulco, pero por otro lado me daba flojera el tema familiar en la casa de Kenny. Se me antojaba la fiesta, música tan fuerte que no pudiera escuchar mis pensamientos, besar a Erik y olvidarme de que esas fechas eran el coco de todas las recién tronadas. Seguro el primero de enero, sería otro día...

—El dos, el primero estamos crudas —alegó Cirila con sabiduría.

Abrí mi computadora para escribir el *post* de la semana. Cada vez había más comentarios nuevos, más visitas, y consultas en *El Diván* de despechados que, al igual que yo, sufrían porque llegaba el año nuevo y no tenían a quien besar. Jade se había dedicado a levantar el sitio a punta de trabajo e investigación. Comencé a escribir y entonces mi *chat* se encendió.

Sir Dante: ¡Vaya! ¿Y ese milagro que andas por aquí?

Modelo81: Eso te digo, hace mil no te veía.

Sir Dante: Lo sé, mi Beatriz, pero siempre el fin de año es una locura.

Modelo81: No sabía que la historia también tenía temporada alta...

Sir Dante: Para que veas... la historia siempre será una cajita de sorpresas ;)

Modelo81: Bendita navidad y su dificultad a la hora de regalar cosas a personas que no nos importan. ¿Tienes planes para año nuevo?

Sir Dante: Justo ahora estoy saliendo rumbo Acapulco, deséame suerte con el tráfico.

¡Acapulco!

Modelo81: Que rico... y ¿con quién vas?

Sir Dante: Familia, algunos amigos (de mi familia, obvio), no creas que va a ser muy divertido. Pero cada año me toca ir aunque no quiera.

Modelo81: Me imagino, estas fechas deberían tener post-vacaciones de familia. ☺

Sir Dante: ¿Y tú?

Modelo81: Mmm aún no sé. También me están invitando a Acapulco.

Sir Dante: ¿Tu familia?

Modelo81: No... ¿prometes no regañarme?

Sir Dante: Sería incapaz.

Modelo81: Chico B.

Sir Dante: ¿Chico B?!!!

Modelo81: Lo prometiste.

Sir Dante: No es regaño, es sorpresa. Pensé que ya estaba en el pasado. Después de la que pasaste por su culpa...

Modelo81: Ahora me siento como una idiota.

Sir Dante: Para eso es la soltería, para cometer idioteces ;)

Modelo81: Quiere una segunda oportunidad.

Sir Dante: Pues claro, de estar en Acapulco solo, a estar contigo... Yo también pediría una segunda vuelta...

Modelo81: ¿Crees que hago mal aceptando?

Sir Dante: Creo que debes hacer lo que se te de la gana y no lo que nadie te diga. Al final la que tiene que estar contenta con su decisión eres tú.

Modelo81: ¿Te gusta la música electrónica?

Sir Dante: No es mi estilo. Música electrónica es igual a mucho chamaco borracho y drogado, y muuuucha gente. A mí me gusta más la onda tranquila.

Modelo81: ¿Cómo dormir en piyama de ositos a las diez de la noche? ☺ ☺ ☺

Sir Dante: Pues lo dirás de broma jajaja

Modelo81: Neta? Eres viejito prematuro?

Sir Dante: Un poco. Prefiero una buena cena, una botella de vino, escuchar música a decibeles que el oído humano resista.

Modelo81: Y cuáles son esos decibeles?

Sir Dante: Créeme, muchos menos que en una fiesta electrónica. ¿A ti? ¿Te gustan esas fiestas?

Modelo81: No las busco, pero si me invitan, voy. A veces la música fuerte me permite no escuchar a Cirila.

Sir Dante: ¿Cirila?

Modelo81: En una larga historia, otro día te la cuento.

Sir Dante: Cuando camine por la playa puedo ir chiflando a ver si me ves y nos encontramos.

Modelo81: No lo sé, a lo mejor… si me ves te enamoras de mi jajaja

Sir Dante: Correría el riesgo ¿En dónde te quedarás?

Modelo81: Creo que es una casa de Las Brisas.

Sir Dante: Buuu entonces estamos muuuuuy lejos.

Modelo81: ¿En serio considerabas vernos?

Sir Dante: No sé… ¿estás dispuesta a perder el encanto por mí?

Modelo81: Quién quita y la que se enamora soy yo jajaj

Sir Dante: No lo sé… Beatriz nunca amó a Dante. Fue muy triste.

Modelo81: ¿Te lo contó Dante cuando jugaban cricket por las tardes?

Sir Dante: ¿??

Modelo81: Es broma… por aquello de que estás viejito.

Sir Dante: ¡Ah, qué chistocita! Jajaj (buena broma)

Modelo81: ¿Dónde te quedas tú?

Sir Dante: En una casa en Pie de la Cuesta.

Modelo81: Pues te tocaría chiflar con una trompeta, porque vamos a estar bieeeeen lejos.

Sir Dante: Entonces se me hace tarde, voy por una trompeta.

Modelo81: ☺

Nos despedimos. *¿Y si voy y… le digo a Sir. Dante que nos conozcamos?* pensé mientras cerraba mi compu. *¡O sea, entre Mr Desequilibrado y tu amigo imaginario, no hay ni a cual irle! Qué oso,* concluyó Cirila, casi decepcionada de mí. Me avergoncé un poquito. Mis opciones eran patéticas. Primero, no tenía idea si el tal Sir Dante, que de la nada se había convertido en mi confidente, era un viejito, o una señora ama de casa, o algo diferente a la imagen que yo tenía en mi cabeza. Sin embargo, había algo en él que me hacía confiar. Igual, en ese momento de mi vida lo menos que necesitaba eran grados de dificultad. Sir Dante estaba bien en donde estaba: detrás de la pantalla de mi computadora. De momento, tenía que decidir qué hacer con Erik que seguro no tardaría en llamar, como todos los días, para preguntarme si me había decidido.

Una opción era quedarme en el DF y pasar mi primer año nuevo en la casa de Kenia, en donde me tendría que chupar parte de la tensión porque Jade no se tragaba a Henri, además de tener a Kenia sermoneándome porque el año venidero debía de establecer mi vida, encontrar un nuevo trabajo que con suerte me dejara ahorrar un poco, dejar de salir tanto de fiesta y convertirme en una chica de bien ¡yiac! Lo menos que necesitaba en ese momento de mi vida era deprimirme, y en la casa de mi amiga Kenia estaba segura que para las 12 de la noche estaría llorando sobre mi décima copa de martini porque mi vida era un desastre astronómico. Por otro lado, en Acapulco me olvidaría de mi desastrosa vida, con una sobredosis de orgasmos bien merecidos tras varios meses sin nadita de nada.

Erik era lo que había y por la pura precaución de no caer en una sequía sexual que me llevara a depresión decembrina, me parecía llamativa la idea. Sol, alberca, piñas coladas, los brazos marcados de Erik, su abdomen, su boca, su lengua... *hum*... su cuello, otra vez su abdomen, su delicioso abdomen lleno de cuadritos y luego esas dos rayitas que enmarcan su vientre hasta llegar a su...

—¡Llámalo ya! Para qué te haces la tonta si sabes que vas a terminar en el primer camión a Acapulco para sumergirte en su... —dijo Cirila, guiñándome el ojo.

—¿Hola? —me contestó una voz de mujer extranjera.

—Hola... soy Julieta, amiga de Erik —dije, con un dejo de timidez.

—¡Ah, claro! Espera, te lo comunico.

—¡Hola, preciosa!

—Hola.

—Dime que ya vienes para acá.

—Pues no ya… pero en un rato salgo.

Para mi sorpresa, Erik se puso feliz, al punto que pegó un grito que me hizo alejar el teléfono del oído. Después de escuchar su reacción me emocioné un poco más, se escuchaba contento de verme, a lo mejor me llevaría una buena sorpresa al verlo; quién sabe, todo podía pasar. Quedamos en que pasaba por mí a la terminal.

—¿Estás segura de que no quieres que te compre un boleto de avión?

Estaba segura, lo último que quería era más compromisos. Tomaría el camión y en cinco horas estaría en Acapulco. No era tan grave.

—Me gusta la carretera —le dije, un tanto verdad, un tanto mentira.

La siguiente llamada sería a Kenia. ¡*Ffff*, a veces era peor llamar a Kenia que llamar a mi mamá!

—Hola, Kenny

—¡Juliette! Justo te iba a llamar. Necesito pasar por ti para que me acompañes a *Costco* y comprar todo lo que me falta para la cena.

—De eso quería hablarte… la cena…

—No me digas que no te gustó el menú. Juliette, te lo dije mil veces que si te iba a dar otra vez porque pobre pavos, todo el mundo se los come en Navidad…

—No, no es eso. Es que creo que no voy a poder cenar con ustedes.

—¡Qué dices! ¿Por qué? ¿Te vas a ver a tu mamá?

—¡Ay, no!

De solo pensar en pasar año nuevo con mi mamá me daba miedo.

—Es qué me invitaron a Acapulco.

—¿Acapulco? ¿Quién?

—Unos amigos de la escuela —dije, sin poder evitar mentirle aún más—. Ya rentaron la casa y solo tendría que pagar mi boleto de camión. La neta se me antoja cañón, he estado un poco triste por el tema de Alejo y quiero despejarme.

—*Mmmm*… pero prometiste venir…

—Lo sé, Kenny, pero esto fue de última hora, justo acabo de colgar con una amiga que se va en un ratito y me dijo que me fuera con ella.

—Está bien. Vete con tus amigos y abandona a tus verdaderos amigos —dijo, un poco en broma.

—No me hagas sentir mal, con ustedes estoy todos los días.

—Te estoy molestando, amiga, vete tú que puedes y disfruta. Nos vemos a tu regreso, ¿necesitas dinero?

—¿Podrías prestarme algo?

No me quedaba de otra, necesitaba llevar un guardadito por si las moscas, si sobraba, se lo traía de regreso a Kenia.

—Te deposito en un rato, ¿*okay*? Cuídate por favor. Y me llamas. Yo les digo a todos que nos cambiaste por la playa.

—Por eso te quiero.

—Yo te quiero a ti. ¿Te puedo pedir algo?

—¡Claro!

—¿Hablas con Jade? No quiero que venga con las uñas afuera con Henri. Por fis…

—Obvio, ahorita le digo. No *worries*.

Hice mi maleta y me preparé para salir. Jade estaba haciendo desayuno.

—¿A dónde vas? —dijo cuando vio mi maleta.

—A Acapulco.

—¿No vas a estar con nosotros el año nuevo? —me dijo, abriendo los ojos sorprendida.

—No, nena… me acaban de invitar a este plan.

Hice puchero intentando que no me tirara el sartén en la cabeza.

—¡Qué rico! ¿No me quieres llevar? —me dijo un poco en broma, un poco esperando a que la invitara.

—¿De plano tanta flojera te da pasarla con Kenia?

—Tanto como a ti que huyes al primer plan que te invitan.

—Lo siento, te llevaría pero voy medio de gorra con mis amigos de la escuela.

—Cuándo vuelves?

—Solo voy por cuatro días.

Me abrazó.

—Pásala bien, cuídate porfa.

—Y tu pórtate bien con Henri, no le hagas las cosas cansadas a tu prima.

—¿Te dijo que hablaras conmigo?

—¡Obvio! Está preocupada, no quiere tensiones, sobre todo porque van los papás de Leo.

—Te lo prometo, voy a hacer como si Henri fuera un mueble. No, mejor un muro, porque por lo menos en un mueble puedo poner mi chupe —dijo y se atacó de risa.

—Jade, no seas grosera.

—Te juro que me voy a portar bien. Tú vete tranquila y me actualizas por mensajes para que me muera de envidia.

Salí corriendo. Llegué a la terminal. Obvio Murphy tenía que hacer de las suyas y tener los camiones de lujo copados hasta la noche. Tuve que decidir entre irme en uno menos de lujo y llegar pronto o esperar siete horas para salir. Me quería ir pronto. Total, no tener tele tampoco me iba a hacer daño. El camión salía en media hora. Me compré un café y esperé paciente. Llamé a Erik para avisarle que saldría en poco tiempo. Se puso feliz, mi alegría crecía por verlo de nuevo. Pero no podía dejar de pensar en Alejo, seguro él también estaría en Acapulco como todos los fines de año, solo esperaba no encontrármelo, creo que no podría manejar estar con Erik y encontrarme a Alejo. Igual, Acapulco se atasca de tal forma en año nuevo que aunque todo México está allá, no te encuentras con nadie. Eso solo pasaba en la época en la que, chamaco uno, se la pasaba borracho en el *Princess* para después irse de antro. Allí sí te encontrabas a todo el mundo, renovabas votos de amistad, entre copas, con personas que no volverías a ver hasta dentro del siguiente año. Así hasta que crecías y ya te daba una flojera épica volver al *Princess* porque la playa era una porquería, estaba llena de borrachos y el ruido era a decibeles que el oído humano no resiste.

Faltaban 15 minutos para que el camión abordara. Estaba aburrida, no quería pensar más en Alejo y eso era casi imposible. Mi cabeza me engañaba, haciéndome sentir como una cucaracha por andarme yendo a Acapulco a ver a Dante ¡A Erik! ¡No, a Dante! Mi inconsciente me traicionaba. Estaba pensando demasiado en ese tal Dante que nada que ver. No podía negar que me causaba curiosidad: ¿sería en verdad un viejito y yo andaba fantaseando con quien podría ser novio de mi abuelita? ¡No, imposible! Un viejito no sabría ni cómo abrir una cuenta en ese *chat*. ¿O sí?

—Un viejito *cool* tendría cuenta— dijo Cirila.

¿Y si paso a su lado y ninguno de los dos sabe que yo soy Modelo81 y él es Sir Dante? Me podría escapar un día a Pie de la Cuesta, a lo mejor en una de esas encuentro a un loco chiflando por la playa y así me quito la curiosidad de cómo es Sir. Dante. ¡Bah!, seguro no es ni siquiera guapo. Los guapos no andan buscando amigas virtuales, los guapos las buscan en persona para que vean lo guapos que son. Son los feítos los que no ponen foto en su perfil y enamoran chicas por internet. Seguro Sir Dante era tan feo que por eso prefería tener un gran signo de interrogación en su cara.

—Yo también tengo un signo de interrogación en mi cara —caí en cuenta.

—Y eres *muuuuuy* guapa —aclaró Cirila.

—Y modesta —pensé.

Siete minutos para abordar el camión. *¿Será que llamo a Alejo para desearle feliz año? Me sentía fatal de terminar el año así todos raros.*

—No es una buena idea, siempre que lo llamas terminas revolcándote con él —me respondió Cirila—. Mejor ponte a jugar *tetris* o algo porque andas muy desocupada.

¿Tetris? Muy 1990 de su parte. Lo *in* eran los jueguitos bobos de *Face* en donde alimentabas *tamagotchis* virtuales. Alejo tenía un *tamagotchi…*

—¡Alejo! ¡Alejo! ¡Alejo! ¿¡Qué no te sabes otro nombre!? —rezongó Cirila, harta de mí.

—¿Sir Dante? —propuse.

—No hay remedio, si no es nuestro ex, entonces es el jorobado de *Notre Dame* detrás de su computadora —alegó, rendida.

—Lo voy a llamar.

Y sin dejar ni siquiera hablar a mi Cirila interna, le marqué.

—¿July? —contestó.

—Sí, hola.

—Qué onda, nena, ¿como estás?

Pensé que estaría raro conmigo.

—¿Yo bien y tú?

Intenté ser *cool*, como el viejito con cuenta en *chat*.

—Súper, acá en Acapulco con la familia, ya sabes.

—Soñé contigo anoche, bueno, de hecho esta mañana.

—¿Algo sucio? —se rió.

—Alejo…

—¿Qué soñaste?

—Que te encontraba de la mano de una chica…

—¿Guapa?

—Alejo… —lo reprendí otra vez—. Sí, era guapa, y yo estaba semidesnuda, ahí me desperté.

—Entonces no se veía más guapa que tú —(me puse nerviosa)—. ¿Sigues con tus sueños recurrentes en bolas por las calles?

Nos reímos. Alejo me conocía demasiado. Eso era lo que extrañaba, la familiaridad con la que hablábamos, la confianza y que casi cuando lo escuchaba podía sentir ese amor que me seguía teniendo y que yo le seguía teniendo a él. Hablamos dos que tres tonterías más pero no pude decirle que iría a Acapulco. Nos despedimos deseándonos lo mejor, segundos antes de que llamaran para abordar.

Era verdad, me gusta la carretera, sobre todo cuando estaba melancólica porque podía pensar y pensar mientras veía las montañas pasar. Me senté en la ventanilla y me enchufé a los audífonos. Lo que se supone que sería un camión semilujoso, era casi un camión *guajolotero*. Bastante destartalado para mi gusto. Olía a una mezcla entre sudor añejo y pañal fresco. Abrí la ventanilla para intentar respirar el aire exterior, no el interior. A mi lado — obvio Murphy tenía que hacer de las suyas— se sentó una señora con un bebé de brazos que no paraba de llorar a decibeles que mi oído no resistía.

—¡Qué onda con los decibeles! —volví a recordar a mi amigo de cien años Sir Dante.

Viendo las montañas pasar y con el CD de la banda de mi papá de fondo, me quedé dormida por quién sabe cuánto tiempo. Un fuerte estruendo me despertó, me quité mis audífonos y escuché a la gente murmurar. Nos habíamos detenido en un pueblo que no sabía ni cómo se llamaba. *Seguro es para dejar o recoger gente,* pensé y volví a cerrar mis ojos. Pasados algunos minutos, aún no nos movíamos, volví a abrir los ojos y el camión se había vaciado. Entonces me asomé por la ventana y los vi a todos allí parados como esperando un dictamen. Eran casi las tres de la tarde, el sol estaba en su máxima expresión y yo comenzaba a sospechar lo peor. Agarré mi mochila y me bajé para averiguar lo que sucedía. Gracias una vez más al señor Murphy, el camión se había *"desvielado"*, no tenía ni idea qué era eso pero sonaba a que tendríamos que esperar a que pasaran los suficientes camiones para que nos fueran recogiendo de a pocos. Obvio, al ser la última en haberme bajado, también sería la última en ocupar un puesto. Todos los pasajeros ya estaban formados en una fila para poder subir en orden a los camiones que nos rescataran.

El conductor me dijo que podía tomar desde dos horas hasta cinco el que pasaran los suficientes autobuses para que yo tuviera un puesto *¡Cinco horas!*, le dije como si pensara que me estaba bromeando. Pues no, no era broma, para las siete de la noche, cuando yo calculaba ya estar tomando una michelada viendo al mar, seguía parada en un pueblo de mala muerte, esperando a que cinco personas más ocuparan un puesto en los camiones que pasaban repletos, debido a las fechas.

Mi celular no tenía cobertura, y ese pueblo fantasma no era territorio de la mugrosa compañía de la que tanto me gusta quejarme pero igual seguía usando sus servicios. Erik estaría preguntándose qué onda conmigo y yo sin poder ni siquiera decirle que estaba atrapada en un pueblo, tipo donde estaba el famoso *Hotel California*, sin poder agarrar un camión. ¡Mi bendito orgullo! Hubiera aceptado el fregado boleto de avión y ahorita no estaría aquí parada, sudada como vaca y con un hambre de león recién despertado después de hibernar.

—Los leones no hibernan, ¡zopenca! —gritó Cirila, con un genio de la fregada y con aliento a café trasnochado.

A las 7:42 pasó el camión que me recogería y que por fin liberaría al camionero y a la grúa para irse pues no podían dejarme hasta que me pudiera embarcar. Este sí que era *guajolotero*: había una caja con un par de gallinas descansando en la silla contigua a la que me tocó sentarme. Extrañaba el olor a sudor añejo y a pañal fresco.

11:06 pm: Por fin llegamos a Acapulco. Desde hacía horas que Erik me esperaba allí, prefirió hacerlo que hacerme esperar después de todo por lo que había pasado. Los de la empresa de camiones le avisaron que el camión en el que yo venía se había varado y que estaríamos regresando en cualquier momento. Ese cambio de Erik *sexomaniaco* a Erik adorable me tenía impactada, era como si de verdad se hubiera arrepentido y estuviera decidido a enamorarme.

—¿Enamorarnos?, ¿de éste? —dijo Cirila—. ¡No te confundas, Julietita, no te confundas!

En cuanto me vio, su ancha sonrisa delató la sincera alegría con la que me anhelaba. Caminó de prisa y me besó como un hombre enamorado besa a una chica. Cabe notar que yo estaba más sudada que cuando parecía una vaca y mi aliento de exceso de café no era el mejor ambiente para dar besos de lengua. Sin importar, él me besó y me dijo que me veía hermosa. Nos subimos al carro y nos encaminamos hacia la casa. Vi pasar la Diana Cazadora por mi izquierda.

—Las Brisas es para atrás —le dije.

—No vamos a las Brisas.

—Erik yo necesito cambiarme antes de ir a cualquier otro lado, estoy hecha un desastre.

—Estás hermosa, y de hecho vamos a la casa, hoy nos quedaremos echando unos tragos allá.

—Pero me dijiste que la casa era en Las Brisas.

—No, la fiesta es en Las Brisas, la casa es en Pie de la Cuesta.

Asentí como si nada fuera, pero por dentro mi Diosa gritaba.

—¡¿Pie de la Cuesta?!

No pude evitarlo, sentí nervios de pensar que estaría muy cerca de Sir Dante.

—¿Nervios de qué? —dijo Cirila—. ¿No ves lo guapo que está Erik y la luna de miel que nos espera? ¡Tu pensando en viejitos *cool*!

Cirila tenía razón, lo mejor era disfrutar a Erik que venía manejando con una mano y acariciando mi pierna con la otra. Me miraba coqueto, sonriente, con unas claras ganas de estar conmigo. Nos detuvimos en un restaurante.

—Debes tener hambre.

—Voraz —respondí.

Allí tuvimos tiempo de actualizarnos y de que una vez más me pidiera perdón por haberme puesto en tan incómoda situación con Zully. Apreciaba muchísimo que le diera una segunda oportunidad. Me besaba la mano, la boca, los brazos y yo poco a poco comencé a aflojarme y dejarme consentir. Al rato llegamos a la espectacular casa que Natalia, una amiga canadiense, habría alquilado para pasar ese fin de año. La terraza con alberca daba a unas bellas escaleritas en caracol por las que se podía bajar al mar. Para cuando arribamos, Natalia y otro chico estaban tomando margaritas en la alberca. Los saludé desde lejos y me excusé para darme un baño. Los alcanzaría pronto.

—O no muy pronto— susurró Erik a mi oído.

Subimos al cuarto en el que Erik ya estaba instalado. Era una habitación con vista al mar y terracita con jacuzzi. Una ducha en piedra que parecía una cascada con sistema de chorros de masaje. Justo lo que necesitaba antes de entregarme a los brazos de Erik que, una vez más, estaban ansiosos de tenerme. Erik se acostó en la cama, sin camisa, con los brazos cruzados detrás de su cabeza y con una mirada fija en mi cuerpo. Me ponía nerviosa: mi deseo por él regresaba. Me desnudé frente a él. Venía preparada entre depilación impecable e hidratación profunda. *Manicure, pedicure* y demás cosas que aunque estuviera postviaje me hacían ver como una diosa. Erik sonreía ante mi ropa que caía al piso con gracia y sensualidad. Me metí al baño sugiriendo, a punta de miradas, que me siguiera. Lo vi con las negras intenciones de tomarme la palabra.

Comencé a dejar que los chorros acariciaran mi zona sur que se alimentaba con la imagen de Erik desnudo y su cuerpo escultural. Sentí toda mi humedad invadirme el vientre y cuando abrí los ojos allí estaba Erik, orgulloso de su fuerte virilidad, mirando como me tocaba y preparaba nuestro terreno. Entró a lo que parecía una cascada amazónica y me recostó sobre las piedras. Me besó de arriba a abajo, más abajo que arriba. Me volteó contra las pierdas y besó mi cuello, mi espalda, mi trasero. Masajeó mis muslos con sus manos expertas y dejó su cuerpo abarcar mi espalda.

—No sabes cuánto deseaba tenerte así, preciosa, para mí solo, para besarte cada centímetro.

Su movimiento de cadera y sus dedos jugueteando con mi clítoris me hacían mantenerme en un orgasmo perpetuo. Cerré los ojos para dejar que mi cuerpo se guiara solo en el camino del placer que los expertos estímulos de Erik me provocaban. Me volteó para mirarme de frente. Pasó su dedo índice por en medio de mis pechos y llegó hasta mi sexo, en donde lo reconoció por unos segundos. Acercó su lengua a mis pezones, que se endurecían ante sus ojos, tomó mis pechos con sus manos tibias y llenó su boca con ellos. Presionó su erección contra mi muslo, mi mano llegó hasta ella y lo acaricié hasta hacerlo detenerse en sus besos. Miró al cielo tan excitado que pensé que explotaría como explotaban los chorros de agua humedeciendo nuestros cuerpos. Me detuve un segundo y me miró con esos ojos traviesos que me rogaron por más.

—Sigue, preciosa, no pares de hacerme eso.

Entonces decidí seguir, entregarle un rico orgasmo allí parado junto a mí. Lo sentí fortalecerse más y más hasta reventar en mil pedazos que se confundían con los chorros del agua. Dejó caer sus manos sobre la pared de atrás mientras movía sus caderas al ritmo que deseaba ser torturado en sus últimos espasmos. Se regocijó con la sensación cálida que viene después de semejante placer. Clavo su mirada en mí, bajó las manos y masajeó mis pechos con deseo.

—Ahora te toca a ti.

Y se arrodilló para quedar frente a mi sexo, que sabía lo que vendría. Su lengua me besaba tan rico como lo hacía cuando se sumergía en mi boca. Con sus manos apretaba mi trasero fuerte, llevándome más profundo hacia él. Estaba tan excitada, tan deseosa de llegar al clímax de la mano de su dulce lengua, que contraje mis muslos para llamar pronto al placer.

—¿Te gusta? —me preguntó con su boca entre mis piernas.

—Sigue, Erik, sigue que estoy a punto —contesté.

Aceleró el paso de su lengua que se movía como las olas del mar. Sus manos subieron para pellizcar con suavidad mis pezones, para jugar con ellos, apoyando al goce que me provocaba con su boca experimentada. Ahí, justo cuando mi respiración se detenía, cuando mis nalgas, mis muslos y mi abdomen se contraían para acoger el placer más intenso de todos los placeres, era que cobraba sentido que aquel Adonis fuera un adicto al sexo. Sentí su lengua rígida, fortaleciendo el orgasmo que reventaba cada poro de mi cuerpo, que se extendía por mi boca profiriendo los gemidos que solo grita una hembra poseída por su propio goce. Mis músculos fueron cediendo y entregando mi néctar a su boca que sabía el momento exacto de mi caída libre hasta los brazos de la culminación del éxtasis. Tomé un primer respiro después de volver en mí. Lo miré allí abajo, todavía acariciándome, drenándome de todo atisbo de placer que quedara escondido en mi cuerpo. Me pidió que me quedara quieta, que deseaba bañarme. Mi cuerpo era como un muñeco que obedecía las manos de su titiritero. Tomó una esponja con jabón y me frotó todo el cuerpo, deteniéndose en mis zonas estratégicas para erotizarme una vez más.

—Te voy a hacer venir toda la noche, preciosa —susurró, mientras pasaba sus manos jabonosas por mis pechos hambrientos.

Nos pasamos al jacuzzi, nos tocamos y tuvimos tanto sexo como nos dio el cuerpo esa noche. No recuerdo en qué momento salimos de allí para meternos en la cama, en donde una vez más escaló mi cuerpo para llevarme de la mano a ese lugar en donde solo siento placer. Dormimos abrazados, él detrás de mí sin soltarme toda la noche. Me sentí con esa nube de tormenta tropical sobre mí, tibia y oscura que opacaba todos mis indeseados pensamientos.

El día previo al año nuevo fue perfecto. Natalia se mantenía enchufada a la boca de Josefo, un guapo modelo argentino, amigo de Erik que aceptó venir a conocer a la bella Natalia. Así pasamos todo el día en la alberca, ellos dos besándose y manoseándose de un lado y nosotros dos besándonos y manoseándonos del otro. Caminamos por la playa agarrados de la mano, aunque no puedo negar que observaba a todas las personas que había por allí preguntándome si alguno de esos sería Sir Dante. Pasamos por una gran familia con niños y ancianos, un hombre cuarentón leía un libro tumbado en un camastro. *Por favor, que ese no sea*, pensé. Era el típico solterón que aún vivía con su madre y de quien hasta se podría dudar de su sexualidad.

—¿Preciosa? Vienes muy callada, ¿te pasa algo? —preguntó Erik, pasando su brazo sobre mi hombro.

La verdad es que no me pasaba nada. Sin embargo, después de esa faena sexual de la noche anterior, la de la mañana, la de medio día y el manoseo de la alberca, sentía como si ya hubiera tenido suficiente de Erik. Tenía ganas de caminar sola por la playa, de pensar, de mirar el atardecer sin que me preguntaran por qué estaba callada.

—Has tenido tanto sexo *love–free* las últimas 24 horas que nos estás convirtiendo en hombres —dijo Cirila, con la voz del gallo Claudio.

—Síguele molestándome y te empiezo a decir Cirilo —la amenacé.

—En serio, preciosa, qué tienes ¿es que ya no me quieres? — insistió.

¡Si yo me estaba convirtiendo en hombre, él se estaba convirtiendo en vieja! Lo tranquilicé diciéndole que solo estaba pensativa por la llegada de un nuevo año.

La noche llegó y con ello Natalia y Josefo arribaron con todos los implementos para preparar micheladas *¿Micheladas? ¡Mmmm qué fresas!,* pensé. No tendrán por ahí algo más fuerte como un marti... Mi pensamiento se vio interrumpido por Natalia que gritó.

—*¡Here's the pot!*

—¿*"Pot" as in* porro? —preguntó mi Cirila interna casi sabiendo la respuesta.

—¿Fumas? —me preguntó Erik mientras Natalia y Josefo ya soltaban la primera bocanada y le pasaban el porro a Erik.

—Bueno... he fumado... pero soy más de tomarme un trago —le respondí.

Entonces me agarró la cara y sopló su humo en mi boca que al instante me tragué.

—Anda, fuma conmigo, verás lo que es hacer lo que más nos gusta en este estado.

¿¡Qué onda con el mundo que quiere tener sexo pacheco!? ¡O sea, sí es rico y todo, pero *tampooooco*! Nos metimos a la alberca en dos colchones inflables sobre los que cada parejita veía las estrellas. Erik empezó a tocar mi muslo muy provocador, nos comenzamos a besar apasionados, su lengua invadía mi boca desesperada, la sentía como si fuera un algodón de azúcar, suave, tersa, deliciosa. Sin darme cuenta su mano subió hasta mi entrepierna acariciándola de forma peligrosa. Caí en la cuenta de que muy cerca, en el colchón contiguo, estaban Natalia y Josefo, y retiré la mano de Erik por pena a ser vista. El me mostró que Natalia y Erik se encontraban haciendo lo suyo, lejos de estarnos espiando a nosotros. Le permití que siguiera tocándome, me dejé llevar por el clímax que se asomaba por las estrellas. La lengua de Erik se sumergía en mi oído susurrando cositas sucias que me llevaban al espacio sideral. Ya no me importó nada más, compartimos caricias a gemidos ahogados con el cielo por testigo.

Esa noche tuve insomnio. Erik dormía a mi lado mientras yo no lograba conciliar el sueño, recordando los eventos sobre el colchón de agua. Los efectos sicotrópicos de ese *chubby* me desinhibieron de tal forma que terminé teniendo sexo casi delante de la otra pareja.

—Deja de echarle la culpa al Chubby de tu vagabundería— Me pregunto por qué Cirila habla siempre cuando uno menos la quiere escuchar.

En mi maleta traía un cigarrillo de emergencia, como si la culpabilidad que sentía en ese momento no fuera suficiente. Me salí a la terraza a mirar la noche que había sido espía de lo que ahora me taladraba la cabeza. ¿Por qué me sentía mal? Natalia y Josefo estaban haciendo lo mismo a un lado y aunque nos mirábamos los unos a los otros convirtiendo el voyerismo mutuo en un agente de excitación, nada había pasado de una inocente espiadita al colchón de al lado. Sin embargo, no me podía quitar esa sensación de haber hecho mal, de haber ido en contra de mí misma, de haber ido demasiado lejos, una vez más. Me preguntaba por qué cuando estaba con Erik me quedaban esos extraños sabores de boca de no estar yendo acorde con mis deseos, de siempre terminar cediendo ante sus caprichos de querer tal cosa o no querer de la otra. ¿Qué tenía ese hombre que sin amarlo, me hacía cometer tonterías de las cuales terminaba sintiéndome mal?

Mi cigarro se consumió y la somnolencia aún no aparecía. Entré silenciosa al cuarto y alcancé mi computadora en busca de distracción en internet. Allí estaba Sir Dante, no sé si esperando por mí o buscando por cualquier distracción que apareciera a esas horas de la noche.

Modelo81: ¿Entonces somos dos personas aburridas en Acapulco?

Sir Dante: A mí se me justifica, yo sabía que venía directo a la aburrición. Con mi familia es una tradición dormirse el 31 antes de las 12. Tú en cambio de luna de miel y aburrida... eso habla muy mal de Chico B.

Modelo81: Chico B... nada que ver, es solo una distracción para que el fin de año no sea tan doloroso.

Sir Dante: ¿Eres de las que se pone melancólicas con el año nuevo?

Modelo81: Desde que troné... un poco.

Sir Dante: No sabía que tenías dolores de corazón.

Modelo81: ¿Sabes? Yo tampoco.

Sir Dante: ¿El ex apareció?

Modelo81: Creo que nunca ha desaparecido. Pero es raro... porque creo que ya no lo amo, pero lo extraño.

Sir Dante: Te entiendo.

Modelo81: ¿Te ha pasado?

Sir Dante: Recuerda que te dije que tengo mis propios dramas ☺

Modelo81: Por qué no me los cuentas, a ver si logras que me olvide de los míos.

Sir Dante: Porque en este momento estamos hablando de ti. Y la verdad es que mis dramas me ponen de malas.

Modelo81: Siempre hablamos de mí.

Sir Dante: Me gusta hablar de ti.

Modelo81: ¿Cómo eres? ¿Cuántos años tienes?

Sir Dante: ¿Te entró la curiosidad?

Modelo81: Un poco.

Sir Dante: ¿Cómo me imaginas?

Modelo81: Como un abuelito.

Sir Dante: Jajajaja ¿cómo debo tomar eso?

Modelo81: Con calcio para que no se te rompan los huesos. ☺

Sir Dante: Jajaja eres cruel, ¿qué tal que en serio fuera un viejito? Me estarías rompiendo el corazón.

Modelo81: Para ese no hay calcio que valga... lo siento.

Sir Dante: No soy un viejito. Bueno, tengo gustos de viejito, a veces, pero créeme, no lo soy.

Modelo81: ¿Y seguro eres hombre?

Sir Dante: Pues si no lo soy entonces podría ser un buen caso de estudio hermafrodita.

Modelo81: Ser hermafrodita es el nuevo gay ☺

Sir Dante: ¿Quién dice eso?

Modelo81: Yo. A veces me imagino que fueras una mujer detrás de un nick de hombre.

Sir Dante: No soy mujer, no soy gay, ni hermafrodita (por tentador que parezca estar en la nueva minoría según tu jaja), ni soy viejito. Puedes dejar de preocuparte.

Modelo81: No me preocupa nada en este momento. Tengo ganas de volver a casa.

Sir Dante: ¿Y por qué no vuelves?

Modelo81: Voy a intentar regresarme el primero de enero.

Sir Dante: ¿De plano así de mal te está yendo con Chico B?

Modelo81: De hecho me podría estar yendo bien. Solo es cuestión de que ya no siento mucho por él. De repente lo físico harta.

Sir Dante: También te entiendo. Es muy difícil ser tan guapo.

Modelo81: Y modesto…

Sir Dante: Eso no es difícil serlo ☺

Modelo81: ¿Te consideras guapo?

Sir Dante: Si. No tipo modelo de revista, pero tengo mi pegue.

Modelo81: Debes de ser guapo… y modesto jaja

Sir Dante: Yo te imagino muy bonita, ¿sabes?

Modelo81: ¿Cómo me imaginas?

Sir Dante: Mmmm… tipo talla 8.

Modelo81: ¿Estás seguro que no eres mujer?

Sir Dante: Jaja. Es la mejor talla. ¿Pelo largo?

Modelo81: Ya no, ahora parezco Bu.

Sir Dante: ¿Bu?

Modelo81: Deja de leer y ponte a ver películas de Pixar.

Sir Dante: ¿Bu, Monsters Inc: Bu?

Modelo81: Disculpa te juzgué mal, de golpe no eres un viejito, sino un niño travieso que se le escapó a su mamá.

Sir Dante: ¿Sabes qué dice una de mis francesas favoritas?

Modelo81: Qué?

Sir Dante: Que un niño es un adulto hinchado por la edad. Quizás no sea ni muy niño, ni muy adulto…

Casi me desmayo, esa frase es de mi musa Simone de Beauvoir.

Modelo81: Simone de Beauvoir??

Sir Dante: Me sorprendes. No sabía que la conocieras, mucho menos que reconocieras esa frase.

Modelo81: Digamos que ella es mi musa.

Sir Dante: Y tú, mi Beatriz, eres la mía entonces.

Modelo81: ☺

Sir Dante: Ahora eres una no solo bella sino inteligente Bu. Toda una bomba.

Modelo81: Eso dicen…

Sir Dante: Fíjate, ya nos parecemos en algo.

Modelo81: ¿En lo bonitos?

Sir Dante: No, en lo modestos.

Era hora de dormir. El tiempo se me pasaba tan rápido cuando chateaba con Sir Dante. Ahora comenzaba a fantasear con ese hombre que no era guapo–modelo de revista pero si tenía su pegue. Me despedí enviándole por primera vez un besito en *emoticon*, lo que era un paso adelante en nuestra relación debido a que siempre nos despedíamos con un simple *bye*. Me acosté al lado de Erik pero pensando en Sir Dante.

—No tienes remedio, Julieta, con tal de no pensar en Alejo, piensas en cualquier mequetrefe —alegó Cirila antes de quedarse dormida.

La siguiente mañana se respiraba el aire festivo del 31 de diciembre. En la hora del desayuno todos hicieron bromas sobre nuestro casi *foursome* la noche anterior. Mientras a todos les parecía gracioso e incluso Natalia calificaba como sexi, yo me quería cavar un hoyo en el suelo y aparecer en México. No pude con un *threesome* y esta bobaza ya habla de *foursome*. Para no desentonar y hacer más incómodo aún el momento, hacía como que me reía de lo que hablaban aunque por dentro me quisiera morir.

El día se nos fue asoleándonos en la alberca. Me hice la dormida por mucho tiempo con la excusa de estar descansada para por la noche y así poderme sacudir a Erik que a cada

233

momento quería comenzar una faena de reconocimiento sexual delante de sus amigos. Ellos, sin pudor alguno, se manoseaban en la alberca hasta el punto que casi podría jurar que tuvieron sexo mientras yo me hacía la dormida. No estaba cómoda, no me sentía bien en ese ambiente de personajes que fumaban porro todo el día y exponían su sexualidad como si fueran un especial de primavera en *Animal Planet*. El problema era que Erik, otra vez, me empujaba a entrar a esa dinámica y yo, cada vez más, me iba poniendo a la defensiva. Hasta que por fin la noche llegó. Me conecté para mandar un mensaje a Sir Dante de feliz año nuevo y me topé con la sorpresa de que allí estaba.

Modelo81: Quería desearte feliz año nuevo.

Sir Dante: Lo mismo para ti, mi Beatriz.

Modelo81: Tengo una pregunta.

Sir Dante: Dispara.

Modelo81: ¿Qué piensas del voyerismo?

Sir Dante: ¡Tremenda pregunta! ¿Estás pensando incursionar?

Modelo81: No, es una investigación que estoy haciendo.

Sir Dante: Creo que el voyerismo es para los voyeristas.

Modelo81: ¿Y el que no es voyerista?

Sir Dante: Atenta contra su pudor.

Modelo81: ¿Tu eres voyerista?

Sir Dante: Depende.

Modelo81: De qué.

Sir Dante: Si tengo una hermosa mujer desnuda frente a mí, que me invita a verla tomarse un baño. Entonces sí soy voyerista.

Modelo81: Eso no vale.

Sir Dante: Claro que vale.

Modelo81: Y entonces ¿Cómo no eres voyerista?

Sir Dante: Si estoy haciéndole el amor a esa mujer, no me gusta que nos vean. Ella es solo mía para tocar y ver...

Sentí esa punzada en el vientre que me hizo respirar profundo. Sir Dante era un hombre de palabras excitantes.

Modelo81: Gracias por la información.

Sir Dante: Gracias por la visión ;)

Modelo81: :* (eso es un besito)

Sir Dante: :* x 1000

Cerré mi computadora, sabiendo que mi beso de feliz año nuevo lo había recibido de manera anticipada.

De regreso al castillo en ruinas

¿En dónde cruzamos esa línea delgada de nuestros deseos y los deseos ajenos? ¿En qué momento nos aventuramos al vacío de lo desconocido sin tomar en cuenta lo que traemos por dentro? Muchas veces se necesita hacer una pausa y reconsiderar en dónde es que estás parada para decidir si es que quieres seguir allí o prefieres irte a otro lugar. Comenzar el año haciendo un recuento de los daños es más sabio que hacer promesas falsas de lo que nos proponemos a hacer o a dejar de hacer para el año que sigue. A lo mejor es más sensato observar el capítulo en tu vida que estás viviendo y analizar con honestidad si es el rumbo que deseas para que tu historia avance. A veces es preferible dar un paso hacia atrás y reconsiderar si el pasado era mejor de lo que pensaste que tu presente podría llegar a ser. Nunca sabes si un desvío es el camino para volver.

"El día en que una mujer pueda amar no con su debilidad sino con su fuerza, no escapar de sí misma sino encontrarse, no humillarse sino afirmarse, ese día será para ella, como para el hombre, fuente de vida y no un peligro mortal": Simone de Beauvoir.

La música sonaba fuerte. Me encaminé hacia la playa del club privado en donde se realizaba la magna fiesta de fin de año. Allí la música era audible pero también lo eran las olas del mar. Erik, Natalia y Josefo compraron una cantidad de aguas como si fueran a bañar un caballo. Imaginé que el calor les daba sed, una sed descomunal, eso sí. Habían escogido un lugar cercano a un parlante para estirar un pareo en el suelo y poder ver, desde ahí, las estrellas. Esa invitación a ver las estrellas me ponía nerviosa, sentía como si me estuvieran invitando a tener sexo los unos al lado de los otros. Los dejé con su montaña de aguas viendo estrellas y yo me escabullí con el pretexto de ir al baño. Me prendí un cigarro. Otra vez me sentí fatal por fumar, aunque de momentos sentía que podía respirar el oxígeno que ellos tres me quitaban con sus indirectas extrañas. Me senté con las rodillas dobladas y cerré los ojos aspirando el humo mentolado que entraba mezclado de brisa de mar. A unos cuantos metros había también un hombre que fumaba recostado en sus codos. En la oscuridad lo miré, me miró, disimulé y volví mi vista al mar. Se veía guapo.

Un beso en el cuello me asustó. Era Erik que me invitaba a que fuera con ellos a la fiesta. Una vez más me preguntó si estaba bien y yo, con tal de ya ni moverle a la sopa, le dije que sí. Me levanté, tomé su mano y fui con él. Mientras me unía al grupo, Erik me preguntó si quería algo de tomar. Respondí que un martini y los tres se rieron. Resulta que es la fiesta solo vendían cerveza, *Red Bull* y agua. Pedí una cerveza.

—¿Nunca habías venido a estas fiestas? —preguntó Josefo, mientras sus manos le subían casi hasta el pecho de Natalia.

Mantenían una manoseadera constante que me ponía incómoda. Josefo me miraba casi coqueto mientras tocaba a Natalia, quien, de vez en vez, se volteaba y le metía la lengua a la boca sin pudor alguno.

—No soy mucho de música electrónica —respondí.

—¿O sea que no has probado estas pastillitas?

Josefo abrió su mano y me dejó ver cuatro cápsulas que contenían un polvillo color arena.

—Eso es... ¿éxtasis? —pregunté, casi inocente.

Ambos se rieron. Se besaron como si se fueran a comer ahí mismo y continuaron su conversación conmigo.

—¿*You want some?*

Natalia me acercó una pastilla a la boca intentando tentarme para comerla. Me alejé? Mi tope eran los *chubbies*

—No gracias, pero si ustedes quieren siéntanse libres de comérselas.

Ambos se volvieron a reír cómplices.

—Sí, de hecho estas son la segunda ronda —agregó Josefo mientras subía sus manos a los pechos de Natalia, que se dejaba tocar sin vergüenza de nada.

Por fin llegó Erik con mi cerveza.

—¡Chicos contrólense! —dijo—. ¡No me digan que ya les pegó! —preguntó.

Natalia sonrió traviesa y asintió con la cabeza.

—¿En serio? ¡Yo por qué no siento nada? —reprochó Erik, disfrutando de la visión de Josefo a punto de tragar la boca de Natalia.

¡Cómo! ¡¿Erik también comió éxtasis?!, protesté en silencio.

—¿Y tú preciosa? ¿Ya comiste una? —me susurró al oído como si con esa voz de conquista me fuera a convencer de hacerlo.

—No, yo paso —masculló enseguida.

—Dale, cómete una conmigo, mira que después el sexo no tienes idea lo rico que es —intentó persuadirme y miró a Natalia como si me los pusiera de ejemplo.

Josefo le masajeaba un pecho mientras ella respiraba excitada.

—No me interesa. Pero tú disfrútala —agregué ya con molestia.

Erik cesó su lucha y me invitó a ver estrellas. Sin darme cuenta quedamos acostados Erik, yo, Natalia y Josefo, en ese orden, brazo con brazo pegaditos mirando hacia arriba. Mi grado de incomodidad no tenía nombre. Sentía la respiración excitada de Natalia mientras Josefo le hacía quién sabe qué cosas. Yo prefería ni mirar para evitarme más incomodidad. Comencé a sentir la respiración de Erik acelerarse contra mi cuello, la música retumbaba en el suelo, la gente gritaba conforme la música elevaba sus *beats*. La mano de Erik me subió por la pierna, estaba acostado de lado mirando hacia mí. La gente pasaba y nos miraba, algunos sonrientes, otros con caras desconcertadas que con el color de las luces interactuando en sus caras los hacía parecer zombis. Llegó hasta mi zona sur. Natalia comenzaba a emitir pequeños gemiditos que me hicieron voltear a mirar y encontrarme con que Josefo le besaba el cuello mientras ella misma se tocaba. La mano que me estaba subiendo por el muslo no era la de Erik, sino la del tal Josefo, que comenzaba a acercarse a mi entrepierna. Necesité como cinco segundos para saber qué haría. No podía seguir ahí, dejando que Erik me pusiera como señuelo para que sus amigos se excitaran y de paso le dieran un extra *rush* a su sensación exacerbada. A la par de Natalia, que gimió en la llegada de su orgasmo, me levanté furiosa y empujé a Erik, que me observó irme. Josefo y Natalia siguieron en lo suyo como si mi berrinche les diera igual. Ellos estaban sumergidos en un ritual erótico del que un cuerpo más o un cuerpo menos no hacía la diferencia.

Regresé a la playa. Prendí otro cigarrillo con la culpabilidad en flamas y me dieron ganas de llorar. ¿Cómo es que había acabado ahí? Podría estar con mis amigos, disfrutando de una rica cena y no con un grupo de pervertidos que me querían utilizar para hacer una orgía. Para eso era que Erik me había llevado hasta allá, para eso se había comportado como si estuviera arrepentido de todo: para tener a quién llevar al festín. Mientras fumaba, caminando de un lado a otro, llegó Erik con los ojos perdidos, intentando aterrizar en el momento.

—¿Por qué te fuiste, preciosa?

—¡Deja de decirme preciosa!

—¿Qué te pasa? —intentó abrazarme.

—¡No me toques! ¡No me vuelvas a tocar en tu vida con tus cochinas manos! —alegué.

Erik se quedó mirándome sin poder decir nada.

—¿¡Qué pensaste!?, ¿¡que ibas a traer a tu putita aquí a que se la echen entre otros dos!? ¿¡Estás loco!? ¡¿Por quién me tomas?! ¡Imbécil!

No podía hacer más que manotear, gritarle, insultarlo. Me sentía agredida por su atrevimiento de manipularme para luego ponerme como carnada de sus bajos instintos y de los de sus amigos.

—¡¿Qué te pasa, July?! Si no quieres comer tachas está bien, pero por qué te tienes que poner en ese plan, ¡me viajas! —dijo como si ahora el molesto fuera él.

—¡Pues me importa un carajo viajarte! Me prometiste que no me ibas a volver a poner en una situación similar a la se Zully y mira: hasta le subiste el grado de dificultad!

—Tu aceptaste que nos manoseáramos casi en frente de ellos, ayer por la noche, ¿te acuerdas? ¡Eres de las que tira la piedra y esconde la mano!

El Erik adorable se había convertido en un Erik vomitivo, grosero, patán y drogado.

—¡Puede que ayer se me fuera la onda pero eso no te da derecho a utilizarme como se te de la gana, te equivocaste conmigo, yo no soy una más de tus modelitos que pasan por tus manos como si fueran desechables, y si de plano eres incapaz de respetar a una mujer y tratarla como se merece, entonces ve a buscarte a una golfa que te siga el paso, que esté dispuesta a cogerse a todos tus amigos, a tus amigas y a ti al mismo tiempo!

Si a gritos nos íbamos, yo también sabía gritar.

—¡Perfecto pues eso voy a hacer, conseguirme una mujer de verdad y no una mina berrinchuda como vos!

—¡No te quiero volver a ver nunca, idiota! —le dije a decibeles que ni la música opacó

Me dio una última mirada de furia y emprendió su camino de regreso a la fiesta. Me aventó desde lejos las llaves de la casa en donde nos estábamos quedando. Necesitaba calmarme, lo resolvería. Me senté a fumarme otro cigarrillo, estaba temblorosa, jamás le había gritado así a nadie. Entonces, aquel hombre que vi sentado frente al mar antes de que toda esta pesadilla comenzara, se levantó y caminó hasta mí.

—Hola —dijo con un amable tono de voz que hasta me parecía familiar.

Levanté la mirada y me encontré con que en efecto aquel hombre era conocido.

—¡*McYummi*, el casado–amigo–de–Kenny–esposo–de–Greta–al–borde–del–divorcio! *McYummi* —gritó Cirila, casi emocionada por encontrarnos a alguien conocido en esa jungla de zombis fiesteros.

—¿Te conozco? —dijo tras tomar una pausa, confundido.

Su Cirilo intentaba buscar en ese archivo que todo hombre tiene en la cabeza, y que tarda unos cuantos segundos en actualizarse cuando se trata de una chica guapa.

—Y modesta —dijo mi Cirila, mientras esperábamos a que le cayera el veinte.

—¿Es pregunta o afirmación? —le dije, queriéndome dar un aire de soy *supercool* que en ese momento estaba en menos cinco, todo gracias a la pérdida de glamour por la gritoniza que le puse a Erik.

Sonrío.

—Afirmación. Eres la amiga de Kenia ¿o me equivoco? —preguntó, con una leve sexy sonrisa que me hacía olvidar que a ese hombre ya se lo había chupado el diablo.

Sin embargo, para ese momento todos los hombres me sabían a lo mismo, así que por mi podría ser el próximo líder del Vaticano.

—Sí, Julieta —le recordé mi nombre—. ¿Tienes un encendedor? Esta brisa no me deja fumar en paz.

Me acercó un encendedor, luego se intentó encender un cigarro nuevo con trabajo y sin mucho éxito que digamos.

—A lo mejor la brisa nos está queriendo decir algo —dijo por un lado de su cigarrillo a medio prender—. ¿Me puedo sentar?.

Asentí y se sentó a mi lado. Por un momento hubo silencio, peleaba con la brisa para encender su cigarrillo hasta que me cansé de verlo ir en contra de la corriente y le pasé mi cigarro para que prendiera el suyo.

—Gracias —susurró dando una grande bocanada—, ¿todo bien? —preguntó, como si no hubiera escuchado mi zafarrancho.

No respondí nada, en ese momento saboreaba el pecado al que sucumbí de la mano del resto de pecados: la nicotina.

—Si no quieres hablar nos podemos quedar callados, no tengo problema —dijo y giró su mirada al mar.

Lo miré.

—Me contó Kenia que andas mal con Greta.

Tomé otra bocanada de mi cigarro.

—Vaya, los chismes vuelan —agregó.

—Las mujeres nos contamos todo.

—¿Y tú? ¿Terminaste con aquel chico?

—¿Se puede terminar cuando aún no has empezado?

Hubo otro largo silencio

—¿Por qué se están separando Greta y tú?

—Por mi culpa —dijo serio, convencido de que así era.

—¿Le pusiste los cuernos?

—Peor.

¿¡Peor!? ¿qué podía ser peor que ponerle los cuernos? ¡Ah!, ¡ya sé! ¡Es gay!

—¿Por qué todos los guapos son gais —se preguntó Cirila.

—¿Eres gay?

No pudo con mi pregunta y se rió.

—No, no soy gay. Soy un imbécil que es diferente, muy diferente.

—¿Qué hiciste?

—La engañé.

—¿Me vas a contar o vas a seguir con rodeos? —le dije un tanto impaciente.

Sonrió.

—Me casé con ella sin querer hacerlo —agregó con dolor.

—¡Pero ustedes llevaban como mil años juntos!

—Kenia te tiene bien informada —confirmó con una sonrisa de medio lado.

Levanté los hombros.

—Era lo que seguía —comenzó su confesión—. Después de cinco años de novios sigue terminar para siempre o casarte. Yo la quería, pensar en terminar con ella para siempre me dolía. Por eso cuando me puso el ultimátum, preferí casarme. Primer error.

—¿O sea que el matrimonio es un error? —pregunté.

—Si no es con la persona adecuada, es un gran error.

—¿Y cómo por qué duras cinco años con la persona que no es adecuada? —lo cuestioné, un tanto indignada por culpa de Cirila, que se sentía aludida con el tema.

—Porque una cosa es andar con alguien y otra muy diferente es que ya por que pasaron unos cuantos años te tengas que casar con ella. Si no quieres, pues no quieres y ya. Quedará en ella si es feliz con tu decisión o no. Pero no te casas bajo un ultimátum. Es injusto —prosiguió con un argumento que a mí se me convirtió en *yara, yara, blah, blah, yara, blah, blah, blah*....

Entre más hablaba más me recordaba mi situación con Alejo. Más escuchaba en sus palabras la voz de Alejandro que me explicaba como su fuera niña de kínder por qué el matrimonio no iba con él ni conmigo. Conforme sus palabras se confundían con el humo del cigarro, mis tripas se retorcían de la rabia y se entremezclaban con la furia que traía acumulada por el idiota de Erik y la idiota de mí. A más palabras que decía, más idiota me sentía. Idiota por no haberme dado cuenta de las cosas con Alejo, idiota por querer obligarlo a tomar un paso que él no quería y a la vez idiota por estar sentada en una playa, el 31 de diciembre, cuando debería de estar pensando en todo menos en Alejo, ni haciendo corajes en vez de pasarla con mis amigos.

—¡Idiota! —gritó mi Cirila, jalándose las greñas de la rabia.

—¿Sabes qué? —le pregunté, interrumpiendo toda su perorata antimatrimonio.

Me miró.

—Tienes razón, eres un imbécil.

Sus ojos se de incredulidad mientras yo apagaba mi cigarro en la arena.

—No entiendo en qué cabeza de mujer idiota cabe pensar que un hombre que dura contigo cinco años va a querer casarse. Lo normal es lograr una relación estable con una mujer que se ilusiona a cada paso con el hecho de pasar la vida juntos, de formar una familia, de ser felices para luego tronarla. ¿Cómo se nos ocurre pensar que después de ese camino juntos ustedes nos pedirán la mano? ¡Es una santa tontería! —comencé a levantar mi sardónico tono de voz—. ¡Tonta Greta ponerte un ultimátum! ¿Cómo se atreve a querer que decidas si la seguirás haciendo perder el tiempo o no? Lo bueno es que dio con un hombre con los pantalones bien puestos como tú que decidió casarse porque *pobrecita, eso es lo que hay que hacer* —arremedé un lastimero tono de voz—. El problema no somos nosotras, el problema es que ustedes son demasiado ciegos y tienen tanto miedo al *para siempre*, que no se arriesgan ni a ser felices en el hoy. ¡Tontas nosotras!

Me levanté indignada. No podía seguir escuchando tantas estupideces, siendo parte de esa gran farsa en la que el pobre imbécil ese se daba látigos de dolor, como se los daría Alejandro, porque le rompió el corazón a una mujer a causa del peor sacrificio. ¡Basura! ¡Se ama o no se ama, pero no se ama a medias y si tienen los calzones para estar contigo cinco años y no amarte con locura, que los tengan para dejarte ir sin hacerte sentir mal, como si fuera nuestra falla querer un amor para siempre.

Caminaba indignada, con rabia. Nunca me había sentido así, con ganas de golpear en la cabeza a un testarudo que no puede mirar más allá de su nariz. Cómo se había atrevido a jugarme así de sucio, a utilizarme, a mentirme para intentar convencerme de jugar sus oscuros juegos sexuales. Pasé al lado de donde seguían manoseándose Natalia y Josefo, y no vi a Erik. Caminé hacia la salida, cerca de la barra llena de gente que entorpecía mi paso; intenté meterme entre una pareja que se comía a besos. Más ira me daba ver a todo el mundo en un derroche de besos y pasión, cuando yo no tenía ni en qué irme a la mugrosa casa a la que hubiera preferido no volver jamás. Fue entonces, cuando más rabia tenía, que me encontré con lo último que necesitaba para enfurecer al cien: Erik y una desconocida se besaban contra una pared. Me detuve, lo miré, lo miré muy bien para que no se me olvidara esa imagen. Tenía sus ojos cerrados, su cuerpo llevado por la pasión momentánea. Igualito que como se veía cuando era yo a la que besaba. A él no le importaba quién fuera, mientras tuviera con quien tener sexo, la persona era lo de menos. Me mordí los labios con rabia y le di la espalda para dirigirme a la salida, por donde salí para siempre de su feria de diversión.

La princesita y sus dramas existenciales

Dicen que todos repetimos los patrones de los que aprendemos durante nuestro crecimiento. Aunque no tenemos ni la culpa de nacer ni la culpa de ser hijos de quienes nos tocaron como padres, terminamos pagando los platos rotos de sus comportamientos por el resto de nuestros días. No importa cuánto nos amen y cuánto bien hayan querido hacernos o cuánto daño no tuvieron la intención de infligir, los hijos somos la suma de los errores y los aciertos de nuestros padres y antes de encontrar un camino certero nos tenemos que enfrentar a todos los demonios que se gestan desde que nacemos.

"Sí, no hay nadie que sea más incondicional que la familia pero nunca podemos olvidar que la familia es un nido de perversiones": Simone de Beauvoir.

Por la ventanilla del camión vi pasar los lindos paisajes de la carretera Acapulco-México que se empañaban por la lluvia torrencial que caía. No pude evitar contagiarme del cielo y empecé a llorar, como si me hubieran abierto la llave de los lagrimales, no sé si a causa del agua que veía caer o por la rabia de haberme permitido volverla a regar con Erik.

En mis oídos sonaba la música de la banda de mi papá. Miré ese *discman* viejo que atesoraba con recelo por ser el único aparato en el que podía escuchar el disco que mi padre me hizo llegar en uno de sus tantos envíos de correspondencia. La historia de mis papás es larga y un tanto pendenciera. Aunque me era difícil juzgarlos por separado, encontraba más fácil juzgar a mi mamá que a mi papá. Lo único que me quedaba de él era un recuerdo que prefería no manchar con los resentimientos de mi madre.

245

Mi padre siempre fue un soñador sin causa, o al menos eso es lo que mi mamá siempre me dijo cuando se quejaba de él. Hernán, así se llama, era el bajista de una banda famosa en la época en que mi mamá y él se conocieron. Mi mamá no lo aceptaba pero ella era su *groupie*. Los acompañaba a las giras y me imagino que daban rienda suelta a su joven pasión entre hoteles, camiones y escenarios. Pero su pasión no demoró en cobrar un fruto: yo. Mi madre quedó embarazada a los 19 años, cuando mi padre aún no cumplía ni los 23. Mis abuelos la querían obligar a darme en adopción pues su religión no les permitía interrumpir el embarazo –pero sí regalarme a otra familia–. Gracias a ese temperamento de mi madre, que a veces me hastiaba, fue que no se dejó que decidieran por ella, y huyó, junto a mi padre, para tenerme como la vida le diera a entender.

Tenerme no era motivo para que mi padre abandonara sus sueños. En eso soy como él, por eso no puedo detenerme a juzgarlo. Lo que él sabía hacer era música pero como pasaba en aquel entonces y sigue pasando hasta el día de hoy, la industria de la música era un constante desfilar de grupos nuevos que luego morían en el olvido. Mi madre no alcanzó ni a terminar su segundo semestre de carrera por cambiarse a la profesión de ser mamá de una niña, hija de una antigua estrella de rock. Por más de que ella lo instó a buscar un trabajo estable que nos diera el día a día de la tranquilidad financiera, mi padre no aceptó. Lo que él sabía y quería hacer, a pesar de que su fama lo precedía, seguía siendo música. Nada ni nadie lo haría renunciar a su sueño.

Su relación se deterioró a tal grado que la única razón por la que seguían juntos era yo. Mi padre me adoraba y componía canciones, conmigo sentada en sus piernas, y con el gran optimismo de vendérsela a las disqueras. De él heredé la necesidad constante de oír música, de escuchar las letras y erizarme con pequeños acordes. Hasta que llegó el día en el que no hubo dinero para comprarle leche a la niña, que para entonces estaba por cumplir tres años. Fue entonces cuando mi padre tuvo que aceptar la propuesta de irse a Guadalajara, a tocar en un bar nuevo que prometía ser la plataforma para nuevos talentos. Las perlas de la virgen son pocas a lo que le prometieron. Según mi madre, decían que hasta le grabarían un disco con sus composiciones. El instrumento de mi padre siempre fue el bajo, sin embargo, como buen músico talentoso, podía expresarse con su arte con el instrumento que le pusieran en las manos. Entonces mi padre migró, en contra de mi madre que le dio el ultimátum de escoger entre encontrar un trabajo digno, diferente a la música y quedarse con nosotros, o perdernos para siempre. Quizás mi madre hizo lo que hizo o dijo lo que dijo por amor. Por amor a mí. Tenía miedo de que yo creciera y ella no tuviera explicaciones sobre la eventual desaparición de mi padre. Entonces Hernán, con el temperamento del que gozaba y entendiendo que mi madre lo estaba manipulando, se echó el bajo al hombro y, maleta en mano, agarró un camión *guajolotero* rumbo hacia Guadalajara. Mi madre empacó sus cosas y se mudó de regreso a Querétaro, en donde vivieron y murieron mis abuelos quienes le terminaron heredando la casa en donde ahora vive.

Hernán jamás me abandonó, aunque mi mamá insistiera en validar esa versión, no sé si por protegerme o por simple capricho. Yo prefiero pensar que fue la primera opción. Cada mes mi papá me enviaba largas cartas contándome de su vida, sus presentaciones, sus grabaciones y los fuertes deseos que tenía de besarme, abrazarme y oler mi pelo. Pero mi mamá escondió cada carta, cada paquete y regalo de cumpleaños en una caja que refundió en el sótano, a donde yo no iba por miedo a que me asustaran los fantasmas que, según yo, vivían ahí. Durante todo mi crecimiento, mi madre respondía mis preguntas sobre la ausencia de mi papá con una rabiecita que ella esperaba se me contagiara, lo cual nunca logró. Siempre pensé que si mi padre no había vuelto a aparecer es porque tendría sus motivos, ninguno de ellos que me quisiera abandonar.

Sin embargo, el abandono vivido, con todo y mis excusas para defenderlo, se hacía presente cuando necesitaba la figura de un padre que me orientara. Mi madre, que apenas pudo ser madre pues se enamoró de una botella, se rehusaba a decirme la verdad sobre el paradero de Hernán. Hasta que descubrí, en aquel sótano lleno de triques, la gran caja llena de cartas y regalos que mi padre me envió, durante muchos años, cada mes. En varias de ellas me contaba que, poco a poco, cumplía su sueño. Al leerlas comprendí que jamás abandonó a mi madre mientras yo estudiaba: siempre envió dinero para mi colegiatura. Si nunca volvió a aparecer fue porque nunca logró su sueño, nada de lo prometido se le hizo realidad y terminó trabajando en un bar de mala muerte, tocando las canciones con las que alguna vez fue famoso. No sé si tenía vergüenza por haberme abandonado al ir detrás de un sueño que no se materializó pero cuando se dio cuenta de lo que mi madre estaba haciendo, tampoco luchó por mí. Eso se lo reprochaba: no haber tenido el coraje de pelear por ver de nuevo a su hija, quien lo necesitó y extrañó cada minuto de su crecimiento.

En esa caja encontré también el *discman* que todavía es mi mejor compañero y que no pienso cambiar por ningún *iPod* de nueva generación. Fue un regalo que envió cuando cumplí 10 años de edad, acompañado de una copia en CD de su disco con el que fue famoso cuando los discos compactos no estaban en el panorama. En la carátula del disco venía escrito con plumón azul: *Chaparrita: cada que escuches estas canciones recuerda que tu padre te ama y te amará por siempre.* Lloré hasta secar mis lágrimas sobre esa caja que mi madre tuvo oculta durante tantos años. Entonces, con la rabia de sentirme engañada, subí y tuve la peor pelea que he tenido jamás con nadie. Al otro día, adelanté mi viaje a México, sin padre, en ese momento sin madre y con una maleta y un *discman* de compañeros.

Fue dos años más tarde que, por intervención de mis hermanos, acepté ir a Querétaro a hablar con mi mamá para intentar retomar una sana relación. Sin embargo, ella lo sabía y yo también: nuestra relación jamás podría ser la misma. Traicionó mi confianza durante casi toda mi vida, recuperarla no era tarea sencilla. Regresé a DF procurando perdonar a mi madre y, de paso, a mi padre. Sea como sea y por más adornos que le ponga a su partida, me abandonó cuando más lo necesitaba.

El rey de chocolate con nariz de cacahuate

A veces terminar con relaciones que apenas pudieron etiquetarse como "relaciones" también duele. Es extraño cómo llegamos a encapricharnos de tal forma con alguien que aún sin amarlo, en ocasiones sin quererlo, nos logra dañar un poquito el corazón. Cuando se descubre que esas relaciones caminan sobre la tangente de nuestras expectativas, lo mejor es darles santa sepultura y no perder más el tiempo. Total ¿quién quiere dejar de ver el resto del bosque por andar mirando solo un viejo roble que ya ni para madera sirve?

Varios días después de volver de Acapulco decidí hacer el trabajo sucio. Allí, a los pies de mi cama, seguía mi maleta intacta; si no lo iba a hacer yo, ¿quién? Fue entonces cuando, caminando de mi cuarto a la lavadora y de la lavadora a mi cuarto, escuché, en el salón de la justicia —también conocido como el cuarto de Jade— que un "alguien" recibía la gritoniza del siglo. Conforme la conversación avanzaba, Jade me ayudaba a amarrar los hilos de la desarticulada información. Resulta que una noche antes, Jade había encontrado a una chica saliendo del departamento de Bruno, la misma chica que apareciera en casi todas las fotos del viaje de fin de año en el que, según él, las mujeres no tenían cabida. Se le olvidó especificar que con mujeres se refería a Jade.

Desde mediados de diciembre, Jade se había dado a la tarea de encapricharse más con el cavernícola y mandar a volar todo cuanto hombre se le acercara. Así, su deporte favorito se había convertido en el bateo del género opuesto, del que salió lesionado un chico que se caía de bueno, pero no de bueno por musculoso, sino de buena persona. De esos que ya no había: bueno, bueno, bueno, sin maldad alguna. Fue por eso que, harta de que el cavernícola la tratara como trapo viejo, lo mandó a la chingada con todo y trapitos y decidió aceptar salir, esa misma noche, a cenar con José. Con el ruido de la lavadora al fondo, Jade mentó cuantas madres pudo tras haber colgado con el neandertal a quién ya tenía permiso de acribillar con juicios.

—¡Me doy! ¡Tiro la toalla! No quiero volver a saber de ese patán jamás en la vida, no puedo creer cómo fue que le aguanté tanto —vociferó desde su cuarto.

Me acerqué a la puerta.

—¿Pero qué fue lo que le aguantaste? ¿No decías que tú también lo querías para aquellito y ya? —le pregunté, tras darle una deliciosa bocanada de humo a mi cigarrillo en turno.

Después de Acapulco retomé la nicotina. Tras tantos pecados cometidos, un cigarrillo de vez en cuando no lastimaba a nadie.

—Hasta para tener una relación de índole solo sexual se debe tener dignidad y ese imbécil se pasó de lanza —alegó Jade, resoplando como toro de lidia.

—¿Lo agarraste con las manos en las nalgas, digo, en la masa? —le pregunté.

—La vi salir de su depa, es obvio que tienen ondas —dijo—. El sexo se notaba en la cara, aunque sea se hubiera podido bañar la muy zorra.

—Pero... ¿ustedes no estaban de exclusivos o sí?

Jade se limpió dos lágrimas que salieron casi a empujones. Resulta que sí, era verdad que Jade habría aceptado esa relación con Bruno. Él, desde el día uno, le había dejado muy claro que lo de ellos dos era sexo, que no quería novia, que no quería compromisos, mucho menos dramas. Ella, portando el estandarte de su nueva generación, le pareció muy fácil abordar una relación de puro sexo con un hombre que tenía maestría en ese tipo de relaciones. No la vio venir y, cuando menos se dio cuenta, estaba esperando que su sapo maloliente se convirtiera, por sorpresa y sin previo aviso, en príncipe. Se dejó llevar por el maravilloso sexo que tenía con Bruno y pensó que sería ideal que también la amara, así podía tener al toro semental en la cama y al amoroso romántico para despertar todos los días. Lo que pasa es que no nos damos cuenta de que esos dos prototipos son eso: ¡dos prototipos distintos! No podemos querer un carro *coupé* de cuatro puertas, es imposible.

—Kenia va a estar feliz de que Bruno haya salido de mi vida —dijo adolorida.

—Kenny jamás se va a alegrar de tu dolor, Jade, ella será lo que sea, pero te quiere y te aseguro que se va a preocupar por cómo te vas a sentir.

—No quiero volver a saber nada de hombres —agregó muy segura.

—Eso has dicho desde que llegaste a México —(nos reímos)—. Entiende de una vez, que aunque nos caigan pesados, son un mal necesario.

—¿Y Erik? —preguntó—. ¿Ya no has vuelto a saber nada de él?

Desde el mismo 31 de diciembre, que fue la última vez que lo vi, no volví a saber nada de él. Al siguiente día de volver lo saqué de mis contactos de todas mis redes, incluyendo *Skype*. Borré su número de teléfono, sus correos guardados y eliminé cada foto que me ligaba a él. Hasta denuncié la foto de su retorcido hall de la fama y lo bloqueé de *Facebook*. Mi año nuevo había sido un fiasco. Yo pensaba que la pasaría de maravilla y terminé agarrando un camión a las dos de la mañana del día primero. Salí de la fiesta, indignada y, tras ver a Erik sumergido en la boca de esa desconocida, corrí por mis maletas para regresar a México cuanto antes. Entré a la casa a las siete y media de la mañana y desde ese momento eliminé toda prueba de su existencia. Mientras borraba todos los *chats* del idiota de Erik, me encontré con que bien madrugadito estaba Dante en la red.

Modelo81: ¿Madrugando un primero de enero? ¿O sea que te acostaste con las gallinas?

Sir Dante: ¡Feliz año, mi Beatriz!

Modelo81: Feliz año para ti ☺

Sir Dante: ¿Ya lista para irte a la playa?

Modelo81: Mmm...

Sir Dante: ¿Mmmm?

251

Modelo81: Ya estoy en Mex.

Sir Dante: Pensé que regresabas hasta mañana. ☹

Modelo81: Yo también lo pensé.

Sir Dante: ¿Chico B, chico malo?

Modelo81: No, yo chica idiota.

Sir Dante: ¿Sabes? Arruinaste mis planes...

Modelo81: No entiendo

Sir Dante: Pensaba sugerirte que nos conociéramos...

Modelo81: ¿Neta?

Sir Dante: ¿No quieres?

Modelo81: ... (pensando)...

Sir Dante: Así te quitas de la cabeza que soy una mujer, un hermafrodita o un viejito... Y después si quieres, volvemos a ser solo amigos virtuales ☺

Modelo81: jajaja Ya sin dudas... mmm tentador...

Sir Dante: Igual... ni modo... ya no estas aquí.

Modelo81: ¿Cuándo vuelves a México?

Sir Dante: No se cuándo vaya... Espero que pronto.

Modelo81: ¿De plano decidiste quedarte a vivir en el Puerto del pecado?

Sir Dante: No, mi querida Beatriz. Yo vivo en Monterrey.

Modelo 81: 0_o —Lo que me faltaba.

Jade me comunicó que ya nos esperaban para tomarnos unos martinis en la casa de Kenia.

—¿Y Henri? —pregunté incauta—. ¿No va a estar en casa?

Jade me miró, sonriendo casi como si lo disfrutara

—¿Te dije o no te dije que tenía otra?

No entendí muy bien lo que había implicado con eso.

—Se fue otra vez de viaje, de viernes a domingo, ¿no es mucha casualidad? —agregó con un tono sarcástico.

Parece que no solo me perdí la fiesta del año nuevo, sino un nuevo avance en la gravedad de la relación de Kenia. Jade me actualizó mientras salimos y, durante el trayecto en taxi, me contó que ya era de cada fin de semana que Henri se iba de "viajes de trabajo". Las comillas las ponía ella misma, con sus dedos, al referirse a las escapadas constantes de Henri con la que ella pensaba sería su amante.

—¿Y Kenia que dice sobre esos viajes? —le pregunté un tanto escandalizada porque ya casi diéramos por hecho que Henri, el supuesto hombre de familia perfecta, le ponía los cuernos a su esposa.

—Ella poco a poco abre los ojos. Confirmó que aquella compra de lencería que se cargó a la tarjeta de crédito, en efecto la hizo Henri en Veracruz. Él le justificó diciendo que fue una piyama que compró para ella y que quién sabe por qué olvidó dársela. Cuando Kenia le pidió que se la diera, se hizo el tonto y actuó como si se le hubiera perdido, ¿puedes creerlo? ¡Es un descarado!

—¿No es en Veracruz que Henri tiene a su prima esa Greta? —pregunté a Jade, mientras recordaba que en una época Kenia pasaba varias navidades en la casa de la única familiar lejana que él tenía en México.

—Sí, allá vive Greta con su futuro exesposo— corroboró.

—Ni me hables de ese imbécil.

—¿Por qué la roña hacia el que hace unos días era un *McYummi*? —me preguntó, divertida.

Solo levanté los hombros, no quería hablar de eso, además no podía creer lo que Jade me contaba. Henri, ese jovencito buena gente que años atrás estaba enamorado de Kenia, ahora la traicionaba quién sabe con qué mujer a la que le regalaba carísima lencería.

Llegamos hasta la puerta de Kenia, no sin antes pedirme que me esperara a que ella misma me contara sobre el famoso cuento de la lencería para abordar el tema, no quería quedar como una chismosa. Kenia abrió y me abrazó.

—¡Me hiciste mucha falta! Tienes prohibido volver a abandonarnos en año nuevo, ¿entendiste? —me dijo, cariñosa.

La nana se había llevado a pasear a Marisol al parque, así que teníamos casa sola. Leo y Edu ya estaban sentados con medio anestésico circulándoles por las venas: martinis de lichi, ¡nuestros favoritos! Como siempre, exigieron un recorderis de detalles de mi viaje para sondear si su amiga soltera empedernida no se habría resbalado con una cáscara de sexo ocasional. No puedo negar que me sentí mal porque me vieran como la loquita que, desde que terminó con Alejo, andaba dando brincos en diferentes colchones. Por eso decidí contarles, más que la verdad de mi viaje o los detalles inventados de un fin de semana que no existió, mi nuevo propósito con el que me protegería de que alimañas como Erik hicieran conmigo lo que quisieran sin yo tener timón propio.

Me escucharon con atención. Era verdad, mientras muchas mujeres del mundo habían deseado, unas noches antes, encontrar a ese príncipe disfrazado de sapo, yo había pedido todo lo contrario. No quería volver a pensar en Alejo, ni en ningún otro hombre. No deseaba relaciones fatuas, ni más sapos con cara de príncipe. No quería tener sexo solo porque sí, ya estaba hastiada. No buscaría el amor propio en los brazos de alguien más que no me amara. Ahora era yo la heroína y salvadora de mi propia vida. La próxima vez que estuviera con un hombre sería porque me invitaba a una buena relación, no porque me ofreciera una cama esporádica.

Simone de Beauvoir no se conformaría con sapitos malolientes, mejor habría sido soltera de por vida que andarse de juego en juego, de cama en cama, para despertar igual de vacía que se acostó la noche anterior. Mi nueva compañera sería mi amiga soledad y mi única relación sería conmigo misma y con mi amigo *El Boni*, un conejo morado que habitaba en el cajón de mi mesa de noche y vibraba de felicidad por verme, que no se llama *Boni* por conejo bilingüe sino por bonito.

Después de mi discurso prosopopéyico esperaba aplausos. Mi Cirilita interna hasta se levantó en ovación y honores ante mi nuevo ideal. Leo y Edu se reponían del atasque que les provocó la mención de mi amigo el conejo morado.

—Amén —dijo Jade, levantando su copa para brindar.

Todos la siguieron y bebimos un gran sorbo, no sin antes notar que Kenia tenía algo qué decir y no sabía cómo hacerlo.

—Yo también hice un propósito —logró expresar Kenia—: voy a dejar de ser la mamá de todos y solo lo seré de Marisol.

Entonces, las ovaciones y aplausos que esperaba de ellos para mi propósito, se las robó Kenia con el suyo. Eso sí que sería todo un acontecimiento.

—¿Y tú, Didi, cuál fue el tuyo? —preguntó Kenia, casi pasando por encima de su propio propósito.

Jade no pudo evitar torcerle los ojos.

—No voy a exiliar a los hombres, solo voy a cambiar de patrón —dijo, pero nosotros no entendimos nada—: voy a salir con José, el chico bueno ese que me anda tirando la onda, a ver si es que hasta los buenos son malos o yo de plano no se escoger.

No pudimos evitar reírnos.

—¿Entonces… José? —cuestioné en tono travieso.

—Sí, José Miel —agregó Jade a carcajadas.

—Pobre chico, él bien bueno y tú te le burlas —agregó Kenia.

—No me burlo y tú deberías de aplicar lo de tu propósito, porque te veo grave —rezongó Jade.

Kenia solo pudo hacer una mueca.

—¡Bueno, bueno!, ¿y cuáles son los propósitos de las florecitas rockeras? —pregunté a Edu y Leo.

—Más que un propósito tenemos un deseo —dijo Leo, agarrando la mano de Edu.

Las tres estábamos intrigadas, aunque sabíamos que algo tenía que ver con su proceso de adopción.

—Deseamos ser los mejores padres del mundo —manifestó Edu con la voz quebrada.

—¡Ya estamos en proceso de ser elegidos como padres de un bebé que está por nacer! —exclamó Leo y todas nos abalanzamos a abrazarlos, emocionadas.

La agencia de adopciones les había hecho llegar una carta en donde les comunicaban que una chica con 12 semanas de embarazo los había preescogido como papás de su bebé.

—¡Pueden creerlo!, ¡Nuestro bebé nacerá en seis meses! —exclamó Edu con la alegría de cualquier madre que descubre que está embarazada.

—Bueno, eso si todo sale bien —agregó Leonardo, todavía contenido.

No quería poner todos los huevos en esa canasta. La misma trabajadora social les había dicho que, aunque no era tan común, muchos casos se caían en el proceso, no tanto porque los padres no calificaran, sino porque la madre se arrepentía y decidía quedarse con el bebé.

Leo y Eduardo se fueron y le ofrecieron a Jade darle un aventón a la casa, pues ya tenía agendada su primera cita con José. Yo preferí quedarme un rato a solas con mi amiga a ver si de casualidad me soltaba la sopa sobre lo que estaba sucediendo con Henri. Marisol ya había llegado y estaba en su cuarto con la niñera. Kenia lavaba platos mientras yo me tomaba un último martini, sentada en la barra de la cocina. Ella intentaba evadir el tema, así que di un fuerte disparo a ver si por ahí lograba romper el hielo.

—¿No te molesta que Henri ya no esté aquí los fines de semana? —pregunté, sintiendo que me iba a aventar el sartén que lavaba.

Kenia quedó en silencio por unos segundos, yo casi sin respiración.

—Las cosas están muy mal Juliette, a veces creo que mi matrimonio no pasa de este año —dijo fría.

Ahí tenía mi sartenazo. Kenia volteó a mirarme y, con los guantes llenos de jabón, se tapó la cara para evitar una explosión masiva de lágrimas. Cayó en cuclillas, como si el cansancio de su relación ya no la dejara mantenerse en pie. En la última discusión que tuvieron, Henri le dijo estar cansado de tener una madre en casa y no una mujer. Curioso como las cosas que antes nos gustaban de nuestra pareja pudieran terminar siendo motivo de aborrecimiento. De ahí su nuevo propósito. Si algo le admiraba a

Kenia era esa resiliencia ante su matrimonio. Ella era capaz de lo que fuera con tal de no separarse, pero cada movimiento que hacía resultaba fallido, por eso iba perdiendo la esperanza, poco a poco, y cada vez estaba más resignada ante la realidad.

Sus viajes los fines de semana se habían convertido en excusas. Henri huía de casa diciendo que se iba a trabajar pero en realidad era un escape de la tormentosa situación que se escondía detrás de las paredes de su hermoso departamento. Kenia le sugirió que volvieran a terapia pero Henri se negó a ir a contarle su vida a un desconocido para que averiguara la raíz de sus problemas cuando él ya la sabía: el amor se desgastó. No hacían el amor desde su noche de bodas y su comunicación se había reducido a los gritos nocturnos a puerta cerrada. Kenia ya no encontraba la salida de todo eso, o sí: el divorcio. A poco tiempo de haberse casado con todas las de la ley, la relación que parecía ser más estable que el Titanic antes de hundirse, terminó estrellándose contra el mismo *iceberg*. Su matrimonio civil y católico no fue más que una faramalla que Kenia forzó por su sueño añejo de vestirse de blanco y a la que Henri accedió con el solo fin de complacer a Kenia, que podía ser incisiva cuando no conseguía lo que quería. La realidad es que no debieron haberse casado, más bien debieron haberse separado. Pensaron que una boda les regresaría el amor y la paciencia de antes, pero lo único que hizo fue exasperarlos más.

Todo caía a mi cabeza como una lluvia de estrellas y veintes. Aquel día que decidí terminar con Alejo porque mi mejor amiga se casaba feliz con su pareja de años, lo que desfilaba hacia el altar no eran dos personas enamoradas sino dos personas casi obligadas por una sociedad, un sueño y el temido paso que sigue. Recordé al esposo de Greta, aquel que hacía unos cuantos días me había expuesto todo un relato sobre esto mismo que Kenia vivía y a quien mandé a la fregada pensando que era el único cínico que veía el matrimonio como lo que sigue. Henri tampoco tuvo el valor de negarse ante tal espectáculo de hipocresía y fue de la mano con Kenia hacia un futuro que se podía predecir al ritmo de la marcha nupcial: el divorcio.

—Cuando tienes hijos todo es más complejo, Juliette, uno por sus bebés es capaz de lo que sea. No quieres dejarlos sin una familia porque el amor que les tienes es tan grande que te sacrificas por ellos. Mira a Greta por ejemplo...

Kenia hizo una mueca de desagrado.

—¿Qué hay de esa pobre? —pregunté.

—Ellos tienen una niña de casi tres años y es por ella que están aceptando ir a terapia. Te juro que si Clarita no estuviera en el panorama, ya se habrían divorciado —agregó Kenny.

—Pues yo a él lo vi muy convencido de quererse divorciar... —le dije, sabiendo que había llegado la hora de decirle que su amigo era un imbécil.

—¿Y tú por qué sabes eso?

—Me lo encontré en Acapulco.

—¿Y cómo por qué hablaron de eso?

—Eso no importa, el caso es que me echó un discurso barato de por qué se casó con Greta y casi, casi, dice que ella lo obligó.

—¡No manches! ¿En serio? —reprobó Kenny

—Bueno... sí aceptó parte de su culpa por haber cedido a la presión, pero sí, en resumidas cuentas dice que no debió casarse.

—Es que no le quedó de otra... Pobre Dago.

Dago... qué nombre más sexy.

—Pues ni tan pobre —le dije—. Es el colmo que un hombre no tenga las bolas de decirle a una mujer que no se quiere casar con ella y punto.

—Greta estaba embarazada cuando se casaron...

Balde de agua fría para mi Cirila y para mí. Resulta que, tras cinco años de noviazgo, Greta salió embarazada. Kenia me contó que algunas personas sugerían que fue la trampa que ella le puso para que él, por fin, decidiera casarse. Así, cuando la prueba le dio positiva, a Dago no le quedó de otra más que acceder a los pedimentos de la mujer que esperaba un hijo suyo. Después de todo, sí estaba entre la espada y la pared. Y yo, que le grité como si fuera un desgraciado patán, no tenía idea de su historia y aún así lo traté pésimo. Pero es que jamás mencionó nada sobre su hija

—¡Pues no lo dejaste ni hablar! —me regañó Cirila, casi juzgándome por haber roto todo tipo de buena onda con un hombre guapo.

Llegué a mi casa casi a media noche, pensativa sobre la situación de Kenia y con un poco de remordimiento de conciencia con *McYummi,* quien ya tenía nombre: Dago. Seguro estaría pensando que soy una loca más, peor que su esposa (potencial ex esposa) y la próxima vez que lo viera ni me iba a saludar.

—O quizás —dijo mi Cirila entre dientes— el mundo no gira en torno tuyo y el tipo tiene peores problemas que una loca suelta en las playas de Acapulco.

Entonces, justo cuando me preguntaba en qué momento embarazarse se volvió un seguro matrimonial, sonó mi celular. Era Alejo.

—¡Hola July! —me saludó, entusiasta.

—No esperaba tu llamada, ¿estás borracho?

—Estoy aburrido, ¿eso cuenta?

—O sea que ahora soy tu llamar–en–caso–de–aburrimiento?

—Dejaste de ser mi número de emergencia, te tuve que dar un cargo más bajo.

Nos reímos.

—Cómo te fue en tu viaje?

—Bien… ¿tu, qué hiciste en fin de año?

—Ya sabes, lo de siempre, cena en casa con la familia. Cuetes a media noche, abrazos y a dormir.

Sí, lo de siempre. Si algo me molestó de Alejo era esa necesidad urgente de estar con su mamá. Nunca, durante todo el tiempo que estuvimos juntos, pasamos un año nuevo solos, en algún lugar diferente, solos él y yo. Acapulco se había convertido en mi coco, ya sabía que cuando se acercaban los fines de semana largos o la semana santa o el fin de año, nos encaminábamos al que en mi juventud habría llamado *el puerto del pecado* y en mi adultez se había convertido *el puerto de la aburrición.*

Me di cuenta de la hora cuando se abrió la puerta del depa y entró Jade, intentando no hacer ruido, pensando que estaba dormida. Me despedí de Alejo para poder platicar con Jade sobre su cita con el chico perfecto, pero no esperaba lo que él tenía por decirme y esperó hasta el último momento.

—Me has hecho falta, nena. ¿Crees que nos podamos ver esta semana? —dijo con esa voz apagadita y sexy que ponía cuando quería lograr algo conmigo.

—¿Otra vez? —me preguntó Cirila, con sus brazos haciendo jarritas.

—Te llamo en estos días y platicamos ¿va? —dije.

—Mejor me puedes ir a ver a la oficina otra vez —sugirió, pícaro.

—Alejo ese día… todo estaba mal. No creo que sea buena idea que hagamos eso.

—Te extraño, nena. ¿Tú no me extrañas aunque sea un poquito?

—Neta, Ale, tengo que colgar, Jade me necesita en su cuarto. Que pases buena noche.

Las piernas se me aflojaron. Cómo era posible que a ese hombre le tomara una llamada a media noche y tres palabras bonitas para voltearme el mundo al revés. Ya me veía recayendo en sus brazos otra vez. ¡Maldita voluntad! Solo por eso, me prendí un culposo cigarrillo que me supo a los besos de mi Alejo.

—¡Ex Alejo! —me recordó Cirila.

—Pues claro que te extraña, te fuiste de fin de año con un chico a vivir aventuras nuevas y él se quedó en el mismo lugar y con la misma gente. Ya se le pasará. —dijo Jade, muy segura de su teoría, tras contarle que Alejo me estaba seduciendo.

—Bueno, no más de mí y el desequilibrado de Alejo, mejor cuéntame de tu cita con José.

La invité a sentarse a mi lado en el sillón, pero se paró de la silla como si tuviera chinches.

—Es bueno, lindo, caballeroso, atento, amable, simpático, agradable…

Lo decía como si le chocara toda esa lista de atributos.

—Pero... —agregué.

—Pero siento que le falta malicia, ni siquiera intentó besarme, ¿puedes creerlo?

—¿No dijiste que querías cambiar de patrón?

—Pues sí pero nunca he sido muy radical... tu sabes.

Se rió. O sea, Jade necesitaba un chico malo como Bruno pero que no fuera *taaaaan* malo, malito, pues. Para ella era necesario que se le quisieran meter debajo de la falda así fuera pidiéndole permiso. José era, en teoría, el tipo perfecto. Me contó que pasó por ella en su *Altima* del año, vestido de pantalones beige con camisa polo azul clara y mocasines beige. La llevó a cenar a *Le Crab* en Prado Norte y ordenó una botella de *Pinot Noir* para acompañar la comida. Para el postre pidió dos copas de *Porto* que, mezclado con la *crème brûlée* que compartieron, dejó a Jade empalagada.

—Tuve que pedir un vaso con agua —dijo, como si aún no se pudiera quitar el dulce de la boca.

—Es normal después de un *crème brûlée* con vino dulce — agregué, sin entender muy bien por qué seguíamos hablando del menú cuando yo necesitaba detalles candentes.

—No, July, no me estás entendiendo, no estaba empalagada por el postre, ¡sino por él!

José había sido una bomba de caramelo que Jade no tenía prevista. Después de un platillo tan amargo como Bruno, ella lo que necesitaba era otro vaso con agua, algo más neutral, no una bomba de azúcar.

—Siento que me va a pedir permiso para metérmelo.

Explotamos en risas por su guarrada.

—¿Y se lo hubieras dado? —pregunté, traviesa.

—No lo sé... es que no me inspira para eso. Se me hace que debe ser pésimo —dijo, decepcionada.

Cuando la trajo a la casa, la acompañó hasta la puerta, le dio un beso de buenas noches en la mejilla y prometió llamarla para que volvieran a salir, claro si ella estaba dispuesta.

—¿Sabes qué es lo peor de todo? —agregó tomándose un sorbo de mi café frío— que estoy segura de que me va a llamar.

¿Y eso era lo peor? ¿No se supone que la tortura de toda segunda cita es esperar la llamada después de la primera? No le vi mucho futuro al pobre de José que seguro para este momento estaría planeando su próxima invitación a la loquita de Jade, por lo pronto en *detox* de una fuerte droga sexual. Ahora nuestra casa más parecía centro de rehabilitación para adictos al cuerpo de chicos malos que el departamento de dos solteras.

Jade se metió a dormir con una jarra de agua con hielos y un popote. Yo quedé un poco inquieta: la conversación con Kenny me había dejado helada. ¿Se iría a divorciar? ¿Sería verdad que Henri tenía amante y que la pobre de mi amiga pecaba de incauta mientras le ponían los cuernos en su cara? No podía dormir, ¿Estaría Sir Dante conectado? Abrí mi compu y me conecté.! ¡Bingo! Éramos, al menos de manera virtual, el uno para el otro.

Modelo81: Estoy empezando a pensar que te la vives conectado solo para hablar conmigo ☺

Sir Dante: ¡Me cachaste! Hola mi Beatriz, ¿cómo te trata la noche?

Modelo81: Estoy angustiada. Una amiga mía se está separando. No puedo dejar de pensar en eso.

Sir Dante: Por eso es mejor no casarse, así te evitas el divorcio.

Modelo81: Entonces asumo que no eres casado...

Sir Dante: Lo mejor es no asumir nada en esta vida, mi Beatriz.

Modelo81: Okay... whatever...

Sir Dante: Mejor háblame de tu amiga.

Modelo81: Mi roommate y yo pensamos que su marido tiene amante. Algunos hombres son unos cabrones (perdón mi francés).

Sir Dante: Me encantan las políglotas ☺

Modelo81: Jajaja.

Sir Dante: Y esta amiga tuya ¿se huele que le ponen los cuernos o ni enterada?

Modelo81: No tengo idea. Me da terror hablar del tema con ella. No la quiero lastimar. ¿Algún consejo?

Sir Dante: Todos hemos pasado por ahí, mi Beatriz. Quieres saber yo qué hice cuando estuve en una situación así?

Modelo81: Por favor.

Sir Dante: Hice mal. Me metí. Le dije a mi amigo que estaba mal lo que hacía.

Modelo81: Entonces tú estabas del otro lado, del lado del infiel.

Sir Dante: Me costó la amistad. Tú dirás si es bueno meterse.

Modelo81: Entonces no hablo con mi amiga?

Sir Dante: Te consta que su esposo le es infiel?

Modelo81: No...

Sir Dante: Entonces sé una buena amiga y aprende hasta dónde llegan los límites de la amistad y desde dónde puedes sabotear tu relación con ella.

Modelo81: ¿Y luego? ¿La esposa de tu amigo se enteró algún día de eso?

Sir Dante: No que yo sepa. O sí pero hay quienes prefieren seguir haciéndose mensos.

Modelo81: Ufff... que mala onda. Los cuernos solo complican todo, no deberían de existir.

Sir Dante: Está en cada uno ser lo suficientemente honesto para salir a tiempo de una relación u obligarte a que te saque un impulso, de la peor manera.

Sir Dante tenía razón. Aunque su historia era diferente a la de Kenny, su punto era acertado. Cada que a Kenny se le tocaba el tema de Henri se ponía a la defensiva. En pocas ocasiones abría su corazón como lo había hecho esa noche. Debía esperar a que la misma Kenny pusiera el tema y entonces, si era requerida, dar mi opinión. Si no, quedarme al margen, no meterme y conservar mi amistad para poderla consolar cuando la verdad cayera por su propio peso. Mientras tanto intentaba hilar los cabos de lo poco que me contaba Kenia con las suposiciones de Jade, con lo que yo misma veía, oía y creía. Es verdad que Henri, desde que se volvieron millonarios, se convirtió en otra persona. Le gustaba alardear sobre lo que no era, sobre lo que no tenía y hasta sobre lo que no conocía.

Nunca volví a ver feliz a Kenny como cuando no tenían un quinto, a veces, ni para cenar, y comprábamos sopas *Maruchan* que adornábamos con limón y *Valentina*. Con ellos aprendí que el dinero no trae la felicidad y que muchas veces la sencillez es más amiga de un buen amor que una cuenta bancaria jugosa. Desde que la ferretería se convirtió en un emporio, tanto que hasta terminó cotizando en bolsa y vendiendo franquicias para Estados Unidos, Henri se volvió esquivo con Kenia. Alguna vez la escuché diciendo que sentía que él no quería tener hijos y que solo le daba por su lado a Kenia para no alborotarla. Recuerdo que poco tiempo después de que Marisol naciera, Kenia lloraba y lloraba aduciéndole su dolor al *baby blue* o depresión postparto, pero ella traía algo más hondo que un coctel de hormonas haciendo de las suyas. De hecho, durante un tiempo no volví a ver a Henri por la casa. Kenny me decía que el trabajo, que las juntas, que los viajes, pero alguna vez me dio la sensación de que no estaba, ni siquiera, viviendo allí. Era como si hubieran peleado, como si ella lo hubiera corrido de la casa pero al saber que lo dejaría volver, cuando entendiera su escarmiento, prefería no contarme, en este caso, para no alborotarme a mí.

¿Sería verdad lo que Jade decía? ¿Tendría Henri una amante, o varias amantes? Lo peor de todo, ¿Kenia lo sabría y aún así lo ocultaba para mantener su matrimonio a flote? Si no éramos nosotras: sus amigas, familiares, casi hermanas, las que sacaran a Kenny de su negación, ¿quién carajos le iba a ayudar a abrir los ojos? ¿Quién fregados le iba a decir que no tiene por qué soportar las infidelidades de Henri solo por regalarle una falsa familia a Marisol? ¿Si Jade estaba tan segura de todo esto, por qué no hablaba con Kenia? ¿Qué había detrás de tanta especulación?

Sir Dante: Lo mejor es no asumir nada en esta vida mi Beatriz.

Recordé sus palabras y mejor me fui a dormir.

Y el castillo de naipes ardió

Las personas que más dicen que nos aman son los que más daño nos pueden hacer. Los padres, en ese afán de querer que seamos la prolongación de cosas que ellos mismos no fueron, se empeñan en hacernos desfilar por un camino que no queremos y con el que solo ellos disfrutarían. El amor es dejar ser al otro, como quiera ser, como le guste ser, con lo que su alma pueda ser feliz. Dicen por ahí que uno es todo lo que un padre nunca pensó que uno sería. ¿Quieres imponerle a tu hijo que siga con tu profesión de doctor? Fijo te sale con que odia la medicina. Por eso, lo mejor es dejarse de escandalizar con los deseos de otros y aprender a aceptar que lo que te da felicidad, puede no dársela al de al lado. Al final del día "lo más escandaloso que tiene el escándalo es que uno se acostumbra": Simone de Beauvoir.

Eduardo llegó a mi casa con los ojos inyectados de lágrimas, congestionado de estar llorando como si fuera un niño pequeño. No podía ni hablar, así que solo pude abrazarlo y dejarlo que drenara ese llanto furibundo. Jade se acercó y con señas preguntó qué sucedía. No le pude decir nada, solo le pedí papel para que Eduardo se limpiara la cara. Hasta que por fin se calmó. Parecía un niño, sollozando después de una buena jornada de lágrimas. Lo invité a respirar profundo y a serenarse para que pudiera contarme qué era lo que lo tenía con ese dolor.

—Mi papá —dijo, sin poder continuar antes de que otra oleada de maldiciones y llanto ahogado lo arrastrara.

Ese señor era un monstruo. Cada que aparecía en el panorama dejaba a Edu como un trapo viejo. Pocas veces lo bajaba de *Jamás putito asqueroso.* Sin embargo, no entendía qué habría hecho ese señor que no hubiera hecho o dicho ya, como para que Edu estuviera así de afectado. Por fin volvió a calmarse, bebió un poco de agua que le trajo Jade y respiró para recomponerse.

—Mi mamá le contó que Leo y yo vamos a adoptar —agregó Edu entre sollozos.

Entonces lo comprendí todo o por lo menos gran parte. No podía imaginar cómo habría tomado la noticia aquel dinosaurio católico de que su hijo, el *putito asqueroso*, iba a adoptar en el seno de su pervertida familia a un niño como su hijo. Como era de esperarse, el viejo amenazó con hacer todo lo que estuviera en sus corruptas manos para truncarle los planes a su hijo, que ya no nombraba hijo.

—No sé qué voy a hacer, July, cuando mi Leo se entere de esto va a querer ir a matar a mi papá, y lo peor de todo es que yo no lo puedo detener.

Leo era un hombre de armas tomar. Su familia lo apoyó desde el día uno en que decidió ser gay, artista y casarse con Edu. Ahora, los Saldivar esperaban ansiosos la llegada de un Saldivitar, y el papá de Edu estaba decidido a acabar con ese sueño.

Unos momentos después se reportó Leo, que al escuchar a su adorado Eduardo llorar como Magdalena, aterrizó en mi casa como por arte de magia. Lo primero, antes de siquiera decirse algo, Leo lo abrazó y le prometió que su padre, por más poder que tuviera, no iba a lograr estropear lo que ellos ya tenían casi como un hecho.

—Créeme Leo, si a mi papá se le da la chingada gana de hablar con alguien y que nos retiren la opción de ese bebé, lo logra —dijo Edu, con un miedo que transmitía en cada una de sus palabras.

—Tu papá podrá tener mucho poder, amor mío —agregó Leo con una tranquilidad asombrosa— pero yo tengo a los medios y a él no le va a gustar ningún tipo de desprestigio, ¿si me entiendes?

Resulta que Armando, como buen fósil de la sociedad mexicana millonaria, católica, apostólica y remensa, le tenía pánico a los escándalos públicos. De hecho, por eso le ofrecía a su retoño con plumas olvidar sus *perversiones* y arreglarle el problemita: un divorcio exprés y un clóset perpetuo en donde encerrarse; un matrimonio organizado a expensas de un jugoso patrimonio y la continuidad del respeto que su linaje habría mantenido por décadas, lo que le garantizaría un futuro prominente con la candidatura de su padre a la presidencia del país.

Para Leo, las palabras de Armando no eran más que amenazas sin fondo que profería solo para asustar a Edu y que echara reversa en sus planes. Cuando las revistas de sociales más importantes de México anunciaran que el hijo de Armando Bernal, el potencial presidente más conservador que un rosario de perlas, tenía un bebé con Leo, le daría un infarto fulminante. Leo tenía un punto, pero Edu también sabía que Armando ya no tenía más dignidad qué perder desde que él había salido del clóset. Pero un hijo en el seno de una familia perversa… eso sí sería el acabose. La última campaña política de Armando Bernal utilizaba a Edu de carnada, pues, con la noticia volando de que su hijo era la reina del arcoíris, él mismo, *sacrificando su amor de padre,* se pronunció en contra de la comunidad gay y sus avances atroces como el matrimonio y la adopción.

—Aunque mi corazón llore por dentro, la vida me ha puesto la prueba más difícil que hoy, por el bien de nuestro México, debo librar: no comulgo, ni comulgaré con la situación de un hijo que atropella los valores familiares, ni la moral, ni la ética mexicanos. Jamás, aunque en ello me comprometa a sacrificar el amor de padre, avalaré los caprichos de una perversión sucia y escatológica como calificar de unión sagrada o cívica al matrimonio de dos seres del mismo sexo —dijo el muy infeliz en uno de sus más recientes discursos.

—Eso es pura mierda —exclamó Leo, furioso—. Tu padre no es más que un hipócrita que busca votos para su postulación, si la gente supiera lo de tu hermano Juan Pablo te aseguro que sus indulgencias se irían a la olla.

Edu se quedó pensando por un momento. Juan Pablo era una buena carta qué jugar pues, aunque era asociado como muy cercano al seno de Armando, nadie imaginaba la realidad detrás de ese apadrinamiento político.

—¿Y tú tienes pruebas de que Juan Pablo es tu hermano legítimo? —le pregunté a Edu, un tanto ingenua ante toda la situación.

—No, yo he tenido prohibido si quiera hablar con él de ese tema. Es como un secreto a voces dentro de mi familia. Juan Pablo sabe que yo sé que es mi hermano, yo sé que él sabe que soy su hermano y hasta quizás le diga papá a mi papá cuando están a solas, pero en mi casa todos nos hacemos los de la vista gorda, siempre aparentamos que ese tema ni existe.

—Igual no se necesitan pruebas contundentes, con el solo hecho de que Eduardo contara la verdad, a ese viejo se le cae el teatrito —finalizó Leo y se llevó a su marido a casa para que descansara de tanto drama familiar.

Jade y yo quedamos temblorosas después de esa alta dosis de café mientras se discutía el nuevo gran drama de la *socialité* mexicana.

—Yo la neta ante esas cosas no sé ni qué decir. Me parece superbizarro que ese viejo sea capaz de hacerle eso a su hijo —dijo Jade mientras se conectaba a la red desde su computadora.

—Lo que está cañón es que Edu tiene razón, su papá es muy capaz de lo que sea con tal de sacudirse una vergüenza más ante la crema social, que en su caso, es bastante espesa.

Mis palabras dolían al salir. No imaginaba que esto tan hermoso que les estaba pasando a mis amigos se viera truncado por la necesidad de una persona de guardar sus apariencias.

—Lo que no entendí muy bien es ese tema del hermano… ¿Juan Pablo, se llama? —preguntó Jade, confundida.

—Esa sí que es una historia bizarra —expliqué—. Yo no tengo idea cómo le harán para ocultar eso, pero de lo que estoy segura es que algún día la verdad caerá por su propio peso y a ese señor se le va a venir abajo su *show*.

—Pues si las cosas siguen así, su propio hijo le va a terminar cerrándole el telón —agregó.

Así, después de especular sobre el desenlace de la historia de tan álgido drama, Jade me dio un reporte de los avances de www.memoriasdeunasolteramexicana.com, que ya registraba un pago pendiente de 15 dólares.

—¡¿No es lo máximo?! —exclamó tan entusiasmada que pensé que ahí no acababan las buenas noticias.

—¿Qué es lo máximo? —pregunté, un poco confundida.

—¡Ya ganamos 15 dólares! —brincó Jade como si le hubiera pegado al premio mayor de la lotería.

Hum... ¿15 dólares? Y yo que me quejaba que mi pago en mi antiguo trabajo era poco. ¡Dios!, tenía que empezar a buscar un empleo porque a este paso y con 15 dólares de sueldo al mes, tendría que cambiar mi *chai latte* con leche de soja por un americano regular soluble hecho en casa.

Las columnas del castillo más difíciles de derribar

Nadie dijo que era fácil romper los patrones. Desde pequeñas vemos a nuestros padres y cercanos relacionarse con otras personas significativas. De esas experiencias aprendimos y mpezamos a repetir esas interacciones en la adultez, a no tener más herramientas que lo vivido y, por eso, lo recreamos una y otra vez. Nos enamoramos de hombres que no debemos y sin darnos cuenta fomentamos estos patrones que nos envuelven en un círculo vicioso del que no podemos salir hasta que tomemos la firme decisión de hacerlo. Sin embargo, cuesta trabajo, más trabajo del que uno imagina, encontrarle el gusto a lo que no lo tenía y el disgusto a lo que te hace agua las piernas.

Llegó una renta más que no pude pagar sin la ayuda de mis ángeles Leo y Eduardo, que con ese instinto maternal que les embargaba se habían comprometido a correr con mis gastos esenciales mientras conseguía un trabajo para cubrir mi parte de la renta y los servicios. Sin embargo, comenzaba a sentirme demasiado incómoda de reclamar mi "domingo" para poder sobrevivir. Necesitaba conseguir un trabajo aunque fuera temporal que me diera algo para no andar de limosnera con mis amigos.

Entré a casa y me encontré con una revista de esas de chismes en la que les sacan los trapitos al sol a los actores de telenovela. En la portada aparecía el bombón del Gato, mi amor platónico de clóset, rodeado de un *collage* de mil fotitos con diferentes viejas. Como encabezado decía: *Tras su truene con Isabella Davis, el Gato no ha perdido el tiempo*, en pequeño una foto de Isabella, la ex del actor con la que todo el mundo juró que se casaría, y que lo abandonó para irse a Canadá como modelo de pasarela. ¡*Bah*! Dramas de *reality* región 4.

—¿Qué onda con tu literatura barata? —le pregunté a Jade que trabajaba en su cuarto.

—¿Neta crees que yo compré esa basura? —aclaró.

—¿Entonces quién?

—Creo que la dejó aquí José

¡*Wow*, un hombre viendo estas revistas, entonces sí era José Miel!

—¿La terminó de leer después de su *manicure*? —me burlé.

—No seas mensa. Creo que en donde trabaja algo tienen que ver con el Gato o esa revista o no sé, algo así. La neta no le puse mucha atención.

—*Ahhhh* —respondí, mientras miraba la hermosa cara de mi minino, con el que pasaba noches enteras fantaseando en mi cabeza mientras jugueteaba con mi amigo morado: *El Boni*.

—Mejor deja de andar viendo eso y ven a ver esto —ordenó Jade, tras invitarme a su lado a ver los avances de mi activo blog.

Jade trabajaba día y noche en www.memoriasdeunasolteramexicana.com. Me exigía que escribiera a diario para el sitio y me pasaba constantes reportes sobre sus avances. Ella calculaba que a ese paso benevolente dentro de un año podríamos estar triplicando las ganancias. Aunque 45 dólares tampoco fueran el mejor sueldo del mundo, manteníamos la fe.

Las mujeres que entraban a mi blog (eran la mayoría) encontraban un respiro diario, se sentían comprendidas y menos solitarias en esta selva que puede ser el mundo cuando no hay un buen amor al lado. *El Diván* era todo un éxito, cada día llegaban alrededor de 10 consultas que intentaba responder al instante. El primero de aquel día era el de una chica que sospechaba que su novio era gay y necesitaba saber cómo podía hacerle para confirmar su orientación sexual.

Buscando argumentos para responder la consulta recordé aquella noche de tequilas en la que Edu me confesó que Leonardo comenzaba a hacerle ojitos desde afuera de su jaula de oro. Edu supo desde que entró al kínder que las mujeres no le gustaban ni para jugar a la casita; eran los niños los que llamaban su atención. Me confesó que cuando estaba en los primeros años de secundaria, un niño que ya había sido catalogado como "rarito" lo había invitado al baño a que jugaran a conocerse lo que tenían bajo el pantalón. Con la inocencia típica de la edad, pero llevado también por su especial y reciente atracción hacia los de su mismo sexo, Edu aceptó entrar al juego. Cuando el jovencito comenzó a bajarse la bragueta, otro chico entró al baño. Eduardo, a su corta edad, sabía que lo que hacía no era visto como normal, por eso optó por el camino de abajo: comenzó a insultar al de las propuestas indecentes y así se retiró invicto, digno y dejando al otro pobre expuesto frente el testigo, que regó el chisme más rápido que se riega la varicela en una guardería.

Eduardo nunca dejó de sentirse mal de haber, sin querer y en un ataque de pánico, acabado con la reputación de ese pequeño joven al que, un año más tarde, sus padres optaron por sacar del colegio para evitar que le siguieran haciendo la vida imposible. Hoy en día eso tiene un nombre: *bullying* o matoneo, pero en aquella época en la que un cinturonazo no era equivalente a cárcel de por vida, se llamaba el rechazado. Con eso, Edu tuvo suficiente para darse cuenta de que en ese mundo en el que vivía, ser *rarito* era equivalente a ser "el rechazado". Así, con todos sus tiliches y estolas de plumas rosas, se mudó al clóset más cercano, del cual, décadas más tarde, Leo lo sacó de los pelos.

Fueron muchas la veces que escuchó a su padre renegar y referirse de manera despectiva a los homosexuales: *esa gente tiene sexo coprológico*, decía el muy infeliz, que nunca catalogó como coprológicas las películas pornográficas lésbicas que Edu encontró en la gaveta del mueble del televisor, cuando era pequeño. Edu nunca supo bien si esa incidencia por insultar a los de su misma inclinación sexual era solo por la homofobia de Armando o porque, muy en el fondo, sospechara que su hijo podría salirle *rarito*. Quizás con dichas peroratas sostenía una agenda oculta con la que, por debajo de la mesa, le decía a Edu que ni de broma se le ocurriera salir con un chistecito tal.

Unos años más tarde, Edu intentó enamorarse de varias chicas pero esas relaciones terminaban en lo mismo: una gran amistad que no pasaba de dos que tres polvos en los que Edu luchaba por funcionar mientras imaginaba que quien estaba en su colchón era George Clooney. Su cuarta novia y con la que más llegó a durar fue Priscila, una chica muy guapa de ascendencia brasileña que se enamoró de Eduardo porque la hacía reír. Eso sí tiene Edu: podrá no ser el hombre más guapo pero su forma de ser empaña su cuerpo rellenito. El problema fue que las carcajadas no lograron suplir la necesidad de hacer el amor con más frecuencia, ya que Eduardo y sus migrañas crónicas lo hacían parecer la mujer de la relación. Priscila, con miedo a perder tremendo partidazo, sugirió que fueran a terapia de pareja y así solucionar aquel pequeño problemita, pues todo era maravilloso menos el sexo. Más que malo era inexistente.

Solo que yo no podía buscar a Priscila y de la nada hablar sobre lo que le pasó con Edu años atrás. Necesitaba una opinión diferente, comprender cómo es que una chica como Priscila no se dio cuenta de que su amorcito millonario era gay. ¿Qué te puede llevar a estar tan ciega para no captar que el problema no es una migraña y que su principal dolor de cabeza eres tú por ser mujer? Como era mi costumbre en los últimos meses, acudí en busca de ayuda a mi gurú emocional.

Modelo81: Estás ahí??

Sir Dante: Para ti siempre estoy aquí ☺

Modelo81: Si una amiga te dijera que tiene dudas sobre si su novio es o no gay, ¿qué le dirías?

Sir Dante: No sabía que tenías novio, mi hermosa Beatriz, acabas de romper mi corazón un poquito. (Chico G?)

Modelo81: No seas menso, me sostengo en lo dicho: ya abdiqué a la búsqueda desesperada de "el elegido", es más hasta dudo de su existencia. (Me gusta más el punto G que el Chico G)

Sir Dante: Entonces sí es una amiga... (O.o)

Modelo81: No tan amiga, digamos que conocida.

Sir Dante: Mmmm, una conocida que te cuenta la intimidad de su novio. Ustedes mujeres... si no se cuentan las cosas les explota la cabeza ¿verdad?

Modelo81: Ya ves...

273

Sir Dante: Yo creo que si tiene dudas es por algo ¿no? Porque una cosa es sospechar que te están poniendo los cuernos, pero otra muy diferente sospechar que tu novio es gay... No me digas que sospechan que a tu amiga la cuernuda se los ponen con un hombre.

Modelo81: No!!! Es otra historia diferente.

Sir Dante: ¡Vaya dramas los de tus amigas!

Modelo81: Que no es mi amiga!!

Sir Dante: Okay, okay... Pues si lo sospecha es porque quizás lo sea.

Modelo81: ¿Así de fácil sacaste un veredicto?

Sir Dante: ¿Alguna vez has sospechado que tu novio fuera gay?

Modelo81: ¡Ay, no! Jamás!!

Sir Dante: No es muy común. Y a menos que seas una loca celosa paranoica de atar, no veo por qué una sospecha tan dramática.

Modelo81: Tienes un punto.

Sir Dante: Ustedes las mujeres siempre se hacen las tontas ante lo que ya saben.

Modelo81: Tienes dos puntos. (Dices "ustedes las mujeres" como si fuéramos el equipo contrario)

Sir Dante: Lo que no entiendo es, si ya lo saben, por qué no mejor se evitan más dolores de cabeza. (¿No lo son?)

Modelo81: Te acabas de convertir en puntos suspensivos. (+ otro punto)

Sir Dante: ¿?

Modelo81: Que tienes tres puntos :P

Sir Dante: Me encanta tu ingenio, es muy tierno.

Modelo81: ¿Subtexto?

Sir Dante: No lo hay, solo que te imagino muy tierna, como Bu.

Yo: Mi pelo sigue igual de corto... Tengo miedo de que no crezca.

Sir Dante: En eso te pareces a tu conocida...

Modelo81: ¿?

Sir Dante: Las dos tienen el mismo miedo.

Cerré mi *laptop*, me puse unos *pants* para salir a correr y así cumplir con otro de mis propósitos de año nuevo. El Parque México estaba repleto de gente: gente con perros, gente sin perros, gente en bici, gente en patines, gente con lentes oscuros, gente con lentes de fondo de botella, gente romanceando en las banquitas, gente tomando chela, gente tomando *smoothie*, Alejandro y una vieja tomando café agarrados de la mano.

—¡Alejandro y una vieja! —gritó Cirila, mientras las manos nos hormigueaban anunciando un desmayo espontáneo muy a lo novela del canal 9.

—Sí, ¡agarrados de la mano!.

Cirila se desmayó. Yo, por mi parte, tuve que aferrarme a un árbol para no seguir sus pasos. Me miré la ropa para confirmar que no estaba en toalla y fuera un mal sueño recurrente. Negativo, ropa puesta, realidad ante los ojos. Desde aquel árbol, en el que la visión era bastante pobre, me detuve a chismosear por más de 15 minutos la interacción de Alejo con esa pelirroja que parecía tener ojos claros.

—¡Maldita sea! —regresó en sí mi Cirila—, ¿ves lo que hiciste? ¡Si le hubieras dicho que también lo extrañabas, estaría contigo y no con esa pelirroja desabrida!

Ahora sí, Cirila había perdido la razón. Y no era para menos, ver al ex amor de tu vida con otra (sobre todo cuando es bonita) te hace perder las tablas y comenzar a descender por un vacío que pareciera no tener final. Entonces mi ego salió a flote, Cirila se *empechugó* y ambos, en un coludido mitin pro nadie–nos–hace–esto–a–nosotras, me obligaron a sacar de mi *cangurera* el kit de maquillaje emergente que, para mi suerte, no había olvidado. ¿Alejo había estado pensando en mí? Pues entonces la pobre incauta se habría de enterar que su amorcito neonato no era sincero. La rabia me poseía. ¿Cómo era que unos días antes me estaba pidiendo que nos viéramos porque me extrañaba y de repente ya estaba con otra vieja? Mi antagonista de novela *pinchurrienta* protagonizada por el Gato me poseyó: muy casual, caminé por la misma banqueta, con mi pecho en alto, como recién salida del mismo sanatorio mental del que salió Cruella de Vil. Cuando me acercaba a la escena del crimen, bajé mis lentes de sol y miré a los ojos a Alejo, que comenzaba a palidecer. La pelirroja ni me vio venir, pero Alejo se puso tan nervioso que la chica se las olió y entonces volteó hacia atrás para encontrarse conmigo justo cuando me detuve en su mesa para saludar.

—¡July! —exclamó Alejo, tan nervioso que los de la NASA podían notarlo desde sus satélites orbitando la tierra.

—Hola, Ale, te vi de lejos y no pude evitar venir a saludarte —dije.

Silencio mortal. La zanahoria (así fue bautizada por Cirila), nos miraba incómoda y sacada de onda. Esperaba ser presentada, pero Alejo en su ataque de pánico no la logró.

—Soy Julieta Luna, la ex de Alejo. ¿Tú eres? —le pregunté altiva.

Ella me extendió su flacuchenta y blancuzca mano diciendo un nombre que no escuché. Mi atención estaba fija en Alejo, que comenzaba a chuparse los labios, típico tic que le da cuando los nervios lo invaden.

—¿Qué haces aquí? —me preguntó Alejo cada vez más ansioso.

—¿Yo? Por aquí vivo, cómo bien sabes…

Mi tono fue, a todas luces, travieso: si la zanahoria tenía más cerebro que una zanahoria habría entendido que Alejo me visitaba en mi departamento y hacíamos cositas que no le gustaría saber. Silencio mortal hasta que se atropelló en argumentos que le dejaron claro a la zanahoria, en caso de que su cerebro de zanahoria no le hubiera dado para sacar conclusiones, que Alejo todavía sentía algo por mí y que yo era una perra desgraciada que estaba arruinando su momentazo.

—Oye, *sorry* que te tuve que colgar en estos días, pero es que Jade llegó y bueno… tenía cosas que hablar con ella, pero no creas que yo no te extraño, yo también te extraño, Ale, de hecho llámame y acepto tu invitación de vernos.

Claro, hasta una zanahoria con cerebro de zanahoria habría entendido lo que mi intención buscaba. Fue ahí cuando mi tortilla se volteó. Alejo me miró con rabia y exilió los nervios a la misma tierra a donde yo había exiliado su invitación telefónica días atrás.

—Perdón, July, pero esa invitación ya no está en pie. Conocí a Renata y ahora ella y yo estamos saliendo.

La zanahoria esbozó una sonrisa que nunca, jamás, en la historia de los vegetales, se le había visto esbozar a una zanahoria. Mi Cirila y ego cómplices quedaron mudos y me abandonaron en medio de aquella guerra declarada a las orillas del Parque México por dos exnovios buscando ganar la batalla.

—Pensé que no te gustaban las *pandrosas*.

Miré de arriba abajo a la zanahoria que, aunque fuera bonita, era todo el estilo de chica que en el pasado habríamos criticado: pantalones debajo de falda larga, huaraches de indígena chic, un millón de *pashminas* enredadas en la garganta y aretes de plumas enmarcando su cara desmaquillada.

—Las que no me gustan son las *cizañosas* —agregó Alejo con fuerza.

Ambos me miraban a los ojos. Él con ganas de matarme allí mismo y ella masacrándome en su cabeza, mientras gozaba de mi humillación. Tuve que romper el silencio y levantar un poco de la dignidad pisoteada por el idiota del que alguna vez creí el amor de mi vida.

—Bueno, pues si las cosas son así, les deseo toda la felicidad del mundo. Solo que te voy a pedir un favor, Alejandro, no me vuelvas a llamar, no sobrio, ni borracho. Respeta a tu nueva noviecita.

Y me fui, sabiendo que recurrí a un golpe bajo ridículo pero que rescataba un poco mi orgullo de la masacre que yo misma me busqué. Llegué a mi casa con una rabia sin precedentes. Allí estaban Jade y José tomando unas chelas y viendo un video de un concierto de Jazz. José había ido a uno de los conciertos de Jazz que Jade había soñado con ir toda su vida: el *New Orleans Jazz Festival*. Ambos compartían su pasión por un género que yo nunca habría logrado comprender. Saludé de lejos y seguí hasta la cocina para abrirme una cerveza y pasar el trago amargo que me acababan de obligar a tomar. Entonces se asomó Jade.

—¿Estás bien? —preguntó.

—No, estoy que me carga la chingada, ¿y tú?

—Yo… rompiendo patrones —dijo, un tanto contrariada.

—Fíjate, mientras tú rompes patrones, yo me cago en los míos —di un trago a mi cerveza helada.

—¿Me vas a contar o vas a mentar madres sin que entienda nada de lo que pasó?

—Me encontré con Alejo —di otro trago—. Estaba con una pinche pelirroja que nada que ver con él. La pinche típica vieja que se siente muy *cool* porque ha viajado por todo el mundo y no es más que una *pandrosa* zarrapastrosa —agregué con tono ardido, sin darme cuenta que casi estaba describiendo a Jade—. No me mires así, Didi, tú sí eres *cool* y bonita, no como esa zanahoria —puntualicé.

—Seguro era una amiga, July —agregó, intentando calmarme.

Terminé de contarle mi escena *shakespereana* de un domingo de invierno (todavía) caluroso en la Condesa.

—¡Te la mamaste! —me dijo entre risas.

No pude más y exploté en risas con ella. Era obvio, Alejo sabía que yo actuaba desde una posición ardida y no le quedó de otra más que defender a la chica con la que tenía opción de polvitos novedosos. Según Jade, debería esperar la llamada de Alejo, si no ese mismo día, al siguiente en el que se disculparía por su actitud pero me pediría que lo comprendiera; y yo, como buena chica, debía ofrecer una disculpa de regreso por ser una perra desgraciada. Lo que no alcanzaba a comprender era cómo Alejo me había cambiado justo por el tipo de vieja que juraba que jamás le gustaría. Decía que ese look mugroso era mugroso aunque oliera a limpio y que si alguna vez llegaba a su casa con una chica así, a la pobre de su madre le daría un infarto.

—A lo mejor está rompiendo patrones, July —dijo Jade en tono de burla—, quién quita y la mugrocita sí sea el amor de su vida —agregó, molestándome traviesa.

—¿De plano tan mal le fue conmigo que hasta de patrón cambió? —cuestioné, casi indignada.

—Uno nunca sabe, July, si no mírame, pasé del Capitán Cavernícola a José Miel y no me está yendo tan mal —susurró a mi oído.

Jade me invitó a que me tomara la cerveza con ellos y así conociera a José que ya colocaba el DVD en la sala para poder convivir. José era un chico maravilloso. Todo lo que cualquier chica joven aborrecería gracias a esa estúpida necesidad de atormentados emocionales *hot*. Tenía un trabajo estable en un agencia de representaciones artísticas para publicidad muy reconocida de México, vivía solo en un departamento en el que estaría endeudado, con suerte, los próximos 15 años de su vida, manejaba un carro que denotaba su seriedad y vestía de *beige*; no chamarras de cuero, no peinecito en el bolsillo trasero de sus jeans, no cuellos parados.

—No debiste hacer eso, Julieta, ahora con más ganas Alejo va a salir con ella, muy mala tu estrategia— dijo José, tras contarle lo sucedido.

—¡¿Y qué más iba a hacer si me estaba restregando a esa vieja?! —me defendí sin muchos argumentos.

—No te la estaba restregando, tú te fuiste a pasar por ahí— dijo José, comenzando a picarme a Cirila que no estaba de muy buen humor que digamos.

Jade apenas observaba medio indignada porque José no se ponía de mi lado.

—Él estaba en mi territorio, o sea, yo no me voy a la Roma a restregarle tipos— agregué, con un claro tono de molestia.

—Está cañón que le pidas que no venga a la Condesa— dijo, condescendiente.

—Puede venir ¡pero sin vieja!

Cirila empezaba a desorbitarse.

—Ju, lo que no entiendo es por qué te duele tanto si tú misma no quisiste verlo cuando te dijo que te extrañaba— agregó Jade.

José alcanzó a esbozar una sonrisa tipo ya–lo–entiendo–todo.

—¡No me duele!

—¡Te arde! —exclamó José.

—Me... me... ¡me choca! —dije sin mucha defensa de mi lado.

—El problema, July, es que lograste que Renata... —comenzó José pero Jade y yo lo interrumpimos al unísono:

—¡La zanahoria! —corregimos.

—*Okay, okay*, la zanahoria está más enamorada de él que antes y todo eso gracias a tu pancho —sentenció.

—¿¡Por qué le dices eso!? —regañó Jade mientras me abrazaba.

—Pues porque Alejo le dio su lugar y humilló a la ex delante de ella ¡Por Dios, chicas! Me van a decir que si ustedes fueran la zanahoria, no estarían sacando la lengua como perrito frente a su *date*? —concluyó José, a quien yo no amaba mucho en ese momento gracias a que ¡tenía razón!

Desde su tumba, Simone de Beauvoir zapeaba a mi Cirila. Mientras tanto, Jade comenzaba a hacerle ojitos a José, quien había logrado mantener una conversación superflua con ella y su amiga sin eructar ni reírse como Beavis y Butt-head. José, después de ocho cervezas y buen comportamiento, adquirió un halo santificado y recibió como premio terminar enredado en las sábanas con la experimentada Didi, quien le enseñó que la pose de perrito tenía variaciones que él jamás habría imaginado. Yo, por mi parte, pedí una pizza y pasé la tarde respondiendo los divanes pendientes, entre ellos el de la chica del novio gay y otro que solo me preguntaba si creía que el matrimonio era el fin de toda relación (*¿fin de final o fin de lograr un objetivo?*).

Eran las 11 de la noche, Alejo no había llamado y Sir Dante no estaba conectado. Terminé de comer mi último pedazo de pizza y opté por mandar un mensaje a Dante esperando que, con suerte, le llegara antes de que yo me hubiera desconectado.

Modelo81: Coneeeectateeeeeee

—¿Ya estás de rogona virtual? —me preguntó Cirila, con un tono de sorna que se ganó que la mandara a dormir temprano.

Sir Dante: Yo siempre estoy conectado, preciosa. Solo que estaba invisible. Este chat es un poco desesperante a esta hora. Pura gente con ganas de cibersexo.

Modelo81: Hum... yo que te iba a proponer...

Sir Dante: ¿¡En serio!?

Modelo81: No, no es en serio.

Sir Dante: ¿Me extrañas?

Modelo81: No vamos a romancear, relájate.

Sir Dante: jajaja

Modelo81: Hoy me caen mal los hombres.

Sir Dante: Eso veo…

Modelo81: ¿Por qué uno de tu género se conseguiría una novia después de poco tiempo de haber tronado?

Sir Dante: Define poco tiempo.

Modelo81: Menos de seis meses.

Sir Dante: Esa no es novia, esa es una relación bastón.

Yo: ¡Vaya que es universal la relación bastón!

Sir Dante: ¿El novio gay de tu amiga se consiguió una nueva novia?

Modelo81: No, el imbécil de mi exnovio se consiguió una pelirroja petulante.

Sir Dante: Wow… ¿entonces estamos tratando aquí con un corazón roto o con un ego herido?

Modelo81: ¿Haría la diferencia?

Sir Dante: Claro, al corazón hay que darle choques eléctricos, al ego un sedante.

Modelo81: Valium sirve?

Sir Dante: ¿Viste a tu ex con una chica?

Modelo81: Sí… lo peor de todo es que me fui, según a dañarle su cita y terminé humillada.

Sir Dante: No debiste hacer eso.

Modelo81: ¿Por qué todo el mundo me dice lo mismo? Hace unos días me llamó a decir que me extrañaba y ahora está con otra. No es justo.

Sir Dante: ¿Y cuando te llamó, qué le dijiste?

Modelo81: Nada. Que luego hablábamos. Pero no quiero volver con él, es solo que ¡aaaagh!

Sir Dante: El ego es un chico malo. ¿Estás segura que no sigues enamorada de él?

Modelo81: Casi…

Sir Dante: ¿Y entonces por qué no lo dejas ser feliz con esa horrible y corriente pelirroja? ;)

Modelo81: Eres un buen amigo ☺

Sir Dante: ¿Te duele?

Modelo81: Me arde

Así, con mi ardor y la pregunta del millón del diván sobre el matrimonio, me acosté a dormir.

—Mañana será otro día —dijo Cirila, bostezando.

Cirila no se equivocó: el otro día llegó con un sol radiante y la propuesta de Jade de irnos a montar bici al parque, para luego desayunar en *Frutos Prohibidos* un jugo de mal aspecto pero nutritivo y así, con la barriga llena y el cuerpo exhausto, pasar el día en la casa trabajando juntas en el blog que prometía volvernos millonarias en los próximos 30 años, cuando José terminara de pagar su depa. Cada que dábamos una vuelta más al Parque México y pasábamos por el café en donde un día antes había sido humillada, recordaba los ojos de Alejo, que si hubieran sido pistolas me habrían dejado como coladera. Aquel nuevo día aún no comprendía con qué valor me fui yo a arruinarle, con alevosía y ventaja, su cita a Alejo. Si él me hubiera hecho eso con Sebastián o con Erik, no se lo hubiera perdonado, por lo menos no todavía.

—Seguro ni te vuelve a hablar por pasada de lanza —me repetía Cirila, entre adolorida y aliviada, por no tener que enfrentar la vergüenza de decirle a Alejo que me comporté como una idiota.

Entonces, mientras armaba en mi mente el oso que implicaría mi llamada imaginaria con Alejo, el celular de Jade sonó y nos detuvimos para que contestara. Era su nuevo amorcito, José. Después de un poco de *melosería* obligada, comenzó un tema un tanto serio que hacía a Jade mirarme como si se tratara de mí. Entonces me extendió el teléfono.

—José quiere hablar contigo.

Me pasó el teléfono.

—¿Por? ¿Ayer le faltó decirme que era una arrastrada, rogona y desgraciada?

Jade solo levantó los hombros y me instó a contestar. Resulta que después de la conversación del día anterior y mi desesperada necesidad de encontrar un trabajo provisional, José llegó a su oficina a hablar con su jefe a ver si de pura casualidad no habría alguna vacante. Dicen que no hay pregunta tonta sino tontos que no preguntan. Justo la semana anterior la asistente de su jefe había renunciado y aquella era su última semana de trabajo. El pago no era lo mejor pero por lo menos serviría para cubrir mis gastos.

—¿Puedes venir por la tarde a entrevista? —me preguntó—. ¡Claro! Si te interesa…

Obvio me interesaba. La agencia quedaba en la misma colonia Condesa, con lo cual podría caminar a mi trabajo, además, el horario me permitía tener la tarde para mí. Abracé a Jade, le agradecí por cambiar de patrón, pues gracias a ello yo tendría nuevo jefe.

Decidimos apresurar el paso hacia *Frutos Prohibidos* para brindar por mi nuevo trabajo. Aunque aún dependía de que mi potencial jefe aprobara mi perfil, estaba segura de que así sería. Siempre he tenido un encanto especial cuando se trata de entrevistas de trabajo, hasta entonces no me habían rechazado de ninguna, menos lo harían de una en la que estaba mucho más preparada de lo requerido para el cargo abierto. Una vez con el jugo de color dudoso en mis manos, lancé la pregunta que me moría por formular desde que abrí los ojos:

—¿Y, qué tal te fue con José?

Jade sonrió traviesa.

—¡Ya te habías tardado! —dijo.

Jade no sabía si habían sido las ocho cervezas o el concierto de jazz de sus sueños pero hacer el amor con José había resultado más gratificante de lo que esperaba. Al ver que José era un chico tan…

—¿Delicado? —le pregunté, interrumpiendo su tren de ideas y con ello la dejé dudando.

—¿Te parece que es delicado? —me cuestionó seria y confundida.

¡Yo y mi bocota!

—Pues no delicado, tipo amanerado, pero si tiene como despierto su lado femenino, ¿no? —dije, intentando ser sutil.

—¡Cómo no me había dado cuenta! ¡Claro que es amanerado! —expresó, queriendo meter su cara en el jugo del color del lodo.

—¡No! ¡No! Yo no quería decir que amanerado, es que es delicado, o sea, tipo todo lo contrario a Bruno que es un cavernícola —intenté mejorar las cosas.

—¡Dios! ¡Estoy saliendo con un mariquita! —se escandalizó Jade.

Ya no sabía cómo arreglarla. Mi delicado comentario sobre la delicadeza de José había despertado el resquemor en Jade que no estaba muy acostumbrada a lidiar con el lado femenino de los hombres.

—¡Yo ni siquiera tengo el lado femenino, *taaaaaaaan* femenino! —agregó, dejando caer su frente contra la mesa.

—Didi, no puedes mandar a la goma a José solo porque es un chico sensible y delicado. Eso no tiene nada que ver con que sea gay.

—¿Y qué tal que sí sea gay pero aún no haya salido del clóset?

Jade comenzaba a entrar en pánico.

—Suenas como la chica del diván —le dije.

—¿Cuál diván? —preguntó, confundida.

—Olvídalo… Mira, ya te acostaste con él y amaneciste con una sonrisota, si fuera gay, te aseguro que no habría tenido el desempeño que tuvo, así que relájate y comprende de una vez que los hombres no tienen que ser unos cavernícolas para ser hombres. ¿*Okay*? —la reprendí.

No podía creer que hubiera aceptado salir con un tipo como Bruno, y a José, que era el chico perfecto, lo pensaba abrir solo porque era sensible. Jade calló, se calmó un poco con mis palabras y terminó de tomarse su jugo.

—Prométeme algo si alguna vez llegaras a ver algo raro en José, me lo dirás, ¿*okay*?

—Te aseguro que no voy a ver nada raro en él, aliviánate.

—¡Promételo!

—¡Está bien! Lo prometo —extendí mi palma ante ella para que quedara tranquila.

La hora de la entrevista se acercaba. Revolqué mi clóset para encontrar el atuendo perfecto con el que me contratarían. Me sentía renovada, trabajar en una agencia de publicidad sería divertido. Mientras realizaba los toques finales de mi atuendo con un collar y aretes que mi madre me había regalado, sonó el teléfono y a la vez recordé que hace mil años no llamaba a mi mamá. Era Kenia, la puse en altavoz para poder continuar con mi tarea de perfección de atuendo.

—¡Hola Kenny, no sabes a dónde voy! —dije, emocionada.

—No me digas que a una cita con un chico porque te mato —río.

—¡A una cita de trabajo!

—¡*Wow*! ¡Mucha suerte, Juliette!, me llamas cuando sepas qué onda.

—¿Y tú? ¿En qué andas? —pregunté, intentando hacer platica sin importancia.

—Si supieras, amiga, pero no quiero distraerte con mis problemas.

—No me distraes, ¿qué pasa?

—Creo que Henry tiene una amante.

Casi me voy de espaldas. En ese momento Jade se asomó por la puerta con cara de pánico: obvio había alcanzado a escuchar y no pensaba dejar de hacerlo. Me hizo una seña de que no dijera que ella estaba ahí, y aunque me sentía traicionando la confianza de Kenia, no me quedó de otra más que callar.

—¿Por qué dices eso? —le pregunté con dolor, sabiendo que aceptar tremenda noticia lastimaba a mi querida amiga.

—Porque encontré algo.

Su voz sonaba quebrada. Jade permanecía inmóvil en la puerta.

—Hoy no pude más y me metí a su computadora mientras se bañaba. Encontré una carta que no alcancé a leer muy bien por las prisas, pero estaba dirigida a alguien que parece saber algo que yo no puedo saber.

Jade palideció.

—¿Y no viste ningún nombre? ¿Alguien que conozcas? ¿Nada?

—No, se ve que la redactó allí pero la original la habrá terminado en otro lado... No sé, Juliette, no decía nada concreto o por lo menos no pude verlo bien, pero tengo que volver a ver esa carta.

—Pero si no decía nada concreto, ¿por qué asumes que es una amante?

—Porque algo menciona sobre que si yo me entero, se arruina mi matrimonio. Además conozco a Henri...

—Lo único que les puede arruinar el matrimonio no es una amante, Kenny, no te apresures.

—Julieta, júrame que no le vas a decir esto a nadie, por favor.

Jade y yo nos miramos, me sentí fatal, ella misma se lo habría dicho a la que casi estoy segura que era la primera que no quería que supiera. Jade se dio la vuelta y se fue comprendiendo lo que Kenia quería decir. Quité el altavoz.

—De mi boca no saldrá —dije, sabiendo que era una frase con finalidad retorcida—. Solo te pido que no te apresures a sacar conclusiones.

—El problema, amiga, es que lo presiento. Henri... Henri es... siempre ha sido... mejor dicho, no soy tonta, o ¿qué crees? ¿Que me como la historia de que los fines de semana se larga de viajes de trabajo? ¡Por Dios! Es obvio que se va a la casa de alguna vieja. ¿La lencería de Veracruz? Él es el único que cree que soy tan idiota como para creerme su historia de que me compró algo y yo no me acuerdo que me lo dio.

Mientras Kenia se desahogaba como nunca antes, yo estaba a punto de retrasarme para la entrevista. Pero no podía dejar sola a mi amiga, mientras continuábamos hablando, me terminé de arreglar y emprendí camino hacia la agencia.

—Voy a hablar con Greta, seguro ella tendrá algo qué decirme.

—¿Crees que ella y Dago no te lo hubieran contado? —pregunté sin poder creer que algo así fuera posible.

—Greta es prima de Henri, no mía, así que no se me haría raro que le estuviera tapando alguna movida.

—Pero igual… Greta es tu amiga más aún que prima de Henri. Yo creo que si Henri tiene una amante, lo último que haría sería presentársela a ellos.

—Yo pienso lo mismo. Greta jamás estaría de acuerdo en que nos hiciera eso a Marisol y a mí, y Dago y él no son tan cercanos, así que puede que tengas razón, pero necesito quemar todos los cartuchos, Juliette. No voy a permitir que Henri me siga viendo la cara de imbécil y yo como si nada.

Llegué al lugar de mi entrevista y tuve que despedirme de Kenny con la promesa de que la volvería a llamar en cuanto saliera de allí.

—Vengo con el licenciado Tomás Godoy —me anuncié con la recepcionista.

—¡Dios!, suena como a *Godínez*, por favor que no vaya a ser nada parecido a eso —agregó Cirila, arrodillada a manera de plegaria.

No me hicieron esperar, de hecho pasó lo inesperado. El mismo Tomás salió por mi hasta la sala de espera, lo cual yo jamás imaginé después de haber tenido el jefe más pesado de la historia que no solo se tardaba horas en recibir a sus citas, sino que se daba su taco y hasta les cancelaba y los hacía volver luego, mientras él se tomaba una siesta en el sillón de su privado.

—¿Julieta? —preguntó aquel apuesto hombre, con una amplia sonrisa.

Me levanté y le estiré la mano con mi propio despliegue de encantos. Pasamos a su oficina que no era ningún privado ni nada parecido. Todos los escritorios de ejecutivos estaban dispuestos en un gran espacio tipo *loft* alrededor de una sala con televisión y juegos de video. Era la oficina más *cool* que había visto jamás. Su escritorio estaba esquinado contra la ventana por la cual se podía ver la calle de Amsterdam y la gente caminando.

—Está superlinda la oficina —le dije.

—Aquí intentamos convivir todos con todos, la idea es divertirnos en lo que hacemos y no estar encerrados como *muppets* cada uno en un cubículo.

Miré a mi alrededor. El ambiente era divertido, todos platicaban con todos, otros jugaban *Wii*, otros hacían una lluvia de ideas en un gran pizarrón negro pintado sobre toda una pared.

—¡Atención, banda! —gritó el que parecía ser el jefe más buena onda de la historia—: ella es Julieta, la nueva integrante del equipo.

Todos batieron sus manos y saludaron, sonrientes. José se levantó y llegó a saludarme con un abrazo.

—Pensé que me ibas a entrevistar, no sabía que ya me considerabas parte del equipo —expresé con timidez.

—Si José te recomienda, entonces no veo por qué no darte el chance. Además tu CV es mucho más de lo que esperaría como experiencia para mi asistente. ¿Cómo ves? ¿Te late la chamba?

¡Obvio me latía! Me invitó un café y nos sentamos en su escritorio a platicar sobre mi experiencia. Rió a carcajadas cuando le conté mis anécdotas con mi exjefe y mi trabajo anterior. Hicimos clic de inmediato. Él necesitaba a una asistente que le recordara todo lo que a él se le olvidaba, desde mandarle flores a su esposa el día del amor y la amistad hasta participar en las lluvias de ideas, tener un ojo crítico sobre su propio trabajo y acompañarlo a las reuniones con los clientes para llevar una minuta concreta de lo que se acordaba. Mi salida sería a las cuatro de la tarde, ni un minuto más tarde, pues su teoría era que si sus compañeros de trabajo tenían vidas familiares y propias felices, entonces siempre harían su chamba bien. No era una agencia de publicidad como tal, sino un *lobby* de comunicación que, sobre todo, se dedicaba a manejar la integración de personajes famosos en campañas publicitarias. Ese era su fuerte, sin embargo diseñaban revistas, cubrían espectáculos, realizaban sesiones de fotos para diversas editoriales y comenzaban a abrirse campo en el manejo de redes sociales, nuevos productos para la web y la comercialización de estos. Lo que me prendió los focos de que era lo que Jade intentaba hacer con mi blog como su *showroom*.

Estaba contratada. Llené unos papeles para comenzar la siguiente semana y a partir de la quincena próxima no tendría que pedir "domingos" para poder sobrevivir. Llegué a la casa irradiando alegría, casi cantaba de la felicidad. A la que no encontré muy feliz fue a Jade que lloraba sobre el edredón de su cama. Me senté a su lado sin comprender muy bien lo que le pasaba. Entonces lloró y lloró en silencio. Por fin se incorporó y limpió sus lágrimas con los pañuelos que le había traído.

—¿Qué pasa Didi? —le pregunté.

Jade calló, no se atrevía a mirarme a los ojos. No sabía ni qué decir.

—Kenia —dijo entre lágrimas—. Me siento mal por ella pero… es que no se qué hacer.

—No hay mucho que podamos hacer, Didi, el matrimonio de Kenia es de ella y nosotras nos debemos mantener al margen.

—Si te dijera que yo se algo que podría aclarar muchas dudas que tiene Kenia… ¿qué me dirías? —confesó seria, con un dejo de miedo en sus ojos.

—Te diría que me tienes que contar —respondí.

—No puedo, July, no sé si me entiendas pero igual no te puedo contar —agregó, sumiendo su cabeza en la almohada.

—Nada puede ser tan grave, Didi, es la vida de Kenia la que está en juego… de tu prima que te adora,.

—Si, July, pero mi relación con Kenia está en juego, ya ha pasado tanto tiempo en el que no le he dicho nada, que la bola de nieve es grande y nos podría aplastar. No me perdonaría perder a Kenia por mi falta de tino o de *timing*.

Juro que no entendí ni una sola palabra de lo que Jade me dijo tan seria como jamás la había visto. ¿Qué tenía que ver la amante supuesta de Henri con que la relación entre Kenia y Jade estuviera en juego? Todo tipo de conclusiones espantosas se me vinieron a la mente, entre ellas la peor: ¿sería Jade la amante de Henri?.

Luego esas mismas ideas salían por la puerta de atrás cuando analizaba bien la situación y comprendía que eso era imposible. Tenía que ser algo más profundo, algo retorcido que no le permitiera abrir la boca a Jade para decir lo que sabía o lo que creía que sabía.

Me retiré a mi cuarto. Mi alegría por tener trabajo nuevo se vio opacada por todo el drama de la situación de Kenia que ahora parecía un capítulo de *CSI*. Como lo prometí, llamé a Kenia para saber cómo se sentía y de paso contarle que ya tenía trabajo. Aquel día Henri avisó que no iría a dormir, así que Kenia se disponía a voltear de cabeza el nuevo cuarto de su potencial exmarido, en busca de cualquier prueba que pudiera encontrar.

—¿Hablaste con Greta? —le pregunté.

—No, hablé con Dago. Greta estaba con la niña en el doctor. Le dije que cuando regresara Greta le dijera que me llamara, mira la hora que es y ni sus luces.

—Seguro se enredó en algo y por eso no te ha marcado.

—No creo. Advertí a Dago que necesitaba hablar con ella sobre Henri y su amante.

—¡No, Kenia! ¿¡Cómo le dijiste eso!?

—Pensé que si aseguraba que tenía la información, ella me escupiría la verdad. Creo que por eso no me llama. Lo cual me da más aún la razón —reveló Kenia segura de su teoría.

—No sé qué decirte, amiga, todo está muy confuso. ¿Qué te dijo Dago cuando le soltaste tremenda bomba?

—Ni siquiera lo negó. ¿Estás de acuerdo que si él no supiera nada habría intentado desmentirme?

—No lo sé… a lo mejor no se quiere meter en tu onda con Henri, al final su esposa es familiar de él.

—Dago es mi amigo y a la vez un hombre muy prudente, pero no permitiría que yo asegurara algo de ese tamaño sin decirme nada al respecto. Te juro que aquí hay un gato del tamaño de un elefante, encerrado.

—¿Y si le preguntas de frente a Henri?

—Me lo va a negar y lo voy a poner alerta para que esconda toda evidencia. Si yo le compruebo infidelidad, te juro que hago lo que sea pero no vuelve a ver a su hija ¡que se largue con su amante y nos deje en paz a nosotras! —gritó, furiosa

—Estás hablando con el hígado —intenté calmarla—. Bien sabes que quitarle a la niña es imposible.

—Tengo los mejores abogados.

Insinuó que sería capaz de lo que fuera.

—¿De plano le quitarías a Marisol?

—Él sabe muy bien que sí. Si nos engañó, le cuesta su relación con su hija, no es nada nuevo —dijo, rencorosa.

—Pero es que él no engañó a Marisol, Kenny, en todo caso te habría engañado a ti. No me parece correcto que alejes a la niña de su papá.

No lo logré, me metí.

—¿Cómo te atreves a cuestionar mis decisiones? Tú no sabes nada de lo que pasa en esta casa con ese infeliz. ¡No sé ni para qué te cuento mis cosas si al final vas a juzgar mis decisiones! —rezongó, furiosa.

Comprendí que justo eso era a lo que Sir Dante se refería. Salí de mi cuarto y fui al de Jade.

—Nena, es neta, me tienes que contar qué está pasando. Kenia ya está hablando de quitarle la patria potestad de Marisol a Henri —advertí.

—Pues por mí que se la quiten y lo refundan en su propia mierda.

El rencor parecía recorrer no solo las venas de Kenny sino también las de Jade.

—¡Bueno pero qué pasa con ustedes! ¡Yo puedo entender que es terrible que Henri tenga un amante, pero me parece el colmo que nadie piense en la pobre de Marisol! —exploté—. ¡La niña no tiene por qué quedarse sin papá porque Kenia y él no la hicieron en su relación, y tú Jade, si tanto resentimiento tienes con Henri, deberías abrir de una vez la boca si no quieres que las cosas se pongan peores!

—¡Si no abro la boca es porque no quiero que las cosas se pongan peores! Y no deberías de andar metiendo tanto tus narices en este problema porque no tienes ni la menor idea de la cantidad de mierda que hay en el fondo de este asunto —me enfrentó.

Me sentí muy molesta por la forma en que me habló, así que salí de su cuarto y tras, entrar al mío, azoté la puerta. Alcancé a escuchar que ella también había azotado la suya. Yo que ni quería meterme en esto, por intentar hacer las cosas bien y que ellas no se dejaran cegar por sus propios resentimientos, había abierto una caja de Pandora que estaba mejor cerradita. Ahora la curiosidad me invadía: ¿cuál era toda la mierda que Jade aseguraba que había en el fondo de la olla? Todo parecía indicar que Henri era un monstruo que yo nunca alcancé a ver. Alejar a la niña de su papá era la peor idea que habría escuchado, ella no tendría porque sufrir las consecuencias de los actos de ninguno de sus padres. Siempre había rechazado esa postura de utilizar a los hijos para chantajear al otro en sus millonarios divorcios y ahora Kenia, mi mejor amiga, estaría echando mano de esa baja arma.

Me conecté en busca de la sabiduría de Sir Dante, seguro él sabría que debía de hacer.

Modelo81: Pst pst.

Sir Dante: Hoooooooolaaaaaaaaaaaaaaaaa

Modelo81: ¿Tanta alegría te da verme que dejaste el teclado sin O´s y sin A´s?

Sir Dante: Además de eso, estoy hablando cetáceo.

Modelo81: ¿Cetáceo?

Sir Dante: No me digas que no has visto Finding Nemo porque entonces sí, rompes mi corazón.

Modelo81: jajaja No solo la he visto, en mí se inspiraron para crear a Dori.

Sir Dante: Entonces ahora entiendo porque no comprendiste el chiste ;)

Modelo81: ¿Qué haces? (Además de comunicarte con las ballenas)

Sir Dante: Más bien observo cómo Dori intenta comunicarse con ellas.

Modelo81: No me digas que estás viendo a Nemo.

Sir Dante: La encuentro relajante. No me juzgues.

Modelo81: No te juzgo, yo soy más de la onda de Monsters Inc, pero Nemo no está mal.

Sir Dante: ¿Entonces fue por eso que te cortaste el pelo como Bu? ¿Por fan?

Modelo81: Digamos que fue una infantil coincidencia.

Sir Dante: Entonces se lo atribuiré a tu inconsciente.

Modelo81: Te dejo ver tu peli. Si quieres hablamos después.

Sir Dante: Encuentro más relajante hablar contigo que buscar a un pez payaso.

Modelo81: Buena elección ☺

Sir Dante: ¿Cómo sigues de tu episodio con el ex?

Modelo81: Ya de él ni me acordaba, pero gracias por recordármelo.

Sir Dante: Nada de gracias, me debes una lana jeje

Modelo81: Él ya no es quien me preocupa. ¿Recuerdas cuando me aconsejaste que no me metiera en el tema de mi amiga y su marido pinta cuernos?

Sir Dante: ¿Te metiste y arruinaste todo?

Modelo81: Algo así… ¿Qué piensas de chantajear a un padre con su hijo?

Sir Dante: Elabora…

Modelo81: Sí, de amenazarlo con quitarle la patria potestad y dejarlo en la calle por sus malas acciones.

Sir Dante: Pienso mal, pero… eso no es asunto mío.

Modelo81: Tampoco mío, pero ¿habré hecho mal en decirle a mi amiga que eso está mal?

Sir Dante: Mi humilde opinión es que sí.

Modelo81: Ahora mi amiga está enojada conmigo.

Sir Dante: Obvio, le dijiste la verdad. Una persona en un camino de resentimiento, no quiere oír la verdad. No le conviene.

Modelo81: ¿Entonces? ¿La dejo que cometa esa arbitrariedad con su bebé?

Sir Dante: Exacto, es su bebé, no el tuyo.

Modelo81: Pero yo la quiero. No quiero que haga algo de lo que después se vaya a arrepentir.

Sir Dante: Los seres humanos terminamos tomando nuestras propias decisiones y hay algunas decisiones en las que no permitimos que nadie más tenga injerencia. Si quieres ser una buena amiga, mantente al margen, sobre todo si quieres continuar con esa amistad. Porque una cosa sí te digo, cuando te pones a destapar ollas podridas que no son tuyas, terminas envenenándote con su mismo contenido y de paso envenenado tu relación con tu amiga. Si sigues metiéndote, casi te puedo asegurar que tu amistad no pasa de este obstáculo.

¡Limpia el piso, Cenicienta! ¡Haz café, Cenicienta! ¡Tráeme un *muffin*, Cenicienta!

A veces tomamos decisiones que nos presionan y nos hacen sentir atadas a ellas. Aceptamos un trabajo nuevo y aunque resulte menos satisfactorio de lo que pensamos, le intentamos poner la mejor cara porque "¿cómo vamos a tirar a la basura lo conseguido?". Así trasladamos ese escenario a cualquier esfera de la vida: un nuevo amor que sabemos de antemano que no va hacia ningún lado, pero "¿cómo no darle una oportunidad sobre todo cuando se trata de una buena persona?". Ya no importa si buena para ti, pero no se puede ser desagradecida con la divina providencia. Así, cuando las cosas no tan buenas se aparecen en el camino, lo mejor es sacarles jugo no vaya a ser que detrás de esa "más o menos buena" venga una "pasada de lo mala" y haga ver a la anterior como una opción que no debimos dejar pasar. La pregunta es ¿cuándo llega lo que uno quiere? No lo mediocre, ni lo parecido a lo que te haría feliz, si no eso que muchas personas dicen que sí llega ¿o será que esa es su forma de ponerle la mejor cara a lo "más o menos bueno?".

"Lejos de que la ausencia de Dios autorice toda licencia, al contrario, el que el hombre esté abandonado sobre la tierra es la razón de que sus actos sean compromisos definitivos": Simone de Beauvoir:

Leonardo fue citado en punto de las 11 de la mañana y a espaldas de Eduardo, en un café de Reforma para reunirse en total discreción con Armando Bernal. Leo, puntual como él solo, no se hizo esperar y arribó en su impecable convertible blanco a la cafetería desde donde se podía apreciar El Caballito. A Leo nunca le gustó esa escultura, siempre le pareció una mala muestra del arte moderno, sobrevalorada por el pueblo y nada que ver con la hermosa avenida en donde se yergue.

Leo pidió un café expreso cortado y esperó paciente a que su suegro llegara. Era más que obvio que el petulante Armando Bernal lo haría esperar. Leo miró su reloj dispuesto a jugar su juego solo por quince minutos, ni un segundo más. Cuando el minuto trece avanzaba por las manecillas de su *Piaget*, levantó la mano al mesero y pidió la cuenta. Entonces, como por arte de magia, apareció aquel viejo dinosaurio de sangre pesada que todo el mundo miraba y reconocía como uno de los más prolíferos políticos del país.

Leonardo lo miró llegar secundado por sus dos *pitbulls*, como Edu llamaba a sus guardaespaldas, que se quedaron unos pasos atrás custodiando a su jefe como si fuera el gran patrón.

Armando ni siquiera estiró su mano para saludar a Leo. Leonardo Saldivar, que antes que cualquier cosa era un caballero, estiró la suya y prefirió ser él quien se quedara con la mano a la expectativa de un saludo recíproco, que ser maleducado. Eso nunca. Como era de esperarse, Armando ignoró su iniciativa caballerosa y se sentó, ignorando el saludo de Leonardo.

—¿Cuánto dinero quiere para que deje en paz a mi hijo? — preguntó Armando, mientras sacaba una chequera de bolsillo interno de su saco italiano hecho a la medida.

Leo, sin perder la compostura, se levantó de la mesa y le aclaró que su amor por Eduardo no tenía precio. Armando descalificó su amor como *cochinada de putitos* e insistió con que dijera un número sin importar cuántos ceros a la derecha tuviera. Leonardo se le acercó, se arregló la bufanda blanca que abrazaba su cuello y, mirándolo a los ojos, tomó la pluma que descansaba sobre la mesa. Se sentó y deslizó la chequera de Armando que esperaba por el número que fuera necesario para realizar el soborno. Leonardo escribió un uno y después de ese uno llenó de ceros todo el cheque, de pies a cabeza, sin dejar un solo espacio para otra referencia escrita. Armando abrió los ojos sin comprender lo que Leonardo quería decir.

—Ni siquiera en su cuenta de banco tiene lo que vale el amor de su hijo.

Leo empujó la chequera hacia Armando, mirándolo con asco, y le dejó en claro que nadie en el mundo poseía la cantidad de dinero que costaba el arruinar sus planes con Eduardo. Que le gustara o no, ellos estaban casados y que muy pronto adoptarían un bebé que completaría su familia. Si él y la señora Patricia querían formar parte de la familia de su hijo, entonces siempre serían bienvenidos; si no, lo instó a que se alejaran para siempre, porque Eduardo y él ya contaban con una familia en la que eran aceptados y amados.

—Yo no estaría tan seguro de eso de la adopción. Si lo que usted llama amor no tiene un precio, le aseguro que esas casas de cuna de pacotilla que permiten aberraciones tales como entregar una inocente criatura a un par de maricones, sí lo tienen —agregó amenazante el viejo .

—Bien, entonces averigüe con ellos cuál es su precio y a nosotros déjennos en paz. Buenas tardes.

Leo se fue sin dejarle ver a nadie que las piernas le temblaban de la rabia y la impotencia. Edu tenía razón, Armando haría lo que estuviera en sus manos para arruinar su proceso de adopción.

Mientras todo ese drama sucedía en las inmediaciones de Bucarelli y Reforma, yo caminaba a paso veloz con un café y un *muffin* de zanahoria para mi querido jefe, que me había agarrado de su muchacha de servicio. Era la tercera vez que salía de la oficina para hacer diligencias que poco tenían que ver con clientes y agendas de negocios. Mi agenda consistía en pasar a la lavandería por ropa limpia hasta pasar al súper para comprarle unas lechugas para la cena. La necesidad de mantener ese trabajo, por lo menos mientras conseguía algo más digno que ser la *asistonta* de un seudo*cool* que de *cool* resultó no tener mucho, me obligaba a salir corriendo cada que el señorito se antojaba de cualquier excentricidad que se consiguiera en la Condesa. Justo cuando llegaba a la puerta enredada con el vaso caliente de café en una mano y el *muffin* de zanahoria en la otra, me encontré con que dos hombres estaban esperando entrar. Miré a uno de ellos y me dijo que venían con Tomás. Entre mi enredo me ofrecí a abrirles. Fue entonces cuando el otro se ofreció a ayudarme y me tope con que era nada más y nada menos que ¡el Gato!

Cirila cayó desmayada en las profundidades de mi inconsciente, ni siquiera alcanzaba a escuchar su pulso. Yo no pude desmayarme por terror a perder todo el *glamour* que se vio comprometido cuando el café aterrizó en los tenis *Hugo Boss* de mi amor platónico de clóset por años. Me habría gustado que la tierra se abriera y saliera un gran extraterrestre a tragarse el *muffin* y por ahí derecho me llevara engarzada en un pedazo de zanahoria (¡agh!, había desarrollado una nueva aberración por la zanahoria). El Gato y el otro hombre solo pudieron reírse y tranquilizarme pues no había sido tan grave. Cuando Cirila despertó, yo me encontraba arrodillada limpiando el tenis del minino en frente de varias chicas que se aglomeraban por un autógrafo.

Por fin pudimos subir a la oficina y cuando nos recibió Tomás tuve que contarle mi terrible incidente. El Gato se echó la culpa, alegó que en su torpeza por querer ser caballeroso y ayudarme con el café terminó tirándolo al suelo. Tomás solo se reía al darse cuenta de que yo mutaba entre toda la gama de rojos de la caja de *Prismacolor* más completa. Cuando me alejé del escritorio de Tomás, me dirigí al baño para lavarme de las manos lo pegajoso del café y los restos de *muffin* de zanahoria aplastados. José me interceptó.

—¿Cómo va tu segundo día de trabajo? —preguntó, con una sonrisa divertida, como si le resultara gracioso observar mi desgracia.

—Solo te digo que el cargo no se debería de llamar asistente, sino criada personal del jefe —alegué.

José me miró haciendo puchero.

—Creí que si estabas dispuesta a aceptar un trabajo de mesera, pues este no resultaría tan malo, solo intentaba ayudarte —agregó.

—No es tu culpa, y estoy agradecida, solo que este no ha sido el mejor día, *sorry* —le dije, sintiéndome un tanto desagradecida.

—Mira, aquí te puedes lavar las manos.

Me mostró un fregadero de platos con tazas sucias.

—Mejor me voy acostumbrando a este espacio, cuando menos me de cuenta estaré lavando las tazas de los demás.

Explotamos en risas. En eso llegó una chica de pelo negro corto con un *look* tan sensual que intimidaba. Su nombre era Paola Clark, de ascendencia canadiense pero criada en México. Ella era la líder de proyectos en redes sociales, se encargaba de toda la comercialización de las plataformas web de los clientes de la agencia, así como de conseguir proyectos con potencial comercial en el mundo virtual.

Paola me saludó sonriente, luego de que José le explicara que yo era la nueva Sara. Sara había sido la última asistente de Tomás, que en ese momento me enteré que había renunciado porque servir cafés no había estado dentro del pénsum de su carrera.

—¡Me carga la chingada! —gritó Cirila

—¡Nosotras y nuestra suerte para conseguir trabajos que apesten! —resopló.

—Mi *roommate* está comenzando con su propia agencia de manejo redes sociales —le dije, intentando hablar un poco su idioma.

—Su *roommate* es Jade —exclamó José, entusiasmado y dejándome saber que ya le habría platicado a Paola sobre ella.

—¡Vaya! Pues por estos pasillos Jade es más famosa de lo que crees— dijo Paola, que me pidió de inmediato que la llamara Pao.

En ese momento estaba por suceder una reunión entre Tomás, el Gato y su mánager para mejorar la imagen del Gato y sus desastres amorosos. El sueño del Gato se hacía realidad y una lujosa marca de carros lo quería para ser su imagen durante toda la campaña del semestre; solo que había un pequeño detalle: La marca buscaba a un famoso con determinados atributos, uno de ellos que fuera un bombón y otro que tuviera una estabilidad emocional.

Resulta que el Gato no era un perro empedernido sino un gato romántico desesperado por encontrar a una mujer con la cual compartir su vida, un poco porque ese sueño se lo exigía, otro poco quién sabe por qué. Inseguridades del hombre... será...

—La vida sentimental del Gato va en contra del *core* de la marca, así que tenemos que hacer algo por mejorarle ese pequeño detalle si queremos que la marca lo firme—dijo Pao, antes de retirarse.

—¿*Core*? —pregunté, confundida.

—Es como el *Unique Selling Proposition* —explicó, José haciendo uso de un perfecto inglés—. Eso es como la esencia de su promesa como marca.

Quedé en las mismas. Lo bueno es que José cambió de tema

—No quiero sonar infantil pero... ¿Jade te ha dicho algo de mí?

Qué bueno que no quería sonar infantil, de haberlo querido me habría teletransportado a un kínder.

—No, José, de hecho tuvimos una pequeña discusión y no hemos hablado sobre nada, ¿por? ¿Las cosas no están funcionando?

—No lo sé. A veces siento que somos perfectos juntos, pero otras siento como si la atosigara y se escabullera de mí, ¿me entiendes?

Pobre chico, había dado con la típica niña que si su madre conociera, no le gustaría para que saliera con su retoñito. Jade no era mujer para José, menos en ese momento que estaba en rehabilitación de cavernícola neandertal y que lo menos que necesitaba era la delicadeza de este flaquito con peinado perfecto y chaleco de cachemira.

Para evitar que Tomás me humillara pidiendo que lavara las tazas y con tal de no volver a verle la cara al Gato, me quedé lavándolas y pensando en las incómodas discusiones con Jade y Kenia el día anterior. Al final del día, Sir Dante tenía razón: yo no debería meterme en la vida de nadie y mejor mantenerme al margen de todos los dramas que no me incluían a mí. Suficiente con mis propios dramas que el mismísimo señor Murphy me ponía a enfrentar.

—¡*Aaaahhhhh*! —suspiró Cirila—, ¡qué guapo es ese minino!— susurró, mientras brotaban corazoncitos de su pecho inflado.

Sonó mi celular.

—¿Bueno? —contesté.

Era Kenia pero como sabía que estaba enojada conmigo decidí no ser efusiva.

—Hola, Juliette —dijo, con voz de arrepentimiento.

—Hola —respondí, añadiendo toques de drama—. No he parado de sentirme mal por hablarte así, ¿me perdonas?

—No hay rollo —le dije, revolcándome en mi drama.

Deseaba decir dos que tres cosas pero necesitaba que pareciera que ella me las había sacado casi a la fuerza.

—Claro que hay, sigues enojada conmigo —alegó.

—Créeme que no es enojo.

—¿Entonces qué es?

—No importa Kenny, mejor dejemos así las cosas.

—¡No! Yo fui una pelada contigo y tú tienes todo el derecho de decirme lo que sientes, anda —suplicó.

—Me dolió mucho darme cuenta que tu no tienes reparos en opinar sobre mi vida de la manera en que te venga en gana. Siempre me has dicho las cosas como las sientes y yo tengo que quedarme callada porque tu alegas que es por el mismo amor que me tienes que me las dices. Y cuando por primera vez es mi turno de decirte lo que pienso, me invalidas y me dices que no me meta, que no tengo idea de lo que hablo y que no es mi vida. Entonces, si las cosas van a ser así, quiero que sepas que te entiendo, no me voy a volver a meter, ni siquiera aunque me lo pidas, pero por fa, no me pidas que acepte que opines sobre mi vida si esta no va a ser una carretera de ida y vuelta —me desahogué.

Kenia me dio la razón. En su defensa dijo que sabía que la mejor manera de obrar no era lastimando a Marisol, pero que estaba muy enojada y como sabía que ya nada le dolía a Henri que no fuera su hija, le daban ganas de darle en donde más lo hiriera. Ella también se desahogó y luego me invitó a tomar martinis de lichi a su casa con Edu y Leo.

—¿Quieres que le diga a Jade? —pregunté.

—Ya le dije y parece que tiene una cita con José, así que con ella no contamos —manifestó.

Comprendía lo que sucedía con Jade. Hacía dos segundos José había estado preguntándome por ella, lo que quería decir que esa cita era ficticia. Si Jade no quería ir a la reunión era por la discusión que habríamos tenido. Le marqué.

—¿Bueno? —contestó.

Ahora ella estaba haciendo drama.

—¿Vas a seguir haciendo berrinche o vas a hablar como una adulta? —le pregunté, en tono de mamá.

—Si me sigues hablando así, lo que voy a hacer es colgar —dijo.

—¡Ya, Jadecita! Odio estar enojada contigo, además me dijo Kenia que no vas esta noche porque tienes una cita con José y yo ya sé que eso no es cierto.

—Me da flojera salir esta noche, no tiene nada que ver contigo.

—Entonces si no tiene nada que ver conmigo, te veo a las cuatro aquí abajo y nos vamos a tomar un café para que aclaremos el agua.

—Vale, ahí te veo.

Pero la detuve antes de que colgara

—Jade… si ya no quieres nada con José díselo, el chico anda confundido, preguntándome si sé algo sobre ti.

—*Okay*, yo hablo con él.

—¿Entonces ya no quieres nada con él? —pregunté.

—Julieta, yo hablo con él y cuando hable con él, te cuento ¿va?

Colgó. Guardé mi celular en el bolsillo y cuando levanté la mirada me topé de frente con José que me miraba como cachorrito de vitrina.

—¿Hablaste con ella? —preguntó, ansioso.

—José, no puedes estar haciendo esto. Yo no me quiero meter en la relación de ustedes, neta. Mejor habla con ella para que aclares tu situación —le dije, siendo lo más sensible que pude.

—Pero te escuché mencionar mi nombre, ¿por qué no me quieres decir qué te dijo?

¡Dios! ¡Ese niño si que era intenso e inseguro!

—Porque no me dijo nada, le pregunté por ti y me dijo que iba a hablar contigo y que cuando lo hiciera me contaba, ¿contento?

—Pues no mucho… eso me suena a que me va a cortar… ¿crees que me corte?

—¡Qué me caiga un rayo! —gritó mi Cirila interna.

—No tengo la menor idea, José, te lo juro, y si me permites, tengo que ir a ver si Tomás quiere que lave los baños o le tienda la cama.

En mi camino hacia el escritorio de Tomás, Paola me hizo señas para que me acercara al de ella. Lo que faltaba era que ahora me convirtiera en la criada de toda la oficina.

—¿Te está *intenseando* Josecito? —preguntó, casi en tono de burla.

—¿¡Josecito!? —se burló con ella mi diosa interna.

—Creo que está muy enamorado de Jade —le actualicé.

—Él siempre está enamorado de alguna chica y al final todas la dejan por intenso. Sufre, se da latigazos, pero es que es como andar con un florero —agregó—. Por eso yo opté por salir con chicas, los hombres si no son perros son jarritos de Tlaquepaque. Demasiado complejo, prefiero lidiar con el periodo, que por lo menos ya se que cada 28 días llega y no con sorpresitas masculinas desagradables.

¡Vaya! Paola era gay y no tenía miedo ni pena de aceptarlo. Así que yo sin miedo ni pena también intenté dejar claro que yo no lo era.

—¿Ya se fue el gatito bombón?

Esa fue mi estrategia.

—Tranquila, querida, tengo muy claro que no eres gay, además, tampoco eres mi tipo —me guiñó el ojo—, y no, no se ha ido, de hecho está parado justo atrás de ti.

Le sonreí con ganas de matarla. Si mal no calculaba, el Gato había escuchado mi declaración ante su monumental físico. Volteé y me encontré con esa amplia sonrisa de dientes perfectos, deslumbrando mi rostro enrojecido por toda la gama de rojos *Prismacolor*.

—Gatito bombón se preguntaba, en donde estaría el otro bombón que le llenó el zapato de crema batida —dijo, acabando conmigo y con Cirila, que al salir corriendo del más reciente oso del día, gracias a Paola, se había estrellado contra la pared de mi memoria y había caído inconsciente al piso.

—Muy gracioso —balbuceé.

Paola observaba divertida el coqueteo de tremenda guapura conmigo, la pobre criada de Tomás con los guantes de la cocina todavía puestos.

—La mejor parte es que eres como Cenicienta enamorada del príncipe —señaló Paola, mirando mis guantes que había olvidado quitar en mi afán de huir de José y su interrogatorio.

—Seguro es así con todas —dije, retirando los guantes olor a trapo mojado.

—*Mmmm...* no con todas, pero sí es coqueto, no te voy a mentir. Desde que lo dejó Isabella, se muere por reemplazarla con otra novia. Ahí verás si le das un beso a media noche y tus guantes se convierten en carroza —se burló.

Respondí con un guantazo de broma en su cabeza y me fui hacia el escritorio de Tomás

—¡Ándale, eh! ¡Ya así nos llevamos! —exclamó, juguetona mientras me alejaba haciéndole muecas.

Dieron las cuatro de la tarde y me despedí de mi nueva amiga que daba la casualidad corría a una entrevista con mi nuevo amor ya no tan platónico.

—Si quieres le mando tus saludos —bromeó.

—Mejor apúrate porque no quiero que José me vea: abajo está Jade esperando —advertí.

Pao agarró sus cosas y huimos de la oficina. En la puerta se encontraba Jade, esperando con su cara metida en su celular.

—Así que tu eres la famosa Jade —elaboró Paola mientras extendía su mano para saludarla.

—¿Ahora soy famosa? —preguntó

—Le debes tu fama a José —le dije como si no le contara nada nuevo.

—No sé por qué no me sorprende —agregó Jade, harta del pobre José Miel.

Comenzamos a caminar para evitar encontrarnos con el indeseable.

—Me contó July que te dedicas al manejo de redes sociales —comentó Pao.

—Pues eso intento, apenas la tengo de cliente a ella —respondió Jade.

—¿A quién? —preguntó Pao.

—Pues a Julieta, ¿no te han contado?

—No hay nada qué contar, es una tontería —dije con timidez.

—Es la última vez que le dices tontería a mi único cliente —profirió Jade entre broma y molestia—. Julieta tiene un blog que estoy segura que, con la difusión adecuada, puede ser un trancazo.

—¿De qué se trata ese blog? —preguntó Pao, curiosa.

Jade le contó desde el nombre hasta las estrategias que utilizaba. Su conversación se convirtió en un montón de tecnicismos de los que me perdí por estar imaginando la deliciosa boca carnosa del Gato.

—¡Vaya, pues suena muy bien —agregó Pao, entusiasmada como si de ello se le ocurrieran mil ideas—. ¿Por qué no te pasas mañana por la oficina y platicamos sobre eso. Mi labor aquí también es encontrar nuevos proyectos, me gustaría escuchar un poco más del tuyo.

Paola levantó su mano con las llaves del carro y quitó la alarma de un bellísimo *BMW* plateado del año. Jade se despidió de ella y Paola me dio tremendo abrazo, al oído me susurró:

—Ella sí es todo mi tipo.

Y se dirigió a la puerta del conductor, dejando a mi Cirila, por tercera vez consecutiva, inconsciente en el suelo.

—Qué buena onda esa Paola —dijo Jade, emocionada.

—Y gay —susurré como para mí.

—¡Gay! Entonces no solo en ellos aplica que los gais se robaron a todos los guapos— concluyó Jade, con una perturbadora sonrisa de medio lado.

A veces sentía que Jade decía cosas solo para sacarnos de onda. Por eso me enfoqué en la conversación que teníamos pendiente y le dejé muy claro que mi intención no era presionarla, que lo único que me interesaba era que Kenia fuera feliz y que si ella sabía algo para despejar las dudas de la mente de Kenny, pues esperaba que lo hiciera. Jade callaba mientras tomaba su *frapuchino* de té verde. Entonces me miró, tomó impulso y comenzó a hablar.

—Créeme que no he hecho todo el camino que hice desde Tailandia para nada. Yo también amo a Kenia, como a nadie en el mundo, y lo único que estoy haciendo es cerciorarme de dar los pasos correctos porque no la quiero perder.

—Jade, son frases como estas que me sacan de quicio, siento que algo muy oscuro está pasando y las personas que deben de saber no lo saben —dije un tanto desesperada.

—Entonces vas a tener que aguantar vara, Ju, porque te lo estoy diciendo en serio. No puedo decir nada hasta que yo crea que es el momento adecuado. Mientras, ayuda a Kenny a que llegue a las conclusiones que debe llegar. Lo que yo guardo no se contrapone a que Kenia encuentre la verdad detrás de ese desgraciado.

Me di cuenta de que Jade no iba a soltar nada. Por trascendental o dramático que fuera, ella estaba decidida a callar hasta que pudiera hablar. Así que la abracé y le recordé que la quería, que me tenía si necesitaba desahogarse y que nunca más la volvería acorralar. Ella aguantó las lágrimas que se le atiborraban en los ojos. Sonrió forzada y me instó a encaminarnos a casa. Llamaría a José para salir de ese problemita ya mismo. No tuve ni tiempo de cambiarme de mi disfraz de asistente cuando el claxon de Leo y Eduardo sonó por mi ventana.

—¡Hola, *sweetie pie*! —gritó Edu en cuanto me asomé por la puerta.

Había algo raro: Leonardo no sonreía tanto como Edu, era como si algo le hubiera sucedido. Más tarde supimos qué fue.

—Anda de rarito, no le hagas caso —dijo Edu, refiriéndose a Leo que se veía molesto.

—¿Te pasa algo, Leís? —pregunté.

—Nada grave, pero para no repetir la historia les cuento a todos juntos más tarde —respondió.

—La historia es que le bajó o que Giuseppe lo llamó a urgirlo con su nueva obra —exclamó Edu a manera de broma, que no le hizo ni el más mínimo de gracia a Leo.

Yo sabía que algo mal había sucedido pero preferí seguir el juego a Eduardo para alivianar a Leo.

—¿Y cómo va tu nueva colección? —pregunté a Leo, mirándolo por el retrovisor.

—Bien, July, gracias —respondió breve, no podía ocultar su preocupación.

Como siempre, Kenny nos recibió con la mesa llena de botanas deliciosas: tártara de atún (*4), pesto de cilantro y semillas de calabaza (*5) y colecitas de Bruselas al horno (*6). Solo que está vez, en lugar de martinis de lichi, Kenia había preparado una jarra gigante con un coctel de ginebra, pepino y menta (*7), perfecto para la noche calurosa que asomaba la pronta llegada de la primavera y con ella el inicio de las reuniones en la grandiosa terraza del PH de Kenny.

—Bueno, *sweetie pie*, ¡nos tienes que contar todo sobre tu nuevo trabajo! —parloteó Edu, emocionado—. ¿Hay hombres guapos que valgan la pena para sufrir por ellos?

Todos reímos.

—No sé si el Gato catalogue para que haga valer la pena dos que tres lagrimitas —dije, sabiendo que habría conmoción.

—¡El Gato! —gritó Kenia desde el bar mientras traía unos portavasos—. El Gato, el actor de telenovelas, ¿ese gato? —cuestionó, de nuevo incrédula.

Eduardo estaba al borde del soponcio y, bastante extraño, Leonardo, no emitía ninguna opinión.

—¡*Omg*! ¡Voy a morir! ¿¡Estas hablando del Gato de verdad!? ¿¡Del bombón de la tele, ese Gato!?

Edu se agarró el pecho como simulando un infarto. Mi Cirila daba botes adentro de mi cabeza recordando su coqueteo previo con Paola de testigo.

—Y no solo eso, queridos amigos y confidentes —dije, prosopopéyica— ese bomboncito con labios de Angelina Jolie reencarnada en hombre, ¡me tiró los perros!

—¡*Oh, god!* *¡You are so nineties!* —gritó agudo Edu. —¡Tirar los perros es del 91!— rió estrafalario.

—¡Pues si tirar los perros es del 91, tirar el Gato es de los dos miles! —agregué, haciendo reventar en risas Kenia y a Edu.

Leo solo sonreía con su cabeza en otro lado.

—O sea que ya tienes nueva víctima, Juliette? —preguntó Kenia, intentando no juzgar pero sin lograrlo mucho que digamos.

—No, Kenny, Juliette Bin Laden se mudó a Suiza y ahora tiene el corazón en terreno neutral —dije, muy orgullosa de mí misma.

—¡Te lo prohíbo, Julieta Luna Villegas, si el Gato te tira los gatos, tu respondes como cualquier dama elegante lo haría.

Edu hizo una pausa para dar su remate final:

—¡Te lo cog—

—¡Eduardo! Marisol está en su cuarto! —lo interrumpió Kenia con señas de que bajara la voz.

—¡Te lo coges! —susurró Eduardo muy bajito.

Kenia negaba con la cabeza mientras tomaba de su coctel.

—Nada de eso, mi adorado plumero rosa —me dirigí a Edu—, yo prometí que no más relaciones superficiales y me voy a mantener, por más que el Gato sea el único minino que no me provoque alergia.

—Me siento muy orgullosa, Juliette, así se habla —me felicitó Kenia.

—Pues yo no te creo nada. Lo que creo es que vas a terminar con ese gatito ronroneándote en la espalda y me atrevería a apostar —me retó Eduardo mientras Leo lo observaba serio—, y tú no me mires así, amorcito, porque cuando menos lo esperes, Julietita se va a andar arrastrando contigo en busca de consejos y tus consejos siempre incluyen fluir hacia la cama del susodicho — dijo Edu a Leo, que esbozó una tenue sonrisa forzada.

Así se hizo la apuesta. Si yo no terminaba enredada en las sábanas con El Gato, Edu se disfrazaría de Liza Minelli y daría un karaoke show en el peor antro gay de la zona rosa. Pero si por esas cosas de la vida, la belleza del felino me hacía caer de espaldas sobre su cama, entonces yo tendría que asistir a la siguiente exposición de Leo, que sería a unos cuantos meses de esa fecha, vestida de *drag queen*. Edu golpeó su copa con una cuchara y, casi burlón, anunció:

—¡Atención! ¡Atención! Mi marido *ventiochudo*, *if you know what I mean...*, tiene un chisme que contarnos que tiene que ver con su pésimo humor del día hoy que ni siquiera le permite reírse al imaginarse a Julietita vestida de *drag*.

Leo, que es el santo Job de la paciencia, lo miró de reojo como anunciando que su buen humor también estaba a punto de convertirse en Leo–humor. Kenia y yo atentas a la tensión por un lado y la burla por el otro.

—Hoy fui citado a tomar café en un lugar de Reforma — comenzó Leo.

Eduardo estaba más concentrado en alcanzar la menta que se escapaba de su coctel que en la conversación de su marido.

—Estuve a punto de no poderme encontrar con mi interlocutor, pues, como era de esperarse, me hizo esperar por 15 minutos que es mi límite para esperar a una persona, sobre todo cuando yo soy el requerido —prosiguió.

Leo mantenía sus ojos clavados en el coctel que revolvía como si quisiera, con ello, disolver sus pensamientos.

—Entonces pedí la cuenta y como por arte de magia apareció quien debió haber llegado 15 minutos antes —agregó, sin dejar de revolver su bebida.

—¡Ay, ya amor! ¡Parece que estuvieras relatando una historia de terror! —urgió Edu.

—Pues no te equivocas, cielo, porque quien se sentó conmigo en la mesa era nada más y nada menos que Armando Bernal —puntualizó Leonardo.

El silencio que se hizo en la sala podría cortarse con el filo de una hoja de papel. Eduardo tuvo que sostenerse del sillón para no irse de espaldas. Kenia soltó su copa y se acercó a Edu, que intentaba recuperar el aliento. Leonardo miraba impávido.

—Tu padre me citó para ofrecerme dinero —agregó Leo.

Me acerqué a él, tomé su mano. Eduardo no podía ni musitar palabra, solo su rostro comenzaba a tornarse de diferentes colores conforme su rabia crecía en su interior. Leonardo contó todo con pelos y señales: qué le dijo, qué le respondió, como llenó aquel mugroso cheque con una cantidad exorbitante de ceros que ni un jeque árabe sería capaz de pagar.

—De lo que siempre estuve seguro, mi cielo, es que tu padre no se iba a quedar con los brazos cruzados —agregó Leo, acercándose a Edu que se consumía de la ira.

—¿Qué hiciste? —preguntó Eduardo entre dientes.

—Llamé a la casa cuna, quería asegurarme de que todo estuviera bien, tenía un mal presentimiento…

Leonardo no pudo más, sus lágrimas rodaron por las mejillas.

—No estaba equivocado: luego de una llamada de tu padre, decidieron poner en *stand by* la solicitud hasta que nuestra situación familiar fuera un ambiente favorable para un bebé.

El príncipe inesperado

*Cuando menos lo esperas, con quien menos lo esperas, como menos lo
imaginas, llegan esos amores que no sabes ni siquiera hasta dónde te van a
llevar. Son amores fugaces pero tan intensos que no ves venir la ola, hasta que
te está revolcando (la ola, obvio). Te niegas, en teoría, a enamorarte una vez
más porque los amores del pasado te han llevado a fosas profundas. Pero un
día cualquiera y por encima de todas las promesas, el corazón se recupera y
está listo para volver al terreno de juego en donde, algún día, sueña con dejarse
ganar la batalla de Cupido.*

Ya habían pasado varios días y mi trabajo seguía apestando.
Ahora no solo traía cafés y *muffins* para Tomás sino que él mismo
me encargaba los desayunos de todos. Mi labor mañanera parecía
la de un repartidor de pizza de domingo por la tarde. Incluso
llegué al punto de ir al departamento de mi encantador jefe a sacar
a pasear a su perro, no sin la advertencia de recoger la caca con
unas bolsas delgaditas que no le hacían daño al medio ambiente
pero sí a mi umbral del asco. Nunca había asistido a ninguna de las
juntas prometidas, mucho menos a una lluvia de ideas, no, esas
reuniones las admiraba de lejos mientras preparaba café para
todos los creativos o servía galletitas recién hechas de una
pastelería cercana. O sea, era la muchacha y lo único que me
faltaba era que me pusieran a lavar baños. Pero como a veces tenía
voz de profeta sucedió lo peor: llegué temprano, muy mona yo,
dispuesta a comenzar con mi ritual e ir, rapidito y de buena gana,
por el arsenal de cafés a *Starbucks* para todo el mundo. *Muffin* de
zanahoria para Tomás, claro, no de *Starbucks* si no de una cafetería
que quedaba al lado opuesto. *Latte* deslactosado, descafeinado, sin
azúcar para José

¡Qué clase de café es ese!, gritaba mi diosa interna cada que José me miraba con carita de "lo mismo de siempre". ¡Hasta al novio de mi *roommate* le compraba el café! Todo estaba mal. Sí, todavía seguía siendo "el novio". Resulta que aquella tarde que según Jade lo iba a cortar, él le aventó un *speech* de esos a los que no les puedes decir que no. José estaba enamorado y seguro de que poco a poco lograría romper el cascarón de su corazoncito (el de Jade, por supuesto). Prometió no atosigarla ni volverme a preguntar una sola palabra sobre ella. Mejor dicho, el entregó el mando de la relación para que fuera ella quien hiciera las veces del hombre. Jade lo llamaría cuando así lo deseara, y también le invitaría a salir. ¡Eso sí!, lo único que José jamás permitiría era que ella pagara. A Didi no le pareció nada mala idea esa relación acomodada en la que su voz era la del mando y como el pobre de José estaba amenazado de que la próxima vez que se pusiera de intenso lo ponían de patitas en la calle de su relación neonata, pues no le quedó de otra más que mantener el rabo entre las patas como la buena mujer sumisa en la que se había convertido. Todo por amor a Jade.

Regresé a la oficina con los diversos pedidos: el de Tomás, el de José Miel y hasta el de Paola, a quien se le notaba que se sentía mal de encargarme algo más pero que siempre convencía porque igual ya iba de camino, ¡ya qué! Por eso, lo único que ella pedía era un paquetito de galletas *madeleine* que siempre están en la caja de *GastarSucks*, digo, *Starbucks*.

—¿Algo más? —le pregunté a Tomás casi sarcástica, mientras dejaba su café sobre el escritorio.

Me miró con una ceja levantada como si fuera a hacer una travesura.

—Me da mucha pena pedirte esto, July, pero la chica de la limpieza viene mañana y tenemos clientes importantes en menos de una hora. ¿Será que me puedes ayudar a darle una trapeadita a la oficina y una pasadita a los baños?

La verdad, la verdad, no se le sentía mucho la pena por pedirme que hiciera las labores de Juanita, la empleada del servicio; más bien percibí como que estaba disfrutando, casi misógino, tratarme como si fuera su Cenicienta, como lo dijo la misma Paola. Una cosa es que yo necesitara un trabajo y otra muy diferente que me dieran gato por liebre, eso no lo iba a permitir. Además era una cuestión de orgullo. Todos mis compañeros, a los que ya no sabía si comenzar a tratarlos de "usted", tal como Juanita lo hacía, estaban atentos al pedimento que Tomás acababa de hacerme. Clarito vi a Paola negar con la cabeza y sumergirse en su computadora, de tal forma que ya no pude ver su expresión. El resto, a la expectativa de mi reacción, intentaban aguantar la risa. José se tapó la boca y siguió su camino hacia la estación de café.

—No, Tomás, no voy a trapear ni a darle ninguna pasadita a los baños —dije.

Paola levantó la mirada y la clavó fija en mí. Tomás pareciera que iba a explotar, para ese momento no sabía si de risa o de rabia.

—Y te voy a decir por qué —proseguí—: no lo hago, no porque me parezca un trabajo indigno, sino porque no trapeo ni en mi casa. Yo acepté trabajar como tu asistente, a sabiendas de que soy una mujer mucho más preparada para desarrollar el puesto de una recién egresada, porque me pareció muy padre el ambiente de trabajo y porque pude ver a futuro un crecimiento, pero esta semana me sirvió para darme cuenta de que el único crecimiento que voy a adquirir aquí es el de las labores de un repartidor y, si sigo por este camino, el de labores de limpieza. Así que te agradezco mucho la oportunidad pero creo que tienes que conseguirte a alguien con un perfil más atinado para este cargo.

El silencio fue mortal. Me sentía orgullosa de lo articulada que acaba de ser para exponer mi punto y darme mi lugar. Mi diosa interna recogía sus tiliches con dignidad (entre ellos su escoba y trapeador) y cuando las dos nos preparábamos para hacer una salida triunfal del trabajo más corto de nuestra historia, Paola se levantó y aplaudió. El resto rompió en risas y se unió a su aplauso. No entendí anda. Tomás dejó caer su cabeza sobre el escritorio riendo también.

—¿Alguien me puede explicar qué es tan chistoso? —pregunté, confundida.

Entonces José Miel llegó hasta mí y me abrazó.

—Bienvenida a *Zero Media*, July —me dijo entre risas—. Ya te graduaste de la semana *zero*.

313

Tomás se levantó de su escritorio y sacó de su cajón un birrete verde fosforescente. Emuló la marcha de los graduados y me lo colocó en la cabeza.

—En esta oficina nadie se libra de la semana *zero*, pero debo decir que si alguien ha enfrentado con dignidad una semana completa de *bullying* amistoso eres tú —dijo mi jefe, sonriendo.

—Yo nunca he estado de acuerdo con esta bromita —gritó Paola desde su escritorio—, me parece que todos son una bola de niños bobos.

—Eso lo dices porque a ti te hicimos llorar —agregó Tomás, riendo ante el recuerdo.

—El que va a llorar cuando nos pague la apuesta eres tú, Tomasito —advirtió Edgar, uno de los diseñadores.

—¿Apuesta? —pregunté.

Resulta que mi bromista jefe les había apostado que yo también, al igual que Paola, lloraría cuando me pidieran que limpiara los baños.

—Yo era la única mujer en ese momento, ¡cómo no iba a llorar! ¡Manada de machos babosos me hicieron montón! —dijo Pao, defendiéndose entre broma y broma.

Así, gracias a que no lloré sino que me aventé el mejor discurso de mi vida, Tomás tenía que pagarnos a todos, incluyéndome a mi (obvio), una noche de cena y fiesta en un bar de moda de Polanco.

Cuando el jolgorio a costa mía terminó, Tomás me pidió que me alistara porque saldríamos a comer con El Gato y su manager. ¡Vaya premio que me había ganado! Bajé a abrirle a Jade, que tenía cita por tercera vez con Paola para hablar sobre mi blog. Por alguna extraña razón, Pao estaba muy interesada en ese proyecto, y aunque esa extraña razón me sonaba a que fuera Jade, sabía que Didi se podía defender del ataque de la chica cocodrilo y sacar provecho para www.memoriasdeunasolteramexicana.com. Las dos me invitaron a la junta: Paola quería escuchar de mi boca la percepción de nuestro espacio.

—O sea... eres como Carrie Bradshaw pero en sicóloga —dijo Paola.

No. Por supuesto que no era Carrie Bradshaw, y no porque no quisiera sentirme comparada con mi heroína urbana sino porque más que querer ser como ella, me sentía inspirada en la forma en la que la serie le habla a las mujeres y hasta a los hombres.

Sex and the City fue y será la reina del *chick flick* desde los noventas y como tal la respetaremos hasta que llegue una nueva reina.

Si iba a ser alguien, sería yo misma, con mis propias historias y mi propio estilo, siendo un homenaje a mi gran inspiración pero sobre todo con la gran intención de ayudar a las mujeres a que se valgan por ellas mismas y no por la espera del mentado príncipe azul.

La forma de sacarle dinero a eso era conseguir que se me hiciera prensa, así las mujeres comenzarían a tener más confianza en mí. Nadie me conocía, nadie sabía cómo era mi cara.

—Y la cara del santo hace el milagro —exclamó Paola.

¿Pero cómo haríamos para que los medios de comunicación se interesaran en una doña nadie? Las tres intentamos exprimir las neuronas hasta que por fin a Paola se le prendió el foco.

—¡Ya sé! —exclamó—. ¡El Gato!

Entonces ni Jade ni yo entendimos nada. ¿Qué tenía que ver el bomboncito del Gato con mi blog?

—Si alguien tiene prensa en las revistas de chismes es el Gato, y que yo recuerde, la semana pasada te estuvo coqueteando de frente, así que ahí tienes la respuesta —insistió, sin que ni Jade ni yo lográramos comprender todavía.

Lo que Paola quería decir es que si yo le coqueteaba de regreso al Gato, casi podría apostar que me invitaría a salir. Ella misma proveería la nota a una de esas revistas de chismes en donde diría que la nueva conquista del Gato era un sicóloga con uno de los blogs más HOT de México.

—¿Pero como va a ser un blog *hot* si apenas si la gente lo conoce? —pregunté, ingenua.

—Mira, mi querida saltamontes, nunca creas en nada de lo que dicen esas revistas, eso déjaselo a las fans que son las que viven inmersas en ese mundo de chismes. Nadie sabe que no es un blog *hot* todavía, pero espérate a que te hagamos dos tres veces publicidad y se convierte en más *hot* que el mismo Gatito —rió, cómplice.

El Gato era cliente de ellos desde que comenzó como modelo de comerciales. Al poco tiempo y gracias a los cien mil castings en los que Tomás lo promocionaba como su gallo más valioso, le dio al premio gordo con una famosa campaña de *coca–cola* que lo lanzó a los pasillos de una importante televisora como protagonista de novela. Sin embargo, el Gato nunca abandonó a *Zero* como su agencia, de hecho, se mánager era un agente de *Zero* que se retiró del manejo de otras cuentas para dedicarse por completo a él, aunque eso no quería decir que se hubiera independizado. El Gato era el cliente más prominente de *Zero* que además habría llevado a otros artistas para el *pull* de talentos que ofrecían a los clientes grandes que buscan estrellas para hacer posicionamiento de productos.

Por eso El Gato era casi amigo de todos los que trabajaban allí. Paola lo conocía a la perfección pues la única vez que lo vio con una chica, en serio, fue con quien que ella misma le presentó. Sí, Paola era prima de Isabella Davis, la modelo canadiense que se robó todas las portadas de las revistas mexicanas cuando tuvo amores con el Gato. Isa y el Gato tuvieron un romance de más de dos años. Pasaban temporadas en Canadá y temporadas en México, dependiendo de sus trabajos. Pero llegó el momento en que al Gato le ofrecieron el protagónico de la novela que lo colocó en el cielo de la fama televisiva e Isabella firmó un contrato en Canadá con una línea de perfumes que la contrató como exclusiva. Entonces, tuvieron que decirse adiós.

—Esa es la historia. La verdad es que Isa no se viene a vivir a México porque no se siente segura de querer vivir con el Gato y como él ya está que le anda por un compromiso serio, pues la espantó –explicó Paola.

—¿Entonces lo único que tiene que hacer Julieta es coquetear con el Gato para volverse tan famosa como Isabella? —concluyó Jade.

—Así es —respondió Paola—. La neta, la neta, aquí entre nos, Isabella comenzó a salir con el Gato porque necesitaba darse a conocer con la prensa mexicana. El mundo del modelaje funciona de extrañas maneras. Cuando las modelos no la logran en su país, así como muchos cantantes, se vienen al mercado mexicano y después de volverse famosas o por lo menos de hacer una buena carrera, regresan a su país con logros adquiridos. Como el Gato era tan cercano a mí, le pedí el favor de que me ayudara a propulsar a mi prima —confesó Paola—. A ninguno de los dos les pareció demasiado sacrificio salir a cenar juntos y esperar a que los *paparazzis* llegaran. Isabella es una mujer hermosa y agradable y el Gato es un buen tipo, aceptó gustoso y cuando menos se dieron cuenta, se enamoraron.

Era una historia de amor poco común, no se puede negar, pero yo no era ni modelo, ni mucho menos tenía ganas de enamorarme del hombre más guapo de México. Suficientes problemas tenía en mi vida como para sumarle el factor que todas las mujeres de este extenso país quisiera acostarse con mi novio.

—¡Novio! —gritó Cirila desde mis adentros—. ¡Óyete nada más hablando de novio! ¡Ni creas que me voy a disfrazar de *drag queen* solo porque no puedes controlar tus instintos animales! —advirtió, haciendo jarritas con sus brazos.

A mí me daba pena todo ese show. Eso de colgarse de la fama ajena siempre me había parecido patético, aunque eso no se lo pude decir a Pao debidas las circunstancias con su prima.

—No estoy muy segura —les dije—. Como que todo eso me parece medio jalado de los pelos. Además ¿no se supone que necesitan que el Gato deje de salir en las revistas como un donjuán para que le den el contrato ese?

Paola asintió, yo tenía razón.

—A menos que... —sugirió Pao, pensativa y calló por unos segundos antes de proseguir—. En este medio se hacen muchos intercambios por conveniencia. A lo mejor si ustedes dos salieran algunas veces y surgiera un chisme tipo que son novios bien, a la marca le caería de maravilla. Necesitan que quien sea su imagen sea alguien con un compromiso emocional. Ya sabes... tonterías de esas como que los que manejan ese carro no andan picando de flor en flor porque saben muy bien lo que quieren y así...

—¿Me estás diciendo que salga con el Gato y ambos pretendamos ser algo para nuestro beneficio?

Paola volvió a asentir.

—Digo, estoy hablando al aire, tendría que hablarlo con Tomás y Carlos, y con el Gato, obvio. Pero ahora que lo pienso no es tan mala idea. Son unos cuantos meses, y a los dos les podría convenir.

—Todo esto pasó de bizarro a bizarrísimo, chicas, mejor olvidémonos del tema y hagamos las cosas por el camino largo —dije.

Si no quería una relación fatua, menos quería una de mentiras. ¡Gracias!, ¡qué oso!

—A ver, Julietita —comenzó Jade—, te estamos diciendo que salgas con el Gato, no con el jorobado de *Notre Dame*. O sea, si el tipo te tiró la onda a ti qué más te da aceptarle una salida a cenar y luego vemos qué pasa.

—Una sola salida, July, con eso basta —propuso Paola—. Es más si no quieres volver a salir con él pues no lo haces y yo me encargo de seguir haciéndote prensa. Pero con una vez que te vean con el Gato basta para que seas noticia.

—¿Y la imagen del Gato? —pregunté.

—Siempre se puede decir que es una gran amiga y punto. Mientras no les tomen fotos besándose o de la mano, no hay rollo.

—Ya si te queda gustando pues es cosa tuya —agregó Jade entre risitas.

—Y si les queda gustando, te aseguro que esos pinches 15 dolaritos que se han ganado va a ser lo que factures por milésima de segundo, mi *reinis* —prometió Pao.

Las dos me miraban como perrito de vitrina. Allí me encontraba yo, con mi sueño dependiendo de aceptar una salida a cenar con mi amor platónico.

—¿Y qué tal que ni me invita a salir y ustedes ya armaron todo el complot publicitario? —les pregunté.

—Te doy mi palabra, como que me llamo Paola Clark Davis, que el Gato te va a invitar a salir y de eso me encargo yo —puntualizó segura de que así sería—. Tú solo coquetea discreta, no le tires el calzón de frente y verás como la magia comienza a ocurrir.

Mientras Paola y Jade chocaron sus manos cómplices, yo no supe qué me perturbaba más: si que esas dos estuvieran tan de *amiguis–amiguis,* o vestirme de *drag queen* frente a toda la *socialité* mexicana. Con el dilema todavía en la cabeza, llegó la hora de la comida. Antes, por supuesto, corrí a mi departamento para arreglarme y ponerme bonita, como si esta fuera mi primera cita con El Gato.

—No es un *date,* es una comida de negocios —me recordó Cirila.

Por eso me vestí al mejor estilo ejecutiva de *Vogue,* con mis únicos tacones *Prada* que me harían ver como la asistente mejor *accesorizada* del planeta. Tomás se ofreció a pasar por mí y así irnos al restaurante en Las Lomas en donde quedamos de encontrarnos con mi taco de ojo.

—¿Tendría Kenia razón y Julieta bin Laden no estaba muerta, solo de parranda? —se cuestionó Cirila.

Como ya nos esperaban sentados en la mesa, el Gato y Carlos se levantaron para saludarnos. Mi hermoso minino no pudo evitar abrir la tarde con un piropo con el que me hizo sonrojar.

—Te pareces a Bu —dijo con cierta ternura.

—Ya me lo han dicho antes —respondí mientras Tomás y Carlos nos miraban, sospechando la evidente química que había entre nosotros.

—Sexi Bu —añadió el Gato.

—También me lo han dicho —agregué, traviesa.

—Bueno, bueno, ¿vinimos a hablar de negocios o a coquetear? —bromeó Tomás.

—Tú hoy no tienes derecho a *bullearme* más ¿entendiste? —advertí a mi jefe.

—¿Entonces ya se acabó la semana *zero?* —preguntó Carlos.

—¡Gracias a Dios! —proclamé.

Comenzamos la tarde con una ronda de tequilas para abrir el apetito. Mientras Tomás y Carlos hablaban sobre las nuevas propuestas del producto que estaba interesado por el Gato, el minino y yo compartíamos dos que tres miraditas coquetas que me hacían subir y bajar el estómago dentro de mi cuerpo. Las manos me sudaban, sentía que me sonrojaba con solo tener a ese monumento de hombre en frente. Todo el mundo nos miraba; claro, lo miraban a él y a mí me envidiaban hasta los hombres. Tomé nota de todo lo que hablaron en la reunión, aunque lo que Cirila quería era dibujar corazoncitos con nuestros nombres adentro cruzados por la flecha de Cupido. Cuando acabó la junta, Tomás pagó la cuenta de lo que habían sido tres rondas de tequila, una parrillada de mariscos y cuatro caldos tlalpeños. Carlos se retiró al baño, y Tomás regresó a la mesa por el boleto del *valet* que había olvidado. El Gato y yo quedamos solos a la entrada del restaurante.

—Que bueno que tomaste nota de todo lo que hablaron —me dijo, sonriendo y un tanto tímido.

Lo miré sin comprender muy bien hacia dónde iba su comentario.

—Porque no pude escuchar una sola palabra —concluyó.

—El ruido estaba cañón, no es un buen lugar para hablar de trabajo —dije.

—Lo que me distraía no era el ruido —coqueteó.

—¿Y eso es lo que le dices a todas las chicas? —bromeé—. Porque es bastante trillado.

—De hecho, no —agregó tan serio que se lo creí; un poco porque estaba chido para mi ego, otro poco porque recordé las leyendas urbanas sobre su intensidad y romanticismo.

Sonreí. Carlos y Tomás llegaron, los carros también. Nos despedimos y cuando el Gato se me acercó, agarró mi mano y al oído me susurró:

—Ojala te vuelva a ver pronto.

Las piernas me flaquearon. Tomás y Carlos se dieron cuenta de lo que sucedía y apenas compartieron miradas de complicidad masculina. El Gato abrió la puerta del carro de Tomás para que yo subiera. Tomás arrancó y por el retrovisor pude ver al mi minino *ronroneador* mirándonos mientras nos alejábamos.

—El Gato y July *hanging on a tree* —canturreó Tomás, molestándome.

—Ustedes hombres siempre acolitándose sus perruchadas — contesté y de inmediato comencé a hablar sobre algunos puntos de la reunión.

La noche llegó y con ella mi nuevo ritual de conectarme para hacer investigación de campo con mi amigo virtual.

Modelo81: ¿Crees que el fin justifique los medios?

Sir Dante: Creo que vas a hacer una travesura y quieres que te la avale.

Modelo81: Yo soy chavita bien, sería incapaz jojojo

Sir Dante: Depende de qué fin, depende de qué medios...

Modelo81: La prima de una amiga... jajaja

Sir Dante: Esas primas de las amigas, siempre tan funcionales...

Modelo81: Conocí a alguien que me gusta.

Sir Dante: Pensé que no querías saber nada de mi género. Solo de mí ;P

Modelo81: Ese es el problema. No quiero salir con él, pero si salgo pueden pasar más cosas buenas que malas ¿me explico?

Sir Dante: Si te explicaras, no me estarías preguntando si te explicas. Creo que tienes que organizar tus ideas.

Modelo81: Sí, es verdad...

Sir Dante: No te compliques la vida, mi Beatriz, si te gusta el chico, ¡sal con él! Lo peor que puede pasar es que salga intenso como chico A o voyerista como chico B.

Modelo81: ¡Oh, no! Chico A y Chico B, lo había olvidado...

Sir Dante: ¿No te gusta lo suficiente?

Modelo81: No es eso. Su físico es perfecto, creo que no existe mujer en el mundo a la que no le gustaría.

Sir Dante: Ok. Ya entendí el punto... ¿es medio tontito?

Modelo81: jajaj Ojalá así fuera. Todo sería más fácil.

Sir Dante: ¿Un guapo inteligente? Pensé que estábamos en peligro de extinción...

Modelo81: Los que están en peligro de extinción son los modestos...

Sir Dante: ¿Entonces por qué no quieres darle una oportunidad a este guapo e inteligente ejemplar del género masculino?

Modelo81: Porque prometí no tener más relaciones superficiales y creo que con él, por más guapo e inteligente que sea, no va a haber ningún futuro.

Sir Dante: ¿Eres visionaria o pesimista?

Modelo81: Creo que un poco de ambas.

Sir Dante: Las promesas se hicieron para romperlas, mi querida amiga.

Modelo81: Pero es que quería estar soltera por un tiempo. Me da flojera meterme en una relación, más con un chico como él.

Sir Dante: ¿Guapo e inteligente? ¡quién entiende a las mujeres!

Modelo81: Su profesión...

Sir Dante: No me digas que es modelo porque entonces pierde puntos su intelecto.

Modelo81: No, es actor.

Sir Dante: No me digas que de novelas porque entonces pierdes puntos en tu intelecto (es broma).

Modelo81: De cine.

Me encontré mintiéndole a la única persona en el mundo con quien podía ser honesta. La realidad es que por más guapo e interesante que me pareciera, me daba un poco de oso que saliera en las novelas que tanto detesto y a las que tanto critico por malas. ¿De qué iba a hablar con él si ni siquiera me gustaba lo que hacía? El Gato era un hombre muy guapo y muy mal actor, como lo eran la mayoría de guapitos de novelas que eran descubiertos por tener cara bonita. Mi idea de amor de la vida no se acercaba a tener una relación que saliera expuesta en las revistas más malas del mundo editorial, mucho menos que mi foto se publicara en los programas de chismes por ser la nueva adquisición del chico más guapo de México. Me daba vergüenza, esa era la verdad, tanta, que tuve que decirle a Dante algo que no era cierto.

Un nuevo diván iluminaba el ícono de mensajes del blog: *creo que estoy enamorado a primera vista. Conocí a una chica hace poco tiempo y ahora no puedo quitármela de la cabeza. Miau.*

—¿¡*Whaaaat!?*

Estaba loca o todo parecía indicar que el Gato intentaba hacer contacto conmigo por aquí. No, no. No podía ser, seguro era Jade o Paola molestándome a sabiendas que entendería el mensaje.

—¡Jadeeeeeeeeeeee! —grité pero no me contestó.

Me levanté de la cama y logré escuchar música salir de su cuarto. Toqué con ahínco.

—¡Sal de ahí musaraña traviesa! ¡Ya me di cuenta de sus intenciones!

Entreabrió la puerta, dejándome ver que no estaba metida en la computadora mandando divanes escondidos. Más bien ella estaba revolcándose en su propio diván con José.

—¿Qué es ese olor? —preguntó mi Cirila, cuando yo ya sabía que se trataba de la hierbita buena onda que le gusta fumar a mi *roommate*.

Solo que para ese momento ya había convertido a José Miel en José fumigado.

—¿De qué hablas? —me preguntó con sus ojitos chiquitos.

—¿Ustedes pusieron el diván de miau? —la cuestioné.

Ella solo hizo cara de no entender.

—No te hagas la tonta, ustedes fueron las que pusieron ese mensaje en *El Diván* para que yo lo leyera, ¡acéptalo! —insistí.

—Te juro que no sé de qué me hablas.

Corrí por mi compu, ella salió del cuarto y cerró la puerta. Le mostré el mensaje.

—Te juro por mi orgasmo perpetuo que nosotras no pusimos eso —espetó leyendo de nuevo el mensaje—. A menos a haya sido Pao, pero me habría dicho… ¿por qué no la llamas a ella?

Diciendo esto último me lanzó una mirada traviesa y volvió a su ritual se amor con su abejita *groovy*.

¡*Ring Ring*!

—¿Bueno? —contestó Paola medio adormilada.

—¿Tú pusiste ese mensaje en el diván? —pregunté sin decir ni hola.

—¿Quién habla?

—Julieta.

—¡Qué onda, wey!

—Deja de hacerte la tonta. ¿Tú pusiste ese mensaje, verdad?

—¿Cuál mensaje?

—¡En el diván!

—Neta necesito que me empieces a explicar de qué hablas porque estoy perdida.

—¿Entonces no fuiste tú?

—Si me explicaras cuál es tu drama te podría decir

—Me llegó un mensaje a *El Diván* —proseguí con la lectura del mismo.

—¡No manches! Ese Gato no deja de ser un romántico empedernido. Fíjate que si me gustaran los weyes, ese Gato sería un buen prospecto para mí —dijo, divertida.

—Paola, esto es serio ¿qué onda con su *enamorado*?

—No seas tan literal. Así son los artistas, llaman amor al sexo y sexo al amor…

—¿Ahora qué voy a hacer? ¿Qué le contesto?

Entré en pánico.

—Pues contéstale lo que te nazca. ¿Me vas a decir que a ti no te gusta el minino más guapo de México?

—¿La neta? —pregunté como si no quisiera escuchar mi verdad.

—Sí, la neta —me instó.

—Se me hace guapo, pero ahora no quiero tener ninguna relación, mucho menos que no sea seria.

—¡Vaya! Por lo regular escucho a personas decir todo lo contrario: *no quiero una relación, mucho menos una seria*. Tú en cambio no quieres que sea casual. Me gusta tu estilo, wey.

—¡Ya Paola! ¡Ponte seria!

—Pensé que no querías nada serio —río—. La que se tiene que poner menos seria eres tú. Esto es simple, le gustas al Gato, el Gato te gusta, sal con él, tengan sexo, sal en las revistas, ten un poco más de sexo, sácale dinero a tu blog, y cuando te aburras de él lo mandas a la goma. Créeme, sobrevivirá —dijo con frialdad.

—No se trata de sobrevivir, no me siento muy bien saliendo con él solo para colgarme de su imagen.

—Mi reina, el sexo es poder. Tú le das sexo, le das cariñitos los domingos, él te impulsa tu increíble labor femenina. No te está dando el pescado, July, te está enseñando a pescar. Además, así funciona el mundo, no seas tan ingenua. Te has acostado con hombres que no te han dejado nada, que ni siquiera te gustaban tanto, ¿y qué has sacado de provecho? ¡Experiencias! ¿Por qué no convertir una deliciosa experiencia en un poco de flujo de efectivo?

—¡Mierda! —exclamó Cirila, apabullada por la retahíla de Paola que de alguna retorcida manera tenía sentido—, ya nos vi vestidas de *drag queen*.

Al siguiente día por la tarde yo seguía aún sin contestar el mensaje del Gato. *¿Por qué no me mandó un mensaje a mi celular?*

—Pues porque es más romántico así —alegó Cirila, aburrida de contestar mis constantes preguntas.

Kenia pasó por mí a la una de la tarde para que la acompañara al banco pues estaba decidida a investigar hasta dar con la verdad detrás del fracaso de su matrimonio. Mantenía la firme convicción de que Henri tenía algo escondido y fuese una amante o cualquier otra cosa, lo iba a averiguar. Comenzaría por pedir todos los extractos bancarios de todas las cuentas de la empresa y personales de Henri para intentar encontrar un hilo suelto y poderlo amarrar con sus propios cabos. En el banco recibieron a

Kenia como si fuera la reina de Inglaterra. Un agente le pidió permiso a sus clientes para atenderla y los dejó esperando cuando ya estaban siendo atendidos. Salomón, su ejecutivo de cabecera, nos ofreció desde café hasta *whisky* y nos hizo pasar a unas oficinas privadas designadas para los cuenta habientes como ella y Henri.

—Lo que te voy a pedir sé que está fuera de las políticas pero es importante que me ayudes. Te juro que jamás comprometería tu nombre —comenzó Kenia.

En automático, Salomón, puso cara de incomodidad.

—Usted sabe que mientras esté en mis manos, siempre la ayudaré con gusto —respondió, cortés.

—Necesito una copia de los movimiento del último año de todas las cuentas de Henri.

—¿De las que tienen mancomunadas? Eso no es ningún problema —respondió, recuperando la tranquilidad.

—No, Salomón, necesito los extractos de las cuentas de él y de la compañía.

Salomón abrió los ojos, anunciando que lo que Kenia le pedía era imposible.

—No tengo permitido hacer eso. Podría perder mi trabajo si me sorprendieran entregando lo que usted me pide. Lo siento, señora, en esta ocasión se sale de mis manos.

—Yo sé lo que te estoy pidiendo, Salomón, pero me tienes que ayudar. Yo sabré recompensarte muy bien y te garantizo que tu trabajo no saldrá comprometido.

Salomón la miraba incómodo. Yo, sentada a su lado, me mantenía en silencio, mirando a Kenia en esa posición de señora que pocas veces he atestiguado.

—Te doy mi palabra, Salomón, que si esto no fuera un caso de fuerza mayor, ni siquiera me atrevería a pedirte algo así. Tengo vergüenza de lo que puedas pensar, pero es de suma importancia que me ayudes con esto. No te lo pido como clienta tuya, te lo pido como mujer y amiga.

—Lo siento señora. No puedo hacer eso. Créame que comprendo sus deseos, pero faltaría a mi ética si le entregara esos documentos.

Kenia no pudo más y se soltó a llorar.

—Salomón te lo suplico, cree en mi palabra, no te voy a fallar. Nadie se va a enterar.

Salomón miró hacia arriba como sintiéndose observado por las cámaras. Pensó un segundo y luego nos pidió que nos retiráramos pues tenía clientes esperando. Kenia se limpió las lágrimas, Salomón salió detrás de nosotros y nos detuvo en la salita de espera.

—Denme un segundo. No se muevan —dijo, un tanto nervioso.

Kenia y yo no comprendimos muy bien por qué nos pidió que esperáramos, más cuando Salomón se metió al baño de caballeros. Pasaron menos de dos minutos y volvió a salir. Entonces nos indicó la salida y nos acompañó hasta la puerta del banco. Allí le estiró la mano a Kenia para despedirse. Clarito vi como Kenia abrió los ojos sorprendida y luego cerró el puño con disimulo.

—Me hubiera gustado poderla ayudar, señora. Siempre estaré a sus órdenes —dijo Salomón, disimulando tanto como Kenia.

Salimos. Caminamos en silencio menos de una cuadra, entonces Kenia dobló en la esquina y abrió su puño en donde había un papel arrugado. Era una nota que cuando se despidieron, Salomón le pasó: *espere noticias mías esta noche.*

—Yo sabía que él me iba a ayudar —dijo Kenia, orgullosa.

—¿Entonces qué fue todo eso? ¿Por qué no te dio los papeles allí y ya? —pregunté, confundida.

—Porque ahí hay ojos por todos lados y así ya dejamos una evidencia de que no fue él quien me entregaría dichos documentos.

Desde ese día aprendí a ver a Kenia con otros ojos. Esa mujer suave, madre de todos, que se escandaliza con tonterías, era solo su fachada, por dentro había una mujer decidida a lograr lo que quería y conocía los medios para hacerlo. Sentí pena por Henri, porque si era verdad que escondía algo, en ese momento estaba segura que Kenia lo descubriría.

Regresé a la oficina y me encontré con que el Gato jugaba *Wii* en la sala espera. Me quise hacer la interesante y seguir derecho como si no lo hubiera visto. Para eso eché mano del viejo truco de: vengo buscando algo en mi cartera y no pongo atención a mi alrededor. Escuché el juego ponerse en pausa y de reojo alcancé a ver al Gato levantarse para alcanzarme.

—Hola, bonita.

Se interpuso en mi camino. Levanté la mirada que seguía sumida en mi cartera y le regalé una amplia sonrisa.

—¿Viniste por la minuta de ayer? Si quieres dame un minuto y ahorita mismo te la envío a tu correo —dije muy ejecutiva–segura–de–mí–misma–acá–mis–chicharrones–truenan.

—Perfecto, gracias —respondió.

¡*Whaaaaaaaaaaat!*, se escandalizó mi diosa interna con esa respuesta que no esperaba, pero me tocó disimular y caminar hasta mi computadora para entonces poner *send* al archivo que, según esas, sí había ido a buscar. Su *iPhone* sonó anunciando un correo.

—¿Te llegó bien? —le pregunté, con un poco de ganas de matarlo y con mi ego destruido.

Obvio el tipo cero que ver conmigo, el mensaje de anoche quién sabe broma de quién fue y yo me andaba haciendo pajazos mentales de que un bomboncito como el Gato fuera a poner, de verdad, los ojos en mí, la réplica de una caricatura de *Pixar*. Él asintió y siguió metido en su celular. Cerré mi compu y me fui, muy digna yo, al escritorio de Paola que observaba con disimulo nuestra interacción. Me senté dando la espalda al minino presumido y la miré con ojos de bomba.

—¿Viste? —dije susurrando—. No le gusto y vamos a pararle a esta locura porque nada que ver, ¿*okay*?

Estaba molesta conmigo misma porque lo primero que digo y lo primero que hago. Además, ¿por qué me molestaba tanto si ni siquiera me gustaba así como para ponerme en ese plan?

—¡Si, *ajaaaa*! —cacareó Cirila en medio ataque de risa—. Obvio te fascina pero no quieres vestirte de *drag* y por eso te inventas choros mareadores.

A Paola le entró un mensaje de texto y se excusó un segundo. Entonces se rió traviesa.

—Si no le gustas, entonces dime por qué me manda mensajitos para que te los de a ti.

Pao colocó frente a mis ojos el mensaje de texto que le acababa de entrar: *dile a la belleza que tienes al lado que revise su correo, Miau*. A través del reflejo de la pantalla lo pude ver recostado en el sillón de atrás con esa sonrisita sexi y socarrona a la vez que me comenzaba a hacer temblar las piernas. Paola me hizo señas de que fuera a mi compu y viera de qué se trataba. Tomé aire para apaciguar la pena que me consumía y me paré sin siquiera mirarlo, caminé hasta mi compu y la prendí de nuevo. Allí estaba el correo anunciado: *si necesitara esa minuta, Carlos te la mandaría a pedir con Tomás. Vine a verte, porque te quiero invitar a cenar. ¿Aceptas? Miau.*

¿Qué clase de ñoño firma Miau? ¡*Omg*! Desde ahí me daba oso. Era tan corto el mensaje que, a menos que no quisiera pasar por chica de lento aprendizaje, tenía que voltear a verlo cuanto antes, pero sentía que estaba roja y con los ojos brillándome de una estúpida emoción que odiaba sentir. Recordé cuando le mentí a Dante sobre el rubro de su profesión y me corroboré a mí misma que, en efecto, me daba un poquito de oso salir con el Fernando Colunga del nuevo milenio. Pero, ¿qué le iba a hacer? Cirila ya había decidido que una salida a cenar no le hace mal a nadie.

Mientras me arreglaba para salir a cenar con mi estrella de la mala televisión mexicana, sonó mi celular anunciando la llamada de Edu. Lo contesté en altavoz.

—¡*Hello, sweetie pie*! ¿Cómo está la futura *drag queen* más guapa de México? —preguntó en mofa.

—No me voy a vestir de *drag queen*, aquí el que va a hacer el oso más grande de la historia eres tú —advertí entre risas.

—¿Entonces me vas a decir que la cita de esta noche con *McMinino* bombón es solo de amigos?

—¿Me puedes decir cómo fregados te enteras de todo? Estoy comenzando a pensar que me tienes montado un detective.

—No respondas una pregunta con otra pregunta, *sweetie pie*, dime de una vez ¿vas a *cuché avec him*?

—¡*Omg*! ¡Ocasionaste el suicidio de mil franceses! —agregué, después de su despliegue de políglota frustrado.

—Pues por mí que se suiciden, pero no sin antes verte vestida de *drag queen* —explotó en risas—. A qué horas pasa por ti *McDelicious*?

—Ya casi, así que no tengo mucho tiempo para chismear, ¿o solo llamaste para recordarme la apuesta?

—No, *sweetie*, de hecho hasta ilusiones me estaba haciendo con homenajear a Liza Minnelli, pero veo que me vas llevando la delantera…

—Ya te dije que no me voy a acostar con él. Te juro que no me gusta *taaaanto*.

—No manches, Julieta, te has acostado con hombres que no son ni la mitad de bomboncitos que ese minino ronroneador, y a este, que no solo es un cuero, sino que es famoso, le vas a decir que no. ¡Juro que te mato!

—Ya veremos…

—¡Esa es mi chica! —gritó—. Recuerda depilarte bien —susurró para no ser escuchado.

—¡Eduardo! —lo reprendí—, ya me tengo que ir, todavía me falta maquillarme y quedan 15 minutos antes de que llegue.

—¡Espera! Es que te llamé para otra cosa —cambió su tono de voz por uno serio.

—¿Pasó algo nuevo con tu papá?

—No y por favor no me lo recuerdes. Te tengo que contar… Leo está que se lo carga la fregada con el tema del bebé, pero ya le dije que tengo la salida perfecta para que nos vuelvan a considerar como padres potenciales.

¿Ah, sí? ¿Y qué tienes en mente?

—Es muy largo, luego te cuento, además te tengo que contar el chisme por el que te llamé.

Bajó una vez más su tono de voz.

—Adivina quién me llamó esta tarde y quiere verme…

—¡Edu! ¡Tic, tac! —lo apresuré

—Prisha —dijo tan bajo que no lo alcance a escuchar.

—¿Quién?

—Prishi.

Una vez más, hablaba tan pegado a la bocina para que Leo no escuchara que era imposible comprender.

—¡No entiendo, Edu!

—¡Priscila! —terminó por gritar.

Seguro Leo lo escuchó.

—¡No manches! Y ¿qué quería?

—No quiso decir nada. Me pidió que nos viéramos que era algo de vida o muerte.

—Eso suena como de telenovela

—Solo espero que sea una telenovela buena y no de esas terribles como en las que sale tu *McMinino* —finalizó y con ello me acabó.

El timbre de mi departamento sonó. Era raro escucharlo, nadie tocaba el timbre en estos días. Me asomé y vi el perfecto rostro del Gato mirando hacia arriba, como esperando una respuesta.

—¡Hola! Ya bajo —le avisé sacando la cabeza por mi ventana.

Sonrió. Terminé de darme los últimos retoques. Recordé los consejos de Kenia de siempre hacerlos esperar por lo menos cinco minutos, si no creerían que estabas tan ansiosa por verlos que te habías comenzado a arreglar desde mediodía. Por eso, me miré al espejo practicando mi saludo perfecto. Tomé mi cartera, puse más brillo en mi boca y de camino hacia la puerta me topé con Jade que caminaba de un lado a otro en la cocina.

—¿Te pasa algo? —pregunté, apurada.

—¡*Shhhh*! —me hizo señas que bajara la voz pues en su cuarto estaba José.

—¿Te pasa algo? —le susurré, haciendo lo que me pedía.

—Sí, sí me pasa. Me pasa que me dijo que yo llevaría las riendas de la relación y ahora no ha salido de mi cuarto por tres días consecutivos. ¡No me gusta que me invada! ¡Ya hasta tengo unos calzones de hombre colgando del tubo de mi ducha! —refunfuñó en murmullos.

—¡Mi *amooooooor*! —gritó José desde el cuarto de Jade.

—¡Voy, corazón! —respondió Jade, fingiendo ser amorosa—. ¿Ves? ¡riendas! —me renegó en susurros.

—Pues dile que necesitas espacio y ya —le dije, ansiosa por salir pero sin atreverme a dejarla en medio ataque de histeria territorial.

—¡Ya sé! Mejor me escondo en tu clóset y tu entras y le dices que me llamó mi mejor amiga de emergencia y me tuve que ir, que se vaya a su casa y luego lo llamo, ¿va? —propuso su pésima idea.

—Ningún clóset. Ve y habla con él y mejor piensa si de veras quieres estar con ese chico o no antes de romperle el corazón —ordené.

—¡Bah! Nadie muere de corazón roto —dijo, cínica.

—Ya no te juntes tanto con Paola, comienzas a sonar como ella —mascullé—. Ya me tengo que ir Jadecita, el minino me espera.

—¡*Aush*! ¿Tenemos temblor esta noche? —preguntó morbosa.

—Ningún temblor, y ya ¡*hush*! Ve y habla con José.

Le di un beso en la mejilla y salí. Hice lo que hace mucho no hacía: me detuve antes de abrir la puerta de abajo y respiré un par de veces para darme calma. Estaba nerviosa. Mientras tanto, Cirila se había mudado a mi estómago con una red para cazar mariposas que revoloteaban por montón. Me tenía que calmar.

Me llevó a un restaurante que jamás había conocido, de hecho era en el sur de la ciudad, rumbos que dejé de frecuentar cuando *El Alebrije* pasó de moda. El lugar estaba iluminado con la media luz de las velas y uno que otro farolito de luz tenue. La *hostess* vio al Gato como si fuera a desmayarse allí mismo. La sonrisa le temblaba en la boca y no supo muy bien qué decir. El Gato, acostumbrado a esos despliegues de nerviosismo femenino, no puso atención y le corroboró la reservación. Ella ni siquiera miró el libro y nos hizo pasar.

—Pedí que me reservaran la última mesa del jardín, es el mejor *spot* del lugar, ya verás— me dijo y agarró mi mano para guiarme por el lugar.

Creo que nunca en mi vida había sido blanco de tantas envidias. Las mujeres lo veían como deslumbradas, se cuchicheaban entre ellas y después me dirigían una mirada de pies a cabeza. Cirilita se infló, caminaba con el pecho erguido como si estuviera en una pasarela de Milán. No puedo negar que esa sensación de ser el foco de las envidias femeninas gracias a que el hombre más guapo de México me tomara de la mano, se sentía bien. Llegamos a la mesa, donde ya nos esperaba una botella de champaña en la hielera. La *hostess* nos hizo los honores y sirvió de inmediato dos copas que nos entregó a cada uno. Me sorprendió que no miraba a nadie al caminar, que no fijó su vista en ninguna chica y mucho menos miró a la *hostess* a quien le faltaba quitarse los *chones* y tirárselos en la cara para hacer más evidente su coquetería.

—Es precioso este sitio, nunca había venido —le dije, después de dar un trago a la helada champaña que caía increíble para refrescar la noche cálida.

—Es un secreto muy bien guardado. Por eso me gusta venir. Poca luz, poca gente, buena música, buena comida.

Se acercó como para decirme algo en secreto:

—No *paparazzis*...

—Esa es la mejor parte —(sonreí pues una de las ideas de esto era que hubiera fotos)—. Es raro salir con una luminaria de la tele.

—¿Por qué lo dices?

—Porque es raro —se rió ante mi obviedad.

—Y tú eres bella ¿te lo habían dicho antes? —preguntó, queriendo ser sensual pero no pudo evitar sonar trillado.

—Varias veces, pero nunca me canso de oírlo —contesté tan encantadora como pude.

Hablamos de su vida, sus novelas, sus experiencias, sus amores, sus premios por mejor protagonista, sus trauma por querer ser antagonista frustrado por ser tan guapo, su futura carrera musical y así. Nunca había escuchado a alguien hablar tanto de sí mismo. El hombre era divertido, simpático, agradable y, de alguna extraña manera, no sonaba pesado a la hora de hablar de él, pero la verdad sea dicha el tema ya me estaba cansando. Todo esto me hizo pensar que los actores deben ser víctimas de su gigante ego que no les permite pasar la luz a otra persona sin antes robar toda la cámara posible. Nada qué hacer, *McMinino* delicioso estaba acostumbrado a que el *spot* estuviera sobre él.

Cuando llegó el postre tenía entumida la cara de sonreír ante las mil y una anécdotas que me había contado, las cuales, la mayoría, tenían un único escenario: el foro de la novela en turno. Entonces supe que ese hermoso hombre era más hermoso aún en la pantalla del televisor, cuando se bañaba desnudo en el *reality* de moda o cuando me acompañaba a cenar pizza desde la novela que protagonizaba. Nunca pude seguir una de sus novelas. Sin embargo, cuando necesitaba ruido de fondo, las ponía para poder echarme mi taco de ojo y fantasear que yo era María del Mar de los Ángeles Cifuentes y él, Juan Alberto Montes Casas, y nuestro amor era imposible porque la bruja de su madre nos quería separar. Así pasé muchas noches de mi vida, cortándome las uñas de los pies, pintándome las de las manos, con una mascarilla en las ojeras y con el depilador frente a un espejo de magnitud 15X, mientras en esa caja de luz se proyectaba mi amor platónico. Ahora lo tenía en frente y todo lo enigmático que podía ser en sus papeles con muchos nombres y muchos apellidos, con gemelos quemados y madres amnésicas, con cuernos inventados e hijos perdidos, se perdía al escucharlo hablar bajo esa luz tenue en el restaurante más romántico al que había ido jamás.

—¿Entonces no nos vamos a disfrazar de *drag queens*? —preguntó mi Cirila, un tanto decepcionada, no sé si porque debe ser excitante dormir con tu amor platónico de casi media vida o porque ya comenzaba a imaginarme en una exposición de Leo disfrazada de una de sus musas.

—No lo sé, Ciri, como diría Simone: *encanto es lo que tienen algunos hasta que comienzan a creérselo* —le dije, al darme cuenta de que *McMinino* hablador no paraba de parlotear y mi cabeza ya divagaba por terrenos lejanos a sus múltiples foros.

—¿July? —llamó mi atención pero entre que no lo escuché y seguía metida en mis propios pensamientos—. ¡July!

Ahora sí lo escuché y morí de vergüenza de que se diera cuenta de que no le estaba poniendo atención .

—¡Soy un idiota! No he parado de contarte sobre mí y ya hasta te aburrí —dijo, al darse cuenta de que en efecto me había perdido.

—No digas eso, tus historias son más divertidas que las mías. Por mí siéntete libre de seguirme contando.

—¡Cómo crees! Por favor discúlpame. Creo que estoy nervioso y por eso no me para la boca. Por favor cuéntame algo tú.

—¿Sabes qué novela me gustó mucho? —recé por recordar el nombre—: *Amor Apasionado* ¿se llamaba? O *Pasión Enamorada...* ¡no! ¡*Pasión de Amores*!

Me hice bolas, ni siquiera podía recordar el nombre de una de sus novelas. Era la peor fan de la historia.

—*Pasiones Encontradas* —dijo él, muy orgulloso.

—¡Sabía que algo así era! —dijo Cirila, dándose cocos contra el archivero de mi memoria.

—Estuvo chida.

Fue lo más que pude decir. Era oficial, no teníamos nada en común.

—Pero ya no hablemos de mi trabajo, mejor cuéntame algo tuyo —insistió.

—Hum, mío... —pensé en voz alta sin tener ni idea sobre qué hablarle que no me diera flojera.

La verdad es que para ese momento ya tenía flojera de hablar de lo que fuera.

—¿Tienes novio? —preguntó.

—Si tuviera novio no estaría cenando contigo —sonreí—, pero tengo un ex novio.

Lancé el anzuelo a ver si picaba con el fin de hacer conversación.

—¿Reciente?

—Algo… unos cuantos meses —respondí, sintiendo la herida punzar al recordar a Alejo.

—¿Fue una relación seria?

—Vivimos juntos por unos años.

Sin darme cuenta comencé a contarle todo sobre mi relación. Luego él me contó de Isabella y cuando menos lo pensé nos dieron las dos de la mañana platicando sobre nuestras vidas. Ahora sí, sin foros, ni personajes, ni nombres largos y apellidos eternos, sin gemelos que regresan para vengarse, ni traiciones que nadie descubre. Por fin éramos él y yo, como en un *reality* al desnudo.

Pedimos la cuenta pero no para ir a casa. Justo al lado de allí había un bar alternativo –rayando en lo *hippioso*– en donde tocaban *reggae* en vivo, su género favorito. Me invitó a que nos tomáramos un mojito y nos sumergiéramos en ese hoyo *funky* en donde nadie lo reconocía y por eso se había convertido en uno de sus lugares más frecuentados.

En efecto era como entrar a un hoyo negro que me transportó al instante a Jamaica, y aunque no conocía Jamaica, imagino que así debía ser. El único que lo reconoció fue el barman, un delgado chico con rastas hasta la cintura, que lo saludó con aprecio y de inmediato comenzó a preparar dos mojitos por cuenta de la casa. Sonaba *Red Red Wine* mientras los chicos del grupo se preparaban para comenzar a tocar. Nos sentamos en unos banquitos libres, cerca de la barra, a tomar el delicioso mojito que nos habían dado de cortesía. Nuestra plática se había vuelto más amena, no sé si era el calor de los tragos o que habíamos adquirido un poco más de confianza pero la incomodidad que sentí en el restaurante se había evaporado. Lo comencé a ver atractivo otra vez. Su sonrisa brillaba con las luces rojizas del lugar. La música tenía a Cirila extasiada haciendo el baile de los siete velos. No podía dejar de mirar su boca mientras hablaba, quería besarlo, de pronto se había vuelto irresistible. Su camisa desabotonada me dejaba ver su pecho marcado por el ejercicio. Mi vientre comenzó a palpitar, sin darme cuenta comencé a morderme los labios de deseo.

—Te ves muy sensual cuando haces eso —me dijo, tocando con su dedo gordo mi labio inferior.

—¿Qué hice? —pregunté, coqueta.

—Te mordiste los labios.

Su dedo no dejaba de acariciarme el labio inferior. Cerré los ojos por un momento y entonces me dejé llevar por la música y por la mano tibia del Gato que me acercaba a él, jalándome por la cintura. Cerré los ojos, sentí su respiración detenerse cerca de mi boca. Pegó sus labios a los míos y me dio un beso tierno. Nada de lengua, nada de *atascón* apasionado del primer beso que uno se da; solo un húmedo acercamiento que me dejó sentir su calidez. Abrí los ojos y nos miramos así de cerca, continuó con otro beso suave y poco a poco empezó a mordisquear mis labios y a acariciarlos con su lengua tímida que rodeaba mis comisuras. Con mis manos le abracé el cuello, la cabeza, metí mis dedos entre su pelo. Sus piernas abiertas abrazaban las mías, nuestros cuerpos cercanos en el beso más dulce y sexi que me habían dado en toda la vida. Abrí los ojos un poco para ver a ese hermoso hombre besarme, para cerciorarme de que no era un sueño ni una fantasía, de que era él: el *McMinino* delicioso por quien terminaría vestida de *drag queen* frente a las cámaras más *hot* de la ciudad. Entonces por mi rango de visión se coló un poco de mi propia realidad...

—¡Alejo! —exclamé, rompiendo el momento por completo.

Allí estaba, detrás de mi hermoso amor platónico: mi ex novio, de la mano de la zanahoria, que me miraba atónito. Me limpié la boca tan rápido como pude, me sentía tan mal de que Alejo hubiera sido testigo de uno de los momentos más eróticos de mi vida. Me levanté y de inmediato el Gato se levantó conmigo a saludar. Los presenté intentando que la situación fuera lo menos incómoda posible. La zanahoria no me quería ni poquito, me saludó hipócrita con una sonrisa retorcida.

—¿Qué haces aquí? —preguntó Alejo.

—Este bar es uno de mis lugares favoritos, quise traerla para que lo conociera —intercedió el Gato, con una presencia masculina que hacía ver a Alejo como un cachorrito indefenso

—¿Ustedes, es la primera vez que vienen?

—Alejo sí, yo vengo muy a menudo, el de los bongos es mi primo —dijo la zanahoria.

Justo la banda comenzó a tocar una canción que jamás había oído pero que hizo bajar un poco la tensión que nos invadía. Ni ellos ni nosotros nos movimos, comenzamos a ver la banda como si de que no dejaran de tocar dependiera la estabilidad anímica de cada uno. Mi incomodidad era notoria, me tomé el mojito como si fuera agua.

—¿Quieres otro? —preguntó el Gato, acercándose a mi oído y recordando los deliciosos besos que nos dimos antes de que se nos apareciera el chamuco.

—Por favor —supliqué.

—¿Alguien quiere algo de la barra? —ofreció mi minino.

—No, gracias —respondió Alejo, casi al mismo tiempo que la zanahoria aceptó un mojito más.

—Yo voy, gracias —le dijo Alejo a el Gato, dejándole ver que de su chica se encaraba él.

—Aliviánate, viejo —exclamó el Gato—, esta va por mi cuenta, la próxima por la tuya, ¿te late?

A Alejo no le quedó más que aceptar la propuesta del minino aunque no muy feliz que digamos. Cuando me ofrecí a ayudarle con los tragos al Gato, se dio cuenta de que quería huir de allí.

—Qué tino encontrarnos con tu ex —dijo el Gato, mientras pedía tres mojitos—. Lo siento, July, si quieres nos podemos ir a otro lado.

—No, me gusta este lugar, además, no es como que Alejo y yo nos odiemos. No estamos en el mejor momento de la vida, pero no tengo rollo con estar en el mismo sitio que él —agregué.

—¿Te dan celos de su chica? —preguntó.

—Un poco, la neta, pero a quién no, cuando uno truena sueña con nunca ser superado —me reí, irónica.

—Es verdad. ¿Quieres que le demos celos? —se ofreció, malvado.

—Sería demasiado infantil de mi parte —respondí mientras en el fondo Cirila se arrodillaba porque así fuera.

—El corte de Bu lo justifica todo —se rió, cómplice.

—Me da pena contigo —confesé—, vas a pensar lo peor de mí.

—Entonces para que te sientas mejor…

Tomó mi mano como a la antigüita.

—¿Quieres ser mi novia por esta noche?

Nos entregaron los tres mojitos y volvimos al lado de mi ex y la pesada de su *hippiosa*. El Gato me tomó por la cintura y comenzó a bailar conmigo. Nos hicimos a un lado como para que no descubriera nuestro malévolo plan. Al calor de medio mojito más tarde, nuestro juego de roles de la pareja perfecta estaba siendo más cómodo que divertido. Me sentí bien a su lado, jugando a que me dijera mi amor, y con la mirada de pistola de Alejo apuntando en nuestras nucas.

—Creo que está funcionando —le dije mientras jugueteábamos frente con frente.

—Sí, July, creo que esto está funcionando muy bien…

Pero él no se refería a Alejo: me clavó su mirada profunda y me besó, ahora sí, con una pasión que lo consumía. No estaba segura si estaba haciendo uso de su primera–vez–creíble histrionismo, pero me transmitía más cariño que calentura, me abrazaba como si quisiera llenarse de mí, de mi olor de mi sabor. No podía negarlo: yo también quería llenarme de él de ese calor que me inundaba cuando sus brazos me rodeaban. Me descubrí sin abrir los ojos para mirar si por ahí estaba Alejo ardiendo de celos.

—¿Nos está viendo? —preguntó, intentando no salirse de las reglas del juego.

—No lo sé —tomé su cara con mis manos y lo volví a besar—. Eso ya no importa.

Agua fría desde las ventanas del castillo

Hay rachas de matrimonios, rachas de baby boom, rachas de muertes, de desastres naturales, rachas de truenes, rachas de nuevas relaciones; pero también hay rachas de drama. No las vemos ni por dónde llegan. Un día estamos tranquilos, disfrutando de la belleza de la vida pasar por nuestra ventana cuando, un segundo después: ¡drama!

Nos preguntamos en qué momento pasó, ¿cómo fue que pasamos de la risa al llanto y no la olimos ni siquiera cerca? La muerte es el único drama que no podemos resolver, de resto, todo lo que nos sucede tiene una salida, y aunque la vida nos cambie por completo, el mundo sigue rodando, la resignación llega y los nuevos amaneceres iluminan lo que unas horas antes era total oscuridad.

Benditos días festivos. Había olvidado cuántos mojitos me tomé, no los suficientes como para que dejara de importarme la escabrosa idea de vestirme de *drag queen* frente a los medios o, por lo menos, de perder tan pronto mi apuesta. A cada segundo se me venía recuerdos de la noche anterior con el Gato, sus besos, su sonrisa, su boca…

—¡*Aaaaah*, su boca! —suspiraba Cirila, desvanecida en mi hamaca mental.

Mi cuerpo respondía con deseo ante cada pensamiento de mi minino, aunque me agobiaba un poco la espera de la llamada luego de la primera cita. Si todo hubiera seguido como el acto uno de nuestra noche, a lo mejor tendría al Gato fuera de mi sistema. No entendía cómo fue que la primera parte de la cena fue tan aburrida, tanto que hasta perdió su *sex appeal*. *¿Serían los tragos que me hicieron retomar el interés?*, me preguntaba nerviosa por volverlo a ver y tener que emborracharme para que me atrajera.

—Primero ruega porque te vuelva a llamar, porque ya pasó el mediodía y ni sus luces —dijo Cirila, un tanto decepcionada.

Era verdad: qué tal que fuera yo la que no le atrajera, que le pareció estúpido el juego de darle celos al ex y solo se aprovechó de eso para poder darme unos cuantos besos y que la noche no fuera una total pérdida.

Abrí la ducha. Mientras esperaba a que el agua se calentara, continué con mis cientos de conjeturas alrededor del Gato y nuestro noviazgo temporal de la noche anterior. Entré al agua tibia, que me hacía evocar su lengua recorriendo el borde de mis labios. Despacio subí mis manos a mis pechos y los acaricié, como fantaseaba que lo hiciera él con sus manos grandes. Sentí su boca recorrer mi cuello como lo hacía el agua satinada, que bajaba por mi pecho hasta gotear en mi entrepierna, causando una sensación punzante en mi sexo. Lo imaginé abrazándome por la espalda y con sus manos haciendo suya toda mi piel. Mis pezones se levantaron gritando por su roce, por su boca, por su lengua para que los rodeara como lo hizo la noche anterior con las comisuras de mis labios. Bajé mi mano para emular la suya buscando entre mis piernas el punto que más deseaba que él encontrara. Me moví al ritmo de las palpitaciones de mi vientre, sus manos pellizcándo mi pecho, besando mi cuello, recostando su hombría en mi trasero, masajeando con sus dedos mi zona sur que comenzaba a convulsionar poco a poco ante sus manos imaginarias.

No me detuve, seguí acariciando mi cuerpo como si fueran mis manos poseídas por las suyas que me llevaban cada vez más cerca de un orgasmo. Mi humedad se confundía con la del agua tibia que me erotizaba cada poro del cuerpo. Me recosté contra la pared para no perder el equilibrio, su boca bajaba entre mis pechos, su lengua en mi ombligo, sus manos en mi trasero apretándolo con desesperación. Su lengua dibujó un camino hacia mi sexo, buscando mi botón de placer máximo. Jugaba con su boca, sus labios dentro de mí... *¡Riiiiiing! ¡Riiiiiing!* Sonó mi celular que descansaba en el lavamanos. Intenté no prestar atención. Sus manos en mis pechos... *¡riiiiiing, riiiiiing!*... su boca en mi sexo... *¡riiiiing riiiiiing!*... ¡concéntrate, Julieta! Su lengua, sus manos tocándome.. *¡riiiiiing riiiiiing!* *¡Ash!* Todo se arruinó, justo cuando el teléfono dejó de sonar. Auguré muy mal humor mañanero.

Salí de la ducha con Cirila dando tumbos sobre pelotas azules, con un orgasmo a medio lograr y con un deseo inconcluso por las manos de mi Gato que no se había molestado en llamarme. Miré mi teléfono para ver quién había sido el desafortunado que no pudo llamar dos minutos después, cuando le hubiera podido contestar con una sonrisa y no con la frustración sexual de la historia. Entonces vi la llamada perdida me anunciaba lo inesperado: Alejo. *¿Qué debía hacer? ¿Devolverle la llamada?* Me miré desnuda al espejo, mi silueta se dibujaba entre el espejo empañado. Recordé de nuevo los besos del Gato y con su lengua recorriendo mis labios… ¡*riiiiiiing*!

—¡Carajo! —alegó Cirila—, ¿¡qué ya una mujer no puede masturbarse tranquila!?!

Ni siquiera vi la pantalla, sabía que sería Alejo el que seguía insistiendo en hablar conmigo. Contesté.

—¿Bueno?

—Hola exnovia— dijo del otro lado.

—¿Alejo?

No reconocí su voz, era distinta.

—*Mmmm*… válida tu confusión…

—¿Quién habla?

Miré mi pantalla en busca de un contacto conocido. Número extraño.

—¿Tan rápido me olvidaste?

Entonces recordé su voz, ligada a esa lengua provocativa que llevaba toda la mañana recorriendo mi cuerpo.

—Por supuesto que no —contesté—, solo me sacaste de onda con lo de exnovia…

—Pues como el juego de los novios terminaba ayer, como hechizo de Cenicienta, hoy, asumo que eres mi exnovia. A menos que quieras seguir jugando…

—Estuvo divertido.

Me encontré conmigo misma frente al espejo que se desempañaba poco a poco. Desnuda y sonriendo como idiota mientras recargaba mi cabeza al teléfono como si quisiera salirme por él.

—¿Qué haces? —preguntó, insinuante.

—Saliéndome de bañar —le dije con pleno uso de conciencia del león que despertaba.

—¿Estás desnuda?

Su voz era tan sensual que mi cuerpo comenzó a retomar el ritmo que tenía en la ducha.

—¡Qué haces, babosa! Es muy rápido para *phone sex*! —me reprendió Cirila.

—No le doy esa información a mis ex.

¡Qué buena respuesta! Cirila orgullosa de mí.

—¿Quieres seguir siendo mi novia?

—Declaración telefónica… muy ochentas de tu parte.

¡Estaba que ardía con mis respuestas!

—Si quieres te lo digo en persona.

¿Neta estaba hablando en serio?

—Eres insistente…

—No sabes cuánto… ¿comemos juntos?

¡Yeiiii! Me acababa de invitar a salir de nuevo. Cirila pasaba de trapecio en trapecio dando saltos mortales en el aire.

—Mejor cenemos. Tengo la tarde ocupada.

Obvio era mentira pero tenía que darme mi taco.

—¿Te gusta el *sushi*? —preguntó.

—Me encanta —respondí.

—Sobre todo si es sobre tu cuerpo, ¡bombón! —agregó Cirila en mis confines de la conciencia.

Concertamos nuestra segunda cita consecutiva y, justo cuando colgamos, mi celular volvió a sonar. Seguro había olvidado decirme algo.

—¡Hola exnovio, tiempo sin saber de ti! —contesté, juguetona.

—¿De cuándo acá me llamas así?

¡Ups! Era Alejo

—Tú y tu *pinchurrienta* costumbre de no mirar quién llama antes de contestar —criticó Cirila.

—*Sorry*, pensé que eras otra persona —me excusé.

—No sabía ni siquiera que ya tenías otro exnovio —refunfuñó, celoso.

—No es mi ex, es… nada… un juego.

—¿El de ayer? —preguntó, como no queriendo saber la respuesta.

—Si, Ale, el Gato.

—De cuándo a acá sales con *actorsuchos* de novela, pensé que no eran tu tipo, pensé que odiabas esos programas baratos —dijo con rabia.

—Estoy saliendo con él, no con las novelas. Y no hablemos de salir con personas que no son tu tipo, porque me ganas de calle.

¡Yeah! 1000–0 anunció el marcador.

—Renata podrá no ser mi tipo pero es una buena chica no debiste tratarla como lo hiciste hace unos días.

—¿Renata?

Me puse de mamona.

—¡Ah! Se llama Renata, es verdad, para mí es la zanahoria, pero trataré de recordar su nombre de pila.

—¿Así que ese es tu novio? —cuestionó, casi con reproche.

—No aún.

—Pues me encanta que los dos hayamos encontrado nuestro camino. Las cosas están funcionando de maravilla, tú y el *actorsucho*, Renata y yo. Justo como debió ser desde hace mucho tiempo.

—Le vuelves a decir una vez más así y te juro que te cuelgo.

—¿Cómo? ¿*Actorsucho*? —repitió.

Colgué. Volvió a llamar. No contesté y así por 10 llamadas consecutivas que rechacé hasta que no me quedó de otra más que volver a contestar.

—¿Qué quieres? —le di la bienvenida.

—Quiero que me digas qué carajos estás haciendo —protestó.

—Estoy haciendo mi vida, Alejandro, estoy saliendo con alguien y te guste o no, estoy contenta, así que te voy a pedir que reflexiones sobre tus modos y te calmes.

—Tú fuiste la que empezó cuando insultaste a Renata.

—*Okay, okay*, discúlpame con ella. No fue la mejor forma de tratarla.

Hubo silencio

—¿Alejo?

—Aquí estoy.

La voz se le empezó a quebrar.

—¿Estás llorando?

—¿Llorando? —se rió un poco—. No te confundas, es de felicidad, porque por fin cada uno podrá enamorarse de alguien más— agregó.

—Alejo yo nunca quise que las cosas fueran así.

Me sentía fatal. Aquel hombre irrompible, que no había llorado ni el día que tronamos, estaba atajando su llanto frente a la bocina del teléfono.

—Yo tampoco, July.

Se le quebró la voz con un nudo en la garganta que no lo dejaba fluir.

—Yo quiero cosas que tú no quieres y eso no ha cambiado...

—Es que son cosas que no tienen sentido, ¿por qué nunca lo entendiste? —alegó

—Para mí tienen sentido, Alejandro, ¿neta querías volver conmigo para ofrecerme lo mismo de siempre?

—En Acapulco no pude dejar de pensar en ti, en que te amo —confesó—. Cada esquina del depa me recordaba a los momentos que vivimos juntos. Mi familia me preguntaba por ti. La noche del 31 fue terrible. Por eso te llamé, porque te quería de vuelta, July.

—Me querías de vuelta... ¿Y qué pensabas decirme? ¡Hola July! ¿recuerdas por qué tronamos?, ¿por qué no mejor lo olvidas y seguimos en las mismas? —lo remedé.

—Pensé que a lo mejor habrías recapacitado...

—¿Tu recapacitarías ante el matrimonio? —pregunté, firme.

—Para mí el matrimonio es una farsa, lo sabes bien, eso nunca va a cambiar.

—Y para mí tus propuestas son más farsas aún, y eso nunca va a cambiar. Que tengas una buena vida, Alejandro.

Colgué, sin dejarlo decir nada más. Aunque estaba orgullosa por la racha de respuestas acertadas, no pude evitar sentirme triste. Cómo era posible que Alejandro, con todo y el amor que decía sentir por mí, me dejara ir así, nada más porque sus caprichos de compromiso no le permitían luchar por ese amor. Prefería perderme, ahogarse en su propio llanto y seguir con su relacioncita de pacotilla con la zanahoria esa, a hacer todo por amor. Quizás no tenía la capacidad de amar lo suficiente como para comprometerse de por vida, y encontraba al matrimonio como una farsa. ¡Farsa él! Farsa todo ese tiempo que vivimos juntos, yo jurando que cambiaría su forma de pensar y él intentando convencerme de que lo amara con limitaciones, como él me amaba a mí. El mundo se me venía encima, una vez más, como si se repitiera el momento apocalíptico de nuestro amor. Una vez más, mi corazón estaba echo pasita, destruido por los caprichos de Alejo, porque durante este tiempo pensé que podríamos enmendar nuestra vida juntos y de nuevo me encontraba decepcionada ante mi gran amor.

Modelo81: Quiero llorar.

Sir Dante no contestaba. Miré la pantalla de mi compu como si a punta de presión visual lo fuera a hacer responder mi llamado desesperado. No me di cuenta del momento en que convertí a un ser virtual, en mi más cercano confidente. En ese momento me daba curiosidad conocerlo, pero sentía que arruinaría lo que teníamos, que así era perfecto. Sin dramas, sin expectativas, una gran compañía y consuelo para momentos como este, pero no tenía que dar explicaciones de nada, podía hablar con la verdad sin miedo a ser juzgada, sin prevenciones por ser señalada. Nuestra relación, tal cual como fue concebida desde que me causó intriga su seudónimo, era la relación que menos dolores de cabeza me había traído en mi vida. Lo imaginaba rodeado de una luz blanca que me proveía paz, que no dejaba sentirme sola, que a la hora que fuera siempre estaba allí para hacerme reír o para hacerme pensar, para instarme a recapacitar e incluso para animarme a ser más yo.

Sir Dante: ¿Sigues ahí?

Modelo81: Estuve a punto de suicidarme, pero llegaste a tiempo ;)

Sir Dante: Me alegra, mi Beatriz, sino habría tenido que escribir alguna obra para la posteridad de la depresión en tu nombre.

Modelo81: Ayer me encontré con mi ex.

Sir Dante: ¿Otra vez? Creo que tienen que comenzar a frecuentar lugares que no frecuentaran juntos.

Modelo81: Lo peor es que ni siquiera me lo encontré en zona compartida. Fue justo del otro lado de la ciudad en donde jamás pensé verlo. Según él odiaba ese lado de la ciudad y mira…

Sir Dante: ¿Encuentro del tercer tipo?

Modelo81: Define tercer tipo.

Sir Dante: Incómodo, agresivo, atropellado…

Modelo81: Si, no, un poco.

Sir Dante: ¿Y por qué quieres llorar?

Modelo81: Porque yo estaba con el actor. Obvio ahora él lo llama "el actorsucho", ¡ash, me choca!

Sir Dante: Eso es por ardido. Los hombres siempre nos agarramos de esas tonterías para soltar la rabia.

Modelo81: Me vio besándome con él.

Sir Dante: Ahora el que quiere llorar soy yo.

Modelo81: ¡Danteeeeeeeee! ¡En seriooo!

Sir Dante: Está bien, voy a aguantar a mi corazón desgarrado :P

Modelo81: Hace ratito me llamó y me dijo que quería volver conmigo y bla.

Sir Dante: ¿Bla?

Le conté la larga historia. Desde que terminamos hasta que le reproché no luchar por mí.

Modelo81: ¿Hice mal?

Sir Dante: ¿Por qué?

Modelo81: Pues haberle querido dar celos.

Sir Dante: ¡Bah! Son licencias que nos tomamos en nombre del ego. No te azotes.

Modelo81: Estoy enojada, no entiendo por qué nunca luchó por mí. Siempre he querido un hombre que luche por mí. Hasta el día de hoy, ninguno lo ha hecho como lo hacen en los quince últimos minutos de las películas de Julia Roberts.

Sir Dante: Creo que estás viendo al amor con demasiado romanticismo.

Modelo81: Entonces cómo debería de verlo, si el amor no es romántico, entonces ¿qué lo es?

Sir Dante: Para que haya romanticismo debe haber un gran amor.

Modelo81: A veces pienso que mi ex no me quiere lo suficiente. Nunca me quiso lo suficiente, por eso no se quiso casar conmigo.

Sir Dante: No lo juzgues tan duro, por lo menos tuvo los pantalones de no casarse.

Modelo81: ¿Entonces crees que hizo bien?

Sir Dante: ¡Claro! Si de por sí el matrimonio es complejo estando enamorado, imagínate si se está confundido, cuán difícil podría ser.

Modelo81: No lo había pensado así.

Sir Dante: El problema, mi querida amiga, es que las mujeres luego no se dan cuenta de eso, y presionan las cosas a tal grado que la voluntad masculina se rinde. ¿Sabes cuántos hombres desfilan al altar sin querer hacerlo?

Modelo81: ¿Entonces eso quiere decir que es más difícil encontrar a un hombre que se quiera casar que a uno que no lo quiera?

Sir Dante: Conozco a algunos hombres que se han casado convencidos, o sea que sí los hay, pero está en las mujeres tener la suficiente sensatez de reconocer cuando su hombre se está casando porque así lo quiere o porque tiene una pistola invisible en la nuca.

Modelo81: Ahora me siento una imbécil.

Sir Dante: No te sientas mal. Tu tienes todo el derecho de desear casarte, así como él tiene todo el derecho de no querer hacerlo. Lo que sí te digo es que cuando un hombre está enamorado olvida todos sus preceptos y hace lo que sea por su mujer. Ahí, entonces, tienes tu romanticismo.

Modelo81: O sea que es verdad, mi ex no me ama lo suficiente.

Sir Dante: Odio ser yo quien te lo diga...

Modelo81: ¿Ahora qué hago con esa información?

Sir Dante: Nada, mi Beatriz. Ahora disfruta tu vida, sal con quien quieras, no te pongas tantas reglas y fluye.

Modelo81: Tengo un amigo gay que me dice todo el tiempo que fluya... ¿No serás el mismo?

Sir Dante: No creo. Soy heterosexual.

Modelo81: Pues entonces intentaré fluir.

Sir Dante: Pero tienes que prometerme algo.

Modelo81: Tú dirás.

Sir Dante: Hacia donde sea que fluyas, no me vas abandonar.

Modelo81: ¡Awww, Dante! Esos son amores pasajeros, lo nuestro es para siempre ;)

Sir Dante: Me gusta que seas una romántica empedernida.

Tocaron mi puerta. Era Jade anunciando la llegada inesperada de Kenia. Me despedí de mi *sensei* virtual y salí a recibir a mi amiga, que llegaba con un bonche de papeles como si fuera a respaldar el juicio de Kramer. Entró como un bólido, saludó a Jade que iba de salida pero prometió volver para comer con nosotras. Kenia dejó caer las carpetas sobre la mesa del comedor.

—¿Ves todo esto? —preguntó, como abriendo su propio juicio.

—¿¡Cómo no verlo!? —respondí mientras intentaba hojear entre todas las páginas llenas de cifras y claves bancarias—. Entonces Salomón te mandó la información —agregué.

349

—No solo eso, Julieta, llevo toda la mañana mirando todos y cada uno de los movimientos que ha realizado Henri este último año, y desde enero del año pasado sale la cantidad de cincuenta mil pesos hacia una cuenta que aún no sé cual es. Es como si quisiera borrar las pistas.

Me mostró una gran cantidad de movimientos marcados en plumón fosforescente. Esos cincuenta mil pesos de los que Kenia sospechaba daban un montón de botes antes de llegar a una cuenta final que aún no lograba descifrar.

—Por eso vine. Necesito que me ayudes a llegar hasta la cuenta final a donde llega ese dinero —ordenó mientras acomodaba pilas de papeles sobre la mesa.

No me quedaba de otra más que ayudar a mi amiga que estaba decidida a desenredar el misterio de la cuenta perdida. Preparé una jarra de té y comenzamos con la labor de seguir el rastro, pero no lográbamos dar con esa última cuenta. Cada mes, esos cincuenta mil pesos parecían dar vuelta alrededor de todas las cuentas de Henri y la compañía para terminar allí mismo. Pero Kenia no se quedaba tranquila, eso no tenía ningún sentido. Llamó a su contador personal y le preguntó si sabría de alguna forma para hacer movimientos chuecos que incluyera el comportamiento de esos cincuenta mil pesos dentro de las cuentas de su marido.

—Esa es una buena manera de despistar a la hora de hacer determinados depósitos. Puede ser para confundir a Hacienda o para darle movilidad a los promedios mensuales con el mismo dinero que ya se cuenta. Lo que tiene que mirar es el promedio del mes de cada cuenta, cuando comienza el recorrido de esa cifra y determinar cuánto tiempo permanece el dinero en la última estación. Si para el siguiente mes no hay ninguna brecha en la que baje el promedio, quiere decir que el dinero habrá dado la vuelta con algún fin que su contador seguro sabe, pero si existía, aunque fuera un día en el que el promedio bajara de su estatus normal, entonces debe revisar hacia dónde y por qué cuenta partió ese dinero.

El contador concluyó con su explicación que Kenia puso en altavoz con la esperanza de que lo que ella no comprendiera, yo lo hiciera. A mal árbol de arrimó, las matemáticas y yo nunca hemos sido buenas confidentes.

—Pero eso es imposible de hacer, Kenny, podríamos pasar días haciendo sumas y restas y ni si quiera saber a dónde vamos.

—Es verdad, cincuenta mil pesos en esas cuentas no reflejan un cambio de comportamiento significativo en los promedios mensuales, así que no creo tampoco que sea para manipular los promedios. Esos cincuenta mil pesos son algo más —agregó, sabiendo que la tarea que nos disponíamos a hacer era más difícil de lo que pensaba.

—Son tantos números de cuenta, Kenny, es imposible saber cuáles son cuáles...

Kenia comenzó a tachar las cuentas que tenía anotadas en otro papel como a relación de números de cuenta de la empresa y proveedores. Sin embargo, ningún pago era tan conciso y exacto como ese mensual de cincuenta mil pesos. Cada mes los pagos de los proveedores fluctuaban, algunos meses eran cifras mayores, algunos no recibían pagos en determinado mes. Eso era una labor para alguien que no solo supiera de contaduría, sino que tuviera muchas ganas de quedarse por horas haciendo una labor de Sherlock Holmes financiero. Se nos pasó casi media tarde descartando todas las cuentas que ya tenían un historial en la empresa como proveedores, nómina etc.

Jade y José llegaron con dos *capuchinos* de *Starbucks* para nosotras. Kenia no había tenido la oportunidad de conocer a José, pero era el tipo de chico que le encantaba a cualquier madre, así que Kenny no tenía por qué ser la excepción. Jade no pudo evitar abrir los ojos ante el derrame de información financiera sobre nuestra mesa del comedor.

—¿Se vomitó la computadora de tu contador en la mesa? —preguntó Jade con sorna.

—Estamos tratando de descifrar la ruta de unos dineros —dije, intentando ser lo más general posible.

—Es como jugar *Find Wally* pero con cincuenta mil pesos.

Comentario de Kenny que hizo reír a José. Sin duda ya la tenía en el bolsillo.

—Si sirve de algo yo gané en el colegio un concurso de buscar a *Wally*, ¿necesitan ayuda? —se ofreció José, echando ojo de las cuentas bancarias multimillonarias—. Dónde fue la última vez que vieron a *Wally*? —preguntó, en claro doble sentido.

Jade y José se sentaron a escuchar lo que Kenia necesitaba averiguar, los testimonios del contador y todas las evidencias que teníamos y que, hasta ese momento, no nos habían servido de nada. José dibujó, en una hoja de papel, un caminito con los tres primeros comportamientos de los cincuenta mil pesos desde enero hasta marzo. Siempre pasaban por cuentas diferentes y terminaban, eso sí, en la misma. Era como si los contadores de Henri agarraran esa cantidad y la depositaran de cuenta en cuenta para, al final, regresarla a su lugar de origen.

—Pero según la suma de los depósitos sobre esta cuenta —señaló Jade el número de cuenta correspondiente a una personal de Henri—, más el dinero que había allí, debería haber cincuenta mil pesos más.

—Y no menos —comprendió Kenia—. O sea que por algún lado tuvo que salir ese dinero hacia la cuenta que estamos buscando.

La noche nos llegó encima. Habíamos consumido tres jarras de té y dos capuchinos que José nos hizo el favor de salir a comprar, dándonos tiempo así de expresarle a Jade lo mucho que nos gustaba para ella.

—Síganme hostigando ustedes también, y lo corto —respondió un tanto harta pero no muy decidida en acabar con él.

Entonces, como no hubo *quórum* de ese lado, Kenia me miró traviesa, esperando a que yo diera una actualización de mi minino sabrosón. Antes de contarles todo sobre el Gato, les actualicé sobre mi dramática tarde a costas del amor limitado de Alejo.

—Eso es obvio, Juliette, que bueno que por fin lo veas así —empezó Kenny—. Alejo nunca te amó lo suficiente, bien sabes que incluso cuando se fueron a vivir juntos, tú presionaste un poquito las cosas. Y eso era todo lo que el incapacitado emocional ese, iba a ceder ante el compromiso —finalizó.

Aunque me dolía y de cierta manera me daba rabia escuchar las acertadas palabras de Kenia, sabía que tenía toda la razón.

—¿Y estás triste? —preguntó Jade, sobándome el pelo.

—Un poco, es muy fuerte saber que la persona que más has amado en la vida, no te ama ni una tercera parte de lo que sientes, pero creo que poco a poco se irá saliendo de mi corazón.

No podía ocultar la tristeza de mi voz.

—Poco a poco, Juliette, lo tuyo con Alejandro fue muy fuerte. Dale tiempo al tiempo —aconsejó Kenny.

—¿Y si nunca lo olvido? ¿Qué tal que nunca logro sacar de mi corazón a Alejo?

—No digas eso, obvio lo vas a olvidar, lo que necesitas es enamorarte de alguien más y ya —dijo Jade.

—¡Qué bonitos consejos, señorita! —reprendió Kenia—. ¡Un clavo no saca otro clavo!

—No cualquier clavo, pero un buen clavo —sugirió Jade.

—No me digas que ese clavo tiene bigotes y garritas —insinuó Kenia

—No lo sé… puede ser… —las miré pícara—. La neta sí me gusta, me atrae cañón y él ha sido muy lindo conmigo. No sé si sea el clavo acertado.

—La única forma de saber eso es probando.

Jade a fuerza me quería ver disfrazada de *Drag*.

—Les juro que quería mantenerme en la raya de no tener relaciones por tenerlas, pero es que con el Gato todo tomó un rumbo que no vi venir, y además todo este tema de Alejo y su pinche zanahoria, más ganas de dan de hacer mi vida al lado de alguien más.

—¿Aunque no sea el "bueno"? —preguntó Kenny.

—Ahora mismo ni yo soy la "buena" para nadie, creo que necesito dejarme de tantos preceptos y hacer lo que me nazca —aclaré.

—¡Ya te lo tiraste! —gritó casi con morbo Jade.

—¡No! A lo que me refiero es que… no sé… como que conectamos chido —dije, con Cupido brillándome en los ojos.

Jade y Kenia se atacaron de la risa

—¡Sí, cómo no! —insistió Jade—, lo que pasa es que te lo tiraste y traes amor postcoíto.

—¡Didi! —la reprendió Kenia—. ¿En serio, te acostaste con él? —prosiguió, curiosa.

—Ya les dije que no. De hecho… creo que por eso no me acosté con él, porque quería que las cosas siguieran su rumbo.

—¡*Wow*! Perdimos a Julieta —puntualizó Jade, comprendiendo lo que decía.

En ese momento tocaron la puerta. Jade se levantó a abrir y entró José con los dos *capuchinos*. Para nuestra sorpresa, detrás de él, llegó mi Gato. Jade, Kenia y yo quedamos mudas.

—Ser puntual es una de mis virtudes —me dijo, mirando el reloj que apuntaba las ocho de la noche.

El Gato saludó a Jade y a Kenia que lo miraba casi con ojos de fan. Se disculpó y me pidió pasar al baño.

—¡No manches! ¡Es más guapo en persona que en la tele! —susurró Kenia, cual fan desquiciada.

—Te lo suplico: cálmate, primita, no pierdas el glamur—reprendió Jade, intentando evitar un oso futuro.

José gozaba con nosotras que parecíamos cacatúas hablando bajito sobre el bombón que estaba en mi baño.

—Te digo que yo no volvería a lavar ese baño después de que entró el Gato ahí.

Y con ese comentario, perdimos a Kenia. El Gato salió del baño y le ofrecí algo de tomar. Fuimos a la cocina en donde, sin decirme ni agua va, me dio un beso delicioso de esos que me hicieron fantasear por la mañana.

—¿Entonces? —me dijo con su sonrisita retorcida de galán de novela—, ¿quieres ser mi novia?

Cirila se desmayó.

—¿Quedaste picado con el jueguito de ayer o quieres hacer conmigo lo que hacen los novios? —respondí.

—Pensé que eran los esposos los que hacían esas cosas —dijo.

—Vas muy rápido, no tengo entre mis planes casarme con mi novio de un minuto —bromeé.

—¿Entonces eso es un sí? —preguntó, ansioso.

¡Órale con este! ¡Hablaba en serio!

—Me gustas, July.

Se acercó y me acarició la cara.

—Me gustó jugar a los novios contigo y quiero seguir jugando, a ver hasta dónde nos lleva este juego, ¿qué dices?

—No sé... déjame pensarlo.

Me hice del rogar, abrí el refri y saqué un *six pack* de cervezas.

—¿Una cerveza y nos vamos por *sushi*? —pregunté.

—No vas a correr a tus amigos, mejor voy por *sushi* y cenamos todos juntos, ¿te gusta la idea?

No podía negar que me gustaba, no solo la idea, sino él, sus modos, su coquetería, su boquita, sus ojos, sus dientes, su pelo, sus manos, su pecho, su espalda... Cirila regresó en sí con los ojos entornados como dos corazoncitos.

—¿Quién quiere *sushi*? —preguntó mi hermoso minino. Todos me miraron como sin entender muy bien, así que el Gato les explicó que continuaríamos haciendo cualquiera que fuera la tarea de matemáticas que hacíamos, él iría por *sushi* y por *sake* para acompañar la noche. Kenia explicó al Gato lo que estábamos haciendo.

—¿Quién es Henri? —preguntó el Gato.

—El baboso de su esposo —contestó Jade, no sin librarse de la mala cara de Kenia que terminó asintiendo.

—Entonces nos cae mal Henri —dijo el Gato, un poco bromista.

—El punto es que tenemos que encontrar en qué cuenta terminan esos cincuenta mil pesos que dan vueltas y vueltas por todas esas cuentas —explicó José, mostrando al Gato lo que llevábamos haciendo toda la tarde sin mucho éxito.

—¿Y tú crees que el fin de esos cincuenta mil pesos es la cuenta de una vieja? — preguntó el Gato, sin ninguna ceremonia.

Kenia se puso nerviosa, Jade apenas la miraba. Obvio eso era algo que todos pensaban, que yo sabía y que Kenia se hacía la tonta en aclarar. Con el Gato no le quedó de otra, contestó un simple sí y continuó saliéndose por la tangente y dejándonos saber a todos que ese tema la incomodaba. El Gato se tomó su cerveza mientras José, Jade y yo complementábamos la explicación de Kenny con los adelantos del día. Entonces se levantó y fue por el *sushi* y la botella de *sake* que nos abriría el entendimiento para así ver, si en efecto, esos cincuenta mil pesos eran una pensión.

—Lo traes de *nachas* —dijo José en cuanto *McMinino* sabrosito salió del departamento.

—¡*Shhhhhh*! —regañó Jade—, ¡te va a oír!

—Pues que me oiga, además ya se lo dije a él y me aceptó que era cierto —agregó José, dejándonos con cara de final de viernes de novela.

—¿Hablaste con él? —le pregunté.

—¿No te parece cómo de secundaria tu cuestionamiento? — respondió José, recordándome cuando los papeles estuvieron invertidos y Jade era la chica en cuestión.

Solo pude hacerle puchero.

—No tanto como hablar, pero cuando me lo encontré abajo a punto de tocar el timbre, lo molesté un poco contigo y me confesó que hace mucho no se sentía por una mujer como se siente contigo, de hecho hasta mencionó a Isabella.

El relato de José fue interrumpido por Kenia que gritó:

—¡Isabella Davis!

Kenia era más fan de las revistas de chismes de lo que imaginamos.

—¡Pero si Isabella fue casi el amor de su vida!

Definitivo, Kenia era TV chismosa de clóset.

—Pues sí… Isa fue el amor de su vida pero ahora aquí la señorita presente está haciendo muy bien la tarea de borrarle el recuerdo —concluyó José.

—¿No te dijo nada más? —cuestionó Jade con el morbo a mil.

—Son hombres, Didi —tomé la palabra—, ellos no hablan tanto como nosotras.

Esa fui yo en mi despliegue de madurez y conocimiento del género masculino.

—A mí esto me huele a romance del año —vitoreó Kenia.

—Y a mí me huele a que ya vas a ver una cara conocida en las revistas que tanto te gustan, primita —concluyo Jade divertida.

Kenia le regresó un pucherito. Mi celular anunció un mensaje de texto: *sweetie necesito, urgente, ASAP, ya no hay tiempo, es de vida o muerte, hablar contigo ¿q haces? EDU.* Respondí: *en mi casa con las niñas, José y Gato, comeremos sushi, descubriremos el enigma de la lover de Henri (pero shhh) es secreto de estado. Bueno ya no tanto… ¿Tú, tas bien?* Respondió: *drama, drama, drama y cuando te cuente el mío… hasta lo podría protagonizar tu Minino :P Mmm… q tal que te caigo y nos vamos a las escaleras a hablar. Neta es urgente sweetie.* Respondí: *Acá t espero. Kiss kiss.*

Mi gatito *ronroneador* llegó cargado de *sushi* como si fuera a alimentar a un batallón. Trajo además dos botellas de *sake para todos* y un ramo de flores, para mí. Kenia y Jade no pudieron evitar suspirar cuando detrás de ese montón de paquetes sacó dos girasoles.

—Por favor no me digas que eres de esa nueva ola de mujeres que no les gustan las flores —me dijo, entregándome el hermoso detalle.

—Por supuesto que no, soy una romántica empedernida —respondí, recordando a Dante—. Además me encantan los girasoles, siempre miran al sol, como deberíamos hacer todos.

No pude evitarlo, el romanticismo me ponía poética. Me dio un tierno beso que paralizó a la concurrencia y continuó acomodando en la barra de la cocina todo para cenar.

—¡*Aish*, no! ¡Qué *melosería*! —indicó Jade, casi tirándole la pedrada a José—. ¡Empalagosos!

—No es *melosería*, amor, es romanticismo —corrigió José.

Jade lo miró haciendo una mueca de guácala y prosiguió con Kenia la tarea de descifrar los números. El Gato, sosteniendo un plato con pedacitos de *california roll*, se paró detrás de Kenia para observar el estado de cuenta que sostenía en su mano.

—¿Ya viste que no haya depósitos vía web o a cuentas en el extranjero? —preguntó.

—¿Y cómo sé eso?

—Los que son depósitos al extranjero traen un código.

Se detuvo a mirar otras hojas, buscó en dos o tres hasta que dio con uno.

—Mira, todo lo que tenga ese código antecediendo la cuenta es que es una cuenta en el extranjero, y lo que tenga este otro código —dijo, señalando con su dedo otro ejemplo—, es que se trata de un deposito vía web.

Todos lo miramos sorprendidos.

—¿Qué dijeron, el actorcito no sabe ni dónde está parado? —agregó, bromeando—. Detrás de esta cara bonita hay algo de materia gris.

Todos reímos.

—Por lo menos la carrera de finanzas tenía que servir de algo —continuó.

¡Carrera de finanzas! Ninguno se esperó que tremendo portento *ronroneador* tuviera estudios aparte del Método Stanislavski. El Gato decidió hacer un despliegue de segundo y tercer semestre de carrera y comenzó a hilar las cuentas hasta llegar a lo que sospechaba.

—Estos cincuenta mil pesos salen por partes, Kenia, tu marido no es ningún imbécil— agregó.

—¿Cómo que por partes? —cuestionó Kenia, más confundida que antes.

—Mira —le mostró—: diez mil salen a una cuenta de ahorros en Miami, doce mil se mueven vía web a una cuenta que no es de este mismo banco, es otro banco pero aquí no dice, hay cuatro retiros de cajero de cinco mil pesos cada uno, lo que te da un total de veinte mil y ocho mil son pagados en cheque al portador. Ahí tienes los cincuenta que son los únicos que no están justificados de ese gigantesco saldo mensual de tu marido.

Cirila estaba enamorada. No solo era hermoso sino que era un genio matemático, lo que nos hacía del todo compatibles, pues yo de matemáticas no sabía más que existían calculadoras.

—Ahora lo único que tienes qué buscar es en qué parte de México están esos cajeros de donde se hacen los retiros y en qué banco es cobrado ese cheque al portador —finalizó el Gato.

Hubo un largo silencio. Kenia no podía ni musitar palabra. Solo pudo mirar al Gato y agradecerle con un simple *gracias*. Todos quedamos un poco abatidos al ver cómo Kenia confirmaba, que mes tras mes, según los extractos, el dinero daba las mismas vueltas. Le sonaron todas las campanas de su intuición.

—Pero puede ser cualquier cosa, Kenny, no a fuerza se tiene que tratar de… —no pude ni concluir la oración.

—Yo sé, Juliette, lo que confirma mis sospechas no son los movimientos de ese dinero, sino mi sexto sentido y ese nunca se ha equivocado. Tengo que enfrentar a Henri .

—No creo que sea atinado que lo enfrentes con tantos huecos en tus pruebas. Mejor aguanta, *primis*, ten todas las pruebas bien amarraditas y entonces lo enfrentas.

Jade no se pudo resistir a abrazar a su prima.

—Jade tiene razón —opinó José—. Si lo pones bajo advertencia va a desaparecer pruebas que aún no hayas encontrado y que podrían ser las contundentes.

Kenia nos miró a todos con los ojos aguados de rabia.

—Gracias, chicos, no sé qué habría hecho sin ustedes.

Se levantó de la mesa y juntó todos los papeles.

—¿Ya te vas? —preguntó Jade.

—Tengo que ir por Marisol a la casa de Susanita —respondió.

Se despidió de todos y la acompañé a la puerta del edificio para poder tener un segundo a solas con ella.

—Yo sé que es difícil amiga, pero nos tienes a nosotras —le dije, al tiempo que le daba un abrazo apretado.

—Gracias, Juliette. Lo sé, de verdad que ustedes son las que me dan fuerzas para seguir.

Me dio un beso en la mejilla y se encaminó a su carro estacionado frente a mi puerta. Entonces volteó a verme y agregó:

—Y cuida al Gato, no juzgues por apariencias, es un buen tipo y se ve que le gustas mucho.

Solo pude sonreír. La que no ocultaba sus sentimientos era Cirila que ya comenzaba a ponerse el *negligee*. Cuando estaba cerrando la puerta escuché un claxon desesperado. Era Edu que acababa de llegar. Volví a abrir y lo esperé mientras se estacionaba justo en el lugar que había dejado Kenia. Se bajó del carro con una botella de tequila.

—¡*Wow*! Entonces es grave —susurró Cirila.

—Hola *sweetie pie* —saludó Edu, con cero energía.

—La última vez que llegaste con una botella de tequila fue a confesarme que eras gay.

Me miró y levantó los hombros. Lo abracé tan fuerte como pude y pude sentir su preocupación. Le conté que arriba estaban el Gato, Jade y José, que lo mejor sería que me contara aquí abajo y luego podríamos subir. Le mandé un mensaje de texto al Gato, diciéndole que iría a dar una vuelta a la cuadra con Edu, como él mismo propuso, para poder hablar de lo que lo mantenía cariacontecido. Cerré con llave y le agarré la mano.

—Escupe —ordené, cariñosa.

—¿Te acuerdas de la llamada de Priscilla? —me recordó.

—¿Entonces es por ella que traes esa cara? —pregunté

—¡Ay, *sweetie*, entre más proceso lo que pasó con Priscilla, más siento que me voy por un vacío —dijo—. Mi vida acaba de dar un vuelco de 360 grados. Aún no tengo cara para enfrentar a Leo, no tengo cara para verme al espejo.

Comencé a olerme lo peor.

—Desde que terminé con ella y comencé mi romance con Leo, pensé que sería lo último que tendría que ver con ella. No lo vi venir, Julieta. Ni siquiera tenía idea que cuando volviera a verla sucedería lo que sucedió.

Detuvo el paso y cayó en cuclillas con las manos tapándose la cara. Me agaché hasta llegar a él.

—¿Te acostaste con ella, Edu? ¿Eso fue lo que pasó?

Me miró con ojos de terror, las lágrimas comenzaron a caer sobre sus mejillas.

—Ojalá hubiera sido eso, *sweetie*, es algo mucho peor —dijo, intentando calmarse.

No quería presionarlo pues sabía que fuera lo que fuera que estaba sucediendo, debía sacarlo a su tiempo. Le acaricié la cabeza, intentando darle mi apoyo hasta que se levantó. Lo llevé hacia un costado, donde había una banca de metal. Nos sentamos. Abrió la botella de tequila que traía dentro de la bolsa de papel y le dio un trago. Me la pasó, y bebí por solidaridad.

—Priscilla está muy enferma —comenzó—, está muriendo, July —se detuvo.

La noticia me escandalizó. Cómo podía ser que una mujer tan joven como ella, tan llena de vida estaba muriendo de repente.

—Hace seis meses le extirparon sus senos, ahora enfrenta quimioterapia pero los médicos no le dan muchas esperanzas de vida. El cáncer hizo metástasis en el estómago. Dicen que ya no hay forma de detenerlo.

Le dio un segundo trago. Lo acompañé. Hizo un largo silencio, percibí que eso no era todo: había algo que aún no me decía, que lo mantenía con un nudo en la garganta. Recibir una noticia de ese tamaño, no importa si conoces o no a la persona, afecta. Me dolía porque sabía que Edu le guardaba un especial cariño a su exnovia. Fue la única mujer que él llegó a querer y la que, al final, lo llevó de la mano hasta aceptar y darse cuenta de quien era en verdad. Nunca lo juzgó, nunca lo señaló. Incluso conoció a Leo en una fiesta a la que Eduardo asistió con él como su nuevo novio, y ella también era parte de los invitados. Pris, como la llamaba Edu, se portó de maravilla con el nuevo amor de su ex y hasta pasaron un rato conversando sobre arte.

—Hace tanto que no la veía, July, que no hablaba con ella, que no sabía de su vida. La recuerdo perfecto la última vez que la vi, entera, luminosa y ahora… casi no la reconozco. El cáncer se la consumió. El último año estuvo peleando con lo que comenzó como un bulto en su busto, luego dos sesiones de quimioterapia y casi cuatro meses recluida en un hospital por deficiencias varias. Ni siquiera sabía que había tenido un bebé —agregó Edu y con esto se puso a llorar.

—¿Se casó? —pregunté.

—No. Quedó embarazada de un exnovio. El niño se llama Nicolás y va a cumplir tres años.

Me miró esperando a que yo comprendiera lo que quería decirme. Quedé en silencio. Con mi deficiencia para los números, intenté hacer las cuentas y recordando qué año fue que terminaron. Entonces, comprendí. La iluminación llegó a mi como una cubeta de hielo a mi cabeza. No pude decir nada, las palabras no salían de mi boca. Solo sentí un hilo frío recorrer mi sangre, la cabeza se me llenó de una especie de adrenalina que no me dejaba ni respirar bien. Agarré la botella. Esta vez le di un trago más largo de lo normal.

Subí a mi casa un poco mareada después del cuarto de botella de tequila que me habría bebido con Edu, luego de contarme la noticia. Priscila moría de cáncer y por ello tuvo que confesarle a Edu que Nicolás, su niño de tres años, también era hijo de él. Su más importante voluntad era que Nico comenzara a pasar tiempo con él y con Leo para que pudiera quedarse con una familia que lo amara y no con su madre que no tenía ni edad ni fuerzas para cuidar a un niño de esa edad. Eduardo solo le pidió tiempo. Tiempo para asimilar la historia, tiempo para contarle a Leo, tiempo para comprender que llevaba todo ese tiempo soñando con ser papá y ya lo era sin saberlo. El enojo de Edu se hizo sentir como a los 15 minutos de la confesión de Priscila, cuando él la cuestionó por no haberle contado en el momento pertinente.

—Lo hice por ti —le respondió ella.

No imaginó lo fuerte que sería para él estar en el proceso de aceptar su nueva sexualidad con un hijo abordo. La familia de Edu los habrían casi obligado a casarse y, conociendo a Armando Bernal, estaba segura de que lo habrían logrado. Ella decidió hacerse cargo de Nico y no arruinarle la vida a Edu, que pasaba por un momento crucial de vida como para meterle el factor bebé. Eduardo no sabía si agradecérselo o reprochárselo, igual no le quedaba de otra más que aceptar que la realidad era esa.

Las confesiones de Priscila venían de la mano, una más terrible que la otra. Los doctores la habían desahuciado dos semanas atrás, cuando en plena operación tuvieron que volverla a cerrar porque la enfermedad la tenía invadida. Era cuestión de tiempo. Canceló las quimioterapias para pasar más tiempo de calidad con el niño, y su único deseo era ayudarlo a compenetrarse con quienes serían sus nuevos papás.

Eduardo no quiso subir a mi casa. Me dejó lo que quedó de la botella y se fue a la suya para intentar hablar con Leo. Me quedé sentada por unos minutos en las escaleras de mi edificio. Tomé otros dos tragos de tequila. En solo un segundo la vida puede cambiar de maneras insospechadas. Pensé en Priscila y no podía imaginarla tan enferma, a punto de morir, tan joven y con esa maldita enfermedad consumiéndola. Tomé otro trago. La vida es tan corta que no nos queda más que disfrutarla, que vivirla con intensidad. En un abrir y cerrar de ojos la salud se consume, o los años llegan, o un hijo se aparece en el camino. Me sacudí la cabeza. Estaba mareada y con unas ganas locas de fumarme un cigarro. Entré al departamento. Las luces estaban apagadas: Jade y José parecían haberse ido a dormir. Al fondo, entre las sombras iluminadas por los faroles de la calle, estaba mi Gato, recostado en el sillón.

—¿Cómo te fue, bonita? —me preguntó.

—*Sorry* por tardarme tanto pero era de vida o muerte.

—Suena grave. ¿Está bien tu amigo?

—Si te contara… —respondí con la voz apagada.

—Si quieres me puedes contar. Ven —dijo, dándole dos palmaditas al sillón—, siéntate conmigo y compartes lo que traes en esa bolsa.

Me senté a su lado y le entregué la botella. Tomó un largo trago, me la entregó de nuevo, tomé un sorbo y la coloqué sobre la mesa. No sabía ni como contarle a un perfecto extraño que la vida de mis dos mejores amigos acababa de cambiar tanto que hasta nosotras, su entorno, experimentaríamos esos cambios.

—Entonces si todavía no puedes hablar, bésame —me dijo, antes de agarrarme por detrás de la cabeza y sumergir su lengua dentro de mi boca tibia en tequila.

Nos besamos con fuerza, como si a punta de besos quisiera sacar la angustia que no podía dejar de sentir adentro de mi pecho. Sus manos comenzaron a bajar por mi espalda y cuando llegaron a la cintura, en una maniobra magistral, me logró poner sentada sobre él. Escaló con su boca por mi escote hasta mi cuello, volvió a llegar hasta mi boca y dibujó una delgada línea desde la comisura de mis labios hasta el lóbulo de mi oreja. Lo chupó, lo mordió y lo acarició con su delicada lengua que me hacía palpitar el estómago.

—Me encantas, bonita —susurró a mi oído.

Rodeo sus manos por mi cintura y llegó hasta mi trasero. Lo tocó como si lo redondeara sobre la ropa, lo apretó desesperado de deseo. Su boca se concentró en la mitad de mi pecho, por donde dibujaba con su lengua garabatos que se acercaban a mis partes más sensibles. Tenía toda la piel erizada. Abrí mis ojos para encontrarme con que la luz exterior iluminaba el rostro perfecto del Gato, que me besaba como si no existiera mañana.

Entonces me cargó como si pesara lo que pesa una hoja de papel. Agarró con su mano libre la botella y me llevó a mi cuarto. Me dejó caer en la cama y se acostó a mi lado. Colocó su dedo índice sobre mis labios, los acarició y acercó su boca húmeda hasta la mía. Con su dedo recorrió mi cuerpo, comenzando por la barbilla, bajando por el cuello, pasando entre mis pechos y aterrizando en el ombligo, allí extendió su mano y la bajó completa hasta mi entrepierna que vibraba de deseo por él. No movió su mano, solo la dejó allí, sintiéndome, preparando mi sexo hambriento de él. Abrió mi camisa y dejó al descubierto mis pechos enalteciéndose frente a su boca, rogando porque los besara. Escaló mi cuerpo, quedó sobre mí y me dejó sentir la roca erguida detrás de su bragueta. Desabotoné su camisa y no me detuve hasta tirarla al suelo. Su pecho marcado quedó al descubierto, sus brazos fornidos y esos hombros que saltaban con su movimiento. Pasé mis manos por su torso definido, por sus pectorales; los besé, los mordí deseando que hiciera lo mismo con los míos. Me levantó para sacarme la camisa y me desabrochó el brasier con un breve movimiento de sus dedos.

Volví a caer de espaldas sobre mi colcha. Me quitó el bra y observó por unos segundos mis pechos desnudos y erectos frente a él. Chupó su dedo índice y comenzó a dibujar círculos con sus dedos alrededor de mis pezones, me hacía contorsionarme de placer. Entonces acercó su boca y comenzó a besarlos sin dejar su cadente movimiento de caderas frotando mi zona sur. Sentí que tocaba el cielo: me abría más y más ante él. Su lengua pasaba de un pecho a otro dibujando placer en cada uno, mordisqueándolos, haciéndome arquear la espalda ante el orgasmo que se encaminaba desde mis pechos erectos hasta mi vientre con espasmos. Llenaba sus manos con mis pechos, su erección contra mi sexo, haciéndome subir el calorcito que me anunciaba que iba a llegar la primera etapa del placer. Se detuvo, abrió mi bragueta y bajó mis pantalones hasta mis rodillas, se quitó el cinturón y me pidió amarrarme a la cabecera de mi cama. Solo asentí, deseaba que hiciera con mi cuerpo lo que quisiera.

Quedé desnuda del torso, amarrada de mis dos manos con su cinturón, expuesta a él. Se levantó de la cama y jaló mis pantalones hasta dejarme en tanga. Bajó los suyos. Quedó parado frente a mí con unos *boxers* grises que marcaban su erección y el generoso regalo que se escondía detrás. Volvió a mi lado y tocó mis pechos, jugó con su lengua en mis pezones, y bajó su mano por mi abdomen. Acarició el encaje de mi tanga con su dedo curioso por entrar debajo. La levantó y metió su mano, toda su mano… me agarró como si abrazara mi sexo, como si se quisiera llenar de la humedad que le daba la bienvenida a sus dedos.

Me besó y jugó con su lengua en mi boca, mordiendo mis labios, mi lengua, bajando por mi cuello hasta mi pecho y erotizando cada rincón de mi cuerpo que se movía al vaivén de sus dedos, acariciando justo el punto que me hace explotar. La intensidad de las caricias subió, cada vez movía su mano más rápido, llenándose de mi humedad, su lengua divagando por mis pechos, sus dientes acariciándolos deseosos. Su boca rodando hasta mi cuello, mis orejas... todo era confuso, mi cuerpo se movía solo de tanto placer.

—Quiero que te vengas para mí, bonita —me dijo al oído.

Sin siquiera poder terminar esa frase comencé a convulsionarme ante su mano que encontró el ritmo perfecto de mi placer. Su boca regresó a erotizar mis pechos haciéndome explotar cada vez más alto, fue un orgasmo entequilado, delicioso, necesario...

Golpeó suavemente mi sexo con sus dedos... oh... esa era una nueva sensación...

Sacó de sus pantalones un condón, que se puso parado frente a mí, descubriendo su erección, apenas iluminada por la luz de los faroles de la calle. Me escaló y abrió mis piernas. Me observó por un momento, pasó sus dedos por mi dorso, pasando por mi pecho y llegando hasta mi boca. Se acercó y pude sentir su erección llenarse de mi humedad. Entró profundo, como si quisiera fundirse conmigo. Se dejó caer sobre mí y pasó sus manos por los lados para agarrar mi trasero. Su boca y mi boca unidas por nuestras lenguas enroscadas. El movimiento de su cadera era la cadencia perfecta para despertar de nuevo mi punto interno que me hacía querer más y más. Subió una mano hasta mi pecho y se apeó allí con desesperación. Su boca en mi cuello, en mis orejas, su movimiento al ritmo de la espera de un orgasmo. Cuando estaba a punto de explotar, se detuvo, se salió de mí y me desamarró.

—Esto todavía no se acaba, bonita —dijo a mi oído—. Te quiero hacer algo que me encanta y entonces te voy a dejar que te vuelvas a venir —agregó, poniéndome de lado y colocándose detrás de mí.

Levantó mi trasero hacia él y volvió a sumergirse en mí, haciéndome gemir entre el leve dolor y el placer que estaba por venir. Con su mano libre encontró mi clítoris, sediento de él, y lo masajeó mientras su cadera se movía coordinada con su mano. Su boca exploraba mi espalda con el sensual roce de su lengua. Logró voltearme un poco para dejar un pecho cerca de su boca. Lo besó jugando con mi pezón y erotizándome de tal forma que mi cuerpo estaba en completa entrega hacia el placer que experimentaba. Mis piernas comenzaron a temblar, mi cuerpo se endurecía ante el placer que nacía desde adentro, pasaba por mi clítoris y se extendía hasta mi pecho como un latigazo de electricidad. Dejé caer mi cabeza hacia atrás, no podía sostenerla. El Gato se movía dentro de mí como si hubiéramos hecho el amor por decenas de veces, como si esa no fuera la primera vez que me tocaba, que entraba en mí. Mis nalgas se tensaron, esperando ansiosas un nuevo orgasmo.

—Vente, bonita, vente conmigo —dijo, con una voz casi cortada ante el placer que el mismo sentía.

Nuestros cuerpos se dejaron llevar, se movían con autonomía propia ante la llegada del clímax. Bufó, como un lo hace un animal salvaje, cerca de mi oído, provocándome un fuerte orgasmo con el que sentí que perdía el conocimiento. Grité, me dejé llevar por la energía que salía de mi cuerpo disparada en todas las direcciones. Su mano masajeaba mi sexo provocando que el orgasmo se extendiera, que no acabara, que se intensificara conforme seguía moviéndose dentro de mí.

La marea comenzó a bajar, poco a poco. Su cadera dejó de moverse con ritmo y le dio paso a pequeños espasmos de placer. De nuevo, dos palmaditas suaves en mi entrepierna, que me dieron el último sorbo de orgasmo. Gemí y caí rendida, enroscada en él, en su cuerpo que me protegía como un cascarón rodeándome. Me dio besitos tiernos en el cuello, en el hombro, en la oreja.

—Julieta, quiero hacerte el amor para siempre... —dijo, con esa voz que solo se tiene después de venirse.

Cayó dormido en mi pecho, su abrazo era cercano, como de un amor, no de un acostón cualquiera. Moví con mi dedo un mechoncito de su pelo y no pude evitar un suspiro. Hace tanto no sentía esto... reconocí a una de las mariposas que revolotearon en mi panza cuando la era de Alejo comenzaba.

–¿Te imaginas con él?– Preguntó Cirila resignada ante el inevitable sentimiento.

La luna se dejaba ver por mi ventana y con ella como testigo le di permiso a mi corazón de sentir, me di chance de ir más con mi intuición y descubrir si ese Romeo empedernido era el siguiente gran amor de esta cínica Julieta.

Dormimos desnudos, tal y como quedamos después de una jornada sexual que de manera inevitable me investiría, muy pronto, de *drag queen*.

Continuará...

Recetas

*1 Dip de Alcachofas

Integrantes:

3-4 tazas de hojas de espinaca baby.

12 oz de corazones de alcachofa marinados.

3/4 taza leche de almendra.

3/4 taza nueces de la india.

3 cucharadas de jugo de limón.

Una cucharada ajo picadito.

Una cucharadita de sal de mar grano grueso.

1/2 cucharadita semillas de mostaza molidas.

1/4 cucharadita pimienta negra.

Precalienta horno a 435 grados.

Combina leche de almendra, jugo de limón, ajo, sal, mostaza, pimiento y nueces en la licuadora y licúa en velocidad alta hasta que quede una mezcla homogénea. Puede tardar desde un minuto hasta 6, depende de la licuadora que tengas.

Agrega los corazones y la espinaca y pulsa dos a tres veces para integrarlos a la mezcla y que queden pedazos de corazón y espinaca.

Vierte en un molde para hornear y hornea por 16 a 20 minutos. Ten cuidado de no pasarte pues eso hace que la espinaca se ponga pálida.

Sirve caliente con chips. ¡Yum!

*2 Spring rolls de queso brie

Integrantes:

Un paquete de spring roll shells (envoltura de spring roll).

Un queso brie.

Un bote de mermelada de naranja.

Un chile verde (opcional).

Mantequilla.

Precalienta el horno a 400 grados F.

Corta el queso brie en cuadrados de tal forma que uses un cuadrado por cada envoltura.

Barniza el spring roll shell con mantequilla por ambos lados. Coloca en el centro el cuadrado de queso y envuelve en rollo cerrando las puntas. Tal cual un spring roll.

Acomoda los rollos en una hoja para hornear y hornea por 5 minutos cada lado. Mientras tanto, corta el chile verde finito y mézclalo con la mermelada de naranja.

Sirve los rollos con la mermelada a un lado. Si quieres que se vean bonitos, sírvelos sobre una cama de arúgula y decora con aros de naranja.

*3 Martini de chocolate blanco

Integrantes (para un martini):

2 oz de vodka de vainilla.

2 oz de licor de chocolate blanco.

Una onza de crema blanca de cacao.

Una onza de leche de coco.

Una rebanada de limón (opcional).

Una cucharadita de azúcar blanca para escarchar (opcional).

Escarcha la copa martinera con el limón y el azúcar si así lo deseas.

Vierte todos los ingredientes en una mezcladora de cocteles con hielo hasta la mitad. Revuelve vigorosamente y sirve.

*4 Tártara de atún

Integrantes (2 personas):

Una libra de atún crudo, sushi grade.

Tres ramas de cebollín picado.

Un aguacate Hass.

Salsa Cholula.

Aceite de oliva.

Salsa Soya.

Sal y pimienta.

Parte el atún en cubitos de medio centímetro y ponlos en el refrigerador durante media hora. En otro recipiente mezcla el cebollín, picado finamente, el aguacate, partido en cubitos, una pizca de sal, otra de pimienta, dos cucharadas de aceite de oliva, una de salsa de soya y 3 oz de salsa Cholula.

Añade el atún a esta mezcla y agite hasta conseguir que todo quede uniforme. Búscate unas tostadas de maíz y disfruta este manjar.

*5 Pesto de cilantro y semillas de calabaza

Integrantes:

2 tazas de cilantro

2 dientes de ajo

Un chile verde

Un limón

Aceite de oliva

1/4 taza de semillas de calabaza doradas.

Para dorar las semillas ponlas en un sartén a fuego medio, muévelas para que doren por ambos lados, saca del sartén y deja enfriar sobre una toalla de cocina.

Pon todos los ingredientes, menos el aceite, en el procesador de alimentos. Al final vierte poco a poco el aceite y continúa procesando hasta que quede con la contextura que desees.

Acompaña con galletas a tu gusto.

*6 Coles de Bruselas al horno

Integrantes:

Coles de Bruselas frescas (tantas como quieras preparar)

Aceite de oliva

Crema de balsámico

Sal y pimienta al gusto.

Precalienta el horno en ROSTIZAR / BROIL

En un molde para hornear, coloca las coles de bruselas, barnízalas con aceite de oliva al gusto y mete al horno.

Muévelas cada dos minutos o cuando veas que ya puedes cambiarlas de lado. No te despegues del horno pues se queman fácilmente. Cuando estén doradas por todos lados, las sacas.

Barniza con la crema de balsámico y sazona con sal y pimienta al gusto.

*7 Coctel de ginebra, pepino & menta

Integrantes:

Ginebra

Soda

2 pepinos

Un manojo de menta

Miel de agave (opcional)

Deja macerando una noche anterior la cantidad de Gin que vas a usar para tu jarra de coctel con un pepino pelado y cortado en trozos, y medio manojo de menta.

Para un coctel cargadito usa 1/3 parte de gin por 2/3 de soda. Si lo quieres más suave ¼ parte de gin por ¾ partes de soda.

Mezcla en la jarra con mucho hielo: la ginebra macerada de la noche anterior (sin el pepino y menta), soda, un pepino pelado y picado en trozos, ½ manojo de menta frescos y una cucharada de miel de agave.

Made in the USA
Columbia, SC
06 August 2020